ro
ro
ro

Andreas Albes war viele Jahre Polizeireporter, jetzt arbeitet er als Redakteur für den *Stern*. «Die Insel» ist sein erster Roman.

In München wird Thomas Lindner, Sohn eines erfolgreichen Unternehmers, auf grausame Art ermordet. Wenige Tage später entgeht der angesehene Geschäftsmann Robert Bergmann schwer verletzt einem Mordanschlag. Und Frohloff, der Muttermörder, wird nach fünfzehn Jahren aus der geschlossenen Psychiatrie entlassen. Was verbindet diese Menschen? Zwei von ihnen sind Patienten bei Dr. Rebekka Marx, der ehrgeizigen und attraktiven Psychotherapeutin in München-Bogenhausen.

Ein spannender Psychokrimi, der den Leser bis zur letzten Seite in seinen Bann schlägt.

Andreas Albes

Die Insel

Roman

Rowohlt Taschenbuch Verlag

Originalausgabe
Veröffentlicht im Rowohlt Taschenbuch Verlag
GmbH, Reinbek bei Hamburg, Juni 2003

Umschlaggestaltung any.way, Andreas Pufal
(Foto: © Marc Tauss/Photonica)
Satz Aldus PostScript
bei Pinkuin Satz und Datentechnik, Berlin
Druck und Bindung Clausen & Bosse, Leck
Printed in Germany
ISBN 3 499 23457 2

Die Schreibweise entspricht den Regeln
der neuen Rechtschreibung.

Andreas Albes · Die Insel

1

Von der Gestalt, die im Schutz der hohen Mauer stand, hätte man auch bei Tageslicht kaum mehr als einen Schatten erkennen können. Schwarze Turnschuhe, schwarze Jeans und eine schwarze Windjacke. Die Kapuze war über den Kopf gezogen und so eng zugeschnürt, dass nur eine Öffnung für Augen und Nase blieb.

Der Wind hatte mit Einsetzen der Dämmerung zugenommen und wehte nun hohe Wolkentürme in den Himmel über München. Die Lücken, durch die der Mond sein kaltes blaues Licht warf, wurden weniger, die Nacht immer finsterer. Nur im Osten lag der helle Schein der Neonreklamen, Straßenlaternen und Autoscheinwerfer wie eine goldene Kuppel über dem Zentrum der Stadt. Das leise, monotone Rauschen kam vom Verkehr, der sich über die Ringstraßen bewegte. Ab und zu ertönte eine Sirene, denn ganz in der Nähe befand sich ein großes Krankenhaus.

Die Uhr zeigte Viertel vor eins.

Die Gestalt begann jetzt langsam, von einem Fuß auf den anderen zu treten. Es hatte in München schon seit Jahren keinen so kühlen September mehr gegeben. Der Boden in dem Park, der dicht mit Buchen und Eschen bewaldet war, wurde bereits von einer dünnen Laubschicht bedeckt; mit jeder Böe kamen ein paar Blätter hinzu. Die Mauer verlief quer durch den Park und maß über zwei Meter, war aber dank ihrer groben Steine und der breiten Fugen, aus denen der Mörtel bröckelte, leicht zu überwinden. Es gab keinen Stacheldraht und auch keine sonstigen Sicherungen, Bewegungsmelder etwa oder Kameras, die auf hohen Masten installiert waren, wie es sonst manchmal in wohlhabenden Gegenden vorkam. München war eine Stadt mit wenig Kriminalität und einer gestrengen Polizei, weshalb viele Einwohner sehr leichtsinnig waren, wenn es um ihre Sicherheit ging.

Der Himmel sah aus, als würde es jeden Augenblick zu regnen beginnen. Der Wind hatte die Wolken wie Teile eines Puzzles ineinander geschoben, sodass es für den Mond kein Durchkommen mehr gab.

In dem Haus jenseits der Mauer brannte noch Licht, im dritten Fenster von links im oberen Stockwerk. Seit drei Stunden stand die Gestalt nun schon an derselben Stelle. Bis auf die wenigen Schritte, um das wärmende Blut in den Adern zum Zirkulieren zu bringen, fast regungslos. Sie würde erst zur Tat schreiten, wenn alle Lichter gelöscht waren. Wenn derjenige, auf den sie wartete, im Bett lag. Kurz vor dem Einschlafen. Müde, aber noch mit gespannten Sinnen.

Es war noch Zeit bis Sonnenaufgang. Alles war bis ins Detail vorbereitet.

Noch brannte Licht. Noch war es nicht so weit. Aber es konnte nicht mehr lange dauern.

Die ersten dicken Regentropfen klatschten ins Laub und auf die Windjacke. Die Gestalt zog die Kapuze noch etwas fester zu und sah auf die Uhr.

Kurz vor zwei.

*

Thomas Lindner hatte das Korsett so fest geschnürt, dass er nicht mehr mit dem Bauch, sondern nur noch durch Heben und Senken des Brustkorbs Luft holen konnte. Kleine, hechelnde Atemzüge, eine Technik, die er lange trainiert hatte und mittlerweile so gut beherrschte, dass er sie einen ganzen Abend lang durchhalten konnte.

Er zündete sich eine Zigarette an, legte eine CD von Frank Sinatra ein und wiegte im Takt dazu die Hüften. In diesem Moment dachte er, dass er glücklich war. Warum, das hätte er mit Worten nie erklären können, dafür verstand er es zu wenig. Es war dieses seltene Gefühl aus Selbstzufriedenheit und Selbstverliebtheit, aber auch ein wenig Selbstmitleid über sein Schicksal, ein Außenseiter zu sein.

Das neue Kleid hatte er unter dem Namen Tatjana Müller bei einem Versandhaus bestellt und an eine Postfachadresse schicken lassen. Es war aus schwarzer Seide und saß besser, als er erwartet hatte: straff am Hintern und über der Brust, die ein roter Spitzen-BH mit eingearbeiteten Silikonpolstern bildete, nur im Schulterbereich etwas zu eng, aber das ließ sich aus anatomischen Gründen nicht vermeiden.

Thomas Lindner hatte sich für seine rotblonde Lieblingsperücke entschieden und für Lidschatten in kräftigem Flieder. Er glaubte, dass Flieder das Blau seiner Augen unterstrich und ihn weiblicher wirken ließ.

In Wahrheit war nichts an Thomas Lindners Erscheinung weiblich. Mit Ausnahme seiner Nase. Jeder, der Thomas Lindner zum ersten Mal sah, dachte unweigerlich: Diese Nase passt nicht zu diesem Gesicht. Thomas Lindner empfand es genau umgekehrt. Seine Nase war sehr klein, sehr schmal und gerade, lediglich an der Spitze leicht nach oben gebogen, wodurch sie etwas Prinzessinnenhaftes hatte. Doch schon über ihrer Wurzel wuchsen sich dicke borstige Stoppeln zu buschigen Augenbrauen aus, die jegliche Weiblichkeit wieder zunichte machten.

Am liebsten hätte Thomas Lindner seine Augenbrauen zu schmalen Linien gezupft. So hatte es seine Mutter immer getan. Aber das konnte er sich in seiner Situation nicht leisten. Manchmal stellte er sich vor, wie sein Vater wohl reagieren würde, wenn herauskäme, dass sein einziger Sohn heimlich Frauenkleider trug und obendrein schwul war. Ein warmer Bruder. Eine Tunte. Ein Arschficker. Gewiss ahnte sein Vater etwas, aber er würde es nicht wagen, den Gedanken auszusprechen. Als könnte sein Schweigen die Realität daran hindern, Wirklichkeit zu werden. Dabei war ihm ein Sohn, der als Kind lieber Blockflöte statt Fußball gespielt hatte, der nie in eine Prügelei verwickelt gewesen war, der seine einzige Freundin für drei Wochen im frühen Teenageralter gehabt hatte, so suspekt und fremd wie ein Moslem einem Rabbi.

Thomas Lindners Vater war ein konservativer alter Mann, dem jedes Verständnis für Minderheiten fehlte, seien es nun Transvestiten, Homosexuelle, Schwarze und generell alle Ausländer. Der Versuch, mit ihm über seine Vorurteile zu diskutieren, führte unweigerlich zum Streit. Einmal hatte Thomas Lindner die Courage aufgebracht und war dafür entmutigt und gedemütigt worden: sein achtzehnter Geburtstag, eine Feier im Kreis der Familie, zu der auch einige ausgewählte Schulfreunde eingeladen waren; er hatte zu viel getrunken und eine Diskussion über das Apartheidregime Südafrikas zum Anlass genommen, seinen Vater zu kritisieren. Nach drei Sätzen – er konnte sich noch an jedes Wort erinnern – hatte ihn eine schallende Ohrfeige unterbrochen. Danach war die Geburtstagsfeier weiter vor sich hin geplätschert, als wenn nichts geschehen wäre.

Solange sich Thomas Lindner zurückerinnern konnte, machte ihm sein Vater Angst. Was für Außenstehende, die die ständigen Demütigungsrituale kopfschüttelnd mit ansahen, nur zu eindeutig war. Aber Thomas Lindner hatte lange gebraucht, um es sich einzugestehen. Sechsunddreißig Jahre, wenn man die ersten drei Lebensjahre, an die einem für gewöhnlich jegliche Erinnerung fehlten, abzog. Vor ein paar Monaten, mit neununddreißig, hatte er nach eindringlichem Zureden eines guten Freundes endlich den Mut aufgebracht, einen Therapeuten, vielmehr eine Therapeutin, aufzusuchen.

Sein Vater machte ihm Angst. Mehr als alles auf der Welt.

Er blickte in den mahagonigerahmten, ovalen Ankleidespiegel, warf sich einen Kuss zu und fuhr mit den Händen über seine Brust, seine Taille, seine Hüften. Als die CD eine Pause zwischen *The Girl From Ipanema* und *For Once In My Life* machte, schlug die schwer tickende englische Standuhr, die er von seiner Großmutter geerbt hatte und die von jeher fünf Minuten vorging, die Melodie von Big Ben. Gleich drei, viel zu spät. Sein Vater hatte die Vorstandssitzung für acht Uhr anberaumt und würde keine Verspätungen dulden. Thomas Lindner war von ihm vor zwei Monaten zum Geschäftsführer auf Probe ernannt worden, rechnete aber jeden Tag damit, den Posten wegen irgendeiner kleinen Inkorrektheit wieder zu verlieren. Dass er die Chance überhaupt bekommen hatte, lag nur an den altmodischen Familientraditions-Vorstellungen seines Vaters, wonach Siegelringe, vertrauensvolle Anwälte und Firmen (wenigstens versuchsweise) an den Stammhalter weitergegeben wurden.

Thomas Lindner träumte oft davon, den Geschäftsführerposten einfach hinzuschmeißen, die Firma zu verlassen, ganz aus München wegzugehen. Am besten in ein anderes Land, wo er gezwungen wäre, sich eine unabhängige Existenz aufzubauen, wo er die Chance hätte, es seinem Vater – und sich – zu beweisen. In einem anderen Land brauchte er sich nicht länger zu verleugnen. Er war jetzt neununddreißig. Mit neununddreißig war es noch nicht zu spät, sein Leben zu ändern.

Aber durch seine Therapeutin begann ihm eines klar zu werden: Aus München wegziehen, nur um seinen Vater loszuwerden, wäre nichts anderes als den Problemen davonlaufen. Und in Wahrheit wollte er das auch gar nicht – weg aus München, weg von seinem Vater.

Warum nur, fragte sich Thomas Lindner oft, kam er nicht von seinem Vater los? «Weil Sie Ihren Vater bewundern», sagte seine Therapeutin.

Warum bewunderten manche Menschen ausgerechnet jene, unter denen sie am meisten litten? Warum zum Teufel konnte er nicht so sein wie dieser alte Mistkerl? Diszipliniert, kompromisslos, machtbesessen; Halbwaise (der Großvater im Ersten Weltkrieg gefallen), ehemaliger Stürmer bei München 1860 und Wehrmachtssoldat. Nach dem Krieg Lehrling in einem Chemielabor, und dann aus dem Nichts eine eigene Firma aufgebaut, die heute zu den weltweit erfolgreichsten Biotechnologieunternehmen gehörte, über vierhundert Mitarbeiter hatte, Tausende Patente, und Umsätze im dreistelligen Millionenbereich erwirtschaftete.

Er legte die Perücke über den gläsernen Kopf auf seinem Schminktisch, zog das Kleid aus und hängte es auf einen Bügel. Die Strumpfhose und die Spitzenunterwäsche ließ er auf den Boden fallen. Er löschte das Licht und verließ den Raum. Nachdem er die Tür zugezogen hatte, prüfte er noch einmal, ob sie fest im Schloss saß. Dann drehte er den Schlüssel zweimal herum. Obwohl er allein lebte, legte er darauf großen Wert. Dem Hausmädchen hatte er gesagt, hinter der Tür wäre ein Labor eingerichtet.

Als er im Badezimmer stand, fiel ihm auf, dass er vergessen hatte, sich abzuschminken. Außerdem trug er noch die künstlichen dunkelroten Fingernägel. Er ging trotzdem gleich zu Bett und nahm sich vor, dass dies für alle Zukunft eine Ausnahme bleiben sollte.

Das Klopfen begann, wenige Minuten nachdem er sich hingelegt und das Licht gelöscht hatte. Die Müdigkeit war mit einem Mal über ihn gekommen und hatte seine Glieder schwer wie Blei gemacht. Er zog sich die Decke über den Kopf und versuchte das Klopfen zu ignorieren. Er hatte keine Ahnung, woher es kam, und er fühlte sich zu erschöpft, darüber nachzudenken. Aber wie sollte man ein Geräusch ignorieren, das immer lauter, immer aggressiver in den Ohren hämmerte? Es schien direkt aus der Matratze zu kommen. Fluchend tastete er nach der Nachttischlampe und schaltete sie ein.

Das Schlafzimmer lag im ersten Stock. Er riss seinen Morgenrock vom Stuhl, der ihm dabei fast auf die Füße fiel, ging zur Treppe und verharrte einen Augenblick auf der obersten Stufe. Über ihm war nur das Dachgeschoss mit seinem geräumigen Arbeitszimmer und dem dahinter verborgenen Raum, in dem er seine Frauenkleider und Perücken aufbewahrte. Dort war es still. Das Klopfen kam von unten, jetzt nicht mehr lauter werdend, aber immer noch in den gleichen kurzen Abständen. Einundzwanzig, zweiundzwanzig, zählte er den Sekundentakt in Gedanken mit. Alle zwei Sekunden ein Klopfen. Er schnürte seinen Morgenrock zu und stieg langsam die Stufen hinunter. Das grelle Scheinwerferlicht eines vorbeifahrenden Autos strahlte für einen Augenblick durch die Fenster. Er sah, dass an den Scheiben dicke Regentropfen hingen.

Im Wohnzimmer hielt er wieder inne: links die Küche, rechts die Garage. Er schloss die Augen, um sich besser konzentrieren zu können. Kein Zweifel, das Geräusch kam von rechts. Jetzt begann er sich ernsthaft Sorgen zu machen. Ausgerechnet die Garage. Dort kam er seiner zweiten großen Leidenschaft nach, die er nicht geheim hielt. Weil sie etwas typisch Männliches war und der einzige Grund, warum sein Vater den Glauben an ihn noch nicht ganz aufgegeben hatte. Die Garage war fast hundert Quadratmeter groß, beheizt im Winter, klimatisiert im Sommer, mit einer vier Meter langen und anderthalb Meter tiefen Montagegrube. Thomas Lindner sammelte und restaurierte Oldtimer. Ein Bugatti aus dem Jahr 1933 war sein wertvollstes Stück: karminrot, acht Zylinder, 200 PS. Drei Jahre Arbeit hatte er in den Wagen gesteckt.

Normalerweise ging das Licht von selbst an, wenn man die Tür vom Haus zur Garage öffnete. Aber manchmal, so wie heute, funktionierte diese Automatik nicht. Dann musste man den Lichtschalter auf der anderen Seite benutzen. Das Klopfen war jetzt ein Hämmern. Es hallte durch den Raum, brach sich an den Wänden, schien von überall zu kommen. Es klang, als würde jemand mit einem Hammer auf Metall einschlagen. Thomas Lindner überlegte, ob er wieder nach oben gehen und sich Schuhe anziehen sollte. Aber er hatte keine Ruhe mehr. Im schwachen Licht der geöffneten Tür konnte er die von der großen grauen Stahlplatte abgedeckte Montagegrube erkennen. Er erwartete, dass sich der Stahl kalt unter seinen blanken Fußsohlen anfühlen würde. Aber er fühlte sich nicht kalt an. Und auch sonst nicht nach Stahl. Thomas Lindner versuchte zu verstehen, warum, da gab der Boden unter seinen Füßen nach.

Der Sturz dauerte keine Sekunde. Doch es war, als würde er im Zeitlupentempo fallen. Er schlug mit dem rechten Bein zuerst auf, und es knackte dumpf, wie wenn ein Ast zerbrach. Ein Schmerz durchfuhr ihn wie ein Blitz. Er packte sich ans Knie, spürte, dass das Gelenk unnatürlich verdreht war. Tränen schossen ihm in die Augen, er biss die Zähne zusammen, atmete zischend ein.

Das Klopfen hatte jetzt aufgehört.

Wie ein verwundetes Tier versuchte er trotz der unerträglichen Schmerzen sofort wieder aufzustehen. Er musste sich irgendwo abstützen, doch wohin er auch fasste, er fand keinen Halt. Alles um ihn herum fühlte sich feucht und glitschig an. Motoröl! Die Wände der Grube waren mit Motoröl eingeschmiert. Als er sich erschöpft nach hinten lehnte, zog sich der Schmerz etwas zurück, eine Dosis Adrenalin wurde in seinem Gehirn ausgeschüttet und gab ihm das Gefühl von Schwerelosigkeit. Er musste nachdenken. Was war passiert? Ein Unfall? Er tastete den Boden ab und spürte, dass er auf einer Wolldecke saß.

Jemand hatte eine graue Wolldecke statt der Stahlplatte über die Grube gelegt. Ihm eine Falle gestellt.

Gott! Wer sollte so etwas tun? Doch keine Einbrecher. So selten, wie er zu Hause war, wäre ein solcher Aufwand doch völlig überflüssig. Hatte er Feinde? Neider in der Firma womöglich? Aber dort bemitleidete man ihn mehr, als dass man ihn beneidete. Oder sein Vater? Bestimmt nicht. Der liebte ihn doch. Trotz allem.

Ihm fiel kein Mensch ein, der fähig wäre, ihm so etwas anzutun.

Oder? Nein! Das konnte nicht sein!

Das durfte nicht sein!

Er hörte Schritte und blickte angestrengt nach oben. Die Angst packte ihn wie mit Krallen. Erst jetzt kam ihm der Gedanke, dass er sich in größter Gefahr befand. Weiteres Adrenalin wurde in seinem Gehirn freigesetzt, doch gegen die Angst kam es nicht an.

«Hallo! Ist da jemand?», hörte er sich verzweifelt rufen.

Es kam keine Antwort. Die Schritte waren wieder verstummt.

«Bitte sagen Sie etwas!» Seine Stimme versagte, weil er vergessen hatte zu atmen. Er schnappte nach Luft. «Zeigen Sie sich doch! Was wollen Sie von mir?»

Im blassen Licht, das aus dem Hausflur durch die offen stehende Tür in die Garage fiel, erschien die Silhouette einer Gestalt über ihm. Eine schwarze Figur ohne Gesicht wie aus einem chinesischen Schattenspiel. Die Gestalt hatte sich mit gespreizten Beinen bedrohlich am Rand der Grube aufgebaut. Sie wirkte aus seiner Perspektive wie ein unbezwingbarer Riese. Dann tropfte etwas auf seine Kleider, ein beißender Geruch stieg ihm in die Nase. Es roch nach Benzin.

«Bist du es?» Thomas Lindner brachte nur noch ein Flüstern heraus.

Das Benzin lief ihm über die Haare, übers Gesicht und brannte in seinen Augen.

«Du willst mir doch nur Angst einjagen. Bitte lass mich. Bitte! Ich bin's doch. Thomas. Dein Thomy.»

Das Adrenalin war bis zum letzten Tropfen aufgebraucht. Und damit seine Energie. Er dachte nicht mehr an Widerstand. Die Angst wich dem Wunsch aufzugeben. Hauptsache, das, was nun geschehen sollte, war bald vorüber.

Er begann zu weinen.

*

Nachdem die Flasche bis auf den letzten Tropfen geleert war, ließ die Gestalt sie achtlos in die Grube fallen. Das Klirren durchbrach die Stille. Den schweren Hammer, mit dem sie gegen das Heizungsrohr geschlagen hatte, warf sie hinterher, nahm eine Taschenlampe aus der kleinen schwarzen Reisetasche und leuchtete Thomas Lindner ins Gesicht. Zu sehen war ein erwachsener, heulender Mann mit langen roten Fingernägeln, dem fliederfarbener Lidschatten über die Wangen und das Kinn verlaufen war.

Die Gestalt machte die Taschenlampe wieder aus, zog ein

Streichholzbriefchen aus der Windjacke, brach ein Holz ab und riss es an. Thomas Lindner regte sich nicht mehr. Sie ließ das Holz in die Grube fallen und trat einen Schritt zurück.

Die Flamme schoss mit einem dumpfen Schlag empor, fast bis unter die Decke. Die Gestalt steckte die Streichhölzer wieder ein und verließ die Garage durch die Tür zum Haus.

Als sie auf die Straße trat, blickte sie sich noch einmal um. Durch den schmalen Spalt unter dem Garagentor war ein heller Lichtschein zu sehen.

Der Regen hatte aufgehört. Die Gestalt setzte die Kapuze ab und ging langsam davon.

Es war die Nacht zum 23. September.

2

Die Fähre hatte São Vicente bei Sonnenaufgang verlassen, die See war ruhig, der Passat blies schwach aus Nordost. Nur die Bugwelle des Frachters, der gerade vorüberfuhr, schaukelte sie sanft auf und ab.

Rebekka stand auf dem Achterdeck und beugte sich über die Reling. Ein paar Lack- und Rostsplitter lösten sich und rieselten ins Wasser. Der letzte Anstrich der Fähre musste lange her gewesen sein. Zahllose Rostflecken verteilten sich wie Inseln auf einer Landkarte über den Rumpf; große, kleine, längliche, runde; rötliche dort, wo das Metall noch nicht ganz zerfressen war. Aber die meisten hatten einen schwarzbraunen Farbton.

Das Achterdeck war von der Größe eines Basketballfeldes. Der Boden wurde von wulstigen, teils aufgeplatzten

Schweißnähten durchzogen. Knäuel aus Tampen und Tauen lagen herum, links und rechts hingen zwei Rettungsboote an öligen Stahlseilen über die Bordwände. Ihr Zustand war kaum vertrauenerweckender als der des Mutterschiffs. Bei höheren Wellen schlugen sie scheppernd gegen den Rumpf und dienten vor allem als Sammelbehälter für leere Flaschen und Dosen.

Rebekka fand es beruhigend, dass während der Überfahrt immer eine Insel in Sichtweite aus dem Meer ragte. Auch wenn man die Entfernung schwimmend kaum bewältigen konnte, gab einem die Aussicht auf Land für den Fall einer Havarie wenigstens einen letzten Funken Hoffnung. Rebekkas Hals fühlte sich von der salzigen Luft trocken an, sie musste etwas zu trinken auftreiben.

Das Innere der Fähre bestand aus einem Labyrinth verwinkelter, enger Gänge, die von spärlichem Neonlicht beleuchtet wurden. Die Wände waren mit schmutzig weißen, rissigen Resopalplatten vertäfelt. Hier und da stand eine Kabinentür offen und gab den Blick frei auf schmale durchgelegene Zweistockbetten, in denen sich ein paar Passagiere schnarchend hin und her wälzten. Vor dem schweren lindgrünen Schott zum Laderaum saß ein kräftiger Schwarzer, damit niemand hineingelangen und sich an den Fahrzeugen und Containern zu schaffen machen konnte. Es roch nach Schweiß und Öl und Alkohol. Ein Junge mit einem Bauchladen kam Rebekka entgegen. Sie kaufte ihm eine Dose Sprite ab und beeilte sich, wieder an die frische Luft zu kommen.

Drei Stunden noch, dann würden sie in Furna, im Hafen von Brava, einlaufen. Die Sonne stand groß und rund über dem Horizont. Rebekka ließ den Kopf über die Reling hängen und betrachtete, wie die unterschiedlichen Schattierungen des Wassers an ihr vorbeizogen: dunkelgrün, türkis, tiefblau. Der Schiffsdiesel gab ein gleichmäßiges Grollen von sich. Die Fregattvögel, die ihnen seit der Abfahrt unermüdlich folgten, vollführten Kunststücke im Formationsflug.

Außer dem Kapitän, den Rebekka vor dem Ablegen kurz von weitem auf der Landungsbrücke gesehen hatte, war sie die einzige Weiße an Bord. Sie hatte ihre dunklen Locken zu einem Pferdeschwanz gebunden, der buschig auf ihren Rücken fiel, und sich ihren braunen Ledersonnenhut mit der breiten Krempe tief ins Gesicht gezogen. An den Armen war ihre helle Haut bereits leicht gerötet und brannte ein wenig. Um sie herum am Boden saßen Männer mit zerschlissenen Jeans und löchrigen T-Shirts, eines mit dem Aufdruck «Kill Saddam Hussein!», und tranken Bier. Obwohl die Überfahrt nun schon sechs Stunden dauerte, schien Rebekkas Anwesenheit nichts an Faszination für die Männer verloren zu haben. Sie tuschelten, kicherten, und bei jedem Blickkontakt nickten sie ihr freundlich zu. Anfangs fand es Rebekka unangenehm, ständig angestarrt zu werden. Inzwischen nahm sie die Blicke kaum noch wahr.

Einen der Schwarzen hatte sie kennen gelernt. Er hieß Sam, hatte ein faltiges, bassetähnliches Hundegesicht, das sich altersmäßig kaum schätzen ließ. Das Auffälligste an Sam war die breite Goldkette, die er um den Hals trug, und dass in seinem Oberkiefer statt weißer Schneidezähne nur rosa Zahnfleisch leuchtete. Er sprach ein geradebrechtes und wegen seiner Zahnlosigkeit kaum verständliches Englisch, was ihn aber nicht daran hinderte, pausenlos zu reden. Von seiner Frau, seinen Kindern, von Amerika, das er offensichtlich nie gesehen hatte und wohl auch nie sehen würde, und von deutschen Autos. Wenn er nicht mehr weiterwusste, sagte er jedes Mal: «Mercedes, nice car, German car.» – «Yes, nice car», erwiderte Rebekka dann, und Sam lächelte sein Zahnfleischlächeln.

Wäre Sam ein Weißer gewesen, Rebekka hätte ihn wahrscheinlich einfach stehen gelassen. Stattdessen hatte sie höflich zugehört, genickt, gelächelt und wieder genickt, weil sie fürchtete, man könnte ihr Rassismus unterstellen. Fast den ganzen Vormittag hatte Sam sie unter Beschlag genommen, um dann, vor gut einer Stunde, urplötzlich zu verschwinden. Mitten im Satz über «German football» und «Bayern Munchin» hatte er sich umgedreht und war zu Rebekkas Erleichterung gegangen.

Die Fähre fuhr gerade in respektvollem Abstand an einem Riff vorbei. Silbrig schimmernde Flecken, die Rebekka für Makrelenschwärme hielt, stoben im Wasser auseinander. Die nächste Insel war jetzt sehr nah, der Wind hatte in Ufernähe etwas zugenommen und das Meer aufgewühlt. Schaumkronen kräuselten sich auf den Wellen.

Jemand tippte auf Rebekkas Schulter. Sie drehte sich nicht sofort um, denn sie ahnte, dass es Sams langer schwarzer Zeigefinger war, der da tippte.

«Hey lady», flüsterte er. «You smoke?»

Rebekka war in Gedanken noch bei den Makrelenschwärmen und begriff nicht.

Sam öffnete seine Faust und hielt ihr einen länglichen Plastikbeutel, prall gefüllt mit getrockneten Cannabisblättern, entgegen. «Good gras, lady.»

Sie schüttelte den Kopf. Wie lange war es her, dass sie zum letzten Mal so etwas geraucht hatte.

«Gras verry good!» Sam strahlte, als hätte er selbst gerade ein paar Züge genommen.

«No! I don't want.»

«Only fifty Dollar.»

Sie hatte Cannabis nie gut vertragen. Einmal war sie völlig benommen im Hinterhof einer Kneipe aufgewacht. «No!»

«Forty Dollar!»

«No-ho!»

Rebekka hatte anscheinend entschieden genug geklungen, denn Sam ließ seine schmalen Schultern, die kaum breiter als ein Kleiderbügel waren, sinken und schlurfte davon. Rebekka begegnete ihm während der restlichen Zeit an Bord nicht mehr. Sie ließ den Kopf wieder über die Reling hängen.

Die Makrelenschwärme waren verschwunden.

Brava war die kleinste bewohnte Insel der Kapverden, jenes Archipels, der westlich von Afrika aus dem Atlantik ragt. Klimatisch standen die Kapverden fast das ganze Jahr über unter dem Einfluss des Nordostpassats. Sie gehörten zu einem Ausläufer der Sahelzone, und ihre Berge waren bis zu dreitausend Meter hoch. Rebekka hatte gelesen, dass die Portugiesen die Kapverden 1455 entdeckt und wenige Jahre später besiedelt hatten; der Sklavenhandel wurde erst gegen Ende des neunzehnten Jahrhunderts abgeschafft. Die fünfzehn Inseln, neun von zehn waren bewohnt, bildeten ein gekipptes, mit der Spitze zur afrikanischen Küste weisendes V. Man zahlte in Escudo, sprach Creolo und als Amtssprache Portugiesisch. Brava lag im äußersten Südwesten und hatte eine lange, seit dem fünfzehnten Jahrhundert andauernde Tradition als Schlupfwinkel für Piraten, die dem Schiffsverkehr zwischen dem afrikanischen und südamerikanischen Kontinent auflauerten. Es gab nur Strände, Palmen, ein paar Sträucher, Farne und Blumen, schroffe Felsen und knapp siebentausend Bewohner. Laut Reiseführer sehr zurückhaltende Menschen.

Angeblich funktionierte auf Brava nicht einmal ein Funktelefon. Von welchem Fleck der Erde konnte man das heute noch behaupten, dachte Rebekka. In ihrer Verfassung hatte diese Insel alle Attribute, die sie von einem Paradies erwartete. Der Gedanke, dass sie Deutschland irgendwann vermissen würde, überstieg derzeit ihre Vorstellungskraft.

Die Fähre hatte jetzt Kurs direkt auf eine Insel genommen. Man konnte zwei Dutzend kleine weiße und graue Häuser erkennen, die sich vom Ufer einen fast kahlen, steppenartigen Hang hinaufzogen. Rebekka nahm an, dass es sich um Furna handelte, denn die Männer, die um sie herum gesessen hatten, drängten aufgeregt zur Reling.

Furna mit seinem Hafen lag im Nordosten Bravas und war die einzige Verbindung zu den anderen Inseln. Früher konnte man auch nach Brava fliegen. Aber nachdem eine Propellermaschine in den dichten Wolken, die meistens über der Insel hingen, gegen einen Felsen geprallt war und alle zwölf Insassen starben, galt auf der Insel Landeverbot.

Allmählich wurde es Rebekka zu eng und zu hektisch zwischen den aufgeregten Schwarzen. Sie schulterte ihren Rucksack, um zum Vordeck zu gehen. Der Weg führte an einer schmalen steilen Treppe vorbei, über die man auf die Brücke gelangte. Die Tür zur Brücke stand offen. Rebekka konnte den Kapitän sehen, der mit ernster Miene über einen Tisch gebeugt stand. Er trug ein weißes Hemd mit Rangabzeichen auf den Schultern, sein volles grau meliertes Haar war gescheitelt, der Bart sorgfältig gestutzt. Er sah nicht aus wie der Kapitän einer rostigen Kapverdenfähre, sondern eher, als würde er ein Kreuzfahrtschiff über den Atlantik steuern.

Als er merkte, dass er beobachtet wurde, hob er den Kopf und sah Rebekka aufmerksam an. «Ein weißer Passagier an Bord. Wie ungewöhnlich. Wollen Sie raufkommen?» Sein Deutsch hatte einen starken Akzent. Ein Amerikaner vielleicht, dachte Rebekka. Seine Stimme klang auffällig tief.

«Gern.» Rebekka klammerte sich an das Geländer. Die Stufen waren glitschig und in der Mitte durchgebogen, als wären vor ihr Heerscharen von Matrosen hinaufgestiegen.

Die Brücke kam ihr erstaunlich eng vor für ein so großes Schiff, gerade groß genug für drei Leute. Ein Schwarzer, der ebenfalls ein weißes Uniformhemd trug, stand konzentriert am Steuerrad und beachtete Rebekka nicht. Durch die hohen Scheiben, an denen schwertlange Scheibenwischer herabhingen, konnte man die Fähre vom Bug bis zum Heck überblicken. Die Instrumente hatten teilweise gesprungene Gläser, waren in angelaufene Messingrahmen eingefasst und wirkten wie aus einer anderen Zeit. Das einzig moderne Gerät war ein kleiner Computermonitor, auf dem ein Leuchtstreifen, vermutlich das Radar, rotierte. Rebekka sah jetzt, dass der Kapitän die Konstruktionszeichnung des Schiffes studierte. Er legte die flache Hand auf das vergilbte, ausgefranste Papier.

«War mal ein feines Schiff, die Atlantis. Als sie noch den Portugiesen gehörte. Aber wir haben kein Geld, sie in Schuss zu halten. Noch zwei, drei Jahre, dann tritt sie ihre letzte Fahrt an. Zum Ausschlachten auf den Schiffsfriedhof.»

Atlantis hieß das Schiff also, wie die versunkene Stadt. Von außen war der Name wegen der vielen Roststellen am Rumpf nicht mehr zu erkennen gewesen. Hoffentlich war er kein schlechtes Omen, dachte Rebekka. Gut, dass die grauen Türme links und rechts der Hafeneinfahrt bereits zu sehen waren.

«Wie kommt es, dass Sie Deutsch sprechen? Und woher wussten Sie, dass ich …»

«Ich bin vorhin die Passagierlisten durchgegangen», unterbrach er sie. «Da stand, dass jemand aus München an Bord ist.»

«Und Sie? Woher kommen Sie?»

«London. Ich habe aber lange in Deutschland gelebt. In Hamburg.»

«Dann sind Sie Engländer?»

«Nein.»

«Deutscher?»

«Nein.» Er machte eine Pause. «Ich kann nicht sagen, was ich bin. Ich habe einen britischen Pass, wenn Sie das meinen. Aber ich fühle mich nicht als Brite. Auch nicht als Deutscher. Aber das können Sie nicht verstehen. Sagen wir einfach, ich bin Seemann.»

Der Kapitän vertiefte sich wieder in die Konstruktionszeichnung, folgte mit der Rückseite seines Bleistifts einer Linie, die vom Vorderdeck durch den Rumpf zum Maschinenraum führte, und schnalzte dabei nachdenklich mit der Zunge. Unter der Glasplatte des Tisches entdeckte Rebekka ein sehr offiziell aussehendes Dokument, eine Art Urkunde mit britischen Hoheitszeichen, die auf *Captain John Dunbar, Member of the Royal Navy*, ausgestellt war.

«Sie waren bei der britischen Marine?»

«Bis zum Falklandkrieg. Dann habe ich den Dienst quittiert, und ...» Der Kapitän zögerte.

«... und sind hierher gekommen?», versuchte Rebekka den Satz fortzusetzen.

«Nein, das war später. Das hatte einen anderen Grund.»

Rebekka fragte nicht weiter. Sie wusste, dass es auf den Kapverden viele Weiße auf der Flucht vor dem Staatsanwalt gab. Vielleicht gehörte Dunbar dazu. Bestimmt war er nicht freiwillig hier. Er passte auf diese Fähre wie ein Alpenveilchen in die Wüste Gobi.

Die Widersprüche, die Dunbar ausstrahlte, beeindruckten Rebekka. Aufgewachsen in einer konservativen Familie, schätzte sie. Das war oft so, wenn Männer sehr eitel waren. Er benahm sich wie jemand, der es von klein auf gewohnt war, Verantwortung zu übernehmen. Womöglich hatte er früh einen Elternteil verloren und musste sich um seine jüngeren Geschwister kümmern.

Diese Einschätzung basierte mehr auf Intuition denn auf konkreten Anhaltspunkten. Rebekka hatte diese Angewohnheit, Menschen nach dem ersten flüchtigen Eindruck auf ihre Herkunft zu analysieren. Großstadtkindheit, Kleinstadtkindheit? Reiche Eltern, arme Eltern? Verhältnis zum Vater, zur Mutter. Eine Art psychoanalytische Schnellbetrachtung aufgrund von Gestik, Mimik, den ersten gewechselten Worten.

Menschen analysieren, das hatte Rebekka schon als Teenager fasziniert. Seit sie nach einem tragischen Vorfall in der Schule zum ersten Mal mit einem Psychotherapeuten in Kontakt gekommen war. Ein vierzehnjähriger Junge, ein Schüler aus ihrer Klasse, hatte versucht, sich das Leben zu nehmen. Er war mit aufgeschnittenen Pulsadern unter der Dusche in der Turnhalle gefunden worden. Die Gründe für seine Tat wurden nie bekannt. Aber aus Sorge, weitere Kinder könnten Selbstmordversuche unternehmen, ließ der Direktor einen Schulpsychologen kommen, der mit allen Klassenkameraden des Jungen Gespräche führte. Er erklärte, was das ist, Psychologie, Psychotherapie, Psychoanalyse, und bat jeden, auf ungewöhnliche Verhaltensweisen von Mitschülern zu achten. Seitdem konnte Rebekka von der Angewohnheit nicht lassen. Die Vorstellung, vorhersehen zu können, wie Menschen handeln und reagieren, gab ihr Selbstsicherheit. Die Psychologie wurde zu ihrem Hobby, zu ihrer Leidenschaft und schließlich zu ihrem Beruf.

«Und was treibt Sie hierher?», erkundigte sich Dunbar, während er den Konstruktionsplan wieder zusammenrollte. «Sind Sie zum Wandern auf Brava?»

Rebekka schüttelte den Kopf.

«Zum Tauchen?»

«Nein. Einfach nur zum Ausspannen.»

«Wie lange werden Sie bleiben?»

«Einen Monat. Vielleicht länger.»

«Sie werden sich zu Tode langweilen.»

«Bitte?» Rebekka glaubte, sich verhört zu haben.

«Ich sagte, dass es für Sie hier todsterbenslangweilig wird.»

«Vielleicht will ich mich langweilen?», erwiderte Rebekka leicht gereizt.

«Nehmen Sie es mir nicht übel, aber Sie sehen nicht aus wie eine Frau, die sich gerne langweilt.»

«So? Wonach sehe ich denn Ihrer Meinung nach aus?»

«Nach Partys, Theater, Konzerten, guten Restaurants, vielen Freunden. Nach Großstadt eben. Hier gibt es nichts davon. Nur Einsamkeit und Langeweile. Es wird Sie wahnsinnig machen. Einsamkeit ist schwer zu ertragen, wenn man nicht mit ihr vertraut ist. Glauben Sie mir. Ich wette, in spätestens zwei Wochen reisen Sie wieder ab.»

«Hmmh», brummte Rebekka. Es war ein trotziges Brummen. Offensichtlich war sie nicht die Einzige, die dazu neigte, sich schnell ein Bild von Menschen zu machen. Nur behielt sie es im Unterschied zu Kapitän Dunbar für sich.

«Und wie halten Sie es hier aus, wenn alles so schrecklich langweilig ist?»

«Manchmal lässt einem das Schicksal keine andere Wahl», antwortete Dunbar achselzuckend. «Außerdem ist es bei mir etwas anderes. Ich bin das Leben auf Schiffen gewohnt. Ich war schon lange in keiner Großstadt mehr. Ich wüsste gar nicht, ob ich es dort noch aushalten würde.»

Dunbar machte tatsächlich den Eindruck, als genügte ihm seine eigene Gesellschaft vollauf. Wie jemand, der abends allein in seiner Kabine saß, gegen sich selbst Schach spielte, sorgfältig sein Schiffstagebuch führte und es fertig brachte, tagelang bis auf ein paar knappe Befehle an seine Mannschaft kein Wort zu reden.

Als er sich hinters Ruder schob, trat der schwarze Steuermann wortlos beiseite und verließ mit devotem Kopfnicken die Brücke. «Sie müssen mich jetzt entschuldigen, aber wir laufen gleich ein», sagte Dunbar, den Blick zum Hafen gewandt. «Wenn Sie wollen, können wir nachher zusammen etwas essen. In Furna gibt es ein Restaurant. So etwas in der Art zumindest.»

Warum nicht, dachte Rebekka. Sie würde die nächsten Wochen noch genug Zeit mit sich allein verbringen. Ohne daran zu verzweifeln.

«Gut, ich werde im Hafen auf Sie warten.»

Auf dem Vordeck war es, bis auf zwei Matrosen, die sich schweigend damit beschäftigten, Taue aufzuschießen, menschenleer. Obwohl ein leichter Wind ging, benebelte einem der Dieselgestank schon nach wenigen Atemzügen die Sinne. Rebekka hätte wieder aufs Achterdeck gehen können, doch sie hatte keine Lust, ihren Rucksack zu schleppen. Außerdem schienen sich dort inzwischen alle übrigen Passagiere versammelt zu haben. Johlend und winkend drängelten sie sich an der verrosteten Reling. Rebekka fühlte sich an die Bilder überfüllter Flüchtlingsschiffe erinnert.

Kapitän Dunbar hatte die Atlantis auf der Stelle gewendet und manövrierte sie nun Heck voraus in das schmale Hafenbecken. Rebekka spürte das Vibrieren aus dem Maschinenraum unter ihren Fußsohlen. Das Schiff stampfte gegen sein eigenes Kielwasser an und schrammte die mit Autoreifen gepolsterte Kaimauer. Kurz vor dem Anleger heulte der Schiffsdiesel dumpf auf, das Deck bebte, Kapitän Dunbar ließ die Schrauben volle Kraft voraus laufen, damit der Rumpf den Anleger nicht rammte. Zentimetergenau kam die Atlantis zum Stillstand.

Als die Maschine stoppte, herrschte für wenige Minuten

eine ohrenbetäubende Stille. Erst jetzt fiel Rebekka auf, wie laut es die ganze Zeit gewesen war. Sie hatte ein Fiepen im Ohr, wie nach einem Rockkonzert. Dann öffnete sich blechern knirschend die Heckklappe und wurde wie eine Zugbrücke von zwei dicken Stahlketten hinabgelassen. Eine Traube Passagiere quoll eilig von Bord. Manche trugen große Pappkartons, andere Jutesäcke oder abgewetzte Lederkoffer. Die meisten hatten die Überfahrt – zuerst nach São Vicente, dann nach Sal – nur unternommen, um Einkäufe zu erledigen. Nun schleppten sie ihre Beute an Land: Ersatzteile für Autos, Töpfe und Pfannen, Bluejeans, Stereoanlagen. Einer schob ein Fahrrad neben sich her.

Bei näherer Betrachtung entsprach Furna nicht annähernd Rebekkas Vorstellung eines Hafens. Wenigstens eine Lagerhalle oder eine Pier hätte sie erwartet, vielleicht sogar eine kleine Werft mit einem Kran. Vor allem aber mehr als ein Schiff. Außer der Fähre schaukelten nur zwei winzige Fischerboote auf den Wellen, das eine türkis, das andere rosafarben gestrichen. Sie waren mit dünnen Leinen an einem Steg befestigt, der windschief aus dem Wasser ragte wie die Requisite eines Spielberg-Katastrophenfilms.

Dunbar stand an der Kaimauer. Rebekka sah, dass er versuchte, einen Fleck von seinem strahlend weißen Hemd zu rubbeln. Sie sah an sich herunter. Ihre khakifarbene Hose hatte unterwegs ein Muster aus Braun- und Grautönen angenommen. Je länger Dunbar sein Hemd bearbeitete, desto größer und dunkler wurde der Fleck. Als er zu einer handgroßen Fläche angewachsen war, gab Dunbar auf, murmelte sich etwas in den Bart und widmete sich mit hochgezogenen Augenbrauen der Entladeprozedur.

Ein übel riechender und laut knatternder Trecker war in den Bauch des Schiffes gefahren und zog einen Anhänger heraus, dessen Ladung mit einer stumpfen Plastikplane abgedeckt war. Der Fahrer, ein breitschultriger Weißer mit zerzaustem Haar und kantigem, vernarbtem Gesicht, starrte Rebekka an. Unter seiner bulligen Erscheinung wirkte der Trecker wie ein Spielzeug. Als Rebekka versuchte, den Blick des Mannes einzufangen, wich er ihr aus. Er zog eine von diesen amerikanischen Pilotenbrillen aus seinem öligen Jeanshemd, dessen Ärmel abgetrennt waren, und setzte sie auf. Was für ein seltsamer Typ.

Rebekka fühlte sich erschöpft. Zu ihrem eigenen Erstaunen zum ersten Mal seit dem Abflug in München. Die Reise war bislang eine einzige Tortur gewesen. Die kapverdische Airline flog, aus Rebekka unerklärlichen Gründen, über Zürich. In Zürich hatte die Maschine einen Turbinenschaden gehabt: eine Nacht in einem schlechten Hotel am Flughafen. Dann war die Turbine repariert, und die nächste Nacht saß sie bis zur Bewegungslosigkeit eingezwängt zwischen zwei älteren Herren in der Touristenklasse. Auf Sal hatte die Fähre nach Brava natürlich ohne sie abgelegt; noch eine Nacht in einem schlechten Hotel. Nun, nach dreieinhalb Tagen, war sie endlich am Ziel.

Rebekka hockte sich auf eine große hölzerne Frachtkiste, die herrenlos am Kai stand. Von allen Richtungen strömten jetzt Männer und Frauen zum Hafen. Kinder fuhren mit ihren Fahrrädern im Kreis und zogen andere Kinder auf scheppernden Rollschuhen hinter sich her. Irgendwo plärrte eine völlig überlastete Lautsprecherbox Reggae-Songs. Zwei Frauen sangen mit.

Etwas abseits der Menschenmenge, neben dem Gerippe eines verrotteten Fischerboots, entdeckte Rebekka Sam wieder. Wild gestikulierend stand er inmitten einer Gruppe von Männern, deren Kleidung weniger zerschlissen war als die der anderen Inselbewohner. Vermutlich versuchte Sam seinen Stoff zu verkaufen und konnte sich mit dem Preis, der ihm geboten wurde, nicht einverstanden erklären. Zwischendurch ließ er immer wieder seine schmalen Schultern hängen, was Rebekka als pure Mitleidsmasche deutete. Aber anscheinend hatte sie sich bewährt. Ein Mann in einem dunklen, staubigen Anzug legte Sam nach einer Weile die Hand auf die Schulter und deutete ein zustimmendes Nicken an, worauf Sam hektisch einen Plastikbeutel aus seiner Hosentasche fingerte. Rebekka konnte das rosa Leuchten seines zahnlosen Grinsens auch aus einiger Entfernung sehen.

Als letztes Fahrzeug verließ ein voll besetzter alter VW-Bus die Fähre und bahnte sich rhythmisch hupend den Weg durch die Menschen. Kapitän Dunbar setzte sich neben Rebekka auf die Kiste und betrachtete mit ihr schweigend das Geschehen. Aus der Nähe sah der Fleck auf seinem Hemd nach einer Mischung aus Motoröl und Ketchup aus. Oder wie ein Schuss in die Brust.

«Wenn die Fähre alle paar Tage festmacht, ist das jedes Mal ein Großereignis», bemerkte Kapitän Dunbar. «Ich sagte Ihnen ja schon, viel haben die Kapverden, und Brava erst recht, nicht zu bieten.»

«Immerhin eine schöne Landschaft, das Meer ...»

«... Dürrekatastrophen, sintflutartige Unwetter, Arbeitslosigkeit, Armut, Aids und andere Krankheiten», vervollständigte Dunbar lakonisch. Er deutete mit einem Kopfnicken zu der Menschenmenge. «Wenn ich jetzt an Bord ginge und über Lautsprecher rufen würde: ‹Gratisfahrt nach Amerika›, die würden alle sofort einsteigen. Die würden nicht fragen, ob die Fähre so eine Fahrt überhaupt aushalten würde, ob genug Wasser an Bord wäre und ob die Lebensmittel und der Treibstoff reichten. Die würden, ohne sich auch nur einmal umzudrehen, die Rampe hinauf aufs Schiff rennen.» Dunbar machte eine Pause. «Hier leben und sterben die Leute in der Hoffnung, dass ein Wunder geschieht und sie von diesen Inseln wegbringt.»

«Und wie ist es mit Ihnen?»

«Ich? Ich habe doch das Schiff.» Er erhob sich. «Ich muss nochmal zurück auf die Brücke. Gehen Sie schon mal vor.» Seine Hand wies in Richtung der Häuser, die am Hang standen und von denen eines wie das andere aussah. «Da oben ist das Dreisternerestaurant von Brava.» Er stieß ein kurzes Lachen aus. «Solange Sie sich mit Fisch und Hühnchen zufrieden geben. Sie können es nicht verfehlen.»

Die Straße war schon kurz hinter dem Hafen nicht mehr asphaltiert. Sie bestand nur noch aus Sand, Schlaglöchern und tiefen Rinnen, die der Regen hineingespült hatte. Die Sonne war in den letzten Minuten buchstäblich vom Himmel gefallen. Nur noch ein dünner roter Streif ragte aus dem Meer und tauchte die Szenerie in sanftes Licht. Statt weiß gekalkter Bauten mit roten Dachschindeln, wie sie am Hafen standen, waren die Häuser hier kaum größer als Garagen und über den Zustand von Rohbauten nicht hinausgekommen. Fensterlose Mauern, graue Eternitsteine, Türen und Dächer aus Wellblech. Es roch nach Rauch, nach Trostlosigkeit, nach Exkrementen, nach Armut. Trotz der Schwüle der Dämmerung waren bereits Holzkohlefeuer angefacht. Hunde mit glanzlosem Fell streunten herum. Einer folgte Rebekka mit einem Blick, der einem das Herz zerreißen konnte. Sie sah nicht hin. Über dicke Holzmasten führte ein Gewirr aus Stromleitungen die Straße hinauf. An jedem Mast hing das gleiche vergilbte Plakat eines dunkelhaarigen Weißen, der wie die Karikatur eines italienischen Mafiabosses aussah. Darunter stand: *Vota Carlos Montero*. Vor den Garagenhäusern saßen alte Menschen mit zahnlosen Gesichtern und traurigen dunklen Augen, die Rebekka resigniert hinterhersahen. Sie wusste nicht, ob sie grüßen oder lächeln oder einfach niemanden beachten sollte. Sie hob ein paarmal verlegen die Hand, ohne auf eine Gegenreaktion zu stoßen, und beschloss, es bei einem freundlichen Nicken bewenden zu lassen.

Fast am Ende der Straße, vor einem nicht ganz so schäbigen grauen Haus (es verfügte immerhin über Fensterscheiben und eine Holztür), waren drei grüne Plastiktische mit Stühlen aufgestellt. Ein ausgebleichter Coca-Cola-Sonnenschirm drehte sich langsam im Wind. Im Eingang stand eine schwergewichtige Frau und fegte gemächlich die Stufen. Die Wirtin, nahm Rebekka an. Als sie sich auf einen der Plastikstühle sinken ließ, stellte die Frau den Besen beiseite und ging ins Haus.

Außer Rebekka gab es keine anderen Gäste. Sie atmete tief durch die Nase ein. Eine schwere Knoblauchfahne hing in der Luft. Aus den Augenwinkeln bemerkte sie ein bläuliches Flackern. Über dem Eingang, in dem die dicke Frau gestanden hatte, leuchtete und blinkte jetzt der Neonschriftzug *Nani*. Die ersten rhythmischen Klänge eines Bob-Marley-Songs waren zu hören.

Die Frau stapfte aus der Tür und reichte Rebekka einen Zettel, der vor Fettflecken fast durchsichtig war. Die Speisekarte – die internationale Variante: Neben den Zeichnungen eines Fisches, eines krebsartigen Wesens und eines Huhns waren die Preise in Dollar und Escudo ausgezeichnet. Rebekka dachte, dass die erste Mahlzeit in einem fremden Land entscheidet, ob einem die Gegend gefallen wird. Sie hatte Durst. Die Frau, bei der es sich offensichtlich um Nani handelte, war erwartungsvoll neben ihr stehen geblieben. Rebekka versuchte auf Englisch ein Bier zu bestellen. Als Nani nicht begriff, zeichnete sie mit dem Finger eine Flasche in den Sand. Nani nickte und verschwand.

Rebekka entdeckte neben dem Haus eine verbeulte Zinkwanne, aus der immer wieder kleine Wasserfontänen emporspritzten. Neugierig geworden, stand sie auf. Beim ersten Blick in die Wanne bekam sie einen Schwall Salzwasser ins Gesicht. Sie schüttelte sich und wischte sich mit dem Handrücken das Salzwasser aus den Augen.

«Langusten», sagte eine heiser klingende Männerstimme.

Der bullige, und wie Rebekka aus der Nähe feststellte, mindestens zwei Meter große Treckerfahrer, den sie gerade noch am Hafen gesehen hatte, stand hinter ihr. Sie musste den Kopf in den Nacken legen, um ihm ins Gesicht schauen zu können.

«Ist eine Spezialität hier auf den Inseln», erklärte er. «Sollten Sie probieren.»

Rebekka verzog die Mundwinkel und beantwortete seine Frage mit einem angewiderten «Nee». Sie wusste, wie man Langusten zubereitete. Dass man sie bei lebendigem Leib in kochendes Wasser warf oder mit Draht auf einen Grill fesselte. Eine Ekel erregende Vorstellung. Noch ekliger hätte sie in diesem Moment allerdings gefunden, die Tiere berühren zu müssen. In der Wanne bildeten sie einen Wust aus grauen, stacheligen Panzern mit dünnen Beinen und langen Fühlern, die wie Teleskopantennen über dem Wasser pendelten. Wieder spritzte ein Schwall nach oben. Eine Languste hatte einen verzweifelten Befreiungsversuch unternommen und war an der glatten Wanne wieder zurückgerutscht.

«Ich werde sicher keine von denen essen», sagte sie trotzig.

Der Treckerfahrer hob gleichgültig seine breiten Schultern. Rebekka überlegte, wann er wohl seine scheußliche Brille abnehmen würde. Die Sonne war inzwischen untergegangen.

«Wie war die Überfahrt?», fragte er.

«Lang und heiß.»

«Und? Sind Sie seekrank geworden?»

«Wie kommen Sie darauf?»

«Weil den meisten Europäern schon beim Anblick dieses schrottreifen Kahns schlecht wird. Die Flotte hat vier Schiffe, alles nur solche schwimmenden Lokusschüsseln. Eines maroder als das andere. Aber gesunken ist noch keins.» Der Treckerfahrer klopfte sich mit der Faust dreimal an den Kopf. «Ich war vorhin an Bord. Irgendwo ist 'ne Dieselleitung gerissen. Muss unterwegs gestunken haben wie auf 'ner Tankstelle.»

Rebekka nickte. «Mir hängt der Geruch noch in der Nase.» Sie dachte, dass sie keine näheren Details darüber erfahren wollte, was alles hätte passieren können.

Sie setzten sich an den Tisch, Nani hatte die Bestellung falsch verstanden und Rebekka eine Cola gebracht. Rebekka bedankte sich und trank einen Schluck. Sie konnte Cola nicht ausstehen.

Als Kapitän Dunbar mit schnellen Schritten die staubige Straße hinaufmarschierte, trug er ein frisches, weißes Hemd und zog einen Schwarm Moskitos hinter sich her. «Ich sehe, ihr habt euch schon bekannt gemacht», stellte er außer Atem fest.

«Wir sind gerade dabei», sagte der Treckerfahrer und hielt Rebekka die Hand hin, die sie zögernd ergriff. Sie fühlte sich rau und schwielig an und hätte die ihre wie ein rohes Ei zerquetschen können. Aber es war ein dezenter, angedeuteter Händedruck, bei dem sich der Treckerfahrer zu Rebekkas Erstaunen höflich einige Zentimeter von dem grünen Plastikstuhl erhob. «Freut mich, Sie kennen zu lernen. Nennen Sie mich Viktor.»

«Rebekka Marx aus München.»

«Ich weiß, der Käpt'n hat schon von Ihnen erzählt. Geschwärmt hat er.»

Dunbar räusperte sich verlegen. «Viktor ist unser Lehrer auf Brava», erklärte er. «Außerdem kann er Dieselmotoren reparieren. Ohne ihn wäre die Atlantis längst ein Wrack.»

«Ist sie doch jetzt schon», bemerkte Viktor.

«Sie sind Lehrer?» Rebekka gab sich keine Mühe, ihre Überraschung zu verbergen. Dieser Mann hatte mit einem Lehrer so viel Ähnlichkeit wie Nani mit einer Stripteasetänzerin.

«Da staunen Sie, nicht wahr?», sagte Dunbar. Seine Stimme hatte wieder diesen lakonischen Tonfall angenommen. «Er bringt den Kindern lesen und schreiben bei, verspricht ihnen, dass sie dann eine goldene Zukunft haben. Und wenn sie mit dreizehn die Schule verlassen, hängen sie am Hafen rum, fangen an zu trinken und zu betteln und klauen wie die Raben. Sie klauen alles, was nicht niet- und nagelfest ist.»

«Mich hat niemand angebettelt», erwiderte Rebekka.

«Hören Sie nicht auf ihn.» Viktor machte eine abfällige Handbewegung. «So schlimm ist es nicht. Aber er hasst das Leben auf den Inseln. Es ist schon ein Wunder, dass er seinen alten Kahn heute überhaupt verlassen hat. Es muss an Ihnen liegen.»

Dunbar blickte mürrisch drein, drehte sich eine Zigarette und steckte sie an. Ein Gestank, als würde er Pferdehaare rauchen, verbreitete sich. Die Moskitos, die Dunbar umschwärmten, zogen ab.

Rebekka nippte an ihrer Cola. Viktor nestelte an seiner Sonnenbrille und rief nach Nani. Als sie aus der Tür kam und Dunbar erblickte, beschleunigte sie ihren Schritt, bis ihr mächtiger Körper wie ein Pudding walkte. Sie drückte Dunbar zwischen ihre riesigen Brüste. Die beiden wechselten ein paar Worte auf Portugiesisch. Zwischendurch beäugte Nani Rebekka und schenkte ihr ein gütiges Lächeln. Dann ging sie eilig wieder ins Haus, um wenig später mit einem Tablett zurückzukommen, auf dem drei schwere Gläser und ein Tonkrug standen. Nani schenkte die Gläser halb voll. Rebekka musste die Nase gar nicht erst hineinhalten, um den Rum riechen zu können.

Sie nahm sich vor, höchstens ein Glas zu trinken.

Dann prosteten sie sich zum ersten Mal zu.

3

Frohloff stand in seinem kargen, mit gebrauchten Möbeln eingerichteten Wohnzimmer und presste den Telefonhörer ans Ohr. Die Pausen zwischen den Signaltönen des Freizeichens kamen ihm endlos vor.

Er hatte gehofft, sie würde nach dem ersten oder zweiten Klingeln abnehmen; dann hätte er sie nur aus einem leichten Schlaf geweckt – wenn sie überhaupt schon zu Bett gegangen war – und nicht aus ihrer Tiefschlafphase. Er wusste aus dem Fernsehen, wie wichtig Tiefschlafphasen für einen funktionierenden Geist und generell für die Gesundheit waren.

Dreimal hatte es geläutet. Er überlegte sich schon die passenden Sätze, die er als Entschuldigung vorbringen würde. Bei einer Entschuldigung kam es vor allem auf die Einleitung an. Sie musste zugleich den Zorn des anderen beschwichtigen und die eigene Verzagtheit ausdrücken, ohne dabei zu selbstsüchtig zu wirken.

«Verzeihen Sie die Störung, aber …»

Nein, *verzeihen Sie die Störung* sagte man nachmittags, wenn man auf einer Behörde anrief, kurz vor Büroschluss.

«In meiner Not und Verzweiflung wusste ich mir nicht anders zu helfen, als ...»

Das klang vielleicht doch zu schwülstig. Obwohl *verzweifelt* seine Situation sicher treffend beschrieb. Nur hatte er sich selbst und schon zum wiederholten Mal in diese beschissene Lage gebracht. Genau das würde sie ihm, natürlich zu Recht, vorwerfen.

Fünf Freizeichen. Er wusste, dass ihr Telefon im Raum neben dem Schlafzimmer stand. Das Klingeln würde sie bestimmt wecken. Vielleicht sollte er warten, bis sie dranging, schnell auflegen und in einer viertel Stunde erneut anrufen? Dann könnte er behaupten, es gerade zum ersten Mal versucht zu haben. Keine schlechte Strategie – wenn man abends um neun einen entfernten Bekannten zu Hause störte. Aber nicht morgens um drei.

Sechs Freizeichen. Endlich, es knackte in der Leitung. Frohloffs Magen zog sich zusammen und brannte wie vor seinem letzten Gerichtstermin. Dann hörte er ihre sanfte, tiefe Stimme, die weder müde noch verärgert klang. Enttäuscht und gleichzeitig erleichtert stellte er fest, dass es nur der Anrufbeantworter war – was bedeutete, dass ihn jeden Moment ein Pfeifton auffordern würde, eine Nachricht zu hinterlassen. Was sollte er sagen? Morgens um drei?

Er legte schnell wieder auf und ließ sich entnervt in den braunen Kordsessel sinken, den er neulich auf dem städtischen Recyclinghof abgegriffen hatte. Der Sessel war mit Abstand das scheußlichste seiner Möbelstücke. Dem Geruch nach zu urteilen, musste er einem starken Zigarrenraucher gehört haben. Frohloff stellte sich vor, wie ein alter Mann, seinen letzten Stumpen noch zwischen den Fingern, in dem Sessel verstorben war und seine Kinder das muffige abgewetzte Ding noch vor der Beerdigung aus dem Haus geschafft hatten. Der Gedanke, sein eigenes Leben in diesem Sessel zu beenden, war Frohloff nicht unsympathisch. Der Sessel hatte Erfahrung mit dem Tod und war so bequem, dass man es darin einen ganzen Tag lang aushalten konnte, ohne aufzustehen – außer zum Essen, zum Pinkeln, um Zigaretten zu holen und bei wichtigen Anrufen zum Telefonieren. Frohloff fand, dass man wichtige Anrufe am besten im Stehen erledigte.

Er ließ sich in seinen Sessel sinken, klopfte die letzte Gauloise aus der Schachtel, die vor ihm auf dem altmodischen Rauchglastisch lag, und schob sie in den rechten Mundwinkel. Zum Anzünden benutzte er das rosa Einwegfeuerzeug, das ihm eine fremde Frau vor einem Monat in einem Café geschenkt hatte, als er sie um Feuer gebeten hatte. Es war das erste Mal seit Jahren, dass ihm jemand etwas geschenkt hatte. Er sog den Rauch tief in seine Lungen und spürte, wie das Nikotin bis in die kleinste Verästelung seiner Bronchien vordrang. Er hielt so lange den Atem an, bis die entspannende Wirkung des Nikotins in seinem Kopf einsetzte, was zu seinem Erstaunen jedes Mal nur wenige Sekunden dauerte. Als er die Luft wieder aus den Lungen ließ, war kaum noch Rauch in seinem Atem zu sehen.

Im Fernsehen räkelte sich gerade eine vollbusige Blondine auf einem Leopardenfell und versprach Sex mit reifen Frauen ab fünfzig. «Ich besorg's dir hemmungslos und ohne Tabus. Ruf mich an! Jetzt sofort! Nur neunzig Cent pro Minute! Wähle Null Hundertneunzig …» Frohloff sah der Dame gelangweilt zu und dachte, dass sie bestimmt jünger war als fünfzig. Keine dreißig wahrscheinlich. An dem Eindruck konnte auch die eckige schwarze Brille, die sie sich auf die Nasenspitze geschoben hatte, nichts ändern. Er stellte den Ton etwas leiser.

Warum konnte man jederzeit jemanden anrufen, wenn man hemmungslosen Sex ohne Tabus mit reifen Frauen über fünfzig wollte, aber nicht, wenn man ein ernsthaftes Problem hatte? Frohloff war beim besten Willen nicht nach Sex zumute. Nicht mit reifen Fünfzigjährigen und auch nicht mit Dreißigjährigen.

Auf ihn wartete ein Anrufbeantworter mit einer sanften Stimme und einem schrillen, fordernden Pfeifton. Er nahm an, dass sie erst zuhören würde, was er aufs Band sprach, bevor sie sich entschied, ob sie abnehmen sollte.

Umso wichtiger war der einleitende Satz seiner Entschuldigung.

«Ich weiß, es war mein Fehler. Bitte seien Sie nicht böse, aber …»

So etwas Ähnliches hatte er beim letzten Mal gesagt. Es hatte sehr demütig geklungen. Für morgens um drei musste er sich etwas Besseres einfallen lassen. Er sah auf die grüne Leuchtanzeige, die das Einzige an seinem Videorecorder war, was noch funktionierte. Drei Uhr zwölf. Er brauchte dringend frische Luft. Und eine Entschuldigung. Besser noch eine Ausrede, eine glaubhafte Geschichte, die sofort ihr Mitleid erregte. Sauerstoff würde seine Gedanken beflügeln.

Im Fernsehen machten sie jetzt Werbung für einen Gürtel, den man an die Steckdose anschließen konnte und der einem mit Stromstößen den Bauch trainierte, ohne dass man sich anstrengen musste. Zum Beweis wurden zwei Fotos gezeigt: links das eines dicken Mannes und rechts das eines schlanken muskulösen. Die Fotos waren unscharf, aber die Männer angeblich dieselben. «Sie haben ein paar Pfunde zu viel und keine Zeit, jeden Tag Sport zu treiben?», murmelte Frohloff verächtlich. «Schlank und schön, ohne zu schwitzen. Ihr Traumkörper in nur sechs Wochen. Bestellen

Sie jetzt.» Er hatte den Slogan so oft gehört, dass er ihn auswendig kannte. Fettweggürtel nannten sie das Gerät. Frohloff fragte sich, warum sie dafür erst nach Mitternacht Werbung machten. Wahrscheinlich weil sich die Menschen nachts einfacher für dumm verkaufen ließen.

Er schaltete den Fernseher ab und ging in die Küche. Neben dem Berg unerledigtem Abwasch wurde die Telefonnummer eingeblendet, unter der man den Fettweggürtel bestellen konnte. Bei sofortigem Anruf gab es ein pulverisiertes Fitnessgetränk gratis.

Frohloff besaß vier Fernseher. Vier Zimmer, vier Fernseher. Sogar im Bad, auf dem Rand der Wanne, stand einer. Fernsehen war die beste Medizin, wenn man sich ablenken musste.

Er zog das am wenigsten verdreckte Glas aus dem Geschirrberg in der Spüle und hielt es gegen das Neonlicht unter der Decke. Dann schenkte er sich Wasser ein und trank in einem Zug aus. Bier wäre ihm lieber gewesen. Aber nicht in seinem Zustand.

An der Garderobe im Flur hing sein teurer grauer Wintermantel, den er sich letztes Jahr von einem kleinen Lotteriegewinn gekauft hatte. Er konnte sich nicht erinnern, schon mal im September einen Wintermantel angezogen zu haben. Der Herbst war dieses Jahr sehr früh gekommen.

Sollte er wirklich vor die Tür gehen?

Alle Fenster aufreißen und Sauerstoff hereinlassen müsste doch auch genügen. Stoßlüften nannte man das. Sehr effektiv und gleichzeitig energiesparend, hatten sie neulich in einer Umweltsendung erklärt.

Was er brauchte, war nicht nur frische Luft. Seit vier Tagen zog er wie ein eingesperrter Werwolf zwischen Wohnzimmer, Küche, Bad und Schlafzimmer seine Kreise, glotzte ununterbrochen jeden Scheiß im Fernsehen, kam nicht zum

Schlafen, hatte Augen wie ein Junkie auf Entzug und drehte von Minute zu Minute mehr durch.

«Ein Junkie ohne Heroin», redete er vor sich hin. «Ein Werwolfjunkie. Genau das bin ich.» Er musste raus.

Der Wintermantel passte noch wie im vergangenen Jahr. Frohloff hatte schon befürchtet, er könnte ihm zu eng geworden sein und er müsste sich doch diesen Fettweggürtel bestellen.

Durch den Türspion sah der Flur zum Treppenhaus aus, als gäbe es keine geraden Linien auf der Welt. Alles war rund, gebogen und aufgebläht. Einer seiner Nachbarn, die er kaum kannte, musste gerade nach Hause gekommen sein, denn es brannte Licht. Oder es war jemand früh zur Arbeit gegangen. Aber die wenigen Leute im Haus, mit denen Frohloff ab und zu ein paar Worte wechselte, hatten ebenso wenig einen Job wie er.

Er lehnte mit der Stirn an der Tür, starrte in den gebogenen Flur und wartete, bis das Licht erlosch. Dann verließ er seine Wohnung, ohne abzuschließen, und huschte so lautlos, wie es ihm möglich war, zum Fahrstuhl. Er hätte auch die Treppe nehmen können, aber im Treppenhaus war die Gefahr, jemandem über den Weg zu laufen, größer.

Die Anzeige über dem Fahrstuhl verriet Frohloff, dass er Recht gehabt hatte. Jemand war nach Hause gekommen und im achten Stock ausgestiegen. Frohloff wohnte im siebten, Nordseite, ohne Balkon, die Sozialwohnungen.

Die Fahrstuhltür öffnete sich, und der Gestank nach verbranntem Plastik schlug ihm entgegen. Die Taste zum Erdgeschoss sah aus wie von einem Feuerzeug verkokelt: Sie fühlte sich noch warm an. «Verfluchte Bande», murmelte Frohloff und meinte die beiden halbwüchsigen Türken, die über ihm wohnten und die er verdächtigte, nachts manchmal Bierflaschen in den Hof zu werfen. Aber warum sollte er sich über die angeschmorte Erdgeschosstaste eines Fahrstuhls aufregen, der ohnehin so dreckig und beschmiert war wie ein Bahnhofsklo? Solange die Taste noch funktionierte. Das tat sie glücklicherweise noch.

Der Lift brachte Frohloff ohne Zwischenstopp nach unten. Obwohl er wusste, dass er nie Post bekam, warf er einen Blick in den Briefkasten. Regelmäßig in den Briefkasten zu schauen gab seinem Leben etwas von der Normalität, die ihm abging.

Obwohl die Hausverwaltung ein gelb-rotes Schild «Werbung verboten!» über jeden Briefkastenschlitz geklebt hatte, zog er einige bunte, zerknitterte Prospekte heraus. Er freute sich darüber, dass er wenigstens als Kunde ernst genommen wurde, steckte sie in die Innentasche seines Mantels und nahm sich vor, sie später zu studieren.

Der Innenhof zwischen den drei grauen, hohen Wohnblocks, die sie wegen der Straßennamen Historikersiedlung nannten, war kaum idyllischer als der eines Gefängnisses. Als Frohloff den Widerhall seiner Schritte hörte, bemühte er sich, seinen Gang leise über die Fußballen abrollen zu lassen und schnell zwischen den Hochhäusern zu verschwinden. Dahinter lag ein dunkler kleiner Park, der nachts garantiert von niemandem betreten wurde.

4

Rebekka schreckte hoch und rang nach Luft. Drei-, viermal atmete sie tief durch und fragte sich sogleich, was sie geweckt hatte.

Draußen war es noch dunkel. Sie ließ sich wieder auf ihre Matratze sinken. Das Laken, klamm von Schweiß und der feuchten Nachtluft, hatte sich um ihre Beine gewickelt. Rebekka strampelte ein paarmal, um sich zu befreien. Dann lag sie ruhig da und starrte zur Decke.

Bis auf den Ventilator über ihr, das Eisenbett, das bei jeder Bewegung quietschte, und ein löchriges Moskitonetz war das Zimmer leer, leer wie eine Gefängniszelle. Der Ventilator arbeitete langsam, geräusch- und wirkungslos. Das schwache Licht, das vom Hafen durchs Fenster fiel, ließ die Blätter huschende Schatten an die Wand werfen.

Sobald sie die Augen wieder schloss, begann sich alles in ihrem Kopf zu drehen. Ein deutliches Zeichen dafür, dass sie noch immer betrunken war. Vier Glas Rum – oder waren es mehr gewesen? Sie versuchte nachzuzählen und gab schnell wieder auf. Es war sowieso nicht mehr zu ändern. Ihr graute vor dem Morgen mit seinem grellen Sonnenlicht, den Kopf- und Magenschmerzen, die sich bis dahin garantiert eingestellt haben würden.

Es war Viktors Haus, in dem Rebekka die Nacht verbrachte. Nach dem Rumgelage hatte sie sich gar nicht mehr in der Lage gesehen, sein Angebot, bei ihm zu übernachten, abzulehnen. Viktors Haus, das sich nur durch den rosa Anstrich und eine Satellitenschüssel auf dem Dach von den anderen unterschied, lag zwei Minuten von Nanis Bar entfernt den Hang hinauf. Je mehr Rebekka über den Abend nachdachte, desto mehr schämte sie sich. Sie überlegte, ob sie etwas Dummes gesagt hatte, glaubte es aber nicht. Der Rum war ihr langsam, aber gewaltig wie eine startende Mondrakete in den Kopf gestiegen. Die Wirkung war noch verstärkt worden, weil sie kaum gegessen hatte, nur sehr widerwillig ein paar Bissen des festen weißen, und wie sie zugeben musste, sehr schmackhaften Langustenfleisches (Nani hatte Huhn und Fisch einfach von der Karte gestrichen).

Allmählich wurde ihr wieder bewusst, was sie so unsanft

aus dem Schlaf gerissen hatte. Zwei Männer hatten ihr Mund und Augen verbunden, sie in eine Wanne mit Salzwasser gelegt und festgehalten. Es waren Männer mit leisen tiefen Stimmen gewesen; Stimmen, die sie irgendwo schon einmal gehört hatte. Die Männer hatten ihre Hand- und Fußgelenke mit eisernem Griff festgehalten, bis jegliches Gefühl aus ihren Gliedern gewichen war. Dann hatte sie gespürt, wie fette schwarze Langusten über ihre Oberschenkel, ihren Bauch und ihre Brust krabbelten. Es hatte sich angefühlt wie Spinnen mit gepanzerten Leibern. Widerlich, absolut ekelerregend. Eine dieser Langustenspinnen hatte sich auf ihr Gesicht gesetzt, ihr die Luft zum Atmen genommen und die Chance, um Hilfe zu schreien. Sie hatte es versucht, aber keinen Laut hervorgebracht.

In dem Moment, als sie glaubte zu ersticken, war sie aufgewacht. Sie hatte geträumt.

Ein leichter Windstoß wehte durch das halb geöffnete Fenster. Draußen bewegten sich die Kronen der Palmen.

Zwei Männer, die sie in Gefahr brachten – was konnte das bedeuten? Hatte sie Viktor und Käpt'n Dunbar im Traum gesehen? Nein. Es waren ältere Männer gewesen. Auf jeden Fall weiße Männer, die sie schon länger kannte. Rebekka weigerte sich, an Träume als Zukunftsorakel zu glauben. Aber sie wusste, dass Träume unbewusste Informationen waren, die Verdrängtes wiedergaben. Mit Angst und Scham besetzte Gedanken, die man im wachen Zustand nicht wahrnahm.

Sosehr sie ihr Gehirn auch zermarterte, sie konnte den beiden Männern keine Gesichter und keine Bedeutung zuordnen. Es war wie ein Begriff, der einem auf der Zunge lag, aber nicht ausgesprochen werden wollte.

Rebekka träumte oft und intensiv. Ihre Träume waren kompliziert, und sie träumte nie den gleichen Traum zweimal. Mal war sie Opfer, mal Täter. Mit erstaunlicher Regelmäßigkeit wechselten sich die Rollen ab. So, als wollte der eine Traum, in dem sie bedroht war, den anderen rächen. Sie überlegte manchmal, welche Rolle die schlimmere war. Wahrscheinlich die des Täters. Man erwachte mit lähmendem Schuldgefühl, das einen den ganzen Morgen begleitete. Einmal, nach einem Streit über Belangloses mit ihrem Vater, hatte Rebekka geträumt, sie würde mit ihrem Wagen verunglücken. Aber plötzlich war es nicht sie, die in dem verbeulten und völlig ausgebrannten Wrack eingeklemmt war, sondern ihr Vater. Er lachte. Er lachte sie aus. Der Traum hatte Rebekka so aufgewühlt, dass sie mitten in der Nacht, ohne auf die Uhr zu sehen, bei ihren Eltern anrief. Ihre Mutter nahm ab. Rebekka fragte, wie es dem Vater ginge. «Gut», sagte ihre Mutter, «er schläft», und legte wieder auf. Sie hatte keine Fragen gestellt und Rebekka auch hinterher nie auf den Anruf angesprochen. Vielleicht spürte sie, wie unangenehm es ihr gewesen wäre.

Rebekka hörte, wie sich Viktor nebenan im Bett wälzte. Ein keuchendes Husten folgte. Jedes Geräusch kam so laut und deutlich bei ihr an, als hätte das Haus Wände aus Papier. Vielleicht hatte Viktor auch schlecht geträumt?

Rebekka merkte, dass ihr rechter Arm eingeschlafen war, weil sie mit dem Kopf darauf gelegen hatte. Sie massierte ihre Muskeln, bis ihre Finger zu kribbeln begannen.

Eine Psychotherapeutin mit Albträumen, dachte sie. Wenn das ihre Patienten wüssten. Aber manche Menschen träumten nun mal mehr, andere weniger. Warum das so war, das konnte die Forschung nur unzureichend beantworten. Man wusste, dass Männer genauso oft träumten wie Frauen, sich aber seltener daran erinnerten, was damit zusammenhing, dass Männer rationaler dachten. Oft lösten traumatische Erlebnisse Träume aus, aber dann drehten sich die Träume immer wieder und in gelegentlich abgewandelter Form um dasselbe Ereignis. Rebekka war sich keines Traumas bewusst. Es war nun einmal so, dass sie ihre Tageserlebnisse, und seien sie noch so banal wie ein Streit mit ihrem Vater oder ein paar krabbelnde Langusten, gleich in schweißtreibende Träume umsetzte. Anstrengend, aber eben nicht zu ändern.

Viktor schnarchte jetzt. Was für ein Schnarchen! Sein ganzer Brustkorb schien zu beben. Rebekka warf ihr Laken zur Seite. Ihr T-Shirt war warm genug. Normalerweise würde sie auch kein T-Shirt tragen bei diesem Klima. Aber nicht in einem fremden Haus mit Wänden dünn wie Papier.

Von ihren Patienten klagte keiner über Albträume. Komisch, dass ihr das noch nie aufgefallen war. Fünf Jahre war es her, dass sie ihre Praxis eröffnet hatte. Sie versuchte sich zu erinnern, ob unter ihren ersten Fällen ein Albträumer gewesen war. Ein paar einfach zu behandelnde Neurosen, hier und da eine interessante paranoide Störung; ein Politiker, der schon jenseits der fünfzig war und nachts ängstlich am Daumen lutschte; ein Siebzigjähriger, der unter extremer Schwerhörigkeit litt und seine Familie damit nervte, dass er sich vom sowjetischen Geheimdienst verfolgt fühlte. Seit neuestem wusste man, dass zwischen Schwerhörigkeit und paranoiden Störungen ein enger Zusammenhang bestand. Dem Mann und seiner Familie war mit einem Hörgerät geholfen.

Nein, unter Albträumen litt keiner ihrer Patienten.

Manchmal, glücklicherweise sehr selten, verfolgten die Patienten Rebekka bis in den Schlaf. Das waren die schlimmsten Träume. Dann lag sie die ganze Nacht lang wach und versuchte die Gründe zu analysieren. Wenn Therapeuten von ihren Patienten träumten, war das kein gutes Zeichen. Dann verloren sie die für ihren Beruf notwendige Distanz.

Eigentlich hätte sie sich mit ihrem Problem einem anderen, erfahreneren Psychologen anvertrauen müssen. Aber die einzige Kollegin, der sie vertraut und die ihr auch in den ersten Jahren als niedergelassene Therapeutin betreuend zur Seite gestanden hatte, lag mit einer schweren Krankheit im Pflegeheim.

Zu einem fremden Kollegen gehen und sagen: «Entschuldigung, aber ich bekomme Albträume von meinen Patienten» – niemals! Branchenklatsch gab es überall, Verschwiegenheitspflicht hin oder her. Nicht auszudenken, es hätte das Gerücht die Runde gemacht, Dr. Rebekka Marx, die ehrgeizige, aufstrebende Psychotherapeutin, wird von ihren Patienten in den Wahnsinn getrieben.

Was ihre Person anging, hatte sich so mancher Kollege in München schon eine feste Meinung gebildet. Nicht unbedingt die positivste: zu jung, zu unerfahren, zu profitgierig, lauteten die Vorwürfe, denen sie sich ausgesetzt sah. Das störte sie nicht weiter, denn ganz falsch lagen die Kollegen nicht. Wie bei so vielen Dingen war es nur eine Frage der Interpretation. Sie hätte sich eher so beschrieben: noch unverbraucht, offen für neue Methoden und geschäftstüchtig.

Sechsunddreißig, das war wirklich nicht besonders alt für eine Psychotherapeutin. Soweit sie wusste, gab es in München keine jüngere. Und es war auch eine finanzielle Entscheidung gewesen, sich als Therapeutin selbständig zu machen. In einer Welt, in der die Menschen zunehmend über Vereinsamung und soziale Kälte klagten, erschien Rebekka der Beruf schon immer als einer mit guten Gewinnaussichten. Sie kam aus keiner besonders reichen Familie und hatte sich früh vorgenommen, dass sich an dem Lebensstandard, den sie durch ihre Eltern gewohnt war, etwas ändern musste. Ihr Vater war bis zu seiner Rente Uhrmacher gewesen, die Mutter Hausfrau. Sie lebten in einem Reihenhaus in Kassel und machten einmal im Jahr Urlaub. Solange Rebekka denken konnte, immer auf Norderney.

Nach der Schulzeit zog Rebekka zum Studium nach Marburg. Später nach München. Damit war sie dem dringenden Rat einer ihrer Professoren gefolgt: «Lassen Sie sich in einer wohlhabenden Stadt nieder. Möglichst gleich in der wohlhabendsten Gegend. Richten Sie sich auf keinen Fall armselig ein. Alles muss so aussehen, als hätten sie grandiosen Erfolg.»

Rebekka hatte gehört, dass im Stadtteil Bogenhausen allerhand Schauspieler, Politiker, Industrielle und ein exzentrischer ehemaliger Tennisstar wohnten. In jedem Fall Leute, bei denen es nichts Ungewöhnliches war, einen Therapeuten zu konsultieren, und die es sich leisten konnten. Die Wohnung, die sie mietete, lag im Erdgeschoss einer kleinen Villa. Das schönste Zimmer, eines, von dem man in den großen Garten mit hohen Tannen schauen konnte, wurde ihr Therapieraum. Sie nahm einen Kredit auf, kaufte englische Antiquitäten und dekorierte alles sparsam mit asiatischen Souvenirs, die ihr Freunde von Reisen mitgebracht hatten.

Sie fand asiatische Reisesouvenirs kitschig, wie ihre Patienten vermutlich auch, aber von den farbenfrohen Bildnissen fernöstlicher Gottheiten und dicken goldenen Buddhastatuen ging eine ungemein beruhigende Wirkung aus (auch ein Tipp des Professors).

Ein für ihre berufliche Zukunft glücklicher Zufall war die Bekanntschaft mit dem Sohn einer prominenten Münchner Schauspielerin gewesen. Kein besonders hübscher Kerl und auch nicht übermäßig intelligent, aber wenigstens nicht langweilig. Er war ihre Eintrittskarte in die Münchner Gesellschaft gewesen: Vernissagen, Kinopremieren, Filmball, Neujahrsempfang beim Ministerpräsidenten; Gelegenheiten, bei denen sich ihre Nachbarn und potenziellen Patienten bei Champagner und Häppchen trafen. Extra für diese Anlässe hatte sie sich Visitenkarten auf Büttenpapier drucken lassen und sie verteilt, wo immer sie eingeladen waren.

Der Schauspielerinnensohn gehörte längst zur überschaubaren Galerie ihrer Exfreunde. Das Letzte, was sie von ihm gehört hatte, war, dass er in einer Privatklinik für Suchtgefährdete eine Entziehungskur durchmachte, nachdem er eines Nachts sturzbetrunken gegen einen Polizeiwagen gepinkelt hatte, der mit laufendem Motor und besetzt mit vier Beamten an einer Kreuzung stand. Die Einladungen zu den wichtigen Münchner Gesellschaftsereignissen gingen nun direkt an Rebekkas Adresse. Aber sie nahm sie immer seltener wahr. Ihr Privatleben hatte sich auf ein paar gelegentliche Verabredungen zum Abendessen oder ins Kino reduziert. Sex? Gott, war das lange her. Aber sie vermisste auch nichts. Kinder? Bei Gelegenheit, wenn der Richtige kam. Nur das Gerede, das sich alle kinderlosen Frauen Mitte dreißig anhören mussten («deine biologische Uhr tickt»), ging ihr auf die Nerven. Rebekka arbeitete mehr, als sie je in ihrem Leben gearbeitet hatte, und es machte ihr Spaß, erfolgreich zu sein.

Bei aller Kritik und Selbstkritik – wahrscheinlich war sie zuweilen wirklich etwas zu berechnend – hielt sie sich für eine fähige Therapeutin. Anders als viele ihrer Kolleginnen strahlte Rebekka nichts Mütterliches aus und hatte auch nicht diese aufdringlich verständnisvolle Therapeutenart, wie man sie bei Fernsehauftritten von Psychologen oft ertragen musste. Warum sie trotz ihres noch jungen Alters anderen Menschen das Gefühl von Sicherheit und Geborgenheit vermitteln konnte, war schwer zu verstehen. Auch für sie. Freunde bescheinigten ihr ein ausgeprägtes Selbstverständnis, mit dem sie Probleme zu lösen bereit war: Bei ihr würde man gar nicht auf die Idee kommen, sie könnte eine falsche Entscheidung treffen. Womöglich war es dieser – aus ihrer Sicht nicht selten trügerische – Eindruck, der ihre Patienten faszinierte. Dazu kam, dass sie dank ihres attraktiven, aber leicht burschikosen Äußeren einerseits auf Männer anziehend wirkte, andererseits bei Frauen keine Neidkomplexe auslöste.

Ihre Praxis lief so gut, dass sie schon Patienten ablehnen musste und der Kredit, mit dem sie die Einrichtung finanziert hatte, fast abbezahlt war. Sie verlangte hundert Euro pro Therapiestunde. Ihr Patientenstamm bestand vornehmlich aus Frauen und Männern Mitte, Ende vierzig. Die Frauen kamen meistens mit Partnerschaftsproblemen zu ihr. Sie waren von ihrem Mann betrogen oder von ihrem Liebhaber verlassen worden oder fühlten sich einfach nur einsam, weil die Kinder aus dem Haus waren und sie nicht wussten, was sie mit ihrem Leben anfangen sollten.

Generell waren die Männer die schwierigeren Fälle. Opfer dominanter Väter, hilfloser Mütter und gesellschaftlicher Konventionen, die keine Männer mit Schwächen duldeten, andererseits männliche Aggressionen ächteten. Viele hatten die Orientierung im Dschungel der Männlichkeitsbilder verloren.

Draußen war es noch immer dunkel. Der Ventilator hatte aufgehört, sich zu drehen. Vom Hafen fiel kein Licht mehr ins Zimmer. Bestimmt war der Strom auf der Insel ausgefallen. Viktor hatte sie darauf vorbereitet.

Allmählich kündigten sich die erwarteten Kopfschmerzen an: ein unangenehmes, immer stärker werdendes Pochen hinter den Schläfen im Takt ihres Herzschlags. Rebekka musste an die frische Luft. Sie setzte sich aufs Bett, suchte mit den Zehenspitzen nach ihren Turnschuhen, die unter dem Haufen aus Jeans und Socken lagen. Als sie sich erhob, wurde ihr schwindelig, sodass sie sich einen Moment an das Bettgestell klammern musste. Dann tastete sie sich zur Zimmertür und die Wand im Flur entlang. Draußen herrschte die gleiche feuchte Hitze wie im Haus. Sie stand auf einer kleinen Veranda, die sie beim Hineingehen gar nicht wahrgenommen hatte. Drum herum war eine Reihe struppiger Bäumchen angepflanzt, die zumindest bei Nacht so aussahen, als würden sie bis zum nächsten Regenschauer nicht mehr überleben. Wenn sie nicht schon längst den Dürretod gestorben waren. Rebekka sank auf eine Holzbank, auf der eine feuchte Decke und muffige Kissen lagen. Der Mond war bereits untergegangen und hatte den Hafen im Finstern zurückgelassen. Das Meer erstreckte sich schwarz und matt zum Horizont. Die einzigen Lichter waren die grünen und roten Positionslampen der Fähre, die fast unmerklich auf und ab wippten.

Als Rebekka auf die Uhr sehen wollte, fiel ihr ein, dass sie sie in ihren Rucksack gesteckt hatte. Vermutlich war es zwischen vier und fünf. Irgendwo bellte ein Hund. Das Geräusch hatte etwas Beruhigendes. Sie dachte daran, dass sie das endgültige Ziel ihrer Reise noch nicht erreicht hatte, und nahm sich vor, morgen gleich nach dem Frühstück – so es ihr Zustand zuließe – aufzubrechen. Die Bank war lang genug, um sich auszustrecken, und auch nicht unbequemer als das Eisenbett. Sie stellte sich vor, wie das Haus, in dem sie die nächsten Wochen verbringen würde, wohl aussah. Die Erzählungen hatten faszinierend geklungen: gelegen auf einer Felsterrasse an der Westküste, versteckt zwischen unwegbarem Gebüsch und hohen Palmen, wenige Kilometer von einer Grotte entfernt, die angeblich nicht mal die Einheimischen kannten. Der Hund hörte nach einer Weile auf zu bellen und begann zu winseln.

Dann herrschte Stille.

*

Viktor hatte schon eine ganze Weile nicht geschlafen. Er war aufgewacht von seinem eigenen Schnarchen, dann hatte er dagelegen und gelauscht.

Als er einen Blick vors Haus warf, ging Rebekkas Atem gleichmäßig. Er schaltete seine Taschenlampe ein und betrat ihr Zimmer. Ihren angesichts der weiten Reise nur kleinen Rucksack zu durchsuchen dauerte nicht lange. Alle Sachen waren ordentlich zusammengelegt und ließen sich leicht wieder einpacken, sodass sie nichts merken würde. Nach zehn Minuten war Viktor fertig. Er hatte gefunden, wonach er suchte.

Rebekka lag noch immer auf der Bank und schlief.

5

Frohloff fand sich in seiner Wohnung wieder. Fand sich wieder, weil er sich nicht erinnern konnte, wie er dorthin gekommen war.

Er saß auf dem Boden im Flur, steckte mit einem Arm noch in seinem grauen Wintermantel und starrte auf seine Schuhspitzen, an denen große und kleine braune Lehmklumpen klebten. Ebenso wenig, wie er sich entsinnen konnte, seine Wohnung betreten zu haben, konnte er sich erinnern, was vorher passiert war.

Frohloff sah auf seine Uhr. Kurz vor fünf. Ziemlich genau anderthalb Stunden war er fort gewesen. In anderthalb Stunden wurden Fußballspiele gewonnen und verloren, Kinder geboren, Gerichtsprozesse entschieden, verunglückten Autos, Schiffe und Züge, brachen Kriege aus. Und er konnte sich nicht daran erinnern, was er anderthalb Stunden, neunzig Minuten, lang gemacht hatte.

Hektisch, wie jemand nach einem Handy grapschte, das gerade zu läuten begann, grapschte er nach seinen Zigaretten. In der Hemdtasche, wo er das zerknautschte Päckchen normalerweise bei sich trug, war es nicht. Beim Abklopfen seines Mantels wurde er in der rechten Außentasche fündig. Er schüttelte alle Zigaretten, die noch in der Packung waren, zwischen seinen ausgestreckten Beinen auf das graue Linoleum. Sechs Stück. Keine mehr. Er konnte sich erinnern, vor Verlassen der Wohnung eine neue Packung aus dem Küchenschrank genommen zu haben. Er war ein starker Raucher; aber vierzehn Gauloises ohne Filter in anderthalb Stunden – das war selbst für ihn zu viel.

Konzentration. Der Briefkasten, die Hochhäuser, der Park – die vier Frauen. Richtig, da waren vier Frauen gewesen. Sie hatten nach Alkohol gerochen, gesungen und gelacht und ihn angesprochen. Nein, das hatten sie nicht getan. Er hatte sie angesprochen. Ob sie auf dem Oktoberfest gewesen seien. Sie hatten Dirndl mit tiefen Dekolletés getragen und Lederhosen mit Hosenträgern und weißen Blusen, wie man es in München nur in den zwei Wochen im Jahr tat, wenn die Stadt Oktoberfest feierte.

Und dann?

Nochmal von vorn. Der Briefkasten (Frohloff zog zum Beweis die Werbeprospekte aus der Innentasche seines Mantels), Hochhäuser, vier Frauen im Park, Lehm an den Schuhen.

Im Park gab es keinen Lehm, zumindest nicht, wenn man den asphaltierten Weg nicht verließ. Und warum hätte er das tun sollen?

«Kommt ihr vom Oktoberfest?»

«Wies'n hoast des in Bayern», hatten sie geantwortet. Ihr Dialekt war derb und selbstbewusst gewesen, wie es ihm bei vielen Frauen in Bayern schon aufgefallen war.

«Bist wohl a Zuagroaster. A Preiss.» Dann hatten sie gelacht.

Frohloff betrachtete seine Handflächen – fleischige Handflächen mit einer tiefen verkrüppelten Lebenslinie –, als suche er einen Hinweis darauf, was passiert sein könnte. Aber mit seinen Handflächen war alles in Ordnung. Er drehte seine Hände. Die helle Haut seiner Handrücken war mit einem rotgoldenen Flaum überzogen, die Fingernägel sauber.

Er streifte sich die schmutzigen Schuhe von den Füßen und stützte sich mit den Händen ab, um aufzustehen. Den einen Arm noch immer in seinem grauen Wintermantel, betrachtete er sich im Spiegel, der etwas zu tief für ihn neben der Garderobe hing. Sein dünnes rotblondes Haar fiel ihm feucht und strähnig in die Stirn. Er konnte sich nicht erinnern, dass es geregnet hatte, aber das musste es wohl, denn auch auf seinem Mantel glitzerten ein paar Tropfen, die der feste Lodenstoff noch nicht aufgesaugt hatte. Er suchte in dem Knäuel aus abgetragenen Jacken, das an der Garderobe hing, nach einem Bügel für seinen Mantel und setzte die Untersuchung seines Gesichts fort. Erst die rechte Seite, dann die linke. Keine Schwellungen, keine blauen Flecken, keine Kratzer. Das Ekzem auf seiner Oberlippe war größer geworden und berührte fast die Nase, der Eiter bildete eine gelbliche Kruste. Die Rötung seiner Augen war durch die frische Luft etwas zurückgegangen. Alles normal also, nichts Beunruhigendes an seinem Gesicht festzustellen, was es vor dem Spaziergang nicht auch schon gegeben hätte.

Lehm an den Schuhen, vier Frauen im Park, vierzehn gerauchte Gauloises – wo war der Zusammenhang?

Frohloff erschrak nicht, als es an der Tür klopfte, weil es ein sehr leises Klopfen war und er zunächst glaubte, sich getäuscht zu haben. Das Klopfen wiederholte sich, diesmal deutlich energischer. Man konnte durch den Türspion von außen sehen, dass in der Wohnung Licht brannte, also machte es keinen Sinn, so zu tun, als wäre er nicht zu Hause. Frohloff spähte durch die Linse in den aufgeblähten Flur und in ein aufgeblähtes Gesicht mit einer überproportional großen Nase, die sich ihm entgegenreckte und Elvira Schmidt, der Hausmeisterin aus dem zweiten Stock, gehörte.

Als er die Tür öffnete, trat sie einen Schritt zur Seite, um einen Blick in die Wohnung zu erhaschen. Sie trug einen blauen, raschelnden Nylonkittel mit kleinen rosa Blüten, den sie immer trug – auch sonntags, Weihnachten und Silvester –, und hatte ihre weißen Haare zu kleinen Löckchen aufgedreht, aus denen pastellfarbene Lockenwickler lugten.

«Grüß Gott, Herr Frohloff, wollte ja nicht stören, aber Sie sind wohl etwas durcheinander heute Morgen.»

Frohloff war zu verdutzt, um zu antworten.

«Hab Sie gerade reingehen sehen und das hier im Fahrstuhl gefunden.»

Frau Schmidt hütete das Haus, seit es 1979 erbaut worden war, und unternahm den ersten Kontrollgang jeden Morgen um fünf. Diese Angewohnheit hatte sie auch nach dem Tod ihres Mannes vor zehn Jahren nicht abgelegt, der als Postbote immer mit den Vögeln aufgestanden war. Sie hielt Frohloff zwei Päckchen Gauloises und eine zusammengerollte Tageszeitung entgegen.

«Außerdem», sagte sie mit vorwurfsvoller Stimme, «haben Sie Ihren Schlüssel draußen stecken lassen.»

Frohloff öffnete die Tür ein Stück weiter, um den Schlüsselbund abzuziehen, und gab Frau Schmidt Gelegenheit für einen ausgedehnteren Blick in die Wohnung.

«Danke.»

«Keine Ursache. Ich hab's zufällig gesehen», sagte sie, ohne ihren Blick von der Wohnung abzuwenden, sodass

Frohloff, nachdem er sich ein weiteres Mal bedankt hatte, gezwungen war, ihr die Tür vor der Nase zuzuschlagen.

Ich sollte Frau Schmidt fragen, was ich anderthalb Stunden lang gemacht habe, dachte er.

Wenn er Zigaretten und die Tageszeitung gekauft hatte, musste er am Kiosk im Untergeschoss der U-Bahn gewesen sein. Anderswo in der näheren Umgebung war seine Marke morgens nicht zu bekommen, während die Zeitung an jeder Straßenecke in stummen Verkäufern lag. Etwa sieben Minuten ging man vom Park zur U-Bahn, etwa zehn Minuten von der U-Bahn bis zu seinem Wohnblock. Zwei Minuten dürfte er gebraucht haben, um Zigaretten zu kaufen, machte neunzehn Minuten. Für neunzehn von neunzig Minuten hatte er eine logische Erklärung gefunden. Blieben einundsiebzig Minuten und das Rätsel von vier Frauen im Park und Lehm an den Schuhen.

Er musste pinkeln. Der alte Schwarzweißfernseher auf dem Wannenrand im Bad, der nur noch zwei Sender empfing, lief ohne Ton. Während Frohloff Wasser ließ, begrüßte ein untersetzter Moderator mit Turnschuhen, dessen Namen er sich nie merken konnte, die Zuschauer zum Frühstücksfernsehen; wie jede zweite Woche, täglich morgens um halb sechs. Die andere Woche war eine hagere Blondine dran, die Frohloff um einiges sympathischer fand, aber deren Namen er auch vergessen hatte.

Nach dem Pinkeln kämmte er sich das Haar, wusch sich die Hände und stellte fest, dass die Zahnpasta aufgebraucht war. Er holte eine neue Tube aus dem Schrank unter dem Waschbecken. Dort hatte er einen ganzen Vorrat an unverzichtbaren Hygieneartikeln angelegt, damit er in schweren Zeiten wie diesen nicht wegen einer Lappalie, wie eines Stücks Seife, gezwungen war, die Wohnung zu verlassen. Nach dem gleichen Prinzip versorgte er sich mit Lebensmitteln, die zu zwei Dritteln aus Dosennahrung bestanden: Labskaus, Ragoût fin, Pichelsteiner Eintopf, Chili con Carne, Ravioli, Tomatensuppe. Auf die wesentlich schmackhafteren Tiefkühlgerichte verzichtete er, seit beim letzten Stromausfall alles aufgetaut war.

Warum war er ausgerechnet heute von seiner eisernen Regel abgewichen und hatte die Wohnung verlassen? Völlig grundlos eigentlich. Wie dumm und leichtsinnig. Trotz allem fühlte er sich jetzt deutlich besser.

Die Stimme – sie war viel freundlicher geworden. Die Stimme hatte ihm das erdrückende Gefühl der Bedrohung für die ganze Menschheit genommen, dieses Gefühl, das ihm tagelang eine Last auf der Seele gewesen war. Es kam ihm vor, als hätte er die Bedrohung abgewandt in jenen einundsiebzig Minuten, die er nicht rekonstruieren konnte, die aus seinem Kopf gelöscht waren, als hätte jemand Seiten aus einem Buch gerissen.

Das war ein Zeichen.

Er hatte den Anruf nicht vergessen.

Das Anspringen des Anrufbeantworters hatte etwas vom Beginn eines Countdowns. Nur noch wenige Sekunden trennten Frohloff von dem fordernden Pfeifton. Er hatte sich Satz für Satz, Wort für Wort überlegt, was er sagen wollte, und es mehrfach laut aufgesagt. Seine Entschuldigung war sensibel, seine Ausrede verrückt genug, um glaubhaft zu erscheinen. Trotzdem hatte seine Nervosität kein Stück nachgelassen. Halb sieben morgens war für jemanden wie sie gewiss immer noch eine unmenschliche Zeit, um angerufen zu werden.

«Sie haben den Anschluss der Psychotherapeutin Dr. Rebekka Marx gewählt …», sagte ihre sanfte Stimme, die selbst vom Band etwas Betörendes hatte.

«Leider bin ich im Augenblick nicht in der Lage, Ihren Anruf persönlich entgegenzunehmen ...»

Frohloff stellte sich vor, wie sie schlaftrunken und verärgert, vermutlich nur mit einem T-Shirt bekleidet, auf der Bettkante saß, sich den Schlaf aus ihren grünen Augen rieb, die sie meistens hinter einer eckigen schwarzen Brille versteckte (wie sie die reife, tabulose Fünfzigjährige vorhin im Fernsehen getragen hatte), und ihre dunkle Mähne nach hinten strich.

«... Sie können unter der gleichen Nummer auch ein Fax schicken ...»

Ihre Mähne war wirklich unglaublich. Feste, dicke Locken, die wie Korkenzieher aus ihrem Kopf wuchsen und auch dann noch störrisch nach allen Seiten abstanden, wenn sie zu einem Pferdeschwanz zusammengebunden waren. Dazu die frechen Sommersprossen auf ihren Wangen und auf ihrer, dank eines leichten Knicks, majestätisch geformten Nase.

«... Eine Nachricht können Sie nicht hinterlassen, da ich bis Ende Oktober verreist bin.»

Ein Knacken, ein dumpfes Brummen. Die Leitung war tot. Frohloff stand vor seinem Kordsessel und starrte auf den Hörer in seiner Hand, als habe er gerade vom drohenden Weltuntergang erfahren.

6

Daniela schwitzte. Sie zog ihre schwarze Strickjacke aus und merkte, wie seine Augen ihrer Bewegung folgten. Sie hatte lange vor dem Spiegel gestanden, um die passende Kleidung für den Abend auszuwählen. Sie sah sexy aus. Aber nicht zu sexy. Einem Rendezvous ebenso angemessen wie einem späten Geschäftsessen, denn gewissermaßen war dieser Abend beides.

Unter ihrer Strickjacke trug sie ein Top, das vorne hochgeschlossen und hinten tief ausgeschnitten war. Brauner Rock, eng, knöchellang, hoch geschlitzt; halbhohe Absätze, auf denen sie problemlos gehen konnte, wenig Schmuck, nur ein dünner goldener Armreif (das Geschenk eines Exfreundes), dezentes Parfüm, kein Nagellack, kaum Make-up, lediglich ein kräftiger dunkelroter Lippenstift. Ihre Haare, die fast den gleichen goldenen Farbton wie das Top hatten, waren zu einem Knoten gebunden. Sie hatte sich für braune Kontaktlinsen entschieden. Sie versteckte ihre Augen meistens hinter braunen Kontaktlinsen.

Die acht Kerzen in dem Messinglüster, der zwischen ihnen auf dem langen Tisch aus Mahagoni stand, waren fast heruntergebrannt. Das Wachs tropfte auf das dunkle Holz und bildete eine weiße Kruste. Leise Geigenmusik erfüllte den Raum.

Er lächelte.

Sie lächelte angestrengt zurück.

Wenn sie mit Robert Bergmann zusammen war, wusste sie oft nicht, was sie sagen sollte. Weil es keine gewöhnliche Beziehung war. Weil die Beziehung einem Zweck diente, der es nicht zuließ, zu vertraut zu werden. Sich womöglich ineinander zu verlieben. Zumindest, was ihre Person anbelangte. Glücklicherweise schien ihn ihre Distanziertheit nicht zu stören. Wenn sie schwieg, redete er umso mehr. Er war ein eloquenter Unterhalter, konnte Geschichten erzählen. Aus Bangkok, aus China, aus Thailand, von Stadtvierteln, in die man sich nur mit Bodyguard trauen konnte, von Straßengangs, die ihn überfallen hatten, von Geschäftspartnern, die ihn in den internationalen Waffenhandel verwickeln wollten.

Robert Bergmann war kein Typ, der es nötig hatte zu übertreiben. Und wenn doch, wäre es egal gewesen. Daniela hörte ihm gerne zu. Es ersparte ihr, von sich zu sprechen.

Sie nahm ihr Messer und teilte das Stückchen Kalbfleisch auf ihrem Teller in zwei Hälften. Es war in einer leichten Zitronensauce zubereitet, dazu gab es verschiedene Gemüse und ein dünnes Kartoffelgratin. Es schmeckte wunderbar, aber ihr fehlte der Appetit.

«Du siehst gut aus heute», sagte er.

«Danke.»

«Gold steht dir. Es passt zu deinen Augen.» Er zögerte und fragte: «Ist es deine echte Augenfarbe?»

«Nein.» Sie überlegte, wie er darauf kam. «Getönte Kontaktlinsen.»

«Ach wirklich. Wie ist die richtige Farbe?»

Sie neigte den Kopf, zuckte die Achseln.

«Sag schon», beharrte er.

«Blau, mehr grau. So ein langweiliges Durchschnittsblaugrau.»

«Steht dir bestimmt auch gut.»

Wieder zuckte sie die Achseln.

«Du redest heute noch weniger als sonst.»

«Ich weiß. Entschuldige.»

«Ist was passiert?»

«Nein, nichts. Es hat nichts mit dir zu tun.»

«Was dann?»

«...»

«Geht es dir nicht gut? Du isst kaum.»

«Du bist ein großartiger Koch. Glaub mir.»

«Wenn ich irgendwas für dich ...» Er sprach nicht weiter.

Daniela spießte ein Stück Kalbfleisch auf ihre Gabel. Wer einen vollen Mund hat, muss keine unangenehmen Fragen beantworten.

«Möchtest du noch Wein?»

Sie nickte.

Er stand auf und ging in die Küche.

Während sie kaute, sah sie sich um. Der Raum hätte sich auch in einem Schloss befinden können – mit der hohen stuckverzierten Decke, dem edlen, dunklen Parkett, den mit roter Seide bespannten Wänden. Goldene Brokatvorhänge rahmten die großen Sprossenfenster. An jeder Seite des schmalen Tisches standen acht thronartige Stühle mit roten, samtenen Polstern. Die kolossalen, goldgerahmten Spiegel an den Stirnseiten ließen den Raum wirken, als hätte er keinen Anfang und kein Ende. Daniela zählte rund sechzig Kerzen, die auf mannshohen Leuchtern vor den Fenstern brannten.

Schon bei ihrer Ankunft mit dem Taxi war sie sich vorgekommen wie in einem Film. Das mächtige schmiedeeiserne Tor hatte sich vor ihren Augen in zwei Flügel geteilt und den Weg freigegeben auf eine weiße Kieseinfahrt. Daniela hatte das Fenster ein Stück herunterfahren lassen und zugehört, wie die Kieselsteine unter den Reifen knirschten: ein Geräusch, das in ihren Ohren nach Reichtum und Wohlstand klang. Die Kieseinfahrt führte zwischen hohen Bäumen hindurch zu einem Haus, das Daniela vielleicht in England erwartet hätte, nicht jedoch mitten in München.

Sie war ausgestiegen, für einen Moment regungslos stehen geblieben und hatte sich vorgestellt, wie es wäre, in so einem Haus zu leben. Sie sah sich die breite Freitreppe hinunter in den riesigen Garten gehen, dessen Rasen so gleichmäßig, dicht und grün wie auf einem Golfplatz wuchs. Sie überlegte, ob sie das Schlafzimmer auf der linken Seite, in einem der Erkerzimmer, oder rechts, in dem kleinen Eckturm, einrichten würde. Wahrscheinlich hätte sie an einer der goldbraunen Hauswände Efeu anpflanzen und es bis in den dritten Stock unters Dach wuchern lassen.

Als Kind hatte sie einmal mit ihren Eltern einen sehr entfernten, reichen Onkel an der Côte d'Azur besucht, der ein ähnlich schönes Anwesen besaß. Sieben oder acht war sie gewesen. Seitdem träumte sie davon, eines Tages reich zu sein. Doch das Leben hatte es, bis jetzt jedenfalls, anders gewollt.

«Warum heiratest du nicht endlich irgendeinen reichen Kerl?»

Das war die Frage, die sich Daniela immer anhören musste, wenn sie in das fünfunddreißig Quadratmeter große, finstere Apartment zu Besuch kam, das ihre Mutter bewohnte. Sie hatte sich abgewöhnt, auf die Frage zu antworten, denn was die Rollenverteilung zwischen Mann und Frau anbelangte, war mit ihrer Mutter nicht zu diskutieren. Vielleicht lag es daran, dass sie Italienerin war. Sie hatte Daniela so früh beigebracht, wie man Männer um den Finger wickelt, dass nicht einmal der Papst vor ihr gefeit gewesen wäre.

«Schöne Mädchen arbeiten nicht, schöne Mädchen heiraten.» Nach einzig und allein dieser Lebensweisheit war Danielas Erziehung erfolgt. Sie hatte es aufgegeben, ihrer Mutter klar zu machen, was der Preis eines solchen Lebens wäre: die Unabhängigkeit zu verlieren, zur Sklavin seiner Kreditkarte zu werden, als blondes Weibchen auf Empfängen neben ihm zu stehen, die Klappe zu halten, wenn es ums Geschäft ging, und ein Verhältnis mit dem Tennislehrer anzufangen.

Für ihre Mutter klang das nach der Beschreibung eines glücklichen Frauendaseins – verständlich, wenn man bedachte, wie sie trotz Danielas gelegentlicher Finanzhilfen zu leben gezwungen war. Und bei dem Versager, den sie geheiratet hatte. Danielas Vater war schon vor über zwanzig Jahren auf Nimmerwiedersehen verschwunden.

Robert kam aus der Küche und hielt zwei Rotweinflaschen in den Händen: «Einen italienischen Chianti oder lieber einen Bordeaux?»

Daniela verstand nicht viel von Wein und entschied sich für den Bordeaux.

Er stellte zwei wunderschöne geschliffene Rotweingläser auf den Tisch und schenkte ein. Sie betrachtete seine Hände. Sie waren groß und kräftig mit gepflegten Fingernägeln. Er hatte sein Jackett ausgezogen und den Kragen seines dunkelblauen Hemdes aufgeknöpft. Sein Hals war kräftig, mit einem ausgeprägten Kehlkopf, der beim Sprechen auf und ab hüpfte. Auf seinem fast kahlen, braun gebrannten Schädel wuchs nur ein Kranz silbriger Stoppeln. Ein paar Brusthaare schauten aus seinem geöffneten Hemd hervor. Aber das störte Daniela nicht. Auch der leichte Bauchansatz machte ihr nichts aus. Zusammen mit seinen breiten Schultern und den muskulösen Oberarmen wirkte er sehr männlich.

Was mache ich hier eigentlich?, dachte sie. Männer mit Bauch und behaarter Brust habe ich sonst nie attraktiv gefunden! Außerdem ist er viel zu alt.

Sie spürte, dass die Anziehungskraft, die von Robert Bergmann ausging, sie durcheinander brachte.

Es machte alles so kompliziert. Ausgerechnet jetzt, wo sie einen Weg gefunden hatte, zu ihren Bedingungen an Geld zu kommen. Ohne Mann, ohne ihre Unabhängigkeit aufzugeben. Sicher, es gab ein gewisses Risiko, aber dafür war der Aufwand minimal. In wenigen Tagen würde sie neunundzwanzig. Sollte sie vielleicht jetzt noch eine berufliche Karriere anstreben? Zudem fehlten ihr die dafür nötigen Eigenschaften wie Fleiß, Geduld, Konsequenz.

Durchs Abitur war sie noch mit viel Glück gekommen, dann hatte sie es mit einem Studium versucht. Drei Semester, erst Biologie, dann Jura. Die Biologiestudenten hatte sie kindisch und strebsam gefunden, die Juristen karrieregeil, noch strebsamer und obendrein langweilig. Auf Drängen einer Freundin hatte sie sich anschließend noch ein paar Wochen lang die Vorlesungen in Politikwissenschaften angetan. Die Politikstudenten waren die Schlimmsten von allen gewesen: Pseudoweltverbesserer, die die Unterjochung Deutschlands durch die USA beklagten und ziemlich sicher sein konnten, eines Tages als Taxifahrer zu enden.

Nach dem Uni-Desaster, zwei Monaten Urlaub in Südamerika und einer gescheiterten Beziehung zu einem bekannten Münchner Rechtsanwalt hatte sich Daniela mit Jobs in Diskotheken und Bars durchgeschlagen, sich mehrfach an Schauspielschulen beworben und dann eine Lehre als Fotografin begonnen. Die hatte sie zwar nach ein paar Monaten wieder abgebrochen, aber weil sie für die Fotografie ein gewisses Talent mitbrachte, war sie bei dem Beruf geblieben. Es reichte gerade so zum Leben. Wenn man keinen besonderen Wert auf teure Kleider, eine großzügige Wohnung und gute Restaurants legte und wenn man sich einreden konnte, Urlaub zu Hause sei am schönsten.

«Kannst du dir vorstellen, bei mir einzuziehen?», fragte Robert.

Daniela sah ihn so entsetzt an, dass er sofort in einen entschuldigenden Tonfall wechselte: «Das Haus ist doch groß genug für zwei.»

«Bitte hör auf, Robert. Das kommt nicht infrage.»

«Warum nicht?»

«Weil es nicht geht.»

«Du kannst dir ein Zimmer aussuchen. Oder zwei. Du kannst auch eine ganze Etage haben, wenn du willst.»

«Robert, nein.»

«Ich würde dir ein Fotostudio einrichten. Und ein Labor und …»

«Bitte, Robert! Ich möchte nicht darüber reden. Nicht heute. Vielleicht ein anderes Mal.»

Er zuckte mit den Achseln. «Überleg's dir. Ich will dich nicht drängen.»

Sie schwiegen.

Daniela war Robert Bergmann vor drei Wochen auf dem Münchner Flughafen begegnet. Nicht zufällig natürlich. Sie hatte aus der Zeitung erfahren, dass er an diesem Tag einen Termin in Oslo wahrnehmen musste, und sich einen Flug mit derselben Maschine gebucht. Vor dem Check-in-Schalter der ersten Klasse – für das Ticket hatte ihr Dispokredit gerade noch ausgereicht – war er über ihre Reisetasche gestolpert und hatte ihr dabei seinen Aktenkoffer gegen das Schienbein gerammt. Sie hatte ihn angefahren, er solle besser aufpassen. Er hatte geantwortet: «Schönes Kind, stellen Sie sich nicht so an.» *Schönes Kind!* So etwas Bescheuertes hatte schon lange niemand zu ihr gesagt. Dazu in einer Lautstärke, dass es jeder um sie herum hören konnte. Auch die Frau am Schalter. Wahrscheinlich war es pure Bosheit von ihr gewesen, dass sie ihnen zwei nebeneinander liegende Plätze gegeben hatte.

Besser hätte es gar nicht laufen können.

Auf dem Flug waren sie, nachdem er sich entschuldigt hatte, sofort ins Gespräch gekommen. Das übliche Blabla über Urlaub (er hatte ein Haus in Kitzbühel), über Schauspielerinnen (er stand auf Sharon Stone), über Sport (er lief Ski). Die Stewardessen hatten Champagner, Entenbrust mit Trüffeln und Brombeersorbet serviert und allen weiblichen Passagieren an Bord eine rote Rose überreicht. Daniela hatte das Gefühl gehabt, durch Robert Bergmanns Begleitung noch zuvorkommender und aufmerksamer behandelt zu werden. Obwohl sie vor dem Flug so viel wie möglich über ihn gelesen hatte, war ihr bis heute nicht ganz klar, womit er sein Geld verdiente. Er bezeichnete sich als Kaufmann, aber bei Daniela rief das Wort Kaufmann eher die Assoziation eines Staubsaugervertreters hervor. Robert Bergmann handelte mit Schiffen, obwohl er keine Ahnung von Schiffen hatte, mit Immobilien, obwohl er nichts vom Maklerwesen verstand, mit Flugzeugen, von denen er nicht mal die Typenbezeichnungen wusste. Das Einzige, womit sich Robert Bergmann auskannte, war Geld.

Und das Einzige, was für Daniela zählte, war, dass er viel davon besaß.

Das Schweigen wurde zur betretenen Stille.

«Sei mir nicht böse», sagte sie, «ich will nach Hause.»

«Ich habe heute das Gefühl, dich nicht zu kennen.»

«Vielleicht ist es auch besser so.»

«Du redest Unsinn.»

«Wahrscheinlich. Ich kann es dir nicht erklären.»

«Versuch es einfach.»

«Nein. Glaub mir, es ist besser so.»

«Du redest kaum, du isst nicht, du sitzt nur da und starrst mich an. Du behauptest, dass es dir gut geht, und ich sehe, dass es nicht stimmt.» Er hob sein Weinglas und setzte es wieder ab, ohne einen Schluck getrunken zu haben. «Warum hast du meine Einladung überhaupt angenommen?»

«Entschuldige. Bist du wütend?»

«Nein.»

«Enttäuscht?»

«Nein. Ich bin ratlos. Sag mir, was ich tun soll.»

«Ruf mir ein Taxi, bitte!»

Er stützte sich mit seinen großen Handflächen entschlossen auf der Tischplatte ab und erhob sich wie ein Manager nach einer mies gelaufenen Verhandlung. Daniela vermutete, dass seine Geduld nun am Ende war und er ihr, ohne zu zögern, ein Taxi rufen würde. Stattdessen trat er hinter sie und begann mit seinen gepflegten Händen ihren Nacken zu massieren. Als sie sich zu sträuben versuchte, drückte er sie zurück auf den Stuhl. Sie hätte wissen müssen, dass Robert Bergmann nicht so leicht aufgab. Er war es nicht gewohnt, Widerstand zu dulden. Für Daniela gab es nun zwei Möglichkeiten. Entweder entschlossen und leicht hysterisch aufspringen und auf ein Taxi bestehen. Oder ihm nachgeben. Natürlich lautete die Antwort: Taxi. Jede andere Entscheidung wäre paradox, dämlich, riskant, idiotisch gewesen.

Sie lehnte den Kopf zurück und schloss die Augen. Sie spürte, wie seine Hände über ihre Schultern glitten. Dann fuhr er mit seiner Zunge über ihren Hals und küsste ihre Wangen. Sie spürte, wie sie Gänsehaut bekam. Ihr Top wurde nur durch einen Knopf am Hals gehalten. Als er den Knopf öffnete, fiel der goldene Stoff nach vorne in ihren Schoß. Sie trug keinen BH. Ihre Brustwarzen verrieten ihre Erregung.

Sie hatte sich fest vorgenommen, nicht mit ihm zu schlafen. Unter keinen Umständen!

Seine Hände umfassten ihre Brüste. Zärtlich. Dann wurde der Griff fester. So fest, wie sie es gern hatte. Er schien genau zu wissen, was sie mochte.

Nun geh schon!, sagte sie sich. Steh auf und geh!

Sie hatte sich nicht gewehrt, als er den Stuhl, auf dem sie saß, herumdrehte, obschon sie wusste, was er vorhatte. Er kniete jetzt vor ihr. Seine Hände glitten über ihre Schultern, ihren Bauch, die Oberschenkel entlang zu den Waden. Er begann ihre Waden sanft zu streicheln. Der Stuhl war unbequem, aber das machte ihr nichts aus. Sie rutschte auf die Kante und entspannte ihre Oberschenkel, sodass er ihre Beine vorsichtig auseinander drücken konnte. Seine Hände wanderten langsam höher, schoben ihren Rock über die Knie und hatten jetzt die Innenseite ihrer Oberschenkel erreicht. Sie schloss die Augen und zuckte leicht zusammen, als er über ihre Scham strich.

Sie stützte sich mit den Händen leicht ab, damit er ihr den Slip ausziehen konnte. Sie genoss seine Berührungen, seine Küsse. Mit jeder Berührung, jedem Kuss wurde ihr Verlangen stärker. Dann packte er sie an den Hüften und hob ihren Körper, als würde er kaum mehr als ihre Kleider wiegen, auf den Esstisch. Sie ließ sich nach hinten fallen und sah den mächtigen Kronleuchter, der unter der Decke hing und in dessen Kristallen sich das Kerzenlicht brach. Robert beugte sich über sie, strich ihr mit der Zunge über die Lippen und küsste sie. Sie drückte ihn fest an sich.

Dann merkte sie, wie plötzlich sein kräftiger Körper unter ihrem Griff zusammensackte.

Als Robert zu Boden fiel, versuchte er sich am Tisch festzuklammern. Teller und Gläser zerschellten klirrend auf dem Parkett. Ein Lüster stürzte um. Robert lag vor ihr am Boden und krümmte sich. Sein Gesicht war verzerrt. Er umklammerte mit den Händen seinen Bauch.

«Ich kriege keine Luft mehr», waren die letzten Worte, die Daniela verstand.

7

Auf der Landkarte, die Rebekka aus München mitgebracht hatte, war das Haus mit einem roten Kreuz wie ein Schatz eingezeichnet. Sie hatte Viktor die Karte gezeigt, aber der hatte nur abgewinkt und gemeint, er kenne den Weg. Jeder auf der Insel würde ihn kennen. Dabei hatte er ein Gesicht gemacht, das Rebekka nicht zu deuten wusste. Dann waren sie aufgebrochen.

Brava war wie alle Kapverdischen Inseln vulkanischen Ursprungs, entstanden vor Jahrmillionen, als sich der amerikanische vom afrikanischen Kontinent trennte. Das gesamte Eiland strebte dem Gipfel des fast tausend Meter hohen Monte Fontainhas zu. In welche Richtung man die Insel auch überqueren wollte, man musste den Berg immer umfahren.

Rebekka war schlecht. Der Geschmack von Rum lag pelzig auf ihrer Zunge. Ihr Schädel fühlte sich an wie ein Dampfkessel, der unter Druck stand. Sie massierte sich die Schläfen. Warum nur, fragte sie sich, rebelliert der Körper erst dann gegen den Alkohol, wenn man wieder nüchtern ist? Vermutlich weil man wieder einen klaren Verstand besitzt und sich vornimmt, nie wieder ein Glas anzurühren.

Eine Bodenwelle hob sie aus dem Sitz und schleuderte sie mit dem Kopf gegen das Dach des Jeeps.

«Aua!»

«'tschuldigung.» Viktor verlangsamte das Tempo.

Um den Rumgeschmack loszuwerden, hatte Rebekka bereits anderthalb Liter Mineralwasser getrunken, die nun in ihrem Bauch hin und her schwappten.

«Sollen wir eine neue aufmachen?», fragte Viktor, als sie die leere Flasche unter ihren Sitz schob.

«Nein, danke.» Sie musste mal.

Das Thermometer, das mit einem Saugnapf an der Windschutzscheibe befestigt war, zeigte 40 Grad. Weiter reichte die Skala nicht. Viktors alter sowjetischer Militärjeep besaß keine Klimaanlage, keine Lüftung, und die Fenster herunterzukurbeln hätte die Situation noch unerträglicher gemacht. Alle paar Minuten kam ihnen ein klappriger Lastwagen auf der schmalen Schotterpiste entgegen und zog eine dicke Staubwolke hinter sich her, die zäh in der Luft hängen blieb. Obwohl die Sonne senkrecht am Himmel stand, war nur ein matter runder Schimmer zu erkennen.

«So viel Verkehr haben wir sonst nie», stellte Viktor überrascht fest.

«Hoffentlich sind wir bald da.»

«Noch zwanzig Minuten etwa, wenn wir in diesem Tempo weiterfahren. Aber bei der Straße nach Westen weiß man nie, was einen noch erwartet.» Viktor umkurvte ein paar dicke Steine. Einem konnte er nicht mehr ausweichen, und es tat einen mächtigen Schlag unter dem Wagen.

Auf der Rückbank saßen zwei Jungen, zwölf, höchstens dreizehn Jahre alt. Sie wollten sich ein paar Escudo damit verdienen, dass sie Rebekkas Sachen den letzten Teil des Weges, den man nur zu Fuß zurücklegen konnte, zum Haus trugen. Bevor sie aufgebrochen waren, hatte Rebekka am Hafen noch Ananas, Mangos und Bananen gekauft, mehrere Pakete Mehl, Reis und Zucker; außerdem einen Kanister Diesel für den Stromgenerator, der angeblich noch funktionieren sollte.

Die Jungen kicherten schon die ganze Fahrt. Ihre Haut hatte einen samtig braunen Farbton, nicht das tiefe Schwarz der Kontinentalafrikaner, ihre Haare waren rotblond gelockt. Rebekka erinnerte sich, irgendwo einmal gelesen zu haben, dass blondes Haar auf den Kapverden häufig vorkam, weil sich die europäischen Eroberer gerne die hübschen schwarzen Frauen genommen hatten.

Je schlechter der Zustand der Schotterpiste wurde, desto mehr schien den Jungen die Fahrt Spaß zu machen. Rebekka verstand zwar kein Wort von dem, was sie sagten. Aber die Regel ihres Spiels schien zu lauten: Wer am längsten sitzen bleibt, ohne sich festzuhalten, hat gewonnen. Die letzte

Runde ging eindeutig an den kleineren der beiden. Der größere war gerade krachend im Fußraum hinter dem Fahrersitz gelandet und rieb sich schnaufend seinen angeschlagenen Ellenbogen. Viktor sagte etwas zu ihm, beide Jungs lachten, und das Spiel ging von vorne los.

Der nächsten Bodenwelle folgte umgehend ein Schlagloch. Trotz reduzierten Tempos konnte sich Rebekka nicht mehr festhalten und knallte wieder unters Dach. Sie spürte ein Würgen im Hals.

«Stopp! Anhalten, Viktor, bitte!»

Sie sprang aus dem Wagen, stolperte hinter einem Busch den Hang hinunter. Das Feixen der Jungen bekam sie nicht mit.

Fünf Minuten später fühlte sie sich besser. Sie wusch sich den Mund aus, kippte sich eine halbe Flasche Wasser über den Kopf. Dann ging die Fahrt weiter.

Es waren eine Weile keine Lastwagen mehr vorbeigekommen, der Staub hatte sich gelegt und die Sicht freigegeben. Erst jetzt nahm Rebekka wahr, dass sich die Umgebung völlig verändert hatte. Keine karge braune Landschaft mehr mit tiefen Kratern und vertrockneten Sträuchern wie unten am Hafen, sondern sattes Grün, feuerrote exotische Blüten. Es roch nach Palmen, nach Tropen, nach Urlaub, nach Abenteuer. Vor ihnen lag der Monte Fontainhas. Schroff, grün, felsig erstreckte er sich in den Himmel. Um seinen Gipfel hing ein Kranz aus dicken Wolken. Man nannte Brava auch die Blumeninsel, weil die beständige Wolkendecke für starken Nachttau sorgte und im Landesinneren Oleander, Hibiskus und Disteln in allen Farben sprießen ließ. Es gediehen Dattel- und Kokospalmen und Purgier-Nüsse. Zuckerrohrfelder zogen sich durch die Landschaft. Aus dem Zuckerrohr wurde billiger Rum gebrannt, der ein Grund war für den grassierenden Alkoholismus.

Immer noch kein Lastwagen in Sicht. Rebekka kurbelte das Fenster herunter, sog die Luft in sich auf wie Medizin und spürte allmählich, wie das Leben in ihren Körper zurückkehrte. Der Zustand der Straße wurde nun rapide schlechter, bis sie nur noch im Schritttempo vorankamen. Viktor konzentrierte sich schweigend darauf, wenigstens einen Teil der Schlaglöcher zu umfahren.

Schon seltsam, dieser Viktor, dachte Rebekka. Erst dieses Unbehagen, das sie ihm gegenüber empfunden hatte, und jetzt fühlte sie in seiner Gegenwart so etwas wie Geborgenheit. Wirklich seltsam.

Viktor, der Lehrer, der Treckerfahrer, der Spezialist für Dieselmotoren; knorrig, unnahbar, geheimnisvoll und vernarbt wie aus einem Horrorfilm. Die Narben in seinem Gesicht sahen aus, als hätte sie jemand mit einer Zigarette in die Haut gebrannt, ein Folterknecht. Eine Narbe neben der anderen, hineingebrannt zu einem Muster aus Kratern auf Viktors Wangen und auf seiner Stirn. Viktor hatte bestimmt keine Miene verzogen, sondern seinem Peiniger trotzig ins Gesicht gesehen.

Ein Unfall? Krankheit? Krieg? Viktor, ein ehemaliger Soldat? Er war ungefähr im gleichen Alter wie Dunbar, Mitte, Ende fünfzig. Schwer zu schätzen wegen der Narben. Wahrscheinlich war er doch eher jünger, denn sein dunkles Haar war kaum ergraut. Rebekka hatte überlegt, ob sich Viktor und Dunbar schon aus der Zeit vor Brava kannten. Aber sie glaubte es nicht.

Er stammte aus Süddeutschland, angeblich sogar aus der Nähe von München. Mehr hatte er nicht über sich erzählt. Nichts über seine Familie, nicht, warum er portugiesisch sprach, nicht, warum er nach Brava gegangen war. Dreimal hatte Rebekka ihn gestern Abend gefragt. Jedes Mal tat er, als hätte er die Frage überhört. Nur ein Rätsel hatte Viktor mit theatralischer Geste aufgeklärt. Als es schon dunkel war und nur der Mond und Nanis flackernder Neonschriftzug die Nacht erhellten, nahm er für einen kurzen Moment seine Pilotenbrille ab. Sein linkes Auge hatte keine Iris und keine Pupille mehr, es sah aus wie eine milchig weiße Wachskugel.

Die Schotterpiste endete abrupt auf einem Plateau über der Steilküste, als wäre die Welt hier zu Ende. Der Wind pfiff kräftig vom Meer herauf. Rebekka hatte Mühe gehabt, die Tür des Jeeps aufzustoßen. Sie breitete die Arme aus und ließ ihr T-Shirt aufblasen, im Nu trocknete der Schweiß auf ihrer Haut. Von hier ging es nur noch zu Fuß weiter. Die Jungen schnappten sich die Sachen und eilten voraus. Rebekka sah ihnen nach. Sie waren barfuß. Die weißen Fußsohlen am Ende ihrer langen dünnen Beine sahen aus wie Badesandalen – Badesandalen, die einen schmerzunempfindlich gegen das scharfe, spitze Lavagestein machten. Nach wenigen Sekunden waren die Jungen zwischen den Felsen verschwunden.

Rebekka kam sich auf einmal vor, als wären Viktor und sie die letzten Menschen auf der Insel. Gestrandete nach einem Sturm. Hinter ihnen der Monte Fontainhas, vor ihnen das Meer und weit und breit kein Zeichen menschlichen Lebens, nur ein alter, verbeulter Jeep.

Freitag und Robinson.

Viktor und Rebekka – und ein alter Jeep.

Das Haus lag eine halbe Stunde in nördlicher Richtung. Das nächste Dorf namens Lavandura war auf der Karte anderthalb Kilometer weiter, den Monte Fontainhas hinauf, eingezeichnet.

«Sind Sie sicher, dass Sie es hier einen Monat aushalten?», fragte Viktor.

«Es gibt nichts, wonach ich mich mehr sehne», antwortete Rebekka. Das war nur halb gelogen, denn bis vor wenigen Minuten hatte es gestimmt. Auf einmal überkam Rebekka das Gefühl, als würde die Einsamkeit sie erdrücken.

«Es ist sicher ungewohnt hier für jemanden, der aus einer Großstadt kommt.»

«Das hat Kapitän Dunbar auch gesagt.»

«Ich weiß. Er glaubt, Sie werden das Inselleben bald genauso trostlos finden wie er.»

«Warum geht Dunbar nicht woandershin?», fragte Rebekka leicht gereizt. «Es muss doch irgendwo auf der Welt einen Platz geben, der ihm gefällt, mit einem Schiff, das ihm gefällt, wo er in Ruhe leben kann.»

Viktor zuckte die Achseln. «Das müssen Sie ihn schon selber fragen. Aber er wird Ihnen vermutlich keine Antwort geben. Sie werden auf den Inseln überhaupt wenige Weiße finden, die gerne über ihre Vergangenheit sprechen. Kaum einer von uns ist in diesen von Gott und der Welt vergessenen Winkel gekommen, um sich ständig an das Leben zu erinnern, das er einmal geführt hat.» Viktor redete jetzt fast wie Dunbar. «Oder glauben Sie etwa nicht, dass ich lieber in München oder Berlin wäre, eine große Wohnung oder ein Haus bewohnen würde mit richtigen Tapeten an den Wänden, fließend Warmwasser, einem Fernseher mit zwanzig Programmen und Menschen um mich herum, die meine Muttersprache sprechen?»

Rebekka erwiderte nichts. Sie fühlte sich geschmeichelt durch Viktors Vertrauensbeweis, dass er ihr diesen kurzen und intensiven Blick in seinen Seelenzustand gewährt hatte. Gleichzeitig machte es sie verlegen.

Nach ein paar Sekunden lächelte Viktor wieder, als wäre alles nicht so gemeint gewesen. Er schlug die Heckklappe seines Jeeps zu, warf sich die Tasche mit Lebensmitteln über die Schulter und ging so schnell voraus, dass Rebekka Mühe hatte, ihm zu folgen. Der Weg wurde schnell immer steiler und felsiger, als wollte er die Passanten davor warnen, weiterzugehen. Rebekka hatte ihre Trekkingstiefel angezogen und rutschte dennoch ständig ab. Einmal war sie umgeknickt. Ihr rechtes Fußgelenk schwoll an.

«Woher wissen Sie eigentlich von dem Haus?», fragte Viktor nach einer guten Viertelstunde Fußmarsch.

Rebekka war im Schatten einer Palme stehen geblieben, deren Wurzel wie eine Geschwulst aus der Erde ragte, und rieb sich ihr geschwollenes Gelenk. Ein grünlich schimmernder Käfer krabbelte über ihre Jeans. Sie betrachtete ihn einen Moment. Dann wischte sie ihn mit dem Handrücken in den Sand. Viktor hockte sich neben sie auf die Geschwulstwurzel. «Es ist sehr ungewöhnlich, dass jemand aus Europa dieses Haus kennt. Soweit ich weiß, hat es seit Jahren niemand betreten.»

«So?» Rebekka spürte, dass ihn die Frage schon länger beschäftigte. «Ich habe den Schlüssel von einem Freund bekommen. Einem Bekannten, besser gesagt.»

«Gehört ihm das Haus?»

«Ja.» Rebekka hatte ihren Schuh ausgezogen und betrachtete die kleine Beule, die sich um ihr Fußgelenk gebildet hatte.

Viktor ließ nicht locker. «Er hat Ihnen den Schlüssel einfach so gegeben, ohne …» Er unterbrach sich.

«Ohne was?»

«Nichts. Wie gesagt, es ist eben ungewöhnlich, dass nach so vielen Jahren jemand hier auftaucht. Entschuldigen Sie, wenn ich frage, aber wer ist dieser Freund oder Bekannte, von dem Sie den Schlüssel haben?»

Rebekka hob skeptisch die Brauen und sah Viktor von der Seite an. In seinem Tonfall schwang noch etwas anderes mit als bloße Neugierde. Aber warum sollte sie es ihm nicht erzählen? «Er heißt Engelbert, Dr. Friedrich Engelbert, und ist ein Kollege von mir. Kennen Sie ihn?»

«Nein. Hab den Namen nie gehört. Und er therapiert, so wie Sie, Leute mit ...» Viktor machte neben seiner Schläfe eine kreisende Bewegung mit dem Zeigefinger. «... na, ich meine Leute, die nicht ganz richtig im Kopf sind, die 'ne Meise unterm Pony haben. Also ein Problem, meine ich.»

Rebekka ärgerte sich ein wenig über Viktors Geringschätzung. «Nein», erwiderte sie förmlich, «Dr. Engelbert arbeitet an der Universität. An einem sehr renommierten Institut für psychologische und psychiatrische Forschungen. Er erstellt Gutachten und Studien, hält Vorlesungen und Seminare. Er ist ein sehr kluger und sehr netter Mann.»

Viktor schwieg. Er hatte ihre Missbilligung offensichtlich bemerkt.

Rebekka musste die Schnürsenkel lockern, um ihren Schuh ohne Schmerzen wieder anziehen zu können, aber sie konnte auftreten.

«Stimmt etwas nicht mit dem Haus?», fragte sie, selbst ein wenig überrascht, woher ihr der Gedanke plötzlich kam.

«Was sagen Sie?» Viktor hatte nicht zugehört.

«Ob etwas mit dem Haus ist?»

«Nein. Nichts Besonderes.»

Das Haus hatte den Kampf gegen die Natur schon vor Jahren aufgegeben. Farne und Büsche umwucherten es, Schlingpflanzen mit großmäuligen, gelben und roten Blüten rankten sich die Wände hinauf. Rebekka hatte das Haus erst auf den zweiten Blick bemerkt. Es war Teil der Landschaft geworden, ein Denkmal aus einem längst vergangenen Jahrhundert. Womöglich ein ehemaliges Piratennest. Dicke Mauern aus ungleichen grauen und braunen Steinen, schmale Fenster mit schweren dunklen Läden, ein Laubengang über dem

Erdgeschoss, kleine Zinnen um das bemooste, einst rote Dach. Für eine Piratenbande hätte sich Rebekka keinen besseren Platz vorstellen können. Das Haus war eine kleine uneinnehmbare Festung. Hinter ihm schoss der Fels senkrecht in die Höhe, davor erstreckte sich das Meer, und rechts, im Osten, war die Nachbarinsel Fogo zu sehen. Kein Schiff konnte hier unbemerkt passieren.

«Ich muss Ihnen allerdings sagen, dass an dem Haus schon seit längerem nichts mehr gemacht wurde.»

Rebekka erinnerte sich, dass dieser Satz gefallen war, an dem Tag als ihr Dr. Engelbert den Schlüssel und die Landkarte übergeben hatte. Aber der Hinweis war in ihrer Vorfreude auf diese Reise untergegangen wie ein Stein, den man in einen Honigtopf warf. Obwohl Rebekka vor dem Zustand im Inneren grauste, konnte sie es kaum erwarten, hineinzugehen. Das Haus hatte etwas einladend Faszinierendes. Sie kam sich vor wie ein Schatzsucher oder eine Archäologin. Auf der Eingangstür, deren Holz von der Sonne verbrannt war, stand etwas mit Kreide. Schon ziemlich verblasst. Es war ein Zeichen, eine Art Kreuz oder so was.

Rebekka kam nicht dazu, es näher zu betrachten. Von der Ferne dröhnte Viktors Stimme. Er rief die Namen der Jungen, die ihre Sachen getragen hatten. Er war schon vor einer Weile hinters Haus gegangen, weil die beiden nicht wieder aufgetaucht waren.

Rebekka wollte auf Viktor warten, bevor sie das Haus betrat. Auch wenn sie nicht so recht wusste, warum. Sie setzte sich auf die schmale steinerne Bank neben der Eingangstür, ohne sich darüber zu wundern, dass sie nicht überwuchert war. Sie zog den Schlüssel aus ihrer Hosentasche. Es war ein alter, schwarzer Schlüssel, kunstvoll geschmiedet; verschlungen, gelöchert, gezackt mit einem breiten Bart.

Viktor schnaufte, als er zurückkam. Dunkle Flecken

zeichneten sich unter seinen Achseln ab. Auf dem Rücken trug er ihren Rucksack, über seinen Schultern baumelte je ein Leinensack mit Lebensmitteln, in der rechten Hand hielt er den Dieselkanister.

«Alles in Ordnung?», fragte Rebekka. «Wo sind die Jungen?»

«Diese Feiglinge.» Er setzte den Kanister im Gras ab und ließ erschöpft die Taschen von den Schultern fallen. «Verschwunden, einfach abgehauen. Wahrscheinlich warten sie beim Wagen. Ich habe Ihre Sachen dahinten im Gebüsch gefunden.»

«Hatten Sie nicht gesagt, die Jungen würden den Weg zum Haus kennen? Und wieso Feiglinge?»

Viktor rang nach Atem. «Natürlich kennen sie den Weg. Aber sie haben die Hosen voll. Aberglaube, wissen Sie. Sehr verbreitet hier auf den Inseln. Käpt'n Dunbar hat schon Recht. Einsamkeit und Langeweile machen die Leute verrückt. Wer den ganzen Tag nicht weiß, was er tun soll, hat genug Zeit, sich irre Geschichten auszudenken.»

Es war also doch etwas mit dem Haus, dachte Rebekka. Aber was sollte Viktors Geheimniskrämerei?

«Die Einheimischen sagen, in dem Haus spukt es», erklärte er.

«Und warum haben Sie das vorhin nicht erzählt?»

«Ich wollte Sie nicht beunruhigen, ich wusste ja nicht, ob Sie …»

«Ich glaube nicht an Gespenster, wenn Sie das meinen.» Rebekka gab sich keine Mühe, ihren Unmut zurückzuhalten. Trotzdem beschlich sie ein mulmiges Gefühl. War sie zu naiv gewesen, als sie Dr. Engelberts Angebot, in seinem Haus zu wohnen, angenommen hatte? Sie wusste so gut wie nichts über diese Insel, diese Gegend. Und über das Haus, wie sich jetzt herausstellte, wusste sie erst recht nichts. Sie hatte sich so unbedarft und gutgläubig in diese Reise gestürzt wie ein Teenager, der zum ersten Mal alleine Urlaub macht.

Aber war es anderseits nicht das, was sie wollte? Keinen Pauschalurlaub mit Halbpension und Unterhaltungsprogramm am Abend, lärmenden Reisegesellschaften mit dummen Witzbolden und nörgelnden Kindern am Nachbartisch, sondern einen Monat raus. Ganz raus. Es war die Ursprünglichkeit, nach der sie suchte. Sie erhoffte sich davon, dass ihr Blick für die wesentlichen Dinge geschärft würde. Hier war es nur wichtig, ein Dach über dem Kopf zu haben und jeden Tag genug zu essen. In der Einsamkeit gab es keine Karrieresorgen, keine drohenden Intrigen, keine Patienten mit Neurosen und Psychosen.

Dieses Haus war ein Abenteuer. Wer erlebte heutzutage schon Abenteuer? Nur wer den Mut hatte, etwas zu riskieren. Und was, verflucht nochmal, sollte schon passieren?

«Seien Sie mir nicht böse», beschwichtigte Viktor. «Lassen Sie uns reingehen, dann erzähl ich's Ihnen.»

Der Schlüssel klemmte, als ob er nicht passen würde. Dann merkte Rebekka, dass es am Rost lag und man ihn nur kräftig genug ins Schloss stoßen musste. Er ließ sich erstaunlich leicht drehen. Die Tür war zweimal abgeschlossen. Bevor Rebekka die Klinke nach unten drückte, wandte sie sich zu Viktor. Er sah ihr gespannt über die Schulter.

Die Tür wimmerte in den Angeln, als bereite es ihr Schmerzen, sich nach langer Zeit wieder bewegen zu müssen. Es roch modrig und feucht, nach alten Mauern, altem Holz und altem Stoff. Dielen knarrten unter Rebekkas Schritten, allmählich gewöhnten sich ihre Augen an die Dunkelheit. Viktor hatte seine Brille abgenommen und war in der Tür stehen geblieben. Seine linke Hand umklammerte die Klinke so fest, dass seine Fingerknöchel weiß wurden.

Sein Mund stand offen, sein rechtes Auge ließ den Blick durch den Raum wandern. Viktors vernarbtes Gesicht machte es nicht nur schwer, sein Alter zu schätzen, sondern geradezu unmöglich, seine Mimik zu entschlüsseln. Rebekka überlegte, was er wohl dachte. War er nur erstaunt? Oder durchflutete gerade ein Schwall Erinnerungen seinen Kopf?

Der Raum nahm fast die gesamte Grundfläche des Hauses ein. Durch die Fensterläden fielen dünne Lichtstreifen, Staubpartikel glitzerten in der Luft. Rebekka hatte ihre Fußabdrücke in der Staubschicht hinterlassen. Sie versuchte, Viktors Blick zu folgen. Er ruhte zunächst auf dem Esstisch, der aus dem Wohnzimmer ihrer Großmutter hätte stammen können: dunkles Holz, oval, Spitzendeckchen, weiße Vase mit blauem Blumenmuster, zwei dazu passende Kerzenleuchter. Die Kerzen waren noch nicht angezündet worden. Eine peinliche Ordnung verbarg sich unter der Staubschicht. Jeder Stuhl war an die Tischkante gerückt, auf einem Schränkchen standen Salz- und Pfefferstreuer und Gläser der Größe nach geordnet; keines war zerbrochen. Viktors Blick wanderte nach links über das Wandregal. Geschnitzte Andenken aus Holz und Elfenbein reihten sich aneinander: Löwen, Pferde, Elefanten, ein Bildnis der Jungfrau Maria. Neben dem Regal hing ein Jesuskreuz. Die Couch und zwei Sessel hatten breite geschwungene Arm- und hohe Rückenlehnen, Messingbeschläge und Polster aus dunkelgrünem Leder. Auf einem kleinen Tischchen stand ein Schachspiel, dessen letzte Partie noch nicht beendet war.

Kein Piratennest, dachte Rebekka. Sie kam sich vor wie in einem amerikanischen Landhaus. In einem von sehr frommen Menschen bewohnten amerikanischen Landhaus.

Viktor stieß ein leises Schnaufen aus, dann ging er ein

paar Schritte in den Raum und blickte hinter die Tür. Fast so, als würde er etwas Bestimmtes suchen.

An der Wand hingen zwei gerahmte Fotos. Eine sehr alte, ausgebleichte Schwarz-Weiß-Aufnahme mit gezackten Rändern. Sie zeigte ein älteres Ehepaar, das an Bord eines großen weißen Schiffes stand. Rebekka erkannte den Hafen von Furna, der sich in den Jahren kaum verändert hatte. Im Hintergrund waren Holzkisten gestapelt, die die Aufschrift *MARTIN Ltd. Shipping Company – Boston, Hamburg, Genua* trugen. Dem hochgeschlossenen Kleid der Frau nach zu urteilen, stammte die Aufnahme aus den frühen fünfziger Jahren. Der Mann trug einen dunklen Anzug, fast wie ein Geistlicher. Er war kleiner als seine Frau. Sein rundes Gesicht sah ernst aus, auf seiner Nase ruhte eine kleine runde Nickelbrille.

Das zweite Bild war ein Farbfoto, etwas verwackelt. Ein gut aussehender junger Mann; kräftig, hoch gewachsen, achtzehn vielleicht, buschige Koteletten, braunes Haar. Seine Jeans hatten den weiten Schlag der siebziger Jahre. Er saß an einem gedeckten Tisch vor dem Haus, das Rebekka gerade betreten hatte. Sein Blick war in die Kamera gerichtet, in der einen Hand hielt er ein Weinglas, in der anderen ein Buch. Das Dach des Hauses war noch nicht bemoost, die Wände nicht mit Efeu zugewachsen. Ein Teppich und ein Bettlaken hingen über dem Geländer des Laubengangs. Mit diesem Foto hatte das Haus plötzlich ein Gesicht bekommen. Rebekka fühlte sich wie ein Eindringling.

Ein Nagel und ein heller Fleck an der Wand verrieten, dass dort früher noch ein drittes Bild gehangen hatte.

«Kennen Sie diese Leute?», fragte Rebekka.

Viktor löste seinen Blick von den Bildern und setzte seine Brille wieder auf. «Nein. Das heißt, nicht persönlich.» Er zeigte auf den älteren Herrn. «Das hier muss der evangelische Pfarrer, der Missionar, sein, der hier früher mit seiner Frau gewohnt hat.»

«Das dachte ich mir schon, er strahlt so etwas Frommes aus.»

Viktor nickte. Er setzte sich auf die staubige Ledercouch und begann zu erzählen. Der Pfarrer, ein Deutscher übrigens, war nach Ende des Zweiten Weltkriegs nach Brava gekommen. Man munkelte, wegen seiner Nazivergangenheit. Kirchliche Missionare wurden damals fast an jeden Punkt Afrikas entsandt, vor allem katholische. Aber die evangelische Kirche wollte es den Katholiken nicht allein überlassen, die gottlose Bevölkerung auf den Kapverden, größtenteils Nachfahren von Sklaven und aus ihrer Heimat verstoßene Portugiesen, zum rechten Glauben zu bekehren. Der deutsche Pfarrer war in einer Zeit gekommen, als auf den Kapverden eine schwere Hungersnot herrschte: ein paar Dürrejahre hintereinander, die Landwirtschaft am Ende, Tausende starben. Bis in die sechziger Jahre waren die Kapverden noch portugiesische Kolonie gewesen. Portugal versuchte die Katastrophe zu verheimlichen. Der Pfarrer organisierte, dass ein Frachtschiff aus Italien Mehl, Reis, sogar ein paar Kühe und Schweine und natürlich Trinkwasser nach Brava brachte.

«Zum Dank», fuhr Viktor fort, «hat man ihm dieses damals völlig verfallene, unbewohnte Haus geschenkt. Es gehörte wohl einem Bauern, der vergeblich versucht hatte, auf den Felsterrassen Wein anzubauen. Der Pfarrer brachte das Haus wieder in Ordnung und ließ sogar Möbel aus Deutschland einschiffen. Aber dann wurde seine Frau krank, und er musste zurück. Nur ihre Kinder, zwei Söhne, kamen noch regelmäßig in den Wintermonaten.»

Eine kurze Pause und ein Räuspern kündigten Rebekka an, dass sich die Geschichte nun ihrem Höhepunkt näherte. «Was wirklich passiert ist, weiß niemand genau.» Viktors

Stimme wurde jetzt so leise als könnte jemand heimlich mithören. «Eines Tages, um die Weihnachtszeit 1970, waren die beiden Brüder plötzlich verschwunden. Sie hatten eine Marktfrau aus Lavandura noch am Abend vorher gebeten, ihnen Fisch und Gemüse zu bringen. Aber als die Frau kam, war niemand mehr im Haus. Die Tür stand offen, der Tisch war noch vom Abendessen gedeckt. Von den Brüdern fehlte jede Spur. Die Frau wartete, weil sie ihr Geld wollte. Nach mehreren Stunden begann sie die beiden zu suchen. Erst hinterm Haus, dann ein Stück die Felsen hinauf, schließlich am Strand.»

«Und?», fragte Rebekka, als er nicht gleich weitersprach.

«Nichts. Absolut nichts. Als die beiden nach zwei Tagen nicht wieder aufgetaucht waren, wurde eine Suchaktion organisiert. Fischer fuhren die Küste ab. Sie erwarteten, die Leichen irgendwo zwischen Klippen zu finden. Dort, wo auch das Treibholz angespült wird. Aber sie fanden niemanden. Bis heute sind die beiden Brüder nicht wieder aufgetaucht.»

Rebekka überlegte. «Waren Sie damals eigentlich schon auf der Insel?»

«Ich?» Viktor schüttelte energisch den Kopf.

«Was glauben Sie denn, was passiert ist?»

«Ich habe mir nie Gedanken darüber gemacht. Vielleicht hatten die zwei ja die Schnauze voll von der Einsamkeit. Denken Sie daran, was Käpt'n Dunbar immer sagt.»

«Ach, hören Sie auf.» Dunbars Gerede, dachte Rebekka. «Dann wären sie doch nicht bei Nacht und Nebel abgehauen. Vielleicht ist ihnen was zugestoßen?»

«Wenn sie ertrunken wären, hätte das Meer ihre Leichen irgendwann wieder angespült. Es passiert hier oft, dass jemand ertrinkt, besonders bei Vollmond, wenn das Wasser höher aufläuft. Aber bisher wurden alle Vermissten wiedergefunden. Meistens tot.»

«Wie alt waren die beiden Brüder damals?»

«Anfang zwanzig vielleicht.»

«Hat die Polizei nichts unternommen?»

«Die Polizei.» Viktor lachte spöttisch.

«Und warum glauben die Leute, dass es in dem Haus spukt?»

«Na, die Geister der Toten. So viel Missionarsarbeit konnte hier weder die katholische noch die evangelische Kirche leisten, dass die Leute nicht an solchen Hokuspokus glauben.»

Rebekka ging ans Fenster und betrachtete die verwilderten, duftenden Oleanderbüsche, die irgendwann einmal in einer geraden Reihe angepflanzt worden waren. Inzwischen hatten sie eine Höhe erreicht, die den Blick aufs Meer verdeckte. Aber das Rauschen der Wellen war zu hören. Rebekka stellte sich vor, wie die zwei jungen Männer hier im Garten saßen, Wein tranken, die Ruhe genossen, ein gutes Buch lasen. Genau das würde sie auch tun. Sie überlegte, was den Brüdern wohl zugestoßen war. Schade, dass es von dem zweiten kein Bild gab. Es war vermutlich das fehlende an der Wand.

«Was ist später mit dem Haus passiert?», fragte sie nach einer Weile.

«Nach ein paar Jahren hat es die damalige kommunistische Regierungspartei zu ihrem Eigentum erklärt und wollte daraus ein Gästehaus für ihre Funktionäre machen. Aber dann haben die Kommunisten offenbar das Interesse verloren. Später, hieß es, hätte ein Europäer das Haus gekauft. Vielleicht ja Ihr Freund, dieser Doktor … Wie heißt er noch.»

«Engelbert.»

«Ja, der.»

Rebekka schüttelte den Kopf. «Nein, er hat das Haus geerbt. Ich glaube, er weiß gar nicht, was er damit anfangen soll. Sie müssten ihn kennen lernen, dann wüssten Sie, was ich meine.»

Es ging bereits dem Abend zu, als Viktor sich anschickte zu gehen. Er hatte den ganzen Nachmittag geholfen, das Haus notdürftig bewohnbar zu machen. Der gute Zustand des Wohn- und Esszimmers hatte Rebekka zuversichtlich gemacht, dass die Zeit an den übrigen Räumen ebenfalls ohne schlimmere Verfallserscheinungen vorbeigegangen war.

Aber schon beim Blick in die angrenzende kleine Küche hatte sie die Hoffnung wieder aufgegeben. Schimmel und Feuchtigkeit gaben der felsseitig gelegenen Wand eine gelbgrüne Färbung. Fast alle Kacheln hatten sich gelöst und lagen zerbrochen auf dem Steinboden. Ebenso ein Regal voller Teller, Tassen und Suppenschüsseln. Der kleine, sehr spartanische, gusseiserne Holzkohlenherd war mit einer dicken Schicht aus Rost und Dreck überzogen. Es gab eine Speisekammer, in der Brennholz lag, zu kleinen Scheiten gehackt und sorgfältig bis unter die Decke gestapelt.

In den ersten Stock war Rebekka nur alleine vorgedrungen. Die Treppe hatte Viktors Gewicht schon auf der zweiten Stufe nicht mehr standgehalten. Sie führte zu einer Klappe im Boden, durch die man in den Laubengang kam. Man musste aufpassen, sich mit den Füßen nicht in den Schlingpflanzen zu verfangen. Hinter zwei Türen lagen schlicht eingerichtete Schlafräume: weiße Wände, von denen großflächig der Putz bröckelte, Doppelbetten, deren Matratzen die aggressive salzhaltige Luft wiederum gut überstanden hatten. Über jedem Fenster wachte ein hölzerner Jesus am Kreuz.

Überraschenderweise hatte Viktor den alten Stromgenerator nach einer guten Stunde Arbeit wieder zum Laufen gebracht. Er stand wie angekündigt in einem Holzverschlag in der Küche. Viktor erklärte Rebekka geduldig, wie man das Ding anwarf, was vor allem eine Frage der Kraft war, mit der man an einem Seil ziehen musste. Der Generator klang, als ob ein Reisebus vor der Tür wartete, und reichte aus, um alle Räume mit elektrischem Licht zu versorgen und den Ventilator im Wohnzimmer in Bewegung zu setzen.

Viktor lächelte schief, als er in der Tür stand und sich verabschiedete. Statt seine Hand zu ergreifen, drückte Rebekka ihm einen Kuss auf seine vernarbte, unrasierte Wange. Er quittierte ihr Zeichen der Dankbarkeit mit einem heiseren Brummen und ging, ohne sich noch einmal umzudrehen. Rebekka sah ihm nach, bis er zwischen zwei bemoosten Felsen verschwunden war. Sie blieb noch eine ganze Zeit an den Türrahmen gelehnt stehen.

Sie musste an die Brüder denken. «Verschollene Missionarssöhne», murmelte sie. «Sonderbar.» Die Einsamkeit breitete sich wieder über dem Haus und der Landschaft aus. Aber sie kam Rebekka nicht mehr so erdrückend vor. Eher wie ein Fremder, der immer in der Nähe war – stumm und regungslos, unantastbar und diskret. Dessen Anwesenheit man spüren konnte, aber nicht sehen. Wenn man schwach war, empfand man diesen Fremden als Feind, wenn man stark war, als Freund.

Rebekka hatte das Gefühl, dass sie sich an ihn gewöhnen könnte.

8

Daniela stützte den Kopf zwischen ihre Hände auf dem kleinen weißen Blechtisch, der neben dem Bett stand. Sie spürte, dass sie müde war, unendlich müde. Draußen wurde es allmählich hell. Sie hätte gerne eines der beiden Fenster geöffnet, um das morgendliche Zwitschern der Vögel und etwas frische Luft hereinzulassen. Aber offensichtlich war das kein Raum, in dem man einfach so ein Fenster öffnen durfte. Die Griffe waren abgeschraubt. Es stank nach verbrauchtem Sauerstoff, Desinfektionsmittel, Schweiß, Blut und Urin.

Sie sah Robert Bergmann an, seinen erschlafften, behaarten, braun gebrannten Körper, auf dessen Brust die Krankenschwestern ein paar Stellen rasiert hatten, um mehrere Sonden anzubringen. Die Kabel waren mit einem Schaltpult voller bunter Knöpfe und Digitalanzeigen verbunden. Roberts Brustkorb hob und senkte sich in gleichmäßigem Tempo. Aus seinem Mund ragte der durchsichtige Schlauch der Beatmungsmaschine, die schnaufend ihren Dienst verrichtete. Auf einem kleinen, grünen Bildschirm zeigte eine zuckende Linie den Rhythmus seines Herzschlags an. Jedes Zucken ein Piepton. Jeder Piepton ein Lebenszeichen.

Sie schloss die Augen und wünschte sich, der gestrige Abend hätte nie stattgefunden. Sie stellte sich vor, sie könnte alles rückgängig machen. So wie man am Computer den Befehl *Vorgang widerrufen* anklicken konnte. Ihr war kalt. Sie spürte, wie sie eine Gänsehaut bekam. Ihre Strickjacke lag in Roberts Haus, sie trug noch immer das leichte goldfarbene Top. Ihr fiel ein, dass es Sonntag war. Vermutlich fünf oder sechs Uhr morgens.

Vorgang widerrufen.

Fast die ganze Nacht hatte Daniela auf einer orangefarbenen, im Boden verschraubten Plastikbank im Flur der Intensivstation gesessen. Als ob sie ein unsichtbarer Gast in einem skurrilen Theaterstück wäre, hatte ihr kein Arzt, kein Pfleger, keine Schwester Beachtung geschenkt. Es war hektisch und laut und ungeheuer chaotisch zugegangen. Sie hatte Dialogfetzen aufgeschnappt: «Legt einen Tubus!»;

«Sauerstoff! Verdammt, er braucht Sauerstoff!»; «Schließt ihn ans EKG an»; «Das Herz! Wo ist der Defibrillator?»; «Holt Professor Heinzel.» – «Heinzel ist zu Hause.» – «Dann ruft ihn an!» Ein Menschenleben zu retten, dachte sie, ist kein besonders humaner, sondern ein ungewöhnlich technischer Vorgang.

Als Robert Bergmann in einem riesigen Bett an ihr vorbei in ein Krankenzimmer geschoben worden war, hatte sich ein erschöpfter Arzt neben sie auf die Plastikbank gesetzt und ihr ebenso freundlich wie teilnahmslos erklärt, dass man den Patienten zur besseren Regenerierung in eine Art künstliches Koma versetzt habe. Es bestünde zwar keine Lebensgefahr mehr, aber sein Zustand sei ernst. Mehr wollte der Arzt – unter dem Hinweis darauf, dass Daniela nicht zur Verwandtschaft gehörte – nicht sagen. Danach war Daniela eine Weile im Flur auf und ab gegangen, bis der Chefarzt entschieden hatte, ob man sie zu Robert Bergmann ins Zimmer lassen durfte. Dabei hatte sie vor dem Operationssaal das Gespräch zwischen zwei Schwestern belauscht, die aufgeregt darüber diskutierten, wer Robert Bergmann (den sie zweifellos aus der Zeitung kannten) vergiftet haben könnte.

Vergiftet! Was war bloß schief gegangen?

Daniela bemerkte nicht, dass sich die Tür nach einem kurzen, nicht ernst gemeinten Klopfen öffnete und jemand den Raum betrat. Sie hatte ihren Blick ohne eine Bewegung ihrer Augäpfel, ohne Regung ihrer Pupillen, ohne ein Zucken ihrer Lider auf Robert Bergmann gerichtet, bis das Bild allmählich verschwamm.

«Frau Winter?»

Die Frage riss sie aus ihren Gedanken.

«Ja.» Sie zwinkerte, und sofort war das Bild vor ihren Augen wieder klar. Ein Mann stand im Zimmer. Es war ein junger Mann mit grobem rundlichem Kinn, auf dem dunkle Bartstoppeln sprossen, und einer hohen Stirn, deren Haare sich allmählich in die Geheimratsecken zurückzogen. Daniela massierte sich frisches Blut in die tauben Finger, die zu kribbeln begannen. Zwischen Stirn und Kinn lagen zwei wachsame kleine Augen. Mit bedächtiger Langsamkeit ging der Mann auf Roberts Bett zu. Er hätte ein Arzt sein können, aber Ärzte trugen keine Jeans und schwarzen Lederjacken.

«Mein Name ist Reichenbach. Max Reichenbach von der Münchner Mordkommission.»

Er hielt Daniela seinen grünen Ausweis hin, den sie nicht beachtete. Sie hatte schon darauf gewartet, dass ein Polizist auftauchen würde, und sich ihre Rolle genau überlegt.

«Ich muss Ihnen ein paar Fragen stellen. Ich hoffe, Sie fühlen sich in der Lage, mir zu antworten.»

«Es ist», sagte Daniela mit monotoner Stimme, «als ob alles, was um mich herum passiert, wie in einem Film abläuft. Ich schließe die Augen, und wenn ich sie wieder öffne, hoffe ich, den Abspann zu sehen und dass die Lichter im Saal langsam angehen. Aber der Film nimmt kein Ende. Vielleicht kennen Sie das.»

«Nein, ich glaube nicht.»

«Ist ja auch egal. Stellen Sie Ihre Fragen.» Daniela lehnte sich zurück.

«Sie wissen, was mit Robert Bergmann passiert ist?»

«Nein, nicht genau. Die Ärzte haben nur Andeutungen gemacht. Ich bin keine Angehörige, müssen Sie wissen. Das ist immer ein Problem.»

«Jemand hat versucht, ihn zu vergiften.»

«Aha.» Daniela hörte, dass ihr aus Versehen ein gelangweiltes *Aha* herausgerutscht war. Sie hatte Mühe, sich zu konzentrieren.

«Sie scheinen nicht besonders überrascht zu sein.»

«Ich bin einfach zu erledigt, um überrascht zu sein. Außerdem …», sie sah auf die Uhr an einem der medizinischen Geräte, «… hatte ich heute Nacht viel Zeit, darüber nachzudenken, was passiert sein könnte. Neben Herzinfarkt, einer üblen Magenverstimmung und einem allergischen Schock erschien mir ein Verbrechen als nicht unwahrscheinliche Möglichkeit.»

«Warum das?»

«Es ging ihm den ganzen Abend gut. Er ist ganz plötzlich zusammengebrochen. Als hätte ihn der Schlag getroffen. Das ist doch nicht normal. Außerdem ist er ein sehr reicher und mächtiger Mann. Solche Leute haben Feinde.»

«Andere nicht?»

«Nicht zwangsläufig. Nur wenn sie in falsche Gesellschaft geraten. Die Reichen haben schon allein aus dem Grund Feinde, weil sie reich sind.»

«Da ist was dran.» Der Kommissar stand noch immer auf der anderen Seite von Roberts Bett. Er redete ohne Gesten. Seine Arme baumelten wie nutzlos von seinen Schultern herab.

«Sind Sie seine Lebensgefährtin?»

Daniela stand auf und ging zum Waschbecken, an dessen Rand eine Packung Gummihandschuhe und ein angeschlagener Zahnputzbecher standen. Sie füllte den Becher mit kaltem Wasser und nahm einen Schluck. Dabei sah sie in den Spiegel. Ihre Haare hingen strähnig auf ihre Schultern, die Ränder unter ihren Augen waren so dunkel, dass man sie von der verwischten Schminke kaum unterscheiden konnte. Sie sah scheußlich aus. Genau so, wie man in dieser Situation aussehen musste. «Lebensgefährtin wäre wohl zu viel gesagt.»

«Seine Geliebte?»

«Verheiratete Männer haben eine Geliebte. Aber Robert

ist nicht verheiratet. Geschieden, glaube ich. Eine Freundin, würde ich sagen. Ich bin *eine* Freundin, ist wohl richtig ausgedrückt.»

«Aber Sie haben … sind … Ich meine …»

«Ja, wir schlafen miteinander. Gelegentlich. Es ist aber nicht das Wichtigste in unserer Beziehung, weder für Robert noch für mich. Außerdem kennen wir uns noch nicht lange. Wir sind gerade erst dabei, uns kennen zu lernen.» An dem Satz ist etwas Wahres dran, dachte Daniela. Und wie Robert Bergmann sie kennen gelernt hätte.

«Gab es noch andere Gäste gestern Abend?»

«Wir waren allein.» Daniela nahm noch einen Schluck Wasser, wünschte, es wäre Kaffee, und setzte sich wieder.

«Befand sich kein Personal im Haus? In der Küche vielleicht? Könnte doch sein.»

«Vielleicht. Das Haus ist riesig. Ich glaube aber nicht. Robert hatte selbst gekocht.»

«Sie sprachen eben von Feinden.» Die baumelnden Arme des Kommissars setzten sich jetzt träge in Bewegung, um einen Stift und einen Notizblock aus einer Jackentasche zu ziehen. «Hatte sich Robert Bergmann mal derartig geäußert?»

«Nein, nie, soweit ich mich erinnere. Ich hatte das auch nur ganz allgemein gesagt. Wissen Sie schon, wie er vergiftet wurde? Ich meine, war es im Essen? Oder im Wein?»

Der Kommissar schüttelte zögernd den Kopf, so vorsichtig, als hätte er Sorge, Daniela bei einer zu heftigen Bewegung aus den Augen zu verlieren. «Wir sind erst dabei, das herauszufinden.»

«Ich meine, es hätte ja auch mich treffen können.» Der stoische Blick machte Daniela nervös.

«Hat es offensichtlich aber nicht. Entweder Zufall, oder der Täter wusste genau, was er tat.»

«Ich gehöre also zu den Verdächtigen?», fragte sie schnippisch und ärgerte sich im selben Moment darüber, diese Frage gestellt zu haben.

Die einzige Reaktion des Kommissars war ein Zucken seiner Augenbrauen.

«Was sind Sie von Beruf, Frau Winter?»

«Fotografin.»

«Eine gute?»

«Das ist wie bei allen kreativen Berufen eine Frage des Geschmacks. Ich habe mich auf Portraitfotografie spezialisiert. Es gibt zum Glück genug Leute, die meine Bilder mögen, damit ich davon leben kann.»

Der Kommissar zog ein reichlich zerfetztes Papiertaschentuch aus seiner Hosentasche, suchte eine noch nicht benutzte Stelle und schnäuzte sich ausgiebig. «Ich bekomme jedes Jahr Grippe, wenn es auf Herbst zugeht.»

Daniela nickte. Was interessierten sie die Gesundheitsprobleme eines Polizisten? Jetzt versuchte er der Unterhaltung offenbar eine persönlichere Note zu geben. «Dauert es noch lange?», fragte sie. «Ich kann mich kaum noch konzentrieren.»

«Ich bin gleich fertig. Woher kennen Sie Robert Bergmann?»

«Ich bin ihm vor ein paar Wochen zufällig im Flugzeug begegnet. Wir hatten Plätze nebeneinander und sind ins Gespräch gekommen.»

«Ein glücklicher Zufall, nicht wahr?»

Obwohl die Bemerkung ohne ironischen Unterton gefallen war, fühlte sich Daniela angegriffen. «Wie meinen Sie das?»

«Muss man das näher erklären?»

«Wenn Sie glauben, ich hätte es nur auf Robert Bergmanns Geld abgesehen, dann …»

«Wie alt sind Sie?»

«Achtundzwanzig.»

«Er ist fast zwanzig Jahre älter als Sie.»

«Na und?»

«Erzählen Sie mir von gestern Abend. Bitte.»

Der Kommissar hatte das *Bitte* wie ein Friedensangebot an den Satz angehängt. Daniela nahm an und gab sich Mühe, ihren Tonfall zu mäßigen. «Viel gibt es nicht zu erzählen. Wir waren für neun verabredet. Er hatte mir einen italienischen Abend versprochen und sich wirklich Gedanken gemacht. Im ganzen Haus waren Kerzen angezündet, nirgends brannte elektrisches Licht. Leider bin ich etwas zu spät gekommen, weil es einen schweren Unfall auf der Ungerer Straße gegeben hatte. Dann haben wir gegessen und uns unterhalten. Es ging mir nicht besonders gut. Kopfschmerzen und etwas mit dem Magen, deshalb wollte ich um kurz vor halb zwölf wieder nach Hause. Ich bat Robert, mir ein Taxi zu rufen. Als er aufstand, ist er umgekippt, ganz plötzlich. Wie ich schon sagte.»

«Und dann?»

«Dann habe ich den Notarzt gerufen, der zum Glück so schnell gekommen ist, dass Robert noch gerettet werden konnte.»

«Die Ärzte haben Ihnen wirklich nichts erzählt?» Die Frage des Kommissars klang erstaunt – und beunruhigend.

«Nein! Was sollten sie mir denn erzählt haben?»

«Dass es sehr schlecht um Ihren Freund steht.»

Danielas Blick fiel auf Robert, dessen Brustkorb immer noch so präzise wie die Maschine arbeitete, dann wieder auf den Kommissar. «Ich weiß, dass sein Zustand kritisch war. Aber er ist doch außer Lebensgefahr, oder?»

«Das schon.» Der Kommissar stockte. «Nur, sein Gehirn … Es könnte sein, dass es geschädigt wurde. Die Ärzte wissen es noch nicht. Um Genaues sagen zu können, müssen sie erst einige Tests durchführen. Das ist sehr aufwendig und braucht einige Tage Zeit. Aber ...» Er zögerte wieder.

«Aber ...», sagte Daniela ungeduldig.

«Wie es bisher aussieht, ist ihre Hoffnung nicht besonders groß.»

Daniela hatte das Gefühl, als hätte ihr jemand die Luft zum Atmen genommen. Ihr Mund stand offen, bereit, etwas zu sagen. Aber sie wusste nicht, was sie sagen sollte. Sie wusste auch nicht, was sie fühlen sollte. Am liebsten hätte sie gar nichts gefühlt. Dann begannen ihre Augen zu brennen und ihre Kiefermuskeln zu zittern. Sie versuchte sich zu kontrollieren, aber das machte das Zittern nur schlimmer. Eine Träne lief über ihre Wange. Sie drehte sich weg und zog die Nase hoch. Der Kommissar schwieg. Als sie sich wieder zu ihm umdrehte, stand er immer noch mit baumelnden Armen auf der anderen Seite von Roberts Bett.

«Es tut mir Leid», sagte er.

«Wie kann Ihnen ein Mensch Leid tun, den Sie gar nicht kennen?» Daniela meinte das nicht vorwurfsvoll. «Für Sie ist Robert Bergmann doch nur ein atmendes Ding.»

Sie sah, dass der Kommissar über ihre Frage nachdachte, dann gab er ihr zur Antwort: «Es tut mir Leid für Sie.»

9

Es war Reichenbachs erste Ermittlung, die er in der Position des leitenden Hauptkommissars führte. Natürlich wäre seine Beförderung ein fast unausweichlicher Automatismus gewesen. Aber sie hatte ihn weitaus früher als erwartet und unter den denkbar ungünstigsten Umständen – *getroffen* war wohl der passende Ausdruck.

Er war über Nacht zum Chef seines Partners geworden. Eine ohnehin delikate Situation, die jedoch angesichts des speziellen Charakters des Kollegen nur als Grenzbelastung für die menschliche Psyche bezeichnet werden konnte. Hinzu kam, dass sie gezwungen waren, als Team zusammenzuarbeiten, das Büro und den Dienstwagen zu teilen. Es war etwa so, als würden Derrick und Harry die Rollen tauschen – in einem Szenario, das sich der kühnste Drehbuchautor nicht ausdenken würde. Dann wäre nämlich Derrick wegen sexueller Belästigung angezeigt worden, was ihm mangels Zeugen aber nicht mit letzter Sicherheit nachgewiesen werden konnte. Weil man ihm aber keine leitende Position mehr übertragen wollte, beförderte man Harry (also Reichenbach) einfach in den nächsthöheren Dienstgrad und machte ihn zum Chef des Ermittlungsteams.

Leider war Franz Eder, so hieß Reichenbachs Partner, das ganze Gegenteil eines ruhigen und ausgeglichenen Fernsehinspektors.

Reichenbach schnäuzte sich und trat an eines der Fenster im Flur der Intensivstation.

Wen habe ich da eigentlich gerade vernommen?, fragte er sich. Die Geliebte? Die Täterin? Eine zufällig zur falschen Zeit am falschen Ort gewesene, äußerst attraktive Blondine? Sein Gefühl sagte ihm, was eigentlich unmöglich war – dass alles drei zutraf.

«Herr Hauptkommissar, gibt es noch etwas, worauf wir achten sollen, solange Frau Winter noch da ist? Ich meine, es war ja wohl ein Verbrechen und …»

Die kleine kräftige Oberschwester, deren graues Haar zu einem festen Knoten gebunden war, sprach mit gesenkter Stimme und zwinkerte Reichenbach vieldeutig zu, statt den Satz zu beenden. Er konnte sich nicht erinnern, wann er als Kriminalbeamter zum letzten Mal so freundlich in einem

Krankenhaus behandelt worden war. Der Chefarzt hatte sogar bei ihm nachgefragt, ob man Daniela Winter, die in einem hysterischen Anfall die halbe Station zusammengebrüllt hatte, aufs Zimmer des Patienten lassen durfte. Reichenbach erlaubte es, bat aber darum, dass regelmäßig jemand das Zimmer kontrollierte.

Diese Aufgabe war offensichtlich von Oberschwester Ursel übernommen worden. Sie sah Reichenbach erwartungsvoll über ihre Lesebrille an, die mit einer Goldkette um ihren fast nicht vorhandenen Hals gesichert war.

«Gut, dass Sie fragen, Schwester Ursel», antwortete Reichenbach, nachdem er den Namen auf dem Schild über ihrer mächtigen Brust gelesen hatte. «Bitte informieren Sie mich, wenn Frau Winter das Krankenhaus verlässt.»

«Sonst nichts?», fragte Schwester Ursel fast ein wenig enttäuscht. «Es könnte doch sein, dass sie telefoniert. Soll ich dann nicht …»

«Nein, nein. Danke. Nur anrufen, wenn sie sich verabschiedet. Das ist alles.»

Als Kind hatte Reichenbach einen Verkehrspolizisten aus Blech besessen. Ein kleines dickes Männlein mit einem fußballrunden Kopf und einer unförmigen breiten Nase, das auf einem weiß-roten Sockel stand und mit den Armen fuchtelte, wenn man einen Knopf am Rücken betätigte. Das Männlein war in der Phase sein Lieblingsspielzeug gewesen, als der Berufswunsch jedes Jungen zwischen Feuerwehrmann, Pilot und Polizist schwankte. Die Mechanik, die die Arme fuchteln ließ, versagte bereits nach wenigen Wochen, und die Uniformmütze, unter der das Männlein völlig kahl war, verschwand in der Unordnung seines Kinderzimmers. Er improvisierte eine Frisur aus ein paar aufgeklebten braunen Wollfäden und schenkte dem Männlein zwei leuchtend rote

Filzstiftwangen. In diesem Zustand sah es ziemlich genau so aus wie sein Kollege Franz Eder.

Reichenbach verließ das Krankenhaus mit einer Gruppe junger Ärzte und Schwestern, die, ihren Augenschatten nach zu urteilen, gerade den Nachtdienst beendeten. Er sah schon von weitem, dass Eder auf der Beifahrerseite des roten Dienst-BMW Platz genommen hatte und so tief in den Sitz gerutscht war, dass man nur noch seine braunen Wolllocken erkennen konnte.

Sie hatten sich über den in Wahrheit ziemlich albernen Vorfall, dem Reichenbach seine Beförderung verdankte, nie ausgesprochen. Vermutlich erwartete Eder, dass Reichenbach den Anfang machte, und reizte solange aus, wie weit er gehen konnte. Schon dass er den Beifahrersitz permanent für sich in Anspruch nahm, war eine Provokation. Denn dieser Platz gehörte traditionell dem leitenden Beamten, dessen Rolle bislang stets Eder eingenommen hatte; einfach weil er älter war. Reichenbach ging dem Konflikt aus dem Weg, indem er sich sagte, dass er lieber selbst am Steuer saß. Was auch stimmte, aber keine Lösung sein konnte. Er musste ein klärendes Gespräch führen. Er wusste, dass er mit jedem Tag, den er es weiter hinausschob, an Respekt verlor. Nicht nur bei Eder, auch bei den anderen Kollegen der Mordkommission. Leider konnte er niemanden fragen, wie man so ein Gespräch anfing.

Zwanzig Meter vom Dienstwagen entfernt, identifizierte Reichenbach den Song, der aus dem Radio dröhnte, als Techno-Version von *Ein Bett im Kornfeld*. Während er mit Daniela Winter sprach, sollte Eder die Ärzte befragen. Reichenbach hegte keinen Zweifel, dass Eder den Auftrag, wenn auch widerwillig, ordnungsgemäß ausgeführt hatte. Er war nicht so dumm, sich etwas zuschulden kommen zu lassen, indem er die Ermittlungen boykottierte. Als Reichenbach im Auto saß, galt sein erster Griff dem Lautstärkeregler. Eder hörte auf, im Takt der Musik mit dem Kopf zu wippen.

«Ich sage dir», grunzte er in einem Tonfall, als ginge ihn die Ermittlung nichts an, «das Schwabinger Krankenhaus hat die schärfsten Schwestern ganz Münchens.»

«Hast du mit den Ärzten gesprochen?»

Eder faltete die Hände unterm Kinn und sagte süßlich: «Wie du es befohlen hast. Hauptkommissar.»

Reichenbach überging die Bemerkung, indem er sich schnäuzte.

«Steck mich bloß nicht an», raunzte Eder naserümpfend. «Ich hab ab nächster Woche Urlaub.»

Endlich eine gute Nachricht, dachte Reichenbach. «Können die Ärzte etwas über das Gift sagen?»

«Nicht viel. Nur, dass es sehr schnell gewirkt haben muss und die Wirkung durch den Alkohol noch verstärkt wurde. Mit ziemlicher Sicherheit hat er das Gift oral zu sich genommen, denn sein Körper weist nirgends Kratzer oder Einstiche auf. Aber was für ein Gift es war, ist bis jetzt reine Spekulation. Vielleicht Strychnin, hat der Professor gemeint, oder so ein neuartiges Alzheimer-Medikament, das in Überdosis verabreicht wurde. Der Professor hat erklärt, das würde wirken wie Rattengift. Kannst du dir das vorstellen, ein Medikament, das wie Rattengift wirkt? Im Labor werden sie's schon rausfinden.» Eder rutschte noch ein Stück tiefer in den Beifahrersitz, wie immer, wenn er das Gespräch für beendet hielt.

Reichenbach drehte den Zündschlüssel. Kaum hörbar sprang der Motor an, dann rollte der BMW vom Parkplatz und reihte sich in den dichten Berufsverkehr ein, der um diese Zeit bereits auf der Belgradstraße herrschte. An der nächsten Ampel stoppte Reichenbach auf der rechten Spur, um Richtung Bogenhausen abzubiegen, wo Bergmanns Villa lag. Die Fanfare nach dem Verkehrsfunk, der den üblichen Stau am Autobahnkreuz Neufahrn gemeldet hatte, kündigte die Siebenuhrnachrichten an. Noch kein Wort von Robert Bergmann. Aber das konnte nicht mehr lange dauern. Es war schon vorgekommen, dass Reporter vor der Polizei am Tatort waren, um Angehörige und Verdächtige zu interviewen. Sie hörten den Funk ab. Reichenbach fand, dass endlich abhörsichere Frequenzen eingeführt werden sollten.

«Hast du auch mit dem Notarzt oder den Sanitätern gesprochen?», fragte er.

«Nee, die waren schon wieder beim nächsten Einsatz. Ich habe ausrichten lassen, dass sie anrufen sollen, wenn sie wieder zurück sind.»

Es fing an zu regnen. Reichenbach stellte den Scheibenwischer auf die kleinste Stufe und bog in die Mauerkircher Straße ein. Eders Handy piepte die Melodie von *La Cucaracha*. Er meldete sich mit einem kurzen «Hallo», hörte eine Weile zu und sagte, dass sie gleich da sein würden. Sicher einer der Kollegen, die bereits in Bergmanns Villa auf sie warteten. Reichenbach versuchte, sich seinen Ärger nicht anmerken zu lassen, aber grundsätzlich wurde Eder angerufen, wenn es um ihre Ermittlungen ging. Nicht nur, dass die meisten Kollegen Reichenbachs Beförderung ignorierten, manche behandelten ihn wie einen Geächteten. Als wäre er für die Anschuldigungen gegen Eder verantwortlich.

Neulich hatte in der Zeitung gestanden, dass sich allein in diesem Jahr vier Münchner Polizisten das Leben genommen hatten. Zwei davon, weil sie angeblich das Arbeitsklima im Präsidium nicht mehr ertragen konnten. In dem Artikel hatte ein Experte erklärt, wie man sich verhalten sollte, wenn es Probleme mit Kollegen gab. Reichenbach war nicht dazu gekommen, den Text bis zu Ende zu lesen. Aber er hatte ihn ausgeschnitten und in eine Schreibtischschublade gelegt.

Vor ihnen waren schon die Streifenwagen zu sehen. Sie standen schräg auf dem Bürgersteig, sodass Fußgänger die Straßenseite wechseln mussten. Zwischen den Bäumen am Straßenrand war rot-weißes Absperrband gespannt. Dahinter baute gerade das erste Fernsehteam seine Kamera auf. Drei Leute, von denen ein junges Mädchen nur damit beschäftigt war, einen Schirm zu halten, damit die beiden Männer und die Kamera nicht nass wurden. Ein alter Fotograf, dem Reichenbach schon häufig bei Ermittlungen begegnet war, lehnte dem Regen schutzlos ausgeliefert an einem Laternenpfahl, als ob er es im Laufe seiner vielen Berufsjahre aufgegeben hätte, sich um das Wetter zu kümmern. Reichenbach nickte dem Fotografen zu, der zur Erwiderung flüchtig die Hand hob.

Vor der Haustür zogen sich Reichenbach und Eder hellblaue Plastiktüten, die wie Duschhauben aussahen, über ihre nassen Schuhe und über ihre Haare. Seit immer häufiger Verbrechen durch DNA-Analysen geklärt wurden, war jede Tatortbegehung mit einem hohen Risiko verbunden. Durch die geringste Nachlässigkeit konnten wichtige Spuren verwischt oder verfälscht werden. Gerade bei diesem Fall durfte nichts schief gehen: Robert Bergmann gehörte zu den einflussreichsten Männern der Stadt, nicht nur weil er reich war (angeblich sogar einer der reichsten Männer Deutschlands). Seine Macht und seine ständige Medienpräsenz verdankte er der engen Freundschaft zum bayerischen Ministerpräsidenten, der Bergmann nach der kommenden Wahl zum Wirtschaftsminister ernennen wollte.

Seit Reichenbach mitten in der Nacht aus dem Bett geholt worden war, hatte er noch gar nicht darüber nachgedacht, welche Katastrophe es bedeuten würde, sollte er versagen. Vielleicht sollte er den Fall abgeben. Immerhin war es das erste Mal, dass er allein die Verantwortung für eine Ermittlung trug. Und dann gleich bei einem so spektakulären Verbrechen. Aber selbst wenn er wollte, könnte er nicht. Erstens war er nun mal Hauptkommissar. Und zweitens hatten die übrigen Kollegen der Mordkommission mit einer anderen, nicht weniger heiklen Sache zu tun.

Dieser Fall war erst vorige Woche passiert und hatte die Medien bislang nur am Rande beschäftigt. Was sich jedoch schlagartig ändern würde, wenn erst einmal Details zum Tathergang bekannt wurden. Mit Rücksicht auf die Angehörigen und um die Ermittlungen nicht zu gefährden, hatte der Staatsanwalt angewiesen, die Presse vorerst nicht zu informieren, mit welcher Brutalität der Täter vorgegangen war. Er hatte sein Opfer bei lebendigem Leib verbrannt. Bei dem Toten handelte es sich um den Juniorchef eines großen Biotechnologieunternehmens. Die wenigen Spuren waren eine schwarze Leinentasche, der verkohlte Kopf eines Hammers und ein paar Hinweise ins Münchner Homosexuellenmilieu, wo die Zeugen gegenüber der Polizei generell sehr schweigsam waren.

Bevor sie die Villa betraten, drehte sich Reichenbach noch einmal zur Straße um. Weitere Fotografen hatten sich hinter der Absperrung aufgebaut. Gerade rollte ein großer TV-Übertragungswagen mit einer Satellitenschüssel auf dem Dach an, gefolgt von einem silbernen Mercedes, in dem eine prominente Fernsehreporterin saß.

Er versuchte nicht daran zu denken, welche Verantwortung auf seinen Schultern lastete.

Der erste Rundgang durch Bergmanns Villa hatte bei Reichenbach einen Eindruck wie nach einem Museumsbesuch hinterlassen. Es gab Bilder von Malern, deren Namen sogar einem Kunstlaien wie ihm etwas sagten. Und Wandteppiche, so riesig, dass er in seiner Wohnung keinen Platz dafür gefunden hätte. Möbel mit kunstvollen Intarsien, Vitrinen voller Porzellan und Kristall. Alles wirkte zur Schau gestellt. Keiner der Räume strahlte etwas Bewohntes aus. Bis auf jenes Zimmer, in dem sie jetzt standen und das den Abschluss ihres Rundgangs bildete.

Es lag im dritten Stock, hatte vier Fenster, drei davon in einem Erker. Die Einrichtung war vergleichsweise einfach und abgenutzt: ein funktioneller grauer Schreibtisch, ein schwarzer drehbarer Ledersessel mit abgewetzten Armpolstern. An den Wänden hing ein Fotokalender von 1999, Dezember. Das Bild zeigte die schneebedeckten Berge Mallorcas. Auf dem Schreibtisch herrschte ein Stillleben aus zwei benutzten Kaffeetassen, herumliegenden bunten Plastikkugelschreibern, Notizblöcken und ein paar Münzen in einer ausländischen Währung. Dahinter stapelten sich alte Zeitungen und Illustrierte und verströmten den Geruch nach altem vergilbtem Papier. In einer für den Raum völlig untypischen Ordnung waren auf einem in der Wand verschraubten Bord Fotos in rechteckigen Silberrahmen parallel zueinander ausgerichtet. Reichenbach musterte eines nach dem anderen, ohne sie zu berühren. Er konnte Bergmann als Kind (mit Latzhose unterm Weihnachtsbaum), als Jugendlicher (auf einem alten Mofa), als Student (mit Lockenmähne) identifizieren. Auf den anderen Fotos waren vermutlich seine Eltern oder zumindest nahe stehende Verwandte abgebildet. Alle hatten ähnlich grobe Gesichter.

Das beherrschende Möbelstück des Raums war ein Schrank mit einer Rolltür, die sich von oben schloss. Eder versuchte gerade erfolglos, sie zu öffnen, und fluchte etwas vor sich hin.

«Ich hoffe, du hast dir vorher Handschuhe übergezogen», rutschte es Reichenbach etwas bevormundend heraus.

«Hältst du mich für blöd?», entgegnete Eder und hielt zum Beweis seine Hände hoch. «Hilf mir lieber, das Scheißding aufzumachen.»

«Abgeschlossen?»

«Nee. Ich glaube, man muss nur irgendwo einen Riegel lösen. Ein Schloss gibt's hier nicht.»

«Doch.» Reichenbach tippte mit seiner Schuhspitze an die rechte Schrankseite, wo in Bodenhöhe ein kleiner Schlüssel aus einem etwas hervorstehenden Messingzylinder ragte. Eders Augen funkelten wütend, als hätte Reichenbach das Schloss gerade erst dorthin gezaubert. Er drehte den Schlüssel und riss mit einer solchen Wucht an der Tür, dass sie krachend nach oben schoss. Zum Vorschein kam ein moderner Fernseher, der fast die gesamte Schrankbreite einnahm, und vier darunter stehende Videorecorder. Die restlichen Fächer waren leer.

Plötzlich tauchte hinter ihnen im Türrahmen ein kleiner dicklicher Mann in einem weißen Papieroverall auf und rief erfreut: «Genau danach habe ich gesucht!» Reichenbach fuhr leicht zusammen. Horst Benedikts Stimme war das Gegenteil von seiner Erscheinung. Sie polterte, als würde jemand einen Stapel Holzkisten eine Treppe hinunterstoßen.

«Meinst du die Videorecorder?», fragte Reichenbach. Auch Eder trat sofort einen Schritt zur Seite, um den Weg zum Schrank freizugeben. Benedikt war der Leiter der Spurensicherung, und es gab im Münchner Polizeipräsidium kaum einen Kollegen, der wegen seines kriminalistischen Spürsinns so geschätzt wurde.

«Feinste Technik», sagte Benedikt, der bei der Arbeit nur in kurzen knappen Sätzen sprach. «Genau, was ich erwartet hatte. *Bang & Olufsen*-Fernseher. Kostet mehr, als wir drei im Monat zusammen verdienen. Brutto, wohlgemerkt. Ich hoffe, ihr habt nichts angerührt.»

Reichenbach und Eder schüttelten gleichzeitig den Kopf.

Benedikt kam im Gegensatz zu den meisten Münchner Polizisten nicht aus Bayern. Sein Dialekt hatte viele Färbungen; wie ein Buffet, auf dem es sowohl Spätzle als auch Labskaus gab. Es ging das Gerücht um, er habe früher für den Bundesnachrichtendienst gearbeitet. Mehrere Jahre davon als Spion in Ost-Berlin. Aber es war nicht mehr als ein Gerücht, und Benedikt gehörte nicht zu den Menschen, die man nach ihrer Vergangenheit fragte. Sonderbar war nur, dass er 1990, kurz nach der Wende, wie aus dem Nichts im Münchner Polizeipräsidium aufgetaucht war und die gerade frei gewordene Stelle des Chefs der Spurensicherung angetreten hatte. Dabei hätte es im Dezernat eine ganze Reihe geeigneter Kandidaten gegeben.

Reichenbach bewunderte Benedikt. Auch wegen seiner überdurchschnittlichen Fachkenntnis. Vor allem aber, weil er eine erhabene Unverwundbarkeit ausstrahlte. Selbst im für Intrigen berüchtigten Münchner Polizeipräsidium war nach seinem Amtsantritt niemand auch nur auf die Idee gekommen, eine Kampagne gegen ihn anzuzetteln.

«Was ist mit den Videorecordern?», fragte Reichenbach.

«Meine Leute haben hinter einem der Spiegel im Esszimmer eine Kamera gefunden. Ganz winziges Ding. Konnte man kaum erkennen. Die Kabel führten nach oben, offensichtlich hierher.»

Das blinkende Rotlicht an einem der Videorecorder signalisierte, dass das Gerät noch eingeschaltet war. Benedikt griff nach der Fernbedienung, die neben dem Bildschirm lag und bei der ersten Berührung zu leuchten begann wie die Kommandokonsole eines Raumschiffes.

«Touchscreen-Technik», erklärte er, tippte auf die Schaltfläche, und die Mechanik des Videorecorders begann sich mit einem sanften, teuer klingenden Klicken in Bewegung zu setzen. «Das Band muss erst zurücklaufen. Ist anscheinend irgendwas aufgezeichnet worden.»

«Glaubst du, dass im Haus noch mehr Kameras versteckt sind?»

«Vor fünf Jahren hat uns die Drogenfahndung in einen Club hinterm Bahnhof gerufen. Ein von außen fast abbruchreifes Haus, aber innen piekfein. Marmorbäder, drehbare Betten, Spiegel unter den Decken. Und in den Hinterzimmern wurde Roulett und Poker gespielt. Waren Russen, die Betreiber, ehemalige KGB-Leute. Vom Keller bis zum Dach hatten sie jeden Raum kameraüberwacht. Sogar die Klos. Diese Anlage hier erinnert mich verdammt daran. Mein Gefühl sagt mir, dass dieser Bergmann sein ganzes Haus verkabelt hat. Die Frage ist nur, warum?»

«Voyeurismus, Erpressung, ein übertriebener Sicherheitstick. Da gibt's viele Gründe», sagte Reichenbach.

Benedikt nickte. Er stand wie ein Cowboy mit leicht gespreizten Beinen und der High-Tech-Fernbedienung in der Hand vor dem Schrank. Reichenbach setzte sich auf die Schreibtischkante. Eder, der seit Benedikts Anwesenheit kein Wort gesprochen hatte, lehnte an einem der Fenster im Erker und bohrte seine Fäuste so tief in die Hosentaschen, dass es aussah, als hätte er zwei Tennisbälle eingesteckt.

Der Videorecorder gab wieder sein nach Luxus klingendes Geräusch von sich, dann erschien auf dem Bildschirm Bergmanns Speisesaal aus schräg von oben aufgenommener Perspektive. Bergmann und Daniela Winter saßen sich am der Kamera zugewandten Tischende gegenüber. Erst glaubte Reichenbach, die Aufzeichnung hätte keinen Ton, aber dann war das Klirren von Besteck zu hören, und zwischen den beiden begann ein zäher Dialog über ihre Augenfarbe. Reichenbach folgte dem Video mit dem gleichen unbestimmten Gefühl, das er nach Daniela Winters Vernehmung gehabt hatte. Je länger er ihr Verhalten beobachtete, desto überzeugter war er, dass es sich um kein gewöhnliches Rendezvous gehandelt hatte.

An der Stelle, als Bergmann Daniela Winter das Oberteil öffnete und den Blick auf ihre wohlgeformte Brust freigab, grunzte Eder. Benedikt beobachtete die Szene mit einer Gelassenheit, als hätte er in seinem Leben schon Tausenden Pärchen beim Sex zugesehen. Reichbach fühlte sich erregt und räusperte sich verlegen.

Als Bergmann sich vor Schmerzen krümmend und stöhnend am Boden wälzte, bedeckte Daniela Winter ihre Brüste wieder. Dann kniete sie sich neben Bergmann, der etwas Unverständliches röchelte, und stand sofort wieder auf, um in der angrenzenden Küche zu verschwinden. Sie kam nach wenigen Sekunden mit einem Glas Wasser zurück. Doch Bergmann befand sich bereits in einem Zustand, in dem er weder trinken noch reden konnte. Seine Muskeln ließen seinen Körper zucken wie ein Fisch auf dem Trockenen. Weiß schäumender Speichel lief aus seinem Mund. Daniela Winter versuchte erst gar nicht, ihm das Wasser einzuflößen, sondern wuchtete den sich in Krämpfen windenden Körper auf die Seite, winkelte das obere Knie an, schob die rechte Hand unters Kinn und überstreckte den Kopf. Das alles tat sie zügig, aber nicht hektisch.

«Wirklich vorbildlich», murmelte Reichenbach.

«Bitte?», fragte Benedikt.

«Die stabile Seitenlage. Wirklich vorbildlich, oder?»

«Ja. Ist sie Krankenschwester?»

«Nein, Fotografin.»

«Wenn du mich fragst», sagte Benedikt, «könnte sie auch eine Prostituierte sein.»

«Findest du?» Reichenbach hatte noch keinen Gedanken an diese Möglichkeit verschwendet.

«Es ist die Art, wie sie sich bewegt. Dieses Aufreizende und Abweisende zugleich. Sie wirkt ungeheuer misstrauisch. Wie ich es bei Huren schon oft erlebt habe.»

«Ich weiß nicht», sagte Reichenbach. Obwohl etwas dran war an Benedikts Beobachtung. Nur dass er nicht darauf gekommen wäre, Daniela Winter für eine Prostituierte zu halten. Aber an ihren Bewegungen war etwas, das ihn störte. Das Gleiche, was ihm schon im Krankenhaus aufgefallen war. Dieses Routinierte, Zielstrebige. Als ob es sich bei diesem Abend, zumindest aus ihrer Sicht, um einen Geschäftstermin gehandelt hätte. Die Frage war, ob sein Ausgang so von ihr gewollt war.

Bergmanns Körper hatte aufgehört zu zucken. Erbrochenes mischte sich in den sabbernden Speichel. Daniela Winter kramte in ihrer Handtasche, die über einem Stuhl hing, und zog ein silbernes Handy hervor. Ebenso vorbildlich, wie sie Bergmann erste Hilfe geleistet hatte, alarmierte sie den Notarzt. Kein Stottern, kein Zögern, kein Hänger bei der Adresse. «Herr Bergmann ist mit heftigen Magenkrämpfen zusammengebrochen, hat kurz darauf sein Bewusstsein verloren und ist auch jetzt nicht mehr ansprechbar», beschrieb sie seinen Zustand mit nüchterner Stimme. Anschließend schob sie das Handy in ihre Tasche zurück und sah sich eine gute halbe Minute lang konzentriert um.

Kurz bevor sie den Raum verließ, sagte Eder plötzlich erstaunt: «Spul nochmal zurück.»

«Wie bitte?», fragte Benedikt.

«Nochmal zurück», sagte Eder und: «Stopp!», als Daniela Winter im Zeitraffer rückwärts an die Stelle gelaufen war, wo sie suchend neben Bergmann stand. Benedikt ließ sie in normalem Tempo wieder aus dem Raum gehen. Diesmal fiel

Reichenbach auf, dass sie nicht den direkten Weg zur Küchentür nahm, was am kürzesten gewesen wäre, sondern den langen Tisch umrundete. Als sie an dem Platz vorbeikam, an dem Bergmann gesessen hatte, schnellte ihre Hand fast unmerklich zur Seite und griff nach seinem Weinglas.

«Was macht sie denn da?», entfuhr es Reichenbach ungläubig. Einerseits, weil er überrascht war, anderseits, weil er an der Vorstellung zweifelte, dass sein erster großer Fall schon nach wenigen Stunden eine derart banale Lösung erfuhr. «Ob das Gift in dem Glas war?»

«Was denn sonst?», schnarrte Eder angriffslustig.

Reichenbach überlegte, ob er etwas erwidern sollte, aber ihm fiel nichts ein.

«Ich weiß nicht. Kann natürlich sein», meinte Benedikt. Er ließ das Band wieder zurücklaufen, und sie sahen sich die Stelle noch einmal an. «Etwas sonderbar benimmt sie sich ja. Aber sie macht auch nicht den Eindruck einer Mörderin. Immerhin hat sie sofort den Notarzt gerufen. Ich würde jedenfalls nicht zu voreilig zum Staatsanwalt rennen, sonst ist der Fall schneller abgeschlossen, als es im Interesse einer sorgfältigen Ermittlung sein kann. Zunächst einmal haben wir nur ein verschwundenes Weinglas.»

Benedikt nahm das Funkgerät, das an einer schwarzen Kordel um seinen Hals baumelte, und machte einem gewissen Huber in kurzen Sätzen klar, wonach sie das Haus jetzt durchsuchen mussten.

Reichenbach kam nach kurzer Überlegung zur gleichen Auffassung wie Benedikt. Bei einem so hochpolitischen Fall, vor allem in Bayern, wo eine seit Jahren unangefochten herrschende Partei immer wieder Einfluss auf die Justiz ausübte, war die Gefahr groß, dass ein aufstrebender junger Staatsanwalt die Ermittlungen einem Minister zuliebe schleunigst einstellte. Gerade wenn die Indizienlage so eindeutig zu sein schien. Reichenbach fiel der Mord an einem Arzt ein, bei dem weit weniger eindeutige Indizien ausgereicht hatten, ein Hausmädchen lebenslänglich hinter Gitter zu bringen. Später hatte sich herausgestellt, dass der Arzt für den Militärischen Abschirmdienst gearbeitet hatte.

Nur das leise Surren des Recorders signalisierte noch, dass das Band weiterlief, aber es war nichts zu sehen als der regungslos am Boden liegende Bergmann. Benedikt betätigte den Suchlauf, bis sich die Küchentür wieder öffnete und der Arzt, gefolgt von Daniela Winter, das Esszimmer betrat. Zwei Sanitäter in roten Uniformen setzten eine Trage neben Bergmann ab. Reichenbach fiel auf, dass Daniela Winter nun ständig unruhig um sich blickte. Sie schien von Minute zu Minute nervöser zu werden.

Als Bergmann mit mehreren Infusionen in den Venen und einer Atemmaske über Mund und Nase abtransportiert wurde und schließlich nur noch ein verlassener Raum zu sehen war, stoppte Benedikt die Aufzeichnung.

«Ende der Vorführung», sagte er.

«Sind in den anderen Recordern auch Bänder eingelegt?», fragte Reichenbach.

Benedikt bückte sich, um die Displays zu studieren, und schüttelte dabei langsam den Kopf.

«Die modernste Videoanlage, die ich je gesehen habe», sagte Reichenbach nachdenklich. «Aber nur ein Band. Ich kann mich nicht erinnern, dass irgendwo im Haus noch welche gestanden hätten. Oder habt ihr welche gefunden?»

«Nicht dass ich wüsste.» Benedikt rieb sich das Kinn. «Sieht fast so aus, als hätte jemand alle Bänder aus dem Schrank geräumt und nur das eine vergessen.»

«Daniela Winter natürlich», meinte Eder.

«Vielleicht», musste ihm Reichenbach Recht geben. «Auf jeden Fall sollten wir uns dringend nochmal mit ihr unterhalten. Zeit genug, die Bänder zu holen, hätte sie ja gehabt.»

«Wenn sie die Bänder wirklich gestohlen hat, wird sie sie ja wohl kaum mit ins Krankenhaus genommen haben», sagte Benedikt. Und dann an Reichenbach gewandt: «Wir werden Haus und Grundstück gründlich absuchen. Ich rufe dich sofort an, falls wir etwas finden.»

Reichenbach nickte und freute sich über die Akzeptanz seiner Führungsrolle. Es war ein Segen, dass bei seinem ersten großen Fall Benedikt die Spurensicherung leitete. Benedikt schien einer der wenigen Kollegen zu sein, die sich nicht mit Eder verbündet und gegen ihn verschworen hatten.

Reichenbachs Handy vibrierte lautlos in seiner Tasche. Schwester Ursel war dran.

«Herr Hauptkommissar?»

«Ja, am Apparat.»

«Frau Winter ist weg.»

Verdammt, dachte Reichenbach.

«Ich habe gerade noch gesehen, wie sie aus dem Hintereingang gerannt ist und sie jemand mit einem Wagen abgeholt hat.»

«Wissen Sie, was für ein Wagen es war?»

«Nein, ich kenne mich nicht aus mit Autos.»

«Kennzeichen oder so?»

«Nein, es ging alles viel zu schnell. Aber der Wagen war schwarz.»

Sein Instinkt sagte Reichenbach, dass er Daniela Winter so bald nicht wieder sehen würde.

Als Reichenbach und Eder vor die Villa traten und in ihren Wagen stiegen, begannen die Kameras der inzwischen rund zwanzig Fotografen wie wild zu klicken. Sie merkten, dass sie immer noch hellblaue Plastiktüten über ihren Schuhen und Köpfen trugen.

«Scheiße», fluchte Eder und riss sich die Tüte vom Kopf. «Ich sehe uns morgen schon in diesem bescheuerten Aufzug in der Zeitung.»

10

Rebekka hatte schon befürchtet, den Umschlag verloren zu haben. Aber er war nur nach ganz unten in ihren Rucksack gerutscht, wo sie ihn nun zwischen Flossen, Schnorchelbrille und ein paar alten Agatha-Christie-Taschenbüchern herauszog. Er trug keine Aufschrift, war weiß, zerknittert und fühlte sich wie alle ihre Sachen klamm an.

Es war noch früher Morgen, der vierte, den Rebekka auf Brava erlebte. Sie saß nach einer traumlosen Nacht, müde, aber ausgeruht, am Esstisch im Wohnzimmer. Vor ihr ein Teller dampfender Pfannkuchen, eine aufgeschnittene Ananas und eine Kanne duftender Kaffee. Die Pfannkuchen schmeckten etwas fad ohne Marmelade. Aber angeblich sollte Dunbars Fähre bei der nächsten Ankunft in zwei Tagen frische Waren für die kleinen Krämerläden auf der Insel an Bord haben. Dann würde sich Rebekka nach Lavandura aufmachen und etwas Abwechslung in ihre kargen Vorräte bringen.

Sie strich den Umschlag glatt, fuhr mit dem kleinen Finger unter die Lasche auf der Rückseite und riss ihn auf. Hinter der grauen Fütterung steckte ein kleiner, in der Mitte gefalteter Notizzettel, kariert mit oben abgerissenem, ausgefranstem Rand. Rebekka nahm einen Schluck Kaffee und klappte den Zettel auseinander. Ihr Blick fiel auf eine grobe Skizze des westlichen Inselufers, jenes Teils, der vom Laubengang des Hauses aus zu überblicken war. Zur Orientierung wies ein Pfeil nach Norden; grobe Striche markierten die Felsterrassen; eine Linie den *Baia do Porteto*, jenen Strand, an dem die beiden Missionarssöhne vielleicht nicht oder vielleicht doch ertrunken waren. Größere Sorgfalt war der Darstellung des nördlichen Endes des Baia do Porteto gewidmet. Wie mit Kinderhand war dort eine fragezeichenförmig gebogene Palme eingezeichnet, ein Stein, der aussah wie eine Pyramide, und ein Busch, um den ein Kreis gezogen war.

Rebekka musste ihre Brille aufsetzen, um lesen zu können, was auf der Rückseite des Zettels geschrieben stand. Winzige Bleistiftdruckbuchstaben, die alle im gleichen Winkel nach links umfielen, fast so als hätte sie eine Maschine zu Papier gebracht. Rebekka überlegte, welche Charaktereigenschaften ein Graphologe aus einer solchen Handschrift wohl folgern würde: Zwanghaftigkeit wahrscheinlich, mangelndes Einfühlungsvermögen und einen krankhaften Hang zu Genauigkeit.

Sehr geehrte Frau Marx, liebe Rebekka,

der Eingang zum Tunnel liegt hinter dem Busch. Der Tunnel ist etwa fünfzig Meter lang und sehr eng, an manchen Stellen muss man kriechen. Wenn Sie das Naturschauspiel des «olho azul», von dem ich Ihnen erzählt habe, erleben möchten, müssen sie genau zur Mittagszeit in der Grotte sein. Aber bitte seien Sie vorsichtig wegen der Flut, sie steigt in den Tunnel und macht ihn unpassierbar.

Ich wünsche Ihnen erholsame und aufregende Wochen auf Brava.

Herzlichst

Ihr

Friedrich Engelbert

*

Es war gut zweieinhalb Jahre her, ein Wochenende im April, als Rebekka Dr. Friedrich Engelbert kennen lernte.

Das Hotel in der Innenstadt von Halle verströmte den Charme eines Erholungsheims für ehemalige Stasi-Funktionäre. Ein fünfstöckiger Kasten, dessen Fassade hellbraun wie ein altmodisches Badezimmer gekachelt war. Buchstabenförmige Schmutz- und Rostränder zwischen dem vierten und fünften Stock verrieten, dass das Hotel in besseren Zeiten *Leninhotel* geheißen hatte. Heute trug es den Namen *Zur Linde,* was nur ein kleines, angelaufenes Messingschild neben der gläsernen Eingangstür verriet. Darunter stand noch etwas kleiner: *Kongress- und Tagungszentrum.*

Der Geruch nach scharfem Reinigungsmittel zog sich durch die schmucklose Empfangshalle. Hinter einem langen Holztresen saß, wie verloren, bei Tag und Nacht immer derselbe graubärtige Portier und lächelte. Mehr in sich hinein als den Gästen zu. Die Zimmer unterschieden sich von denen eines Krankenhauses nur durch die Minibar. Auf den mit rotem Samt bespannten Wänden des Tagungssaals ließen sich noch blasse Schatten von Hammer und Zirkel ausmachen. Gut achtzig, vor allem ältere männliche, in gedeckte Farben gekleidete Zuhörer saßen an langen Tischreihen auf altersschwachen Plastikstühlen. Rebekka hatte sich einen Platz in der vorletzten Reihe gesucht, kippelte nach hinten wie eine lustlose Erstklässlerin und zählte vor Langeweile die Neonröhren unter der Decke.

Das Borderline-Syndrom – neue Wege der Therapie hatte es in der Kongressankündigung geheißen. Kaum ein Thema, das die Psychotherapeuten seit Mitte der 90er Jahre so umtrieb. Mit dem Begriff Borderliner bezeichnete man Patienten, die in scharf abgegrenzten Schwarz-Weiß-Welten lebten, die keine Grauzonen kannten, die alles und jeden in gut und böse einteilten. Jahr für Jahr tauchten mehr Borderlinekranke in den psychotherapeutischen Praxen auf. Sie galten als schwer zu behandelnde Patienten.

Rebekka hatte sich für die zweitägige Veranstaltung angemeldet, weil Professor Rudolf Gerstendorf, ein Psychiater von internationalem Renommee, der an der Münchner Universität lehrte, einen seiner gefeierten und in Deutschland selten gewordenen Kongressauftritte geben sollte. Aber Gerstendorf war krank geworden oder hatte sich rechtzeitig über den Komfort des Hotels informiert, und deshalb stand, vertretungsweise, ein gewisser Dr. Dr. Friedrich Engelbert am Rednerpult. Laut Aushang vor dem Saal Facharzt für Psychiatrie, Diplompsychologe und seit Jahren Gerstendorfs Stellvertreter. Rebekka hatte nie von ihm gehört.

Dr. Engelbert hatte die schweren, staubigen Vorhänge an den Fenstern zugezogen. Ein Overheadprojektor warf ein Feuerwerk aus bunten Graphiken an die Wand. Dr. Engelberts Hände, die aus einer für seine Schultern viel zu großen und für seine Arme viel zu kleinen fusseligen roten Strickjacke ragten, fuchtelten fortwährend mit einem Zeigestock herum. Dabei hob und senkte sich sein langer dünner Hals mit der Tonlage seiner Fistelstimme.

Die ersten Zuhörer verließen bereits den Saal, ohne sich die Mühe zu geben, dies besonders leise zu tun. Dr. Engelbert ignorierte das Geräusch von rückenden Stühlen wie ein Schauspieler, der sein Publikum für eine Ansammlung von Kretins hielt. Auch Rebekka spielte gerade mit dem Gedanken, auf den zweiten Kongresstag zu verzichten, als sie in der vordersten Reihe einen jungen Mann erblickte, der Dr. Engelberts Ausführungen mit einem Gesichtsausdruck von ehrlichem und unbeugsamem Interesse folgte.

Dr. Engelbert hob die Stimme wieder, um ein paar statistische Daten herunterzubeten: «Etwa acht Prozent aller ambulant und vierzehn Prozent aller stationär behandelten seelisch kranken Menschen erfüllen heute die Diagnose Borderlinestörung. Rund drei Viertel von ihnen sind Frauen.»

Der junge Mann hatte dunkles, gewelltes, seidig glänzendes Haar. Sein Profil beschrieb die klassische Linie einer griechischen Statue. Gerade Nase, markantes Kinn, die Lippen voll, die Stirn hoch. Das Auffälligste an ihm aber waren seine großen, stahlgrauen, auf Dr. Engelbert gerichteten Augen. Rebekka hörte auf, mit ihrem Stuhl zu kippeln, fuhr sich durch die Haare und setzte sich aufrecht hin.

«Borderlinepatienten werden von Gefühlsstürmen geplagt, schon kleinste Anlässe rufen bei ihnen unangemessen heftige Reaktionen hervor.» Dr. Engelbert fuchtelte immer noch mit dem Zeigestock herum, obwohl es nichts mehr zu zeigen gab. Der Overheadprojektor warf nur sein grelles Licht an die fleckige Wand. «Ihre Wahrnehmung von Lust kann mit dem Drang verbunden sein, sich Schmerzen zuzufügen. Sie verletzen sich mit Schnitten, Brandwunden oder Verätzungen.»

Plötzlich erhob sich der junge Mann und ging schleichend, als könnte Dr. Engelbert ihn zurückpfeifen, auf die Flügeltür am Ende des Saals zu. Wohlgeformte Muskeln zeichneten sich unter seinem eng sitzenden weißen T-Shirt ab. Seine ganze Erscheinung war von modellhafter Schönheit. Er mochte Mitte, vielleicht auch schon Ende zwanzig sein.

Rebekka nahm ihre Handtasche, warf Block und Kugelschreiber hinein, streifte ihren grauen Blazer über und folgte ihm.

Halle bei Nacht war noch trostloser als tagsüber. Die Straßen wirkten ausgestorben wie nach einem Gewitterschauer, aber es war trocken und die Temperaturen sehr mild für einen Abend im April. Finstere, verfallene Häuser wechselten sich mit neu gebauten Glaspalästen ab. Beide teilten das gleiche Schicksal. Ihre Fenster waren dunkel wie die leblosen Augen einer Stadt. Ein paar alte Leute huschten die Bürgersteige entlang und verschwanden in schmalen Hauseingängen. Eine Gruppe Jugendlicher wurde von zwei kläffenden, an ihren Leinen zerrenden Kampfhunden angeführt. Die Mädchen waren blondiert, die Jungen hatten kahl rasierte Schädel. An eine Hauswand war mit roter Farbe *Fikt alle Auslenderhuren und werft sie raus!!!* gesprüht. *Auslenderhuren* war durchgestrichen, und darüber stand *Nazis*. Die Hauswand gehörte zu einem chinesischen Restaurant.

Sie beschlossen hineinzugehen. Rebekka hatte sich dazu durchgerungen, Dr. Engelbert noch einen weiteren Tag zu ertragen. Und sie hatte dem Wunsch des gut aussehenden jungen Mannes, er hieß Eric Anderson, nachgegeben, sie zum Essen zu begleiten. Rebekka war auf einen langweiligen Abend gefasst. Denn Eric Anderson schien alles andere als ein unterhaltsamer Gesprächspartner zu sein. Er war Psychologiestudent im fünften Semester und Dr. Engelberts wissenschaftlicher Mitarbeiter. Alle wissenschaftlichen Mitarbeiter, die Rebekka aus ihrer eigenen Studienzeit kannte, waren strebsame, kritiklose Aktentaschenträger gewesen, die man in jedem Seminar, aber auf keiner Party traf. Ihrem ersten Eindruck nach machte Eric Anderson da keine Ausnahme.

«Nicht wahr, Dr. Engelberts Ausführungen waren überaus interessant», hatte er heute Nachmittag, draußen vor dem Saal, wo er eine Zigarette rauchte, zu ihr gesagt. Und das mit so übertriebener Bewunderung in der Stimme, dass Rebekka zuerst glaubte, er würde sich über Dr. Engelbert lustig machen. Aber dann fuhr er im selben wissenschaftlich gestelzten Tonfall fort: «Bei den bisherigen Forschungen wurde die Komplexität des Themas doch völlig unterschätzt, wenn man bedenkt, wie viele Menschen unter dem Borderlinesyndrom leiden. Sogar die englische Prinzessin Diana war davon betroffen. Kennen Sie übrigens Dr. Engelberts Aufsatz ‹Borderline-Syndrom als Grenzfall zwischen Neurose und Psychose›? Den sollten sie unbedingt lesen.»

Im selben Augenblick, als Rebekka Eric Andersons zögerlich vorgebrachte Einladung zum Abendessen angenommen hatte, hatte sie sich schon darüber geärgert.

Das Restaurant sah mit seiner Dekoration aus bunten Seidenblumen und roten Lampions aus wie alle chinesischen Restaurants. Auch ein kühl schimmerndes Aquarium und ein Gemälde der Chinesischen Mauer gehörte zu dieser Standardeinrichtung. Ein kleiner Kellner, dessen öliger Seitenscheitel bewegungslos am Schädel klebte, begrüßte sie mit unterwürfigem Kopfnicken. Er führte sie zum letzten freien Tisch neben der Tür zur Küche, aus der ein süßlicher Geruch drang.

Fast alle Gäste waren Kongressteilnehmer. Einige hoben die Köpfe, nickten freundlich und vertieften sich wieder in ihre Gespräche. Der Kellner reichte ihnen die Speisekarten. Hundertachtzig nummerierte Gerichte, aus denen sie zweimal scharf gewürztes Hühnerfleisch auswählten. Dazu bestellten sie zwei Gläser Reiswein.

Eric Anderson saß Rebekka gegenüber, hektisch wanderten seine Augen durch den Raum, wichen ihrem Blick aus, um einen nicht vorhandenen Punkt auf dem weißen Tischtuch zu fixieren. Dann fingerte er eine Zigarette aus der Brusttasche seines weißen Hemdes, das er scheinbar extra für den Abend angezogen hatte. Rebekka trug noch immer den grauen, etwas zu weiten, aber bequemen Hosenanzug. Sie hatte sich nicht mal die Mühe gemacht, ihren Lidstrich nachzuziehen.

«Sie kommen aus München?», versuchte sie die Unterhaltung in Gang zu bringen.

Eric Anderson nickte. Die Zigarette zwischen den Lippen, tastete er seine Hosentaschen nach einem Feuerzeug ab.

«Aber Sie sind nicht in München geboren?»

Er schüttelte den Kopf. «Ich komme aus Hannover. Meine Familie ist ...» Er beendete den Satz nicht. Der Kellner gab ihm Feuer und schenkte den Reiswein aus Gefäßen ein, die wie kleine Blumenvasen aussahen.

«Warum studieren Sie Psychologie?», fragte Rebekka.

Eine Frage, wie man sie stellte, um die Konversation voranzutreiben. Eine Frage unter Kollegen, auf die Rebekka niemals die sonderbare Antwort erwartet hätte, mit der Eric Anderson reagierte:

«Ich hatte schon damit gerechnet, dass Sie diese Frage stellen würden», sagte er. «Jeder stellt sie. Warum studiere ich Psychologie? Warum ausgerechnet ich? Hmmh.» Er machte eine Pause, als hätte er mehrere Antworten zur Auswahl und könnte sich nur nicht entscheiden, welche der Situation am angemessensten war. «Sie denken doch wahrscheinlich, weil mit mir etwas nicht stimmt. Weil ich ein Problem habe. Irgendeine Neurose, ein Trauma oder so was. Habe ich nicht Recht? Ich meine, das denken doch alle, wenn man Psychologie studiert. Oder nicht?»

Rebekka war sprachlos.

«Glauben Sie», hakte er nach, «dass ich nur deshalb Psychologie studiere, weil ich Probleme habe?»

Rebekka sagte immer noch nichts, wahrscheinlich schüttelte sie den Kopf. Was hätte sie auch sonst tun sollen?

Zum Glück stand der Kellner schon wieder am Tisch. Wie in chinesischen Restaurants üblich, wurde das Essen in der Geschwindigkeit amerikanischer Fastfood-Ketten serviert. Das Fleisch war trocken, die Sauce zu süß, der Reis lauwarm.

Sie aßen trotzdem. Rebekka war froh, nicht reden zu müssen.

«Bitte entschuldigen Sie wegen eben», sagte Eric Anderson nach einer Weile. «Ich habe wohl etwas empfindlich reagiert. Es tut mir Leid. Wirklich.» Dann fragte er: «Warum wollten Sie denn Psychologin werden?»

Rebekka beschloss, ihm ihre finanziellen Beweggründe vorzuenthalten. «Man kann Menschen helfen. Aber das ist es nicht allein. Mich reizt es, dem Geheimnis der Psyche auf den Grund zu gehen. Man erfährt so viel über die Menschen. Über ihre Ängste, ihre Sehnsüchte, manchmal ihre Abgründe. Ich glaube, keine Wissenschaft ist so geeignet, die Welt zu erklären, wie die Psychologie.»

Eric Anderson nickte und erklärte resigniert: «Meine Eltern wollten nie, dass ich Psychologie studiere. Den ganzen Tag dasitzen und sich die Probleme anderer Leute anhören, das sei kein richtiger Beruf. Mein Vater war Justiziar bei einer Versicherung und wollte immer, dass ich Anwalt werde oder irgendwas in der Wirtschaft mache. Na ja, so sind ja viele Väter. Ich werde versuchen, an der Universität zu bleiben. Patienten therapieren, dafür bin ich wahrscheinlich wirklich nicht geeignet. Ich will in die Forschung gehen.»

«So wie Dr. Engelbert?», fragte Rebekka und bemerkte zu spät ihren spöttischen Unterton.

«Er ist gar nicht so schlimm, wie Sie denken.» Eric Andersons Gesicht verriet, dass er es gewohnt war, Dr. Engelbert in Schutz zu nehmen. «Er ist ein sehr anerkannter Wissenschaftler. Auch wenn Vorträge halten nicht gerade zu seinen Stärken gehört. Er arbeitet an vielen internationalen Studien, nicht nur über das Borderlinesyndrom. Und beschäftigt sich viel mit Forensik. Dr. Engelbert erstellt Gerichtsgutachten. Ich denke, dass es sehr interessant sein muss, einem Mörder so Auge in Auge gegenüberzusitzen.

Es ist, wie Sie sagen, man erfährt viel über die Abgründe der Menschen.»

Auf dem Rückweg ins Hotel begegneten sie keiner Menschenseele. Nicht mal mehr ein paar alten Leuten oder einer Gruppe Jugendlicher, die ihnen Angst einjagte. Sie gingen schweigend nebeneinanderher. Der graubärtige Portier in der Hotelhalle war eingeschlafen. Er hatte sich auf einen der roten, speckigen Kunstledersessel vor dem Empfangstresen gesetzt. Sein Kopf ruhte auf seiner rechten Schulter, er schnarchte leise und lächelte dabei immer noch in sich hinein.

Rebekkas Zimmer lag im West-, Eric Andersons im Ostflügel; jeder Gebäudeflügel hatte einen eigenen Fahrstuhl. «Gute Nacht.» Rebekka flüsterte, um den Portier nicht zu wecken. Eric Anderson nahm ihre Hand und hielt sie ein paar Sekunden länger, als es nötig gewesen wäre. Rebekka sah ihm nach, bis er im Fahrstuhl verschwunden war.

Das Geräusch von raschelndem Papier erregte auf einmal Rebekkas Aufmerksamkeit. Am anderen Ende der Hotelhalle, hinter einer bis zur Decke reichenden, welken Zimmerlinde, im matten Schein einer Stehlampe, saß Dr. Engelbert und blätterte in einem Aktenordner. Vor ihm, auf einem kleinen runden Tisch, stand ein Glas Tee und ein kleiner Teller, auf dem sich mehrere Teebeutel türmten. Es roch nach Kamille. Dr. Engelbert hatte seine rote Strickjacke bis oben hin zugeknöpft, als würde er frieren. Dabei war es in der Halle sehr warm. Er sah Rebekka freundlich über die speckigen Gläser seiner Lesebrille an. Plötzlich schämte sie sich für die Missachtung, die sie ihm entgegengebracht hatte.

«Möchten Sie sich einen Moment zu mir setzen?» Ohne ihre Antwort abzuwarten, räumte Dr. Engelbert den Stapel Unterlagen vom Sessel neben sich.

Rebekka wäre lieber gleich zu Bett gegangen. Aber sie wollte nicht unhöflich sein.

«Rebekka Marx», stellte sie sich vor.

«Ich weiß, Eric hat heute Nachmittag von Ihnen gesprochen. Hatten Sie einen angenehmen Abend?»

«Einen ungewöhnlichen, würde ich sagen.»

Dr. Engelbert nahm die Brille ab und massierte sich die Nasenwurzel. «Ich kann in diesen sterilen Hotelzimmern nicht schlafen. Man kommt sich vor wie in einem Krankenhaus. Aber zum Glück braucht man in meinem Alter nicht mehr so viel Schlaf.»

Rebekka versuchte sein Alter zu schätzen. Seine Haut, die sich ohne Spannkraft über sein knochiges Gesicht zog, wirkte müde und grau, war aber nicht faltig. Sein Haar, lichter werdend, an den Schläfen ergraut, stand ihm wirr und strohig vom Kopf ab. Er war noch gar nicht so alt. Fünfzig vielleicht. Es war seine Kleidung, die ihn fast ein Jahrzehnt älter aussehen ließ. Diese ausgeleierte Strickjacke, die Brille; dazu die braunen Sandalen, in denen Füße mit grünen Socken steckten.

«Was denken Sie von Eric?»

Die Frage überraschte Rebekka. «Nichts», antwortete sie, was natürlich Unsinn war. «Ich meine, er ist sehr nett. Ein höflicher junger Mann.»

«Und er ist ein ganz ausgezeichneter wissenschaftlicher Mitarbeiter. Hat er Ihnen erzählt, dass er für mich arbeitet?»

Rebekka nickte.

«Er ist überaus intelligent, fleißig, belesen, fähig zu analysieren und mutig genug, neue Theorien aufzustellen. Er hat eine große Zukunft vor sich. Ich hatte unter meinen Studenten noch nie jemanden, auf dessen Meinung ich so viel Wert gelegt habe. Aber andererseits …» Dr. Engelbert zögerte. «Ich mache mir Sorgen um ihn. Er ist vierundzwanzig. Wie Sie schon sagten, ein netter junger Mann. Und gut aussehend. Mit vierundzwanzig sollte man doch andere Interessen haben, als sie ein alternder Wissenschaftler hat, wie ich einer bin.» Dr. Engelbert machte wieder eine Pause.

Was, fragte sich Rebekka, wollte ihr Dr. Engelbert eigentlich sagen? Dass sein Schicksal Eric erspart bleiben möge? Sie überlegte, wie Dr. Engelbert wohl lebte. Allein in einer kleinen Zweizimmerwohnung; an jeder Wand Stapel von Akten, Büchern, wissenschaftlichen Zeitschriften. Sein altes graues Telefon läutete vermutlich keine zweimal im Monat, und wahrscheinlich war einer der Anrufer noch falsch verbunden.

«Vierundzwanzig», nahm Dr. Engelbert den Faden wieder auf, «Eric hat kaum Freunde, auch unter seinen Kommilitonen nicht. Und seine Familie kümmert sich nicht um ihn. Ich habe Eric Heiligabend im Institut getroffen. Nachts um zehn. Er saß am Computer, als wäre es die normalste Sache der Welt. Verstehen Sie, was ich meine?»

Rebekka nickte. Sie verstand, aber es wunderte sie nicht. Nur Dr. Engelberts rührende, ganz offensichtlich ehrlich gemeinte Besorgnis wunderte sie. Es kam ihr vor, als hätte Dr. Engelbert, wie ein besorgter Vater, nur darauf gewartet, dass Eric heil und unversehrt wieder zurück ins Hotel kam.

Das Schnarchen des Portiers war jetzt durch die ganze Halle zu hören. Er wachte auch nicht davon auf, als ein betrunkener Hotelgast lärmend die Eingangstür aufriss und auf die Fahrstühle zuwankte.

Rebekka verabschiedete sich von Dr. Engelbert, ohne seine letzte Frage zu beantworten.

Als sie im Bett lag und das Licht gelöscht hatte, dauerte es noch eine ganze Weile, bis sie einschlief. Eric Anderson und Dr. Engelbert; sie und Eric Anderson; Dr. Engelbert und sie.

Zusammenhänge, dachte sie. Menschen begegneten sich zufällig, doch jeder Zufall hatte seine Ursache. Also musste es Zusammenhänge geben. Drei Menschen, so unterschiedlich, und doch verband sie etwas.

An den sonderbaren Abend in Halle erinnerte sich Rebekka noch Wochen später. Merkwürdigerweise war es Eric Anderson, der ihr nicht aus dem Kopf ging. Dass ein junger Mann von derart ungewöhnlicher Schönheit eine solche Unsicherheit ausstrahlte, war trotz aller belastenden familiären Hintergründe ungewöhnlich. Bedauernswert. In einer völlig von Äußerlichkeiten bestimmten Welt schien Eric Anderson nicht im Geringsten wahrzunehmen, wie großzügig die Natur ihn bedacht hatte. Andere wären an seiner Stelle wie die Pfauen auf Brautschau durch die Gegend stolziert.

Von Eric Anderson ging nichts dergleichen aus; nichts Charmantes, nichts Kokettierendes, nur unsichere Arroganz. In seiner Verkrampftheit hatte er fast androgyn auf Rebekka gewirkt, als wären ihm sexuelle Phantasien völlig fremd. Aber sie musste sich eingestehen, dass ihre Wahrnehmung in diesem Punkt womöglich von ihrer eigenen Eitelkeit beeinflusst war, weil sie sich unbewusst einen kurzen Flirt gewünscht haben mochte. Wenigstens ein eroberndes Lächeln. Stattdessen hatte Eric Anderson ihr das Gefühl gegeben, eine ältere Schwester, nein, anders noch, seine Mutter zu sein.

Rebekka hatte damit gerechnet, dass er sich noch einmal bei ihr melden würde. Aber sie hatte ihn seit dem Abend in Halle nie wieder gesehen. Stattdessen lag, etwa sechs Monate später, eine auf schwerem Büttenpapier gedruckte Einladung in ihrem Briefkasten, die den Absender einer renommierten Stiftung für medizinische und psychologische Forschungen trug. Im Rahmen eines Festakts sollte Dr. Dr.

Friedrich Engelbert für seine wissenschaftlichen Studien zur Erforschung des Borderlinesyndroms ausgezeichnet werden.

Es würde mich sehr freuen, wenn Sie mir die Ehre erweisen würden zu kommen, hatte Dr. Engelbert handschriftlich und mit blauer Tinte zusätzlich auf die Karte geschrieben.

Der Festakt fand in der Münchner Universität statt. Scheinwerfer und Kerzen unter den hohen gewölbten Decken schufen eine feierliche Atmosphäre. Rebekka schätzte, dass gut vierhundert Gäste geladen waren. Sie saßen an runden, weiß gedeckten Tischen vor ihren Namenskärtchen. Die zehn Preisträger nebst Begleitungen hatte man direkt an der Bühne platziert.

Erstaunt stellte Rebekka fest, dass ihr Platz *Lydia Engelbert* zugedacht war. Anders, als sie gedacht hatte, gab es also doch jemanden, der bereit war, sein Leben mit Dr. Engelbert zu teilen.

«Oh, bitte verzeihen Sie.» Dr. Engelberts fahles Gesicht errötete. Er nahm das Tischkärtchen und schob es unter seine Serviette. «Wie peinlich. Ein Versehen. Ich hatte extra darum gebeten, den Namen auf der Gästeliste zu ändern.»

«Nicht so schlimm», beruhigte ihn Rebekka. Sie hätte Frau Engelbert gerne kennen gelernt.

«Haben Sie eigentlich Kinder?», fragte sie.

Dr. Engelbert schüttelte geistesabwesend den Kopf. «Meine Frau ist vergangene Woche krank geworden. Die Bandscheibe, wissen Sie. Da kam mir der Gedanke, dass Sie mich vielleicht … Ich freue mich sehr, dass Sie gekommen sind.»

Der Festakt zog sich endlos in die Länge; eine Laudatio langweiliger als die nächste. Dr. Engelbert wurde als Letzter auf die Bühne gerufen, um wie alle Preisträger eine kurze Dankesrede zu halten.

Rebekka hatte noch nie zuvor eine Situation erlebt, die ihr so peinlich war, dass sie am liebsten mit einer vorgetäuschten Kreislaufschwäche zusammengebrochen wäre.

Dr. Engelberts Stimme fistelte sich in immer neue Höhen und schmetterte wissenschaftliche Theorien in den Saal, als würden die Gäste anschließend in einer Examensarbeit abgefragt. Seine Hände ließen das Redemanuskript zittern. Den Versuch, einen Schluck Wasser zu trinken, brach er ab, weil er sonst die Hälfte verschüttet hätte. Das teils amüsierte, teils kopfschüttelnd empörte Publikum starrte immer wieder zu Rebekka, die neben Dr. Engelberts leerem Stuhl saß.

Wer ist die Frau, die es mit diesem Mann aushalten muss?, schienen die Blicke zu fragen. Das fragte sich Rebekka auch.

«Ich hoffe, mein kurzer Vortrag hat Ihnen gefallen», flüsterte ihr Dr. Engelbert zu, als er wieder auf seinem Platz saß. «Ich muss Ihnen nämlich gestehen, dass ich etwas nervös war.»

Rebekka sagte nichts.

Eine halbe Stunde später hatte Dr. Engelbert seine Nervosität mit zwei Gläsern Weißwein betäubt. An der Wirkung war deutlich zu sehen, dass er es nicht gewohnt war, Alkohol zu trinken. Die anderen Preisträger am Tisch lächelten milde und bemühten sich, ihm keine Beachtung zu schenken. Kichernd und glucksend musterte Dr. Engelbert das Treiben aus glitzernden und raschelnden Abendkleidern.

«Meinen Sie, diese Leute arbeiten alle an der Universität?», fragte er mit schwerer Zunge.

«Sicher nicht alle», erwiderte Rebekka.

«Ich glaube, diese Leute haben meinen Vortrag nicht verstanden.»

«Haben sie bestimmt.»

«Ich habe noch nie einen Preis gewonnen. Ich habe drei Tage an dem Vortrag gearbeitet.»

Zwei weitere Gläser Wein, und Dr. Engelbert begann auf die anderen Preisträger einzureden. Inzwischen lallte er. Rebekka konnte es nicht mehr mit ansehen. Noch bevor das Menü serviert wurde, ließ sie den Kellner ein Taxi rufen und bugsierte Dr. Engelbert aus dem Saal.

Am nächsten Morgen, als er sich bei einem vorsichtigen Anruf nach dem genauen Verlauf des Abends erkundigte, konnte er sich offensichtlich nicht mehr daran erinnern, dass Rebekka ihn fast bis zur Wohnungstür tragen musste. Sie erwähnte es auch nicht. Trotz allem hatte der Abend ihr Dr. Engelbert irgendwie sympathisch gemacht. Und so war es nur konsequent, dass sich zwischen ihnen zunächst eine kollegiale und dann sogar verhältnismäßig enge Freundschaft entwickelte.

Dr. Engelbert konnte abseits von Universität, Tagungen und Ehrungen ein sehr sprachgewandter Unterhalter sein. Überdies waren seine wissenschaftlichen Fähigkeiten wirklich beeindruckend. Dass er seit Jahren auf eine Professorenstelle wartete und mit ansehen musste, wie jüngere und wesentlich weniger qualifizierte Kollegen bevorzugt wurden, konnte nur an seiner spröden Art liegen. Sicher kränkte es ihn, aber er ließ es sich nicht anmerken.

Rebekka traf Dr. Engelbert ein-, zweimal im Monat. Meistens zum Abendessen. Als sie ihm ankündigte, dass sie bald zu verreisen gedenke, zum ersten Mal nach drei urlaubsfreien Jahren, aber aus finanziellen Gründen noch nicht wisse, wohin, bot er ihr wie selbstverständlich sein Ferienhaus auf einer kleinen Insel vor der Westküste Afrikas an. Er hatte es Mitte der neunziger Jahre von einem Onkel geerbt, aber erst einmal besucht.

«Ich bin nicht geschaffen für Reisen in diese Hitze», sagte er, «aber es würde mich freuen, wenn Sie mein Angebot annehmen. Es müsste sowieso mal jemand nach dem Rechten sehen.» Dann beschrieb er das Haus und die Landschaft und das Meer; sprach von goldenen Stränden, türkisblauem Wasser, tosenden Wellenwalzen. Noch nie hatte Rebekka Dr. Engelbert so reden hören. Die Vorstellung, dass es einen so wunderbaren Platz auf der Welt gab, den sie mit niemandem würde teilen müssen, faszinierte sie. Und Dr. Engelbert schien es gar nicht abwarten zu können, dass sie sich auf die Reise machte.

Also nahm sie seine Einladung an.

*

Der Baia do Porteto war schmal, mehrere Kilometer lang und schlängelte sich das Westufer wie eine Küstenstraße entlang. Er wurde gesäumt von hohen Palmen, deren Kronen struppig, wie vom Wind zerzauste Frisuren alter Damen aussahen. Hinter den Palmen erhob sich schwarz, schroff und mächtig die Steilküste. Breite, wie mit einem Lineal gezogene Wellen liefen auf den Strand zu, bäumten sich auf, immer höher, immer steiler, bis ihre Gipfel weiß schäumend und tosend vornüberkippten. Dunst hing in der Luft, die salzig schmeckte und sich atmen ließ, als wäre sie zäh wie Honig.

Rebekka zog ihre Jeans und ihre Schuhe aus. Windböen zerrten an ihrem Sonnenhut. Der Sand, funkelnd und blitzend wie Schnee, brannte unter ihren Fußsohlen und in ihren Augen. Sie rannte auf Zehenspitzen zum kühlenden Wasser. Die erste Welle umspülte ihre Fußgelenke, die zweite ihre Waden, die dritte erreichte ihre Knie. Rebekka merkte, wie der Sand mit ablaufendem Wasser unter ihren

Füßen nachgab und sie nach und nach im Boden versank. Schon waren ihre Fesseln nicht mehr zu sehen. Wie lange musste man wohl stehen bleiben, um ganz zu verschwinden?

Sie begann den Strand entlangzumarschieren. Der Wind blies ihr mit solcher Heftigkeit ins Gesicht, dass sie sich ihm entgegenstemmen musste. Sie überlegte, wann sie das letzte Mal am Meer gewesen war. Vor sieben Jahren. Es war der letzte gemeinsame Urlaub mit ihrer Großmutter gewesen. Eine Woche Norwegen, eine Woche Regen und Kälte. Eine Woche Wärme und Geborgenheit. Ihre Großmutter war der wichtigste Mensch in ihrem Leben gewesen. Wichtiger noch als ihre Eltern. In den Armen ihrer Großmutter hatte sie nach ihrer ersten unglücklichen Liebe (zu einem Hoteliierssohn) geweint und nach der ersten Nacht mit einem Jungen (auf Klassenfahrt mit einem Bäckerlehrling) von Hochzeit gesprochen. Ihre Großmutter war der einzige Mensch gewesen, dem sie von der Abtreibung mit achtzehn erzählt hatte und von den Albträumen, unter denen sie litt. Ihre Großmutter hatte es geliebt, stundenlange Strandspaziergänge zu unternehmen. Barfuß mit hochgekrempelten Hosenbeinen, zu jeder Jahreszeit, bei jedem Wetter. Rebekka sah sie vor sich, ein strahlendes Gesicht unter der Kapuze eines gelben Regenmantels. Tiefe Falten auf rosigen Wangen, sonnengegerbte Haut, struppige silberne Locken.

Vier Monate nach dem Urlaub war ihre Großmutter gestorben, fünfundsiebzigjährig, an einem Tumor im Gehirn. Die Ärzte hatten die Geschwulst zwar früh erkannt, aber von einer Operation abgeraten. Es war schnell zu Ende gegangen. In der letzten Woche hatte sie nicht einmal mehr ihren Namen gewusst.

Rebekkas Zehen gruben sich in den Sand, ihre Wadenmuskeln begannen zu brennen. Nach einer halben Stunde sah sie die Palme, die Dr. Engelbert eingezeichnet hatte. Waagerecht wuchs der Stamm aus dem Hang, machte dann einen scharfen Knick nach oben und einen leichten Bogen nach rechts. Die Form ähnelte tatsächlich einem umgedrehten Fragezeichen. Der Pyramidenstein reichte Rebekka bis zur Hüfte und wurde von einer dicken Schicht aus Muscheln und faulig riechenden Algen überzogen. Der mit einem Kreis markierte Busch war in natura nur ein verkrüppelter Strauch, ohne Blüten, ohne Blätter, dafür mit langen spitzen Dornen. Er war schon vor Jahren den Salzwassertod gestorben, doch die Sonne hatte sein Skelett aus Zweigen konserviert. Es war so dicht, dass man nicht hindurchsehen konnte. Erst wenn man die Zweige etwas zur Seite bog – was Rebekka unter Zuhilfenahme eines Stück Treibholzes tat –, war zu sehen, dass sich dahinter ein Höhleneingang von recht komfortabler Größe verbarg.

Seien Sie vorsichtig wegen der Flut, sie steigt in den Tunnel und macht ihn unpassierbar.

Das Meer war auflaufend, jedoch auf niedrigem Niveau. Noch zehn bis fünfzehn Schritte vom Strauch entfernt. Rebekka schätzte, dass ihr gut anderthalb Stunden blieben. Sie streifte ein T-Shirt über ihren Bikini, zog ihre Trekkingstiefel an und nahm die Taschenlampe aus dem Rucksack. Hinter dem Strauch schaltete sie die Taschenlampe ein. Die Höhlenwände glänzten feucht. Sie verengten sich nach wenigen Metern zu einem Trichter, der jeden Eindringling auf die Knie zwang. Nach siebzig bis hundert Tippelschritten auf allen vieren hatte Rebekka den engsten Teil passiert, dann ging es die letzten Meter in gebückter Haltung weiter, bis der Tunnel sie plötzlich in eine Grotte, riesig wie ein Ballsaal, entließ.

Jeder Schritt hallte tausendfach wider, als wäre Rebekka mit einer Armee von Soldaten angerückt. Vor ihr erstreckte sich ein spiegelglatter See. Fische in exotischen Farben schwammen neugierig auf sie zu, manche rund wie Fußbälle, andere schlank und pfeilförmig, wieder andere mit Flossen, flirrend wie Blütenblätter. Am Ende des Sees öffnete sich die Grotte in einem Halbrund zum Meer. Rebekka setzte sich auf einen Stein und legte den Kopf in den Nacken. Sie fixierte einen winzigen Lichtpunkt, der wie ein einsamer Stern an der nachtschwarzen Decke funkelte. Er begann vor ihren Augen zu wachsen, bis allmählich ein Strahl zu erkennen war, der in der Mitte des Sees auftraf und das Wasser in grellem Türkis zum Leuchten brachte.

Dieses Naturschauspiel, das sich fast jeden Mittag im Inneren der Grotte abspielte, war von der Sonne abhängig. *Olho azul* hieß übersetzt das blaue Auge. Wenn die Sonne ihren höchsten Punkt erreichte, schien sie senkrecht durch ein schmales Loch im Fels bis auf den Grund des Sees, wo sie sich spiegelte.

Als Rebekka einen Stein ins Wasser warf, begannen auf den Felswänden Muster aus Licht und Schatten zu tanzen.

Sie bemerkte erst gar nicht, was sie für einen Moment ablenkte. Aber irgendetwas passte nicht in diese Umgebung. Sie stand auf und ließ ihren Blick langsam durch die Grotte wandern. Auf der anderen Seite entdeckte sie zwei weitere Höhlen. Aber das war es nicht. Auch nicht die zarten Gräten eines Fisches neben ihren Füßen. Es war einer der Felsvorsprünge, die wie kleine, von der Natur geschaffene Opfertische aus den Wänden ragten. Darauf war mit Wachs eine fast heruntergebrannte Kerze geklebt. Daneben lag ein chromblitzendes Feuerzeug. Rebekka nahm das Feuerzeug, es roch nach Benzin, und ließ es aufschnappen. Als sie das Reibrad drehte, züngelte eine kleine blaue Flamme empor. Lange konnte das Feuerzeug nicht hier gelegen haben. Rebekka hatte in ihrer Schulzeit ein ganz ähnliches besessen. Das Benzin verflüchtigte sich nach wenigen Tagen.

Neugierig betrachtete Rebekka die Gravur. Ein sonderbares Kreuz. Sein Querbalken verlief nicht waagerecht, sondern von links unten nach rechts oben. Rebekka hatte solche Kreuzdarstellungen schon oft in bayerischen Dörfern gesehen. Über dem Kreuz, nicht eingraviert, sondern mit einem anderen, goldfarbenen Metall aufgebracht, war eine vierzackige Krone abgebildet. Ein schräges Kreuz mit einer vierzackigen Krone. Rebekka glaubte dieses Zeichen schon einmal irgendwo gesehen zu haben. Aber sie konnte sich nicht erinnern, wo.

Mit einem ohrenbetäubenden Grollen, gefolgt von einem dumpfen Schlag, platzte die erste Welle in die Grotte. Rebekka fuhr zusammen. Der See vor ihr war mit einem Mal aufgewühlt und Teil des offenen Meeres geworden. Zwei weitere Wellen folgten. Die Flut hatte die Grotte erreicht. Rebekka legte das Feuerzeug wieder an seinen Platz, als hätte sie es nie berührt. Sie dachte nicht darüber nach, warum sie das tat.

Als sie durch die Höhle kroch, begann das Wasser schon zu steigen. Sie hielt die Taschenlampe zwischen den Zähnen und stieß ihren Rucksack mit solcher Wucht vor sich her, dass sich der Reißverschluss öffnete und der Inhalt herausfiel. Sie stopfte ihre Jeans und ihre Brille wieder hinein, ließ das Obst und die Sonnencreme liegen und kroch weiter. Das Wasser stieg mit solcher Geschwindigkeit, dass es ihr auf der Hälfte des Weges bis zu den Ellenbogen reichte. Als sie dem Tageslicht durch den abgestorbenen Strauch entgegen hechtete, waren ihre Knie und Hände aufgeschürft. Ihr T-Shirt zerriss an den Dornen. Sie ließ sich rücklings in den heißen Sand fallen und spürte ihr Herz gegen die Rippen schlagen.

Langsam, ganz langsam beruhigte sich ihr Puls wieder, und ihr Gehirn war wieder in der Lage, klare Gedanken zu fassen. Was blieb, war ein Gefühl des Unbehagens.

Es war die Ahnung, dass sie nicht allein war.

11

Kommissar Reichenbach sinnierte darüber, ob er in diesem Zustand nicht lieber tot wäre. Dann fragte er sich, ob man in diesem Zustand überhaupt zwischen Leben und Tod unterscheiden konnte. Und wenn man es nicht konnte, was er für wahrscheinlich hielt, wem würde man wohl am ehesten die Entscheidung überlassen wollen, ob ein schnelleres Ende nicht das Beste wäre?

Leben oder sterben?

Heute Morgen im Präsidium hatte er viel Zeit damit verbracht, alte Artikel über Robert Bergmann zu lesen. Ausführliche, lobende Berichte mit großen, farbigen Fotos. Beeindruckend, wie sehr manche Menschen nur durch ihre Erscheinung Macht und Erfolg ausstrahlten; die gespannte Körperhaltung, die zu aggressiven Gesten verkrampften Finger, das vorgeschobene Kinn, die wachsam und herausfordernd blickenden Augen. Jedes Foto war ein Zeugnis von Bergmanns Willen, zu lenken, zu herrschen, zu führen, gewesen. Vor dem Spiegel im Fahrstuhl hatte Reichenbach versucht, Bergmanns Gebaren zu kopieren. Aber wenn er das Kinn vorreckte, die Finger verkrampfte und die Augen zusammenkniff, sah das nur lächerlich aus.

Der Robert Bergmann, der nun halb aufrecht vor ihm im Bett saß, hatte nichts mehr mit dem Mann auf den Fotos gemeinsam. Sein Kopf war mit weißem Mull umwickelt. Er nuckelte an einem grün-gelb geringelten Strohhalm, der aus einem roten Plastikbecher ragte, dabei bewegte sich sein Oberkörper vor und zurück, immer vor und zurück.

Reichenbach befand sich in der Psychiatrie des Krankenhauses. Er stand in einem langen Flur, hinter einem Fenster, dessen Jalousie sich wie bei einem Schaukasten nur von außen öffnen ließ und durch das man in Bergmanns Zimmer blicken konnte. Bergmann war vor zwei Tagen von der Intensivstation verlegt worden. Hier sah es gar nicht mehr aus wie in einer Klinik. Die Wände waren in freundlichem Gelb gestrichen, an den Türen klebten bunte, lachende Disney-Figuren. Es sah eher aus wie in einem Kindergarten. Der erste Patient, der Reichenbach in der Psychiatrie begegnet war, war ein Mann mit heruntergelassenen Hosen gewesen.

Die Krankenschwestern hatten um Bergmanns Bett ein Gitter installiert, damit er nicht herausfallen konnte. Reichenbach versuchte an seinem Gesicht abzulesen, wie er sich wohl fühlte. Je länger er das Gesicht betrachtete, desto weniger fand er, dass es unglücklich wirkte. Es war bis auf die saugend arbeitenden Wangen regungslos; friedlich wie aus einer anderen Welt, deren Tor sich niemandem öffnen würde. Nicht einmal den Ärzten; die konnten nur versuchen, Bergmanns Zustand mit Diagrammen seiner Gehirnströme zu erklären. Helfen konnten sie ihm nicht.

Bergmann war schwerstbehindert, die rechte Körperhälfte gelähmt, sein Geist auf dem Stand eines Kleinkindes. Er war nicht einmal in der Lage, allein einen Teller Suppe zu essen oder sich die Schuhe zu binden. Bis zur Reanimation durch den Notarzt hatte sein Herz für mehrere Minuten aufgehört zu schlagen. Minuten, in denen das Blut bewegungslos in seinen Adern gestanden hatte. Große Teile seiner Gehirnzellen waren durch Sauerstoffmangel abgestorben. Reichenbach stellte sich vor, dass sie wie kleine Blasen geplatzt waren. Es war das Schlimmste eingetroffen, das die Ärzte befürchtet hatten.

Die Tür zum Krankenzimmer, gegenüber dem Schaukastenfenster, ging auf, und eine rundliche, grauhaarige Schwester trat ein. Zuerst dachte Reichenbach, es wäre Schwester Ursel. Aber die Ähnlichkeit war nur flüchtig. Obwohl die Schwester ihm direkt ins Gesicht sah, schien sie ihn nicht zu bemerken. Die Scheibe, hinter der er stand, war offenbar von der anderen Seite verspiegelt. Der Schwester folgte ein Mann; mit Sicherheit kein Arzt und kein Patient. Sein fleckiges rosa Hemd wölbte sich über einen kugelrunden Bauch. Er trug eine schwarze Anzugweste, aufgeknöpft, vermutlich weil sie sich nicht mehr schließen ließ.

Reichenbach überlegte, warum er den Mann unsympathisch fand. Waren es die dünnen schwarzen Haare, die beim Versuch, eine Stirnglatze zu kaschieren, einmal über den ganzen Schädel gekämmt waren? Oder die fleischigen, rot leuchtenden Wangen? Oder die Tatsache, dass der Mann überhaupt kein Kinn hatte und die Unterlippe geradewegs in den Hals überging? Vielleicht war es das Linkische in seiner Bewegung, wie er mit andächtig gebeugtem Kopf an Bergmanns Bett stand. Der Mann musste ein Verwandter von Bergmann sein. Jetzt strich er mit einer fahrigen Handbewegung über dessen Stirn. Bergmann saugte immer noch an seinem Strohhalm. Reichenbach glaubte zu sehen, wie sich die Finger seiner linken Hand für eine Sekunde verkrampften.

Aus dem Mund des Mannes drang Nikotingeruch, der Reichenbach auf Distanz hielt. Er hatte ihn vor der Tür zu Bergmanns Zimmer abgepasst. Der Mann war nicht allein ins Krankenhaus gekommen. Auf einer roten Holzbank im Flur warteten eine Frau und ein Kind. Die Frau war sehr schlank, sehr blond, sehr vollbusig, mit slawischen Gesichtszügen. Das Kind, ein Junge, hatte die gleichen slawischen Gesichtszüge und kein Kinn. Es zog seine Mutter am Ärmel und quengelte etwas Unverständliches. Als der Mann die Hand hob, verstummte es.

Reichenbach stellte sich vor. Jetzt lächelte der Mann. Es war ein Lächeln, wie es Autoverkäufer und Versicherungsagenten beherrschen. Er sagte: «Es ist tragisch, was passiert ist.» Und: «Ich wünschte, ich könnte etwas für ihn tun.» Sein Lächeln sagte das Gegenteil. Der Mann griff in seine Westentasche und zog mit einem Handgriff, wie er ihn vermutlich jeden Tag Dutzende Male vollzog, eine Visitenkarte heraus: *Amadeus Ganser – Rechtsanwalt & Notar*. Ein Österreicher, er stammte aus Graz.

Reichenbach hatte richtig vermutet. Ganser war Robert Bergmanns Cousin; nicht ersten Grades; er gehörte zu jener Verwandtschaft, der man höchstens zweimal im Leben auf Familienfesten begegnet und die man immer mit ungutem Gefühl beim Vornamen nennt. Beileidsbekundungen hielt Reichenbach in diesem Fall für verschwendet. Er kam ohne Umschweife zur Sache.

«Wie kommt es, dass ein entfernter Cousin der erste Besucher an Bergmanns Krankenbett ist?»

«Tja», druckste Ganser herum, «das ist etwas delikat und vertrackt. Ich will da vorsichtig sein, denn das könnte falsch aufgefasst werden.»

Es verhielt sich so, dass Bergmann keine engere Verwandtschaft mehr hatte. Seine geschiedene Frau war, nachdem er sie ausbezahlt hatte, auf Nimmerwiedersehen verschwunden, seine Eltern im hohen Alter verstorben, Geschwister gab es nicht. Nach den Zeitungsmeldungen über den Anschlag auf Bergmann hatte sich der Rest der Verwandtschaft zu einer Gemeinschaft potenzieller Erben zusammengetan. Für den Fall, dass es kein Testament und irgendwann etwas zu erben gab. Aus Gansers Mund, Sprecher dieser eigenartigen Gemeinschaft, klang das so: «Irgendjemand muss sich jetzt doch um den armen Robert kümmern. Er hat ja sonst niemanden.»

Das Kind quengelte wieder. Die Mutter stand auf, warf Reichenbach einen entschuldigenden Blick zu und ließ sich am Ärmel den Flur hinunter zum Ausgang ziehen.

Leben oder sterben?

Reichenbach fiel sein Gedanke von vorhin wieder ein. Vielleicht würde ja eines Tages ein Gesetz erlassen, das anderen erlaubte, die Entscheidung zu treffen. Wenn es ganz schlimm um einen stand. Wem würde er diese Entscheidung dann überlassen wollen? Er hatte wie Bergmann keine Geschwister und keine Frau, nur eine Tochter, die aber erst fünf war. Und seine Eltern waren schon sehr alt.

Aber zum Glück hatte er auch kein Vermögen.

Zum Abschied reichte ihm Ganser die Hand. Sie fühlte sich feucht an. Es war die Hand eines Gierigen.

Eder hielt den Kopf schief und hatte die Augen aufgerissen. Seine Zunge war zu einer Beule in die Wange gebohrt. Auf der Beule ein Pickel, den Eder ausdrückte. Er stand vor dem Waschbecken, das hinter ihren Schreibtischen an einem gekachelten Stückchen Wand hing.

«Geg», nuschelte er, als Reichenbach hereinkam, «gie ischt geg.»

Reichenbach stellte einen Becher Kaffee auf einen Briefumschlag. Dabei verschüttete er ein paar Tropfen. Als er sah, dass der Umschlag an die Staatsanwaltschaft adressiert war, tupfte er ihn mit einem Taschentuch trocken.

«Wie bitte?»

«Ich sagte, dass sie weg ist», wiederholte Eder. Auf seiner

Wange prangte nun eine dicke rote Schwellung. «Nicht zu Hause, nicht im Fotostudio, nicht bei ihrer Mutter. Und der Vater sagt, es sei ihm scheißegal, wo sich seine Tochter rumtreiben würde. Sie hätte sich nie für ihn interessiert, also würde er sich auch nicht für sie interessieren.»

«Na gut.»

«Na gut?», wiederholte Eder süffisant. «Ist das alles, was der Herr Hauptkommissar, der Herr leitende Ermittler, dazu sagt?»

Seit klar war, dass Bergmann nie wieder gesund werden würde, seit der Polizeipräsident persönlich in ihrem Büro gestanden und ihnen gesagt hatte, dass die Ermittlungen unter allen Umständen zum Erfolg führen müssten, seit die Medien schon ungeduldig fragten, wann endlich der erste Verdächtige präsentiert würde, seit Reichenbach das Gefühl hatte, unter der Last der Verantwortung fast erdrückt zu werden – seitdem wurden Eders Sticheleien von Tag zu Tag direkter, hinterhältiger, unerträglicher.

Reichenbach hatte schon gehofft, die Grippe, die ihn wochenlang gequält hatte und seit gestern endlich abklang, könnte Eder angesteckt und ans Bett gefesselt haben. Nichts, nicht mal ein Schnupfen. Und der Urlaub, den Eder kommende Woche antreten wollte und den Reichenbach wohl am meisten herbeigesehnt hatte, war unter dem Hinweis auf die schwierigen Ermittlungen gestrichen worden. Aber das war zu erwarten gewesen.

«Wenn die Winter nicht bald wieder auftaucht», legte Eder nach und sah Reichenbach provozierend an, «dann wirst du dem Polizeipräsidenten wohl erklären müssen, warum dir unsere Hauptverdächtige entwischt ist.»

«Keine Sorge, die taucht bald wieder auf», sagte Reichenbach mit gespielter Gelassenheit. In Wahrheit zermürbte ihn sein Fehler. Natürlich hätte er gleich am Morgen im

Krankenhaus anordnen müssen, Daniela Winter zu observieren. Aber es war eine lange Nacht gewesen, und er hatte kaum geschlafen.

Er malte sich aus, wie Eder jetzt über die Flure schlich und die Kollegen vor dem Kaffeeautomaten, am Kopierer, in der Kantine, beim Pinkeln aufstachelte. *Habt ihr schon gehört, was der Reichenbach … Und den haben sie zum Hauptkommissar gemacht.* Eder bestimmte die Spielregeln in ihrem Kleinkrieg. Reichenbach geriet immer mehr in die Defensive. Er hoffte darauf, dass ein Wunder geschah. Dass Daniela Winter, am besten willens zu gestehen, an ihre Bürotür klopfte.

Dabei glaubte Reichenbach eigentlich immer noch nicht, dass sie Bergmann vergiftet hatte. Aber das war nichts weiter als eine Ahnung, die sich aus der Erinnerung an das Gespräch mit ihr nährte; und weil er sich nicht erklären konnte, warum Daniela Winter sofort den Notarzt gerufen hatte. Aber allmählich verblasste diese Ahnung. Je länger Daniela Winter verschwunden blieb. Inzwischen waren schon drei Tage vergangen, seit Schwester Ursel gesehen hatte, wie sie in den schwarzen Wagen unbekannten Herstellers, unbekannten Kennzeichens, unbekannten Fahrers vor dem Krankenhaus gestiegen war.

Seitdem hatten die Ermittlungen nicht den kleinsten Fortschritt gemacht. Es stand lediglich fest, dass Daniela Winter Dutzende Fingerabdrücke auf dem Schrank mit Bergmanns Videoanlage hinterlassen hatte. Was für die Vermutung sprach, sie könnte die Videokassetten gestohlen haben. Beweisen tat es nichts.

Irgendwann musste Daniela Winter doch wieder auftauchen. Jeder Polizist der Stadt hatte ihr Foto. Die Bahnhöfe und der Flughafen wurden überwacht, ihr Fotostudio, ihre Wohnung, die Wohnung ihrer Mutter. Wenn sie sie nicht bald fanden, würden sie ihr Foto an die Presse geben – und damit öffentlich eingestehen, dass sie ihnen entwischt war. Dass sie ihm, Hauptkommissar Max Reichenbach, entwischt war.

Das Telefon läutete. Sie hatten zurzeit nur ein Telefon; irgendein technisches Problem mit der Leitung, das schon vor Wochen behoben werden sollte. Der Apparat stand in der Mitte ihrer Schreibtische. Eder war schneller. Er hörte einen Moment zu. «Für dich», sagte er dann und hielt Reichenbach den Hörer an der Telefonschnur baumelnd hin.

Horst Benedikt von der Spurensicherung meldete sich mit seiner polternden Stimme. Seine Leute hatten jedes Zimmer in Bergmanns Villa aus- und wieder eingeräumt, jeden Schrank, jeden Sessel auseinander genommen. Sie hatten den Garten nach Grabungsspuren abgesucht und die Mülltonnen ausgeleert. Keine Spur von dem Weinglas, das Daniela Winter, wie auf dem Video zu sehen war, abgeräumt hatte. Und wie zu erwarten, keine Spur von irgendwelchen Videokassetten.

Schlechte Nachrichten auch aus dem Labor des LKA, wo die Chemiker seit Tagen daran verzweifelten, das Gift zu bestimmen. Es handelte sich nicht, wie der Professor im Krankenhaus angenommen hatte, um Strychnin oder die Überdosis eines Alzheimer-Medikaments. Verschiedene chemische Bestandteile wiesen allerdings auf einen Stoff hin, wie er in der Psychiatrie verwandt wurde. Zusätzlich war es mit einem starken Schlafmittel versetzt.

«Wieso ein Schlafmittel?», fragte Reichenbach.

«Keine Ahnung», erwiderte Benedikt. «Vielleicht wollte der Täter ganz sichergehen. Aber eigentlich war es völlig überflüssig.»

Reichenbach überlegte, was das zu bedeuten haben könnte. Ihm fiel keine Erklärung ein. «Wisst ihr wenigstens, wo das Zeug drin war?»

«Im Wein. Das können wir nach der Untersuchung des Mageninhalts mit Sicherheit sagen. Aber der Wein in der Flasche war völlig okay. Du kannst also davon ausgehen, dass ihm jemand das Gift ins Glas getan hat.»

Das Glas. Wo war das Glas? In der goldverzierten Vitrine in Bergmanns Esszimmer standen zwölf Weingläser. Schweres Bleikristall, geschliffene Stiele, geschliffene Kelche; manche waren rosa, andere mit Blautönen bemalt; immer ein anders barockes Motiv. Feine Staubränder verrieten, dass vierzehn Weingläser existiert haben mussten. Das dreizehnte hatte zersplittert unter dem Esstisch gelegen, an den Scherben Spuren roten Lippenstifts. Wenn sie das vierzehnte fanden, und es trug Daniela Winters Fingerabdrücke, war es ein wertvolles Beweisstück. Wenn es auch noch Spuren des Giftes enthielt, war es ein belastendes Beweisstück. Blieb es verschwunden, war es für ihre Arbeit wertlos. Dann konnten sie Daniela Winter am Ende gar nichts nachweisen. Denn das Video zeigte lediglich, dass sie das Glas genommen, nicht aber, das sie etwas hineingegeben hatte.

«Hast du nachher noch ein paar Minuten Zeit für mich?», fragte Reichenbach in den Telefonhörer.

«Mach dir wegen der Winter kein Kopfzerbrechen», beruhigte ihn Benedikt. «Die findet ihr schon.»

Reichenbach überlegte, wie er sich ausdrücken sollte. «Das ist es nicht.» Eder tat so, als wäre er in die zwei Tage alte Ausgabe einer Tageszeitung vertieft. Reichenbach hoffte, dass Benedikt sein Schweigen verstand.

«Ich besorge mir nur noch was Flaches aus der Kantine. In fünf Minuten in meinem Büro.»

Wenn Benedikt sagte, dass er sich *etwas Flaches* besorgen wollte, dann meinte er die runden, daumenhohen Gebäckstücke, die für ein paar Cent in der Kantine verkauft wurden und deren ständigem Genuss er einen Großteil seiner Körperfülle verdankte.

Reichenbach saß allein in Benedikts Büro. Er hatte dreimal geklopft und dann die Tür geöffnet. Er war erst wenige Male hier gewesen und hatte die Urkunden an den Wänden noch nie wahrgenommen. Eine stammte vom Verteidigungsminister, eine vom Bundespräsidenten. Dokumente jener rätselhaften Vergangenheit, die schon zahlreiche Biertischgespräche unter Kollegen bestimmt hatte. Auf Benedikts Schreibtisch herrschte ein heilloses Chaos aus Akten, Laborberichten und Tatortfotos. Mittendrin war eine russische Matroschka aufgereiht. Reichenbach kannte die eiförmigen, immer größer werdenden Matroschkas nur als bunt bemalte Holzpuppen. Diese hier war aus schwerem, kunstvoll graviertem Silber. In den braunen Furnierregalen, die zur Einrichtung jedes Büros gehörten, standen etliche Bücher mit kyrillischen Buchstaben. Vielleicht war an dem Gerücht, dass Benedikt als Spion in Ost-Berlin gearbeitet hatte, wirklich etwas dran.

Als Benedikt hereinkam, balancierte er einen Teller Gebäck. «Worum geht's?», fragte er kauend und ließ seinen gedrungenen Körper in den Schreibtischsessel fallen.

«Es geht um Eder», sagte Reichenbach nach kurzem Zögern.

«Um deinen Partner Franz Eder? Diesen unsympathischen, ständig mies gelaunten Kerl, an dem sie dich, so mir nichts, dir nichts und zu meiner großen Freude, vorbeibefördert haben?»

Reichenbach nickte. «Genau um den.»

Er hatte die Geschichte noch nie jemandem erzählt. Es war eine kuriose Geschichte, über die er, wenn er nicht persönlich darin verwickelt wäre, eigentlich nur den Kopf schütteln konnte.

Im Mittelpunkt stand eine Kommissarin mittleren Alters namens Linda Beck, die man ihnen vor drei Monaten bei den Ermittlungen zum Mord an einem Kunstgaleristen als Verstärkung zugeteilt hatte. Linda Beck kam vom Düsseldorfer LKA und war Expertin für Gemälde-Hehlerei. Eine kleine Frau mit rundem Gesicht und schmalen Hüften. Auf ihrem ganzen Körper blühten Sommersprossen. Linda Becks Mentalität entsprach allen Klischees einer typischen Rheinländerin. Sie bot jedem das Du an, konnte laut und herzhaft über schmutzige Witze lachen. Sie war, so hatte Reichenbach anfangs den Eindruck, die perfekte Frau, um in diesem Männerverein Polizei bestehen zu können.

An dem Tag, als sie den Fall gelöst hatten und dieses Ereignis gemeinsam mit anderen Kollegen in einem Kellerlokal nahe dem Polizeipräsidium feierten, kam es zu dem verhängnisvollen Vorfall. Schon leicht angetrunken und ohne dass es jemand anderem aufgefallen war, soll Eder versucht haben, Linda Beck zu küssen.

Wenn es um sexuelle Belästigung ging, war man im Münchner Polizeipräsidium sehr empfindlich. Verschiedene Vorfälle aus der Vergangenheit, die öffentlich geworden waren, hatten den Ruf der Polizeibeamten stark ruiniert. Eine Woche nach der Feier bekam die Frauenbeauftragte des Präsidiums Post von Linda Beck. Sie beschwerte sich in einem zweiseitigen Brief und in allen Details über Eders Annäherungsversuch. Noch am selben Tag wurde der Brief an den Polizeipräsidenten weitergeleitet, der Eder umgehend zur Rede stellte.

Hätte Eder den Vorfall zugegeben und sich bei Linda Beck entschuldigt, die ganze Sache wäre vermutlich aus der Welt gewesen. Aber Eder hatte alles abgestritten, Linda Beck ein «intrigantes Luder» geschimpft und ausgerechnet Reichenbach als Zeugen gegen ihre Anschuldigungen benannt.

Es war lächerlich.

«Er hat verlangt, dass ich für ihn lüge», sagte Reichenbach.

Jetzt, wo er die ganze Geschichte erstmals in Worte fasste, merkte er, wie wütend sie ihn machte. Es war die Wut über Eders Einfältigkeit; und darüber, dass er mit der Situation nicht fertig wurde. «Ich sollte behaupten, dass ich ihn den ganzen Abend beobachtet hätte und dass es keinen Kuss oder sonst irgendeine Annäherung gab.»

«Und was hast du getan?»

«Die Wahrheit gesagt. Dass ich nichts gesehen habe, weil ich nicht auf Eder geachtet habe. Danach stand Aussage gegen Aussage, und das Präsidium wollte die Sache auf sich beruhen lassen. Aber diese Linda Beck hat nicht aufgegeben. Sie hat das Ministerium eingeschaltet und damit gedroht, an die Öffentlichkeit zu gehen. Du weißt doch, wie sie im Ministerium sind, wenn's um sexuelle Belästigung geht. Also erging Anweisung an den Polizeipräsidenten, er müsse etwas unternehmen. Der Vorfall wurde in Eders Personalakte vermerkt, und mich haben sie vorzeitig befördert.»

Reichenbach verdrehte die Augen. «Diese dämliche Beförderung.»

Benedikt beugte sich erstaunt über seinen Schreibtisch. «Was hat denn deine Beförderung damit zu tun?»

«Das Ministerium bestand darauf, dass Eder in nächster Zukunft keine Ermittlungen mehr als verantwortlicher Beamter führt. Also haben sie mich als seinen Partner befördert. Jetzt trage ich die Verantwortung, habe den Ärger, und das Ministerium ist zufrieden. Das ist Behördenlogik.»

«Und Eder glaubt, du hättest es mit deiner Aussage auf die Beförderung angelegt?»

Reichenbach nickte. «Natürlich. Was soll ich denn jetzt machen?»

«Mit ihm reden.»

«Aber wie redet man denn mit so einem verbohrten, intriganten, hinterhältigen ...» Reichenbach fielen keine weiteren Adjektive mehr ein. «Der hetzt alle Kollegen gegen mich auf.»

«Wissen die andern denn von der Geschichte?»

«Klar hat sich das rumgesprochen. Aber Eder verkauft es so, als würde ich auf seinem Rücken Karriere machen.»

«Hmmh», brummte Benedikt und wiegte den Kopf hin und her. «Dumme Sache. Du musst dir den Respekt der Kollegen verdienen. Mach ihnen klar, dass du Verantwortung tragen kannst. Dass du zwar unter ungewöhnlichen Umständen, aber zu Recht befördert wurdest. Und zeig ihnen, dass du mit Eder fertig wirst. Lass dir nichts von ihm gefallen.»

Nichts gefallen lassen. Das klang so einfach. Und kostete so viel Überwindung. Reichenbach war Konflikten schon immer am liebsten aus dem Weg gegangen.

Benedikt hatte Recht, er musste Eder zur Rede stellen. Ein Gespräch von Mann zu Mann.

12

Sie hatte heute Geburtstag. Ihr neunundzwanzigster. Sie hatte auf die Uhr gesehen, und da war es ihr eingefallen; nachmittags um fünf; fast hätte sie ihn vergessen. Daniela hatte ihren Geburtstag noch nie vergessen, auch wenn sie von Jahr zu Jahr weniger Lust verspürte, ihn zu feiern. Unter normalen Umständen hätte ihre Mutter Punkt Mitternacht angerufen, um zu gratulieren – und sich bei der Gelegenheit gleich danach zu erkundigen, wie es um einen künftigen Schwiegersohn stand.

«Daniela», drang Katharinas rauchige Stimme die Treppe hinauf. «Danieeeela!»

Sie überlegte, ob sie hinuntergehen und erzählen sollte, dass sie heute Geburtstag hatte. Aber die Vorstellung, jemand könnte so etwas wie «Alles Gute für die Zukunft» zu ihr sagen, war unerträglich. Nur den Anruf ihrer Mutter, den sie in den vergangenen Jahren stets mit genervtem Augenrollen entgegengenommen hatte, vermisste sie auf einmal. Sie vermisste die Alltäglichkeiten ihres bisherigen Lebens, das es seit einigen Tagen nicht mehr gab. Es war doch gar kein so schlechtes Leben gewesen; es kam nur auf die Perspektive an, aus der man es betrachtete.

«Warum antwortest du nicht?», fragte Katharina, die jetzt etwas außer Atem in der Tür stand. Ihr wuchtiger, fraulicher Körper füllte fast den ganzen Rahmen aus. Alles an Katharina, ihre Füße, ihre Schenkel, ihre Brüste, ihre Hände, war etwas zu groß geraten. Aber in den Proportionen stimmte es. Sie trug Schwarz. Daniela hatte sie noch nie eine andere Farbe tragen sehen. Selbst die Clips an ihren Ohren und die klappernden Modeschmuckreifen um ihre Handgelenke waren Schwarz. Gekrönt wurde Katharinas Erscheinung von ihrem naturblonden, fast weißen Haar, das ihr glatt und kräftig über die Schultern bis auf den Rücken fiel.

«Ich habe dir die Zeitungen aus der Stadt mitgebracht.» Katharina ließ den Stapel fallen, der mit einem dumpfen Knall vor Danielas Füßen landete. Ein Blick auf die Schlagzeilen genügte, und sie wusste, was sie wissen wollte. Was sie vermutet und befürchtet hatte.

Ärzte im Fall Bergmann: Gehirn für immer geschädigt

Millionär Bergmann ein Pflegefall – gelähmt und ohne Gedächtnis

Sie hatte ihn auf dem Gewissen. Da stand es; fett gedruckt

und schreiend, schwarz auf weiß, Weiß auf Schwarz, mit roten Balken unterstrichen. Eine Zeitung fragte: *Wo versteckt sich der feige Attentäter?*

Daniela ballte ihre Hände zu Fäusten und presste sie gegen ihre Schläfen. Sie sah an sich herunter, ihre schlanken Beine steckten in einer von Katharinas viel zu großen schwarzen Jeans, das T-Shirt reichte ihr fast bis zu den Knien. Daniela saß auf einem schmalen Kiefernbett in einem kleinen Dachzimmer, in das kaum Tageslicht fiel, weil vor dem Fenster eine hohe, dunkelgrüne Fichte wuchs. Die schrägen Wände über ihr waren mit vergilbten Postern von Popstars aus den 80er Jahren tapeziert; Duran Duran, Depeche Mode, Spandau Ballett; die Stars ihrer Jugend. Katharina hatte angeboten, die Poster abzunehmen, aber Daniela bestand darauf, dass sie hängen blieben. Wenn sie im Bett lag und sie ansah, kam sie sich vor wie in eine andere Zeit versetzt; in eine Zeit, als sie noch mit ihrer Mutter stritt, wenn sie spätnachts, nach Alkohol und Zigaretten riechend, nach Hause kam; als ihre Freunde mit knatternden 80er-Motorrädern umherfuhren, Karottenhosen trugen und blondierte Haare hatten, als Liebeskummer das größte vorstellbare Problem war; in eine Zeit, als es keinen Robert Bergmann in ihrem Leben gab und keinen Kommissar, der nach ihr fahndete; als sie sich noch über jedes Jahr, das sie erwachsener wurde, freute.

Die Dachkammer, in der Daniela die vergangenen Nächte und die meisten Stunden der Tage verbrachte, war Katharinas Mädchenzimmer. Katharina war zwei Jahre älter als sie und lebte erst seit kurzem wieder im Haus ihrer Kindheit, in einem Vorort von München. Katharinas Vater hatte einen Schlaganfall erlitten und musste ins Pflegeheim. Ihre Mutter war in eine kleine Wohnung ganz in seiner Nähe gezogen. Über die vielen Jahre, die Katharina nicht zu Hause gewohnt, sondern in England versucht hatte, Glück und Geld zu machen, hatte ihre Mutter an dem Zimmer nichts verändert. Nur Woche für Woche Staub gewischt, als könnte Katharina eines Nachmittags wieder als Teenager heimkehren und alles wäre so wie früher.

Bis vor ein paar Tagen hätte Daniela so viel Sehnsucht nach Vergangenheit als alberne Marotte alter Leute belächelt.

Katharina entzündete sich eine Zigarette, die sie mit spitzen Fingern hielt. Sie stand noch immer in der Tür und blies den Rauch unter die schräge Zimmerdecke.

«Ich habe die Artikel schon gelesen. Dein Name wird nirgends erwähnt», sagte sie.

«Bist du sicher?»

«Natürlich bin ich mir sicher.»

«Aber sie suchen doch nach mir.»

«Und wie sie nach dir suchen! Ein gewisser Kommissar Eder war in deinem Fotostudio. Mit zwei Uniformierten in Begleitung. Sie haben die Tür aufgebrochen. Erst haben sie es mit einem Dietrich versucht und dann ...», Katharina unterstrich ihre Worte mit einem Fußtritt in die Luft, «... rums – die Tür einfach eingetreten.»

«Woher weißt du das?»

«Hammelbacher.»

«Hammelbacher?»

Auf Hammelbacher konnte man sich verlassen. Hammelbacher war wie ein Wachhund. Er saß von morgens fünf bis abends sechs in seinem Zeitungskiosk, der kaum größer als eine Litfaßsäule war, und nahm die Welt aus der Perspektive eines kleinen, von Illustriertenstapeln gerahmten Fensters wahr. Er konnte genau auf das fünfstöckige Mietshaus schauen, in dessen Erdgeschoss Daniela ihr Fotostudio eingerichtet hatte. Jeder Hausbewohner kaufte seine Zeitungen, Zigaretten, Süßigkeiten bei Hammelbacher. Und Hammelbacher fragte gierig nach Neuigkeiten, um den Vorgängen, die er beobachtete, einen Sinn geben zu können.

«Wusste Hammelbacher auch, warum die Polizei nach mir sucht?»

«Nein. Es macht ihn ganz verrückt, dass er das noch nicht herausgefunden hat. Die Polizei war auch bei ihm und hat nach dir gefragt.» Katharina imitierte Hammelbachers bayerischen Dialekt: «I' hob' diesen Kommissar natürlich gleich g'fragt, wos da los ist. Aber der hot nix g'sagt.»

«Die Polizei muss wissen, dass ich etwas mit der Sache zu tun habe. Sonst würden sie doch nicht mit so einem Aufwand nach mir suchen.»

«Bei deiner Mutter waren sie auch.»

«Du warst bei meiner Mutter?» Daniela sah Katharina entsetzt an. «Aber wenn sie ihr Haus beobachten und wenn dir jemand gefolgt ist.»

«Schätzchen, mir ist niemand gefolgt. Jetzt mach keine Panik.»

Sonst mochte es Daniela nicht, wenn Katharina sie Schätzchen nannte; denn Katharina sagte nicht *Schätzchen,* sondern ein lang gezogenes *Schääätzchen.* Aber jetzt gab ihr diese affektierte Ausdrucksweise das Gefühl, Katharina hätte die Dinge in der Hand und wüsste, was zu tun ist.

«Alles Gute übrigens zum Geburtstag. Ich soll dich von ihr grüßen.»

«Oh, danke.»

«Ich habe ihr gesagt, du würdest dich bald melden. Und sie müsste sich keine Sorgen machen. Egal, was die Polizei erzählt. Alles Unsinn, Mist, Schwachsinn, habe ich ihr gesagt.»

«Wie hat sie reagiert?»

«Sie meinte, wenn du auf sie gehört und dir einen reichen Mann geangelt hättest, müsste sie sich jetzt keine Sorgen machen.»

Daniela musste schmunzeln. Am liebsten hätte sie ihre Mutter angerufen. Jetzt sofort. Aber bestimmt wurde ihr Telefon abgehört.

«Und was ist mit dem Gift? Was steht über das Gift in der Zeitung? Hat die Polizei etwas gesagt?»

Katharina sah sich suchend nach einem Aschenbecher um. Daniela hielt ihr eine benutzte Kaffeetasse hin. Katharina setzte sich zu ihr aufs Bett und schlug eine der Zeitungen auf.

«Da, lies!» Sie tippte mit dem Finger auf den letzten Absatz eines Artikels.

Daniela hatte Mühe, sich auf den Text zu konzentrieren. Robert Bergmanns braun gebranntes Antlitz, das sie von einem Foto anlächelte, lenkte ihren Blick immer wieder ab. Auf dem Bild sah es fast so aus, als trüge Bergmann einen Heiligenschein, weil die hellen Haarstoppeln auf seinem Kopf silbrig schimmerten. Daniela las.

Über die Substanz, mit der Robert Bergmann vergiftet wurde, wollte die Polizei keine näheren Angaben machen. «Aus ermittlungstaktischen Gründen», wie ein Sprecher sagte. Aus anderer Quelle erfuhr unsere Zeitung jedoch, dass es im Labor des Landeskriminalamtes noch nicht gelungen ist, die Zusammensetzung des Giftes zu bestimmen.

«Ich begreife es nicht.» Daniela vergrub ihr Gesicht in den Händen. «Ich begreife es nicht. Ich habe ihn auf dem Gewissen.»

«Komm, hör auf, Schätzchen. Du hast es nicht gewollt. Es war ein Unfall, ein Versehen. Du kannst es nicht mehr ändern.»

«Ich habe ihn auf dem Gewissen», jammerte Daniela.

«Ich gehe zur Polizei. Gleich morgen. Und dann werde ich alles sagen.»

«Spinnst du?» Mit festem Griff packte Katharina Daniela an der Schulter. «Versuchte Erpressung und gefährliche Körperverletzung. Weißt du, wie lange die dich dafür einbuchten?»

«Wenn alles rauskommt – was soll ich dann machen? Wo soll ich hin? Nach Südamerika? Ohne Geld? Ich kann ja nicht mal Spanisch.»

Katharina schwieg. Es war selten, dass ihre rauchige, dunkle Stimme auf eine Frage keine Antwort gab.

Katharina führte ein ganz ähnliches Leben wie Daniela. Mit dem Unterschied, dass sie nicht permanent darüber klagte. Sie tat einfach, was ihr gefiel, kümmerte sich nicht um die Folgen, und egal, was ihr zustieß, sie fand immer einen Ausweg. Katharina war die beste Freundin, die man sich wünschen konnte. Besonders in einer Situation wie dieser. Wer sonst würde schon die Nerven behalten, wenn die Polizei jeden Moment vor der Tür stehen konnte? Bei Katharina hatte man fast das Gefühl, es mache ihr Spaß, brenzlige Situationen zu meistern.

Katharina war siebzehn gewesen, als sie mit einem englischen Kellner nach London durchgebrannt war. Aus Liebe. Sie hatte im gleichen Hotel wie er einen Job als Zimmermädchen angenommen. Zwei Monate später lernte sie einen anderen kennen; einen mit Geld. Katharina konnte machen, was sie wollte, die Männer liefen ihr nach. Krochen ihr nach. Manchmal die richtigen, meistens die falschen. Der mit dem Geld, der sie aus dem Hotel abgeschleppt hatte, war einer der falschen. Ein Autohändler aus Ost-London, mit vielen Ferraris, vielen Freunden und einer Vorliebe für Kokain, das er neben den Ferraris auch verkaufte. Eines Morgens stürmte eine Sondereinheit der Polizei seine Wohnung und nahm ihn mit. Seitdem hatte Katharina nie wieder von ihm gehört.

Sie konnte viele solcher Geschichten erzählen. Das hatte sie mit Bergmann gemeinsam. Und auch bei ihr beschlich einen nie das Gefühl, auch nur ein Wort könnte gelogen sein.

Vor vier Jahren hatte Daniela Katharina kennen gelernt. Durch eine Zeitungsannonce: *Junge, stabile Frau für Werbefotos gesucht.* Daniela sollte die Kampagne einer bayerischen Milchfirma fotografieren. «Am besten, Sie besorgen uns dafür so eine Heidi im XXL-Format», hatte der Typ von der Werbeagentur mit feistem Grinsen gesagt. «Sie wissen schon, was wir uns vorstellen, nicht wahr, Frau Winter.»

Katharina entsprach dieser Vorstellung zu hundert Prozent. Sie war gerade aus London zurückgekehrt, brauchte dringend Geld und zierte bald sämtliche Plakatwände zwischen Regensburg und Garmisch-Partenkirchen. Daniela buchte sie seitdem immer wieder, wenn für Fotoaufnahmen eine *XXL-Heidi* gefragt war. Den wesentlichen Teil ihres Einkommens bestritt Katharina jedoch als Escortgirl für einen Begleitservice. An der Seite wechselnder reicher Männer, mit denen sie gelegentlich auch ins Bett ging, ließ sich Katharina durch das hektische Münchner Partyleben treiben, das sie eines Abends auch auf das prächtige Anwesen von Robert Bergmann geschwemmt hatte.

Dieser Abend war der Anfang einer verhängnisvollen Entwicklung gewesen. Es war der Abend, in dessen Folge Robert Bergmann seinen Weg in Danielas Leben fand; oder sie den Weg in seines. Der Abend, von dem sich Daniela jetzt wünschte, er hätte nie stattgefunden.

Ihr nervlicher Zustand war am besten mit sich schnell fortbewegenden Wellen zu vergleichen. Einem seelischen Tief folgte schon nach wenigen Minuten Gefasstheit und

Mut, die genauso schnell wieder in sich zusammenbrachen, um sie in ein Tal der Ausweglosigkeit stürzen zu lassen. Gerade packte sie wieder die Zuversicht. «Ich werde heute Abend die Tasche holen», kündigte sie mit fester Stimme an.

«Warte noch einen Tag, Schätzchen», sagte Katharina. «Ich bin an Bergmanns Villa vorbeigefahren. Überall Polizei. Das Risiko ist zu groß. Wenn sie das Haus nachts bewachen, schnappen sie dich. Auf einen Tag kommt es nicht an.»

«Meinst du, die Polizei weiß von den Bändern?»

«Die Polizei weiß nichts! Gar nichts! Glaub mir. Die haben vielleicht irgendeine Idee, so einen vagen Verdacht, aber keine Beweise. Sonst hätten die doch längst deinen Namen und dein Foto an die Presse gegeben.»

«Je länger ich untertauche, desto mehr mache ich mich doch verdächtig. Wenn ich plötzlich wieder auftauche, was soll ich denn dann sagen?»

«Schätzchen, du bist eine international gefragte Fotografin. Vielleicht hast du ganz plötzlich einen Auftrag in Italien oder Paris bekommen, musstest Hals über Kopf aufbrechen. Und dann hat sich alles vor Ort zerschlagen. So sind die Leute eben in der Modebranche. Chaotisch und unzuverlässig.»

«International gefragte Fotografin», murmelte Daniela selbstverächtlich. «Wenn's mal so wäre. Ich muss die Tasche haben. Stell dir vor, sie finden die Tasche vor mir. Mit den Videobändern drin und dem Glas und meinen Fingerabdrücken. Überall sind meine Fingerabdrücke drauf. O Gott, wenn ich geahnt hätte … Ich meine, dass der fast kr…» Sie sprach das Wort *krepiert* nicht aus. «Ich weiß gar nicht, warum ich so blöd, so leichtsinnig gewesen bin, in der Nacht noch die Bänder zu klauen. Ich hätte das Glas abwaschen und einfach wieder hinstellen sollen. Ich …» Sie musste

Luft schöpfen, so schnell hatte sie gesprochen. «Manchmal glaube ich, sie haben die Tasche schon gefunden. Sie sitzen auf dieser Scheißtasche in ihrem Scheißpräsidium und lassen mich glauben, sie hätten nichts gegen mich in der Hand, damit ich bei ihnen reinspaziere, und dann ...» Sie klatschte in die Hände. «Bis die Videobänder nicht in Sicherheit sind und das Glas als ein Haufen Scherben in der Isar treibt, muss ich mich verstecken. Und so lange werden sie mich jagen. Ich halte das nicht mehr aus.»

«Lass uns bis morgen warten», beschwor sie Katharina.

«Nein! Heute Abend.»

«Du bist wahnsinnig.»

«Ich kann nicht mehr hier rumsitzen. Versteh doch! Ich komme mir vor wie eine Gefangene.»

Daniela ließ sich nach hinten aufs Bett fallen und starrte zur Decke; die alten Poster an. Das seelische Hoch war vorüber; aller Mut und alle Entschlossenheit aus ihren Gedanken gewichen.

«Katharina», flüsterte sie. «Es wird nie wieder so sein wie früher. Nie wieder. Ich kann einfach nicht vergessen, was ich ihm angetan habe.»

13

«Bitte buchstabieren Sie Ihren Namen.»

«F, R, O, H, L, O, F, F.»

«Zwei F?»

«Mmmh.»

«Vorname?»

«Ludwig.»

«Geboren?»

«57 in Augsburg.»

«Das genaue Datum, bitte.»

«25. 7. 1957.»

«Verheiratet?»

«Nein.»

«Auch wenn das hier keine polizeiliche Vernehmung ist, Herr Frohloff, muss ich Sie darauf aufmerksam machen, dass alles, was Sie sagen, vor Gericht gegen Sie verwendet werden kann. Ist Ihnen das klar?»

«…»

«Bitte sagen sie ja oder nein.»

«Ja.»

«Gut. Lassen Sie uns über gestern Morgen sprechen. Gestern war der 2. Mai 1985, ein Montag. Bitte erzählen Sie, was passiert ist. Fangen Sie am besten bei dem Zeitpunkt an, als Sie aufgestanden sind.»

«Ich bin nicht aufgestanden. Ich war wach. Ich war die ganze Nacht wach. Es war Vollmond. Man konnte ihn nicht sehen, denn es hat geregnet, der Himmel hing voller Wolken. Aber ich spüre es, wenn Vollmond ist, wissen Sie. Es ist wie einc unsichlbure Kraft, die einen nicht zur Ruhe kommen lässt. Vollmond … Ich glaube, der Vollmond ist nicht gut für die Menschen. Verstehen Sie?»

«Ich weiß nicht recht, aber bitte sprechen Sie weiter, Herr Frohloff.»

«Ich bin durch die Stadt gelaufen, die ganze Nacht. Ich war am Bahnhof und am Stachus und auf dem Marienplatz. In der Innenstadt ist ja nicht viel los nachts. Aber bei Vollmond sind viel mehr Menschen unterwegs als sonst. Es ist oft so, dass ich nachts durch die Stadt laufe. Sie können mir glauben, bei Vollmond sind viele Menschen auf der Straße.»

«Haben Sie mit irgendjemandem gesprochen?»

«O ja! Ganz hier in der Nähe vom Polizeipräsidium, in dem kleinen Park.»

«Mit wem?»

«Das kann ich nicht sagen.»

«War es ein Mann oder eine Frau?»

«Ich weiß es nicht. Es war nur eine Stimme, sie war plötzlich da und hat mit mir geredet. Eine beruhigende, schöne Stimme, aber sie klang auch etwas bedrohlich, wissen Sie. Ich kann wirklich nicht sagen, wem sie gehört. Obwohl die Stimme oft zu mir spricht. Manchmal den ganzen Tag, manchmal nur ein paar Minuten, manchmal höre ich sie wochenlang nicht. Sie kommt immer ganz unerwartet, wenn man gar nicht damit rechnet, und sie verschwindet auch ganz plötzlich wieder. Dann fühlt man sich allein.»

«Was hat die Stimme gesagt, als Sie nachts durch die Stadt gelaufen sind?»

«Dass es Zeit ist.»

«Zeit wofür?»

«Na, es zu tun.»

«Was zu tun?»

«Na das, weswegen ich hier sitze, weswegen Sie mir all die Fragen stellen ...»

«Bitte, Herr Frohloff, fahren Sie fort. Wohin sind Sie gegangen, nachdem die Stimme zu Ihnen gesprochen hatte?»

«Zu ihr nach Hause. Es wurde schon hell, und der Regen hatte aufgehört, überall hörte man Vögel. Es ist so schön, wenn man morgens die Vögel hört und wenn die Straßen vom Regen duften. Besonders jetzt im Frühling, wo es schon warm ist. Wenn es warm ist, duftet der Regen viel mehr, finden Sie nicht? Im Frühling sehen die Bäume am schönsten aus. Ihre Blätter sind noch so zartgrün. Manche Bäume haben auch noch gar keine Blätter, sondern nur Knospen, ganz *kleine Knospen. In diesem Jahr besonders, obwohl schon Mai ist. Das liegt an dem langen Winter, den wir hatten. Der Winter dieses Jahr war sehr schlimm. Kalt und grau. Ich bin zu ihr nach Hause gegangen, weil ich nicht wollte, dass sie alles kaputtmacht …»*

«Weiter, Herr Frohloff. Bitte weiter. Was kaputtmacht?»

«Die Vögel, den Duft des Regens, die Bäume, die Blätter, die Knospen. Alles. Die ganze Welt. Sich und mich. Einfach alles.»

«Wie kamen Sie darauf, dass sie alles zerstören wollte?»

«Das wusste ich doch schon lange. Die Stimme hat es mir gesagt. Und dann habe ich es selbst gesehen, auf meinem Computer.»

«Ich verstehe nicht, Herr Frohloff. Wovon sprechen Sie?»

«Von dem Virus. Wenn ich meinen Computer eingeschaltet habe, war er da.»

«Und wie sah er aus, dieser Virus?»

«Das kann ich nicht beschreiben. Jedes Mal anders. Manchmal ein blinkender Punkt. Ganz winzig. Der Virus vermehrt sich sehr schnell, aus einem werden in wenigen Minuten Millionen. Es ist wie eine Seuche. Der Virus hätte sich bald über die ganze Welt ausgebreitet und alles zerstört. Kernkraftwerke wären explodiert, Staudämme gebrochen, Atomraketen gestartet.»

«Und wann hat sie ihren Computer mit dem Virus infiziert?»

«Ich weiß nicht. Es muss nachts gewesen sein, wenn ich durch die Stadt gelaufen bin. Dann ist sie in mein Zimmer geschlichen und hat es getan. Sie dachte wahrscheinlich, ich würde es nicht merken, aber sie hat Spuren hinterlassen.»

«Was für Spuren?»

«Manchmal stand der Schreibtischstuhl an einer ande-

ren Stelle, oder die Vorhänge hingen anders. Man musste sehr genau hinsehen, um die Spuren zu entdecken.»

«Woher wussten Sie, dass Ihre Mutter in Ihr Zimmer kam, um am Computer zu manipulieren?»

«Die Stimme hat es mir gesagt.»

«Kommen wir wieder zu gestern Morgen. Was ist genau passiert, als Sie zu Ihrer Mutter gegangen sind?»

«Sie lag im Bett. Sie tat so, als würde sie schlafen, aber sie schlief nicht. In dieser Nacht war sie wieder an meinem Computer. Ich konnte nicht anders, ich habe es getan.»

«Was getan?»

«Den Virus zerstört.»

«Wie haben Sie es getan?»

«Mit dem Messer.»

«Woher hatten Sie das Messer?»

«Ich hatte es bei mir.»

«Wie oft haben Sie zugestochen?»

«Der Virus hätte die Welt zerstört.»

«Oft oder eher weniger oft?»

«Der Virus ist vernichtet.»

«Die Gerichtsmediziner haben über achtzig Einstiche gezählt. Genau können sie es gar nicht sagen.»

«…»

«Achtzig Stiche. Das ist viel, oder nicht?»

«Ich weiß nicht. Der Virus ist tot, verstehen Sie?»

«Sie haben das Messer dann stecken gelassen.»

«…»

«Und dann?»

«Habe ich gewartet.»

«Das heißt, Sie haben die ganze Zeit neben dem Bett Ihrer Mutter gesessen? So wie die Beamten Sie gefunden haben?»

«Irgendwann kam Frau Schneider und hat geschrien.»

«Frau Schneider?»

«Sie ist unsere Nachbarin und holt morgens manchmal die Wäsche. Sie hat einen Schlüssel.»

«Wie haben Sie sich gefühlt, als Sie neben dem Bett Ihrer Mutter saßen, in dem ganzen Blut?»

«Ich habe auf die Stimme gewartet, aber ich konnte sie nicht hören. Alles um mich herum war so ruhig und friedlich. Das warme Blut auf meiner Haut, es hat sich angenehm angefühlt. Es war ein beruhigendes Gefühl. Aber die Stimme war weg, ganz plötzlich, einfach weg.»

«Wissen Sie, wie die Zeitungen Sie nennen, Herr Frohloff?»

«…»

«Der Schlachter von München.»

«Das ist doch korrekt. Weil ich Schlachter bin.»

«Weil ich …», sagte Dr. Engelbert und formte die Lippen so, dass kein Wort mehr zu hören war, und wenn, dann nur ganz leise, «… Schlachter bin.»

Er betrachtete seinen rechten, weißhäutigen knochigen Unterarm, auf dem sich die feinen Härchen aufgestellt hatten wie Tausende Stecknadeln. Es war die Stimme! Nicht so sehr, was Frohloff sagte, sondern wie er es sagte. Seine Stimme war ein heiserer, emotionsloser Singsang. Frohloff sprach über seine Tat mit der ruhigen, ausdruckslosen Gelassenheit, mit der er vermutlich einem verirrten Fremden den Weg beschreiben würde.

Dr. Engelbert war heute nicht in die Universität gegangen. Er fühlte sich nicht gut. Er hatte alle Vorlesungen abgesagt und saß schon den ganzen Tag in seinem kleinen privaten Arbeitszimmer an dem riesigen Schreibtisch, auf dessen rechter Seite sich die Seminararbeiten seiner Studenten türmten und ihrer Korrektur harrten. Dr. Engelbert hatte noch keine Seite angeschaut. Auf seinen Ohren klemmte ein klobiger schwarzer Kopfhörer. Vor ihm stand ein vorsintflutliches Tonbandgerät. Er ließ die Spulen, die die Größe von Untertassen hatten, zurücklaufen, nahm die volle ab und schob sie in eine Hülle mit der Aufschrift *Frohloff (erste Befragung 03/05/1985)*. Dann legte er die Hülle in den verstaubten Schuhkarton zurück, den er nach halbstündiger Suche im hintersten Winkel seines Aktenschranks wiedergefunden hatte und in dem er alle Frohloff-Tonbänder aufbewahrte.

«Weil ich Schlachter bin», wiederholte Dr. Engelbert noch einmal diesen völlig frei von Ironie ausgesprochenen Satz. Er wusste, dass ihm die Worte nun den ganzen Abend durch den Kopf schwirren würden, wie eine Melodie, die man vor sich hin summte.

Jemandem wie Ludwig Frohloff begegnete man höchstens einmal in einem Psychiaterleben. Wenn man in einer friedlichen Kleinstmetropole wie München arbeitete, war die Wahrscheinlichkeit eigentlich sehr hoch, dass es nie passierte. Ein guter Psychiater sehnte eine solche Herausforderung gleichermaßen herbei, wie er sie fürchtete – und Ludwig Frohloff war aus forensischer Sicht eine Herausforderung. Ein komplizierter Fall; vielschichtig, nicht nach drei, vier Gesprächen einfach zu durchschauen wie oft bei Gewalttätern. Frohloff war voller Widersprüche. Dr. Engelbert hatte nie zuvor, und auch nicht danach, einen Menschen von derart innerer Zerrissenheit getroffen: überaus sensibel in der Wahrnehmung seines Lebensraums und gleichzeitig gefühlskalt gegenüber seinen Mitmenschen.

Frohloff war ein schwerer Fall von paranoid-halluzinatorischer Schizophrenie. Diese Menschen erschienen in einem Moment völlig ruhig, man konnte auch sagen autistisch; ganz plötzlich aber wechselten sie in einen unvorhersehbaren Zustand der Erregung. Für Nichtpsychologen musste es wie ein Anfall schweren Jähzorns wirken – nur dass kein Grund für diesen Jähzorn erkennbar war. Es gab Fälle, wo Patienten, die an schwerer Schizophrenie litten, Krankenschwestern niederschlugen, ihnen Rippen und Arme brachen, nur weil ihnen das Weiß des Kittels nicht gefiel. Solche Ausfälle waren das Produkt extremer Wahnvorstellungen. In der Regel konnten sich die Patienten hinterher nicht mehr erinnern, was sie getan hatten.

Dass Dr. Engelbert damals die Chance bekommen hatte, das forensische Gutachten von Frohloff zu erstellen, war Zufall gewesen. Normalerweise hätte sein Vorgesetzter, Institutsleiter Professor Rudolf Gerstendorf, diese medienwirksame Aufgabe an sich gerissen. Aber Gerstendorf war zu jener Zeit auf einer Tagung und glücklicherweise in Nassau gewesen.

Dr. Engelbert hatte Frohloff zum ersten Mal an einem späten Freitagnachmittag im Münchner Polizeipräsidium getroffen. Viele Beamte waren schon ins Wochenende gegangen, weshalb Wachpersonal fehlte und die Vernehmung in einem kleinen, im Keller gelegenen Zimmer durchgeführt werden musste. Zwei junge, nervöse Polizisten brachten den *Schlachter von München* in den Raum. Er streckte Dr. Engelbert seine Arme entgegen und zerrte an der silbrig glänzenden Kette seiner Handschellen, als könnte es sich bei seiner Festnahme nur um einen riesengroßen Irrtum handeln.

«Sie sind doch ein Studierter, ein Experte, und kennen sich mit Computern aus», waren dabei seine mit heiserem Singsang gesprochenen Worte. «Sie können doch beweisen, dass ich den Virus vernichten musste.»

Ein fasziniertes, wohliges Schaudern durchflutete Dr. Engelbert. Als er nicht sofort antwortete, sondern nach kurzer

Pause nur achselzuckend sagte «Das ist nicht meine Aufgabe», sank Frohloff auf den Stuhl ihm gegenüber und ließ seinen Blick, enttäuscht und gelangweilt, aber nicht ohne Neugierde, durch den Raum wandern. Er musterte die brummende Neonröhre unter der Decke, den quadratischen Tisch mit den ovalen Brandflecken, die wie tote schwarze Käfer aussahen, und das auf einem kleinen Dreibein stehende Sennheiser-Mikrophon neben Dr. Engelberts schon damals technisch überholtem Tonbandgerät.

Dr. Engelbert lächelte Frohloff freundlich, vielleicht sogar ein wenig zufrieden an. Er musste an Professor Gerstendorf denken, der auf seiner Tagungsinsel vermutlich alle Hebel in Bewegung setzte, um noch einen Heimflug zu erreichen; damit nicht er – der unscheinbare, schrullige, immer ein wenig belächelte Dr. Dr. Friedrich Engelbert – diesen prominenten Fall übernahm. Den außergewöhnlichsten, den München seit Jahren erlebt hatte. Und er musste an die Zeitungen denken, jene mit den fetten, schreienden Schlagzeilen, die sich gegenseitig mit Schauergeschichten zu übertreffen versuchten. Ein Reporter wollte gar erfahren haben, dass Frohloff das Blut seiner Mutter getrunken hatte.

Frohloff, der Schlachter, das Monster, die Bestie. Bestie, wie unpassend eigentlich. Bestien hatten etwas Mystisches an sich, etwas Furchteinflößendes, Tierisches; große Mäuler, lange Zähne, lange Krallen. Bestien waren nicht klein, schwammig und rothaarig mit einem chronisch eitrigen Ekzem auf der Oberlippe.

Das Ekzem? Dr. Engelbert konnte sich nicht erinnern, Frohloff je ohne gesehen zu haben. Ob es inzwischen verheilt war? Er rechnete genau nach; 1985 bis 2002; siebzehn Jahre waren vergangen, seit er Frohloff zum letzten Mal begegnet war; in dem hohen, fensterlosen, die ganze Staatsgewalt verströmenden Schwurgerichtssaal des Münchner

Landgerichts; an dem Tag, als er sein Gutachten vorgetragen hatte.

Der Angeklagte wäre tatsächlich der Überzeugung gewesen, seine Mutter könnte die Welt mit Hilfe eines Computervirus vernichten, hatte Dr. Engelbert seinem gespannt lauschenden Publikum erklärt. Frohloff hätte sich über einen Zeitraum von fünf bis sieben Jahren mehr und mehr in diese absurde Vorstellung verrannt und schließlich imaginäre Punkte auf dem Bildschirm als Beweis ausgemacht.

Das Zimmer, das Frohloff bei seiner Mutter, sollte man sagen, *bewohnt*? hatte, war mehr eine Behausung gewesen. Ein kleiner Eckraum in einem früher gewiss prachtvollen Altbau hinterm Hauptbahnhof. Schimmel an den Wänden, gesprungene und mit Pappe geflickte Scheiben, lecke, nicht funktionierende Heizungen; im Winter froren die Wasserleitungen zu. Seit der Trennung von ihrem Mann war Frohloffs Mutter, die heute noch als Kassiererin an einer Supermarktkasse arbeitete, kaum in der Lage gewesen, die Miete zu bezahlen. Sie war mehrmals vom Hausbesitzer aufgefordert worden auszuziehen. Achtundzwanzig Jahre, von seiner Geburt bis zum Mord, hatte Frohloff in dem kleinen Eckzimmer gelebt. In den Regalen türmte sich Spielzeug aus seiner Kindheit: verrostete Rollschuhe, Soldaten- und Ritterfiguren, zerfetzte Kuscheltiere und sämtliche Schulbücher aus seiner Zeit auf dem Gymnasium, das er nach der neunten Klasse wegen ständigen Fehlens abbrechen musste. Frohloff war keineswegs dumm. Auch mit dem Computer wusste er gut umzugehen. In der ganzen Unordnung hatte die Spurensicherung Mühe, das Gerät zu finden. Es stand, angeschlossen und funktionsbereit, auf dem Fußboden, verborgen unter einem Haufen schmutziger Wäsche.

Auch wenn Frohloff es nie deutlich aussprach, er hatte seine Mutter gehasst. Hass, der nicht aus der Kindheit herrührte, sondern für den es – wie für die Einbildung des Computervirus – keine schlüssige Erklärung gab. Ganz anders Frohloffs Verhältnis zum Vater. Ihn verehrte er noch im Erwachsenenalter mit infantiler Bewunderung. Dabei hatte der Vater, ein einfacher Gleisarbeiter bei der Bundesbahn, die Familie verlassen, als sein Sohn noch keine sieben Jahre alt war. Frohloff hatte ihn seitdem nie wieder gesehen, sich aber in seiner Gedankenwelt ein Idealbild vom heldenhaften Beschützer geschaffen. Der Vater war, einen Monat nachdem Frohloff seine Mutter ermordet hatte, an Herzversagen gestorben.

Trotz Frohloffs schwerer Krankheit überraschte die Brutalität seiner Tat. Niemand aus seiner engeren Umgebung konnte berichten, dass jemals Vergleichbares vorgefallen war. Auch seine Bekannten, seine ehemaligen Mitschüler und Lehrer nicht. Eine junge, sogar recht attraktive Frau, die mit Frohloff eine viermonatige Beziehung eingegangen war, erzählte mit keinem Wort von Schlägen oder groben sexuellen Annäherungsversuchen. Körperlichkeit sei Frohloff eher unangenehm gewesen. Sie schilderte ihn als unzuverlässigen und vor allem desinteressierten Partner.

Das Ekzem auf der Oberlippe hatte er damals noch nicht gehabt.

Bei der Obduktion stellte sich heraus, dass Frohloff nicht wahllos auf seine Mutter eingestochen hatte. Er hatte sie systematisch zerstückelt. Während des Prozesses, als der Gerichtsmediziner die Einzelheiten der Tat erläuterte, verließen einige Zuschauer fluchtartig den Saal. Die über achtzig Schnitte und Stiche waren ganz ähnlich ausgeführt worden, wie es zum Ausbeinen von Rinderhälften notwendig ist. Frohloff hatte fünf Jahre lang täglich acht Stunden auf dem Schlachthof Rinderhälften ausgebeint, sprich das Fleisch vom Knochen getrennt.

Dr. Engelbert bewahrte das forensische Gutachten von damals stets in der obersten Schublade seines Schreibtisches auf. Exakt dreihundert Seiten. Gutachten solchen Umfangs waren selten. Dr. Engelbert war noch heute stolz auf seine Leistung und der festen Überzeugung, dass nicht viele Kollegen diese Aufgabe so bravourös gemeistert hätten. Er zog die Schreibtischschublade auf, nahm das Gutachten hervor und schlug die letzte Seite auf. Dort stand, was er zusammenfassend geschrieben hatte:

Aus psychiatrischer Sicht ist der Fall Frohloff wegen seiner extremen Ausprägung sehr ungewöhnlich, um nicht zu sagen einmalig. Wahnvorstellungen, die sich gegen seine Mutter richteten, waren Auslöser der Tat. Er rechtfertigt sie mit der geheimnisvollen Stimme und den flackernden Punkten auf dem Bildschirm. An den eigentlichen Mord kann sich Ludwig Frohloff jedoch nicht erinnern, was typisch ist für sein Krankheitsbild.

Er sagt die Unwahrheit, wenn er behauptet, jeden Messerstich bei vollem Bewusstsein ausgeführt zu haben. Er kann nicht einmal erklären, woher die Tatwaffe stammt. Unwissenschaftlich ausgedrückt, vollzog Ludwig Frohloff die Handlung in einem Zustand völligen Blackouts. In diesem Zustand hat er die monotonen Bewegungen seiner täglichen Arbeit auf dem Schlachthof ausgeführt.

Aber warum weigert sich Ludwig Frohloff, seinen Gedächtnisverlust zuzugeben? Das ist eine der Schlüsselfragen für den Gutachter. Er möchte, dass seine Wahnvorstellungen von uns als Realität akzeptiert werden und wir ihn nicht als geistesgestörte Persönlichkeit darstellen, denn er empfindet seinen Geisteszustand nicht als abnorm.

Mein Fazit: Bei Herrn Frohloff liegt eine schwere seelische Erkrankung in Form einer paranoid-halluzinatorischen Schizophrenie vor. Aufgrund seines wahnhaften Erle-

bens ist seine Einsichts- und Steuerungsfähigkeit im hohen Maße beeinträchtigt. Somit kann Herr Frohloff im Sinne des Paragraphen 20/21 StGB nicht als schuldfähig angesehen werden.

Frohloff musste nie ins Gefängnis. Ab dem ersten Tag nach der Urteilsverkündung war er in einer schmucken, weißen psychiatrischen Klinik mit hellen Räumen und verständnisvollem Personal untergebracht. Die Klinik lag in einem Vorort von München. Es gab keine Gitter, nur Panzerglas. Aus den Fenstern sah man auf Bäume, Wiesen und sogar auf ein schmales Flüsschen.

«Weil ich Schlachter bin», murmelte Dr. Engelbert.

Er ging aus seinem Arbeitszimmer. Draußen dämmerte es. Er ging durch alle Räume der verwinkelten Dachwohnung, in der er mit seiner Frau schon seit zwanzig Jahren, seit ihrer Hochzeit, lebte und die zum Glück groß genug war, um sich aus dem Weg zu gehen. Dr. Engelbert schaltete überall das Licht ein, um die lähmende Dunkelheit, die sich wie aufsteigender Nebel ausbreitete, zu vertreiben – und weil sich der Gedanke, dass Frohloff irgendwo dort draußen auf ihn warten könnte, im Hellen leichter ertragen ließ.

Auf dem Anrufbeantworter, der neben dem Telefon in der Küche stand, blinkte noch immer die rote Digital-Zwei. Zwei Anrufe. Der erste war von seiner Frau, die ihm in knappen Worten mitteilte, dass sie den Kuraufenthalt im Bayerischen Wald um zwei Wochen verlängern würde, was Dr. Engelbert mit Zufriedenheit zur Kenntnis genommen hatte. Es war nicht so, dass er seine Frau nicht ausstehen konnte, aber man hatte sich einfach nichts mehr zu sagen. Da war es eben einfacher, wenn man sich gar nicht erst über den Weg lief.

Die zweite Nachricht stammte von Frohloff. Seine Stimme hatte sich seit damals kein bisschen verändert; immer noch der gleiche heisere, monotone Singsang. Wie seltsam, dass er jetzt anrief. Jahrelang hatte Dr. Engelbert nicht mehr mit Frohloff gesprochen – das heißt Frohloff nicht mit ihm. Dr. Engelbert hätte ihn gerne in der Psychiatrie besucht; aus wissenschaftlicher und auch aus purer menschlicher Neugierde. Nichts zu machen, Frohloff weigerte sich, ihn zu sehen.

Es fing mitten im Prozess an, am fünften oder sechsten Verhandlungstag. Völlig überraschend, nachdem Frohloff zuvor auf alle Fragen, wenn auch nicht immer wahrheitsgemäß, so doch bereitwillig geantwortet hatte, verfiel er in tiefes Schweigen. Das traf nicht nur Dr. Engelbert. Frohloff sprach mit niemandem mehr. Nicht mit dem Staatsanwalt, nicht mit dem Richter, nicht mit den Justizbeamten; nicht einmal mit anderen Häftlingen.

Auch wenn Dr. Engelbert (guten Gewissens, wie er oft betonte) beim Ergebnis seines Gutachtens geblieben war, Frohloffs Schweigen fand er bis heute rätselhaft. Ebenso wenig konnte er sich erklären, warum Frohloff mit dem Ende des Prozesses, nur wenige Stunden nach Urteilsverkündung, sein selbst auferlegtes Schweigegelübde wieder brach. Mit einer Ausnahme, die bis heute, siebzehn Jahre lang, Bestand gehabt hatte: mit ihm, Dr. Engelbert, sprach er nicht.

«Guten Tag, hier spricht Ludwig Frohloff. Ich hoffe, Doktor, Sie erinnern sich noch. Bitte rufen Sie mich zurück.»

Dr. Engelbert hatte neben dem Anrufbeantworter gestanden, als der Anruf gekommen war. Er war nicht sofort drangegangen, weil er befürchtet hatte, seine Frau könnte noch etwas vergessen haben. Er hatte dagestanden und zugehört und mit zittriger Hand immer wieder nach dem Telefonhörer gegriffen, ihn dann aber doch nicht abgenommen.

Der Gedanke, mit Frohloff zu sprechen, machte ihm Angst.

Sie hätten ihn vor zwei Jahren nicht entlassen dürfen; nicht solange jemand, der gemordet hatte, weil er krank war, seine Krankheit nicht akzeptierte. Dr. Engelbert hatte gehofft – mehr noch, er war der festen Überzeugung gewesen –, dass sich Frohloff irgendwann bereit fand, den Ursachen für seine Wahnvorstellungen auf den Grund zu gehen. Nach allem, was Dr. Engelbert aus der Klinik gehört hatte, war Frohloff ein absolut friedlicher und freundlicher, in allen Belangen hilfsbereiter Patient gewesen. Aber in keiner Weise willens, sich einer Therapie zu unterziehen.

Nur unter dem ausdrücklichen Hinweis darauf, dass eine solche Behandlung stattfinden würde, hatte Dr. Engelbert in seinem Gutachten *positive Aussicht auf Heilung* prognostiziert. Aber das war damals gewesen, vor siebzehn Jahren im Prozess. Jetzt hatten sie ihn nicht mehr gefragt. Sie hatten Frohloffs Strafe nach Paragraph 63 zur Bewährung ausgesetzt und ihn aus der Psychiatrie entlassen. Unter der Auflage, einmal im Monat eine Therapeutin aufzusuchen. Außerdem: regelmäßige Einnahme eines bestimmten Medikaments, ein Neuroleptikum gegen seine Wahnvorstellungen.

Der Richter war bei der Genehmigung des Entlassungsantrags einzig und allein dem Rat von Professor Gerstendorf gefolgt – diesem mediengeilen Stümper, diesem aufgeblasenen Halbintellektuellen, diesem …

Dr. Engelbert zerbrach den Bleistift, den er in der Faust hielt.

«Jetzt seien Sie doch mal ehrlich zu sich selbst, lieber Engelbert», hatte Gerstendorf generös gesagt, als Dr. Engelbert seine Bedenken geäußert hatte, «Sie sind doch nur gekränkt, weil dieser Frohloff nicht mehr mit Ihnen reden will. Aber damit macht er sich keines Verbrechens schuldig. In den ganzen Jahren in der Klinik ist er nicht ein Mal negativ aufgefallen. Es gibt wirklich keinen Grund, ihn länger einzusperren.»

Es kam Dr. Engelbert selbst sonderbar vor, aber er fühlte sich für Frohloff verantwortlich; für das, was Frohloff anrichten konnte, ebenso wie für sein seelisches Wohlbefinden. Es spielte keine Rolle, ob Frohloff ihn mochte oder nicht; Dr. Engelbert hatte Frohloff die glücklichsten Momente seines Berufslebens zu verdanken. Zum ersten und einzigen Mal war er gebührend beachtet worden, hatte er nicht als lächerliche Figur im Schatten des großen, schlanken, weißhaarigen, beredten und so arroganten Professors Gerstendorf gestanden. Während des Prozesses, als er sein Gutachten vortrug, waren die Zuschauerbänke bis auf den letzten Platz gefüllt gewesen; Reporter hatten bei ihm angerufen, um ihn zu interviewen. Und seine Vorlesungen, für die sich sonst kaum ein Student interessierte, mussten in den folgenden Semestern in den größten Hörsaal der Universität verlegt werden, weil das Thema, *Gewalt unter Wahnvorstellungen am Beispiel aktueller Kriminalfälle*, damals jeden interessierte.

Nach seiner Entlassung aus der Psychiatrie wollte Frohloff erst nach Norddeutschland ziehen, aber das Gericht hatte ihm eine monatliche Meldepflicht bei der Polizei auferlegt und verlangt, dass er sich einen festen Wohnsitz in der Nähe von München suchte. Dr. Engelbert war erleichtert über diese strikte Anordnung gewesen, denn so verlor er Frohloff nicht aus den Augen. Durch Einfluss auf einen befreundeten Richter hatte er erreicht, dass Rebekka Marx die Aufgabe der betreuenden Therapeutin angeboten wurde. Sie war mit erwartungsgemäßer Neugierde bereit dazu gewesen. Seitdem traf sie Frohloff regelmäßig und versorgte ihn mit Medikamenten.

Dr. Engelbert ging wieder in sein Arbeitszimmer, setzte

sich hinter seinen Schreibtisch und malte mit dem Stumpf des zerbrochenen Bleistifts kleine Kreise und Dreiecke auf die Papierunterlage. Er dachte nach; darüber, wie verzweifelt Frohloff geklungen hatte. Eine Verzweiflung, die nur jemand heraushören konnte, der Frohloff gut kannte. Jemand wie er. Er malte Kreise und Dreiecke auf die Schreibtischunterlage, bis die siebenstellige Nummer, die er in der Mitte notiert hatte, von einem wild gemusterten Rahmen umgeben war.

Die Nummer, die Frohloff hinterlassen hatte.

14

Rebekka musste an das Bild denken, das im Büro eines befreundeten Rechtsanwalts hing. Ein billiger, in einen Wechselrahmen geschobener Kunstdruck nach dem Werk eines unbekannten holländischen Malers. Es zeigte eine Szene auf einem mittelalterlichen Marktplatz. Ein Mann war auf einen Tisch gebunden, um ihn herum drängte sich neugierig eine Menschenmenge, die beobachtete, wie ihm von zwei anderen Männern mit Messern und scherenartigen Werkzeugen die Haut abgezogen wurde. Die drakonische Bestrafung traf einen korrupten Richter.

Rebekka lag auf der grünen Ledercouch und versuchte jede Bewegung zu vermeiden. Der Generator brummte dumpf aus der Küche und versorgte die Glühbirne, die in einem kupfernen Lampenschirm unter der Decke baumelte, mit Strom. Es war später Vormittag. Rebekka hatte die Fensterläden geschlossen, um die Hitze und die Sonne auszusperren. Ihre Beine, ihre Schultern, ihr Rücken schmerzten, sobald sie sich regte. Es war, als hätte sie ein Brennnesselfeld durchwatet. Auf den Knien begann sich ihre Haut bereits zu lösen. Ihre Stirn war mit kleinen Bläschen übersät. Sie konnte sich nicht erinnern, jemals einen solchen Sonnenbrand gehabt zu haben. Wie dumm von ihr, gestern den langen Weg von der Grotte, wo sie die Sonnencreme verloren hatte, nur im Bikini zu laufen.

Sie sehnte die Kühle der Dämmerung herbei. Die vergangene Nacht hatte sie im Freien verbracht. In einem verwitterten, fortwährend knarzenden Korbsessel im Laubengang. An Schlaf war kaum zu denken gewesen. Sie hatte den Sessel mit Kissen und Laken gepolstert und das Meer und den zu einer schmalen Sichel geschrumpften Mond beobachtet. In der klaren Luft schien er noch hell genug, um jede Kontur des Inselufers auszuleuchten und dem Meer einen silbernen Glanz zu verleihen. Der Laubengang war Rebekkas Lieblingsplatz; wegen des atemberaubenden Ausblicks, der einem das Gefühl gab, auf dem Dach der Welt zu sein.

Wahrscheinlich hätte sie in der vergangenen Nacht auch ohne die Schmerzen kaum ein Auge zugetan. Ihre Gedanken kreisten unablässig um das Feuerzeug. Wo hatte sie das Zeichen eines schrägen Kreuzes mit einer vierzackigen Krone schon einmal gesehen? Ihre Erinnerung vermochte den Moment nicht zu fassen. Sie versuchte sich einzureden, dass der Fund eines Feuerzeugs nichts Beunruhigendes, sondern etwas Zufälliges, etwas völlig Alltägliches war. Aber eine innere Stimme sagte, dass es etwas mit ihr zu tun hatte. Was, das konnte sie sich beim besten Willen nicht vorstellen. Aber die Ungewissheit reichte, um ihre Phantasie zu beflügeln und sie nervös zu machen.

Das Brummen des Generators begann ihr auf die Nerven zu gehen. Es schwoll immer wieder an, um dann leiser zu werden und erneut anzuschwellen. Entsprechend schwankte die gelblich warme Helligkeit im Raum. Rebekka hatte den

Generator nicht wegen des Lichtes angeworfen. Während sie auf der Couch lag, hielt sie ihre vor Müdigkeit brennenden Augen ohnehin die meiste Zeit geschlossen.

Sie überlegte schon den ganzen Vormittag, ob sie nicht das alte Kofferradio auf der Kommode ausprobieren sollte. Sie hatte es schon ein paarmal neugierig betrachtet. Es war aus schwerem grauem Kunststoff mit elfenbeinfarbenen Tasten, silbernen Drehknöpfen und einem verchromten, ausklappbaren Griff. Das eigentlich Interessante aber war, dass es sich bei dem Radio, soweit Rebekka das beurteilen konnte, um einen Weltempfänger handelte. Neben der üblichen UKW-Skala gab es eine für Mittelwelle und eine für Langwelle. Die Antenne reichte in ausgezogenem Zustand fast bis unter die Decke. Rebekka wusste, dass deutsche Sender über Langwelle fast an jedem Punkt Afrikas zu empfangen waren.

Noch zögerte sie, das Radio einzuschalten. Sie hatte sich doch fest vorgenommen, Deutschland hinter sich zu lassen. Sie wollte sich doch beweisen, dass sie die Kraft besaß, ein einfaches, zurückgezogenes, ursprüngliches Leben zu führen. Richtig aussteigen, wenn auch nur für einen kurzen Monat. Nur sie, das Haus und die Natur. Jetzt das Radio einschalten und einen deutschen Sender empfangen, das war wie nach Mallorca fliegen und jeden Abend vor dem Fernseher sitzen und Tagesschau sehen.

Ihr Zögern war das letzte Aufbäumen vor dem Eingeständnis, dass Kapitän Dunbar Recht hatte. Dass sie an der Einsamkeit der Insel scheitern würde; dass sich ihr Urlaub zu einer einzigen Katastrophe entwickelte. Sie war erst ein paar Tage unterwegs, hatte sich die Seele aus dem Leib gekotzt, wohnte in einem Haus, dessen ursprüngliche Bewohner unter rätselhaften Umständen verschwunden waren; sie wäre fast in einem Tunnel ertrunken, hatte sich den schlimmsten Sonnenbrand ihres Lebens zugezogen und ließ sich nun auch noch von einem albernen Feuerzeug panisch machen.

Schon der Gedanke daran, die Stimme eines Nachrichtensprechers zu hören, der aus Hamburg, München oder Berlin zu ihr sprach, hatte etwas Beruhigendes. Sie erhob ihren Körper langsam und vorsichtig von der Couch.

Als sie das Radio durch einen entschlossenen Tastendruck einschaltete, geschah nichts. Nicht mal ein Rauschen oder ein Knistern drang aus dem Lautsprecher. Sie zog an den beiden dünnen roten Kabeln, die aus der Rückseite ragten und hinter der Kommode verschwanden, bis sie die losen kupfernen Enden zwischen den Fingern hielt. Sie rückte die Kommode zur Seite, sah hinter die Vitrine mit den Andenken; sie ließ sich behutsam auf die Knie sinken, suchte den Dielenboden ab. Keine Steckdose, nirgends herumliegende Stromkabel. Stattdessen entdeckte Rebekka zwischen den dicken Staubflocken unter der Couch einen Bilderrahmen.

Sie angelte ihn mit den Fingerspitzen hervor und dachte dabei an den einsamen Nagel an der Wand, wo das Bild des zweiten Missionarssohns gehangen haben musste. Der Rahmen war jedoch leer, sein Glas zerbrochen. Nicht irgendwie zerbrochen, als wäre die Achtlosigkeit eines Besuchers oder ein Windstoß daran schuld gewesen, dass er von der Wand gefallen war. Ein tiefer Abdruck in der Mitte, um den die Splitter sternförmig auseinander barsten, ließ vermuten, dass jemand das Glas absichtlich zerschlagen hatte. Es könnte ein Schlag voller Hass gewesen sein.

Kopfschüttelnd legte Rebekka den Rahmen zur Seite.

Die Küche war der kühlste Platz im Haus, weil sie den ganzen Tag im Schatten lag. Rebekka hatte das Radio auf den Steinboden gestellt. Als sie die Klappe des Holzverschlags öffnete, in dem der Generator unter schwankendem Wummern arbeitete, schlug ihr eine warme Dieselwolke ins Gesicht. Rebekka verstand wenig von Technik. Aber ein Generator musste zwei Pole haben, an die sich ein Radio anschließen ließ. Sie wickelte die Kabelenden um die beiden rostigen Metallstifte, an denen bereits andere Kabel befestigt waren.

Fiepend, dass es in den Ohren wehtat, räusperte sich der Lautsprecher. Rebekka reduzierte die Lautstärke und zog die Antenne aus. Der schiefe Klang einer orientalischen Melodie mischte sich zwischen das Fiepen und Knistern. Das dicke, geschmeidig laufende Rad für den Sendersuchlauf zu drehen war, wie eine Weltreise zu unternehmen: Französischem Gesang folgte breites, aggressives Englisch, dann ein tragisch intonierter Vortrag in einer slawischen Sprache, dann wieder Musik, diesmal italienische, dann eine auf Arabisch einheizende Megaphonstimme. Und schließlich, fast am Ende der Frequenzskala, sprach jemand deutsch.

Der Empfang war schlecht. Rebekka musste ihr Ohr ganz dicht an den Lautsprecher halten. Ein Kulturbeitrag lief. Es ging um die drohende Schließung eines Theaters, weil die Finanzmittel knapp waren. Schauspieler und Regisseure gingen auf die Straße. Wenn die Theater sterben, stirbt die Kultur, dachte Rebekka. Dann ist es um das Land schlecht bestellt.

Zwei Minuten vor zwölf. Noch zwei Minuten bis zu den Mittagsnachrichten. Eine Melodie, wie in der Warteschleife eines Telefons, wurde ständig wiederholt und verstummte abrupt. Ein rhythmisches Morsepiepen, gefolgt von einem Gongschlag, kündigte die Nachrichten an.

Die erste Meldung kam aus der Innenpolitik, aus Berlin. Die Opposition im Bundestag forderte den Rücktritt eines

Ministers. Er war mit einer Bundeswehrmaschine zu seiner Freundin nach Mallorca geflogen. Auch der Bund der Steuerzahler verlangte Konsequenzen. Minister dürften nicht auf Staatskosten privat reisen. Rebekka nickte. Die nächste Meldung kam von der Börse in Frankfurt; Rebekka hörte kaum zu. Sie besaß keine Aktien. Die Kurse waren mal wieder gesunken. Es fielen Ausdrücke wie Panikverkäufe, Bilanzfälschungen, Wirtschaftskrise. Einige ihrer Patienten hatten ein Vermögen an der Börse verspielt; manche achselzuckend, die meisten nicht. Einer hatte Rebekka seit drei Monaten kein Honorar mehr bezahlt. Er musste seine Wohnung verkaufen und seine Lebensversicherung ablösen. Ob er in diesem Moment auch die Börsennachrichten verfolgte? Ihre Probleme, verglichen mit seinen, waren lächerlich. Es ging ihr gleich besser.

Dann eine Meldung aus München. Ein einflussreicher Geschäftsmann, ein gewisser Robert Bergmann (Rebekka hatte den Namen schon einmal irgendwo gehört), war vergiftet worden. Seine Ärzte hatten gestern ein Bulletin über seinen Gesundheitszustand herausgegeben. Bergmann lag mit Verdacht auf eine schwere Schädigung seines Gehirns im Krankenhaus.

«*Wir bleiben in München*», sagte der Sprecher. Sein sonorer Nachrichtentonfall hatte plötzlich gewechselt und klang nun, als hätten die Hörer in wenigen Sekunden eine Sensation zu erwarten.

«*Es geht um einen weiteren spektakulären Kriminalfall, der die Polizei der bayerischen Landeshauptstadt in der letzten Woche beschäftigt hat. Live aus dem Präsidium, wo soeben eine Pressekonferenz beendet wurde, berichtet nun unser Reporter Oliver Brenneke.*» Der Sprecher machte eine dramaturgische Pause, dann fragte er: «*Oliver, was können Sie uns berichten?*»

«Die Pressekonferenz ist hier soeben zu Ende gegangen», wiederholte Reporter Brenneke mit ebenso sensationsversprechender Stimme.

Rebekka beugte sich tiefer zum Radio, denn Brenneke war über Telefon mit dem Sender verbunden und kaum zu verstehen.

«In dem Mordfall an dem Münchner Unternehmer Thomas Lindner hat die Polizei erstmals Details zum Tathergang bekannt gegeben und die Öffentlichkeit in einem dringenden Aufruf um Mithilfe gebeten. Wie wir ja bereits berichtet hatten, wurde die Leiche Thomas Lindners, dessen Vater Vorstandsvorsitzender eines international bekannten Biotechnologieunternehmens ist, in der Garage seines Hauses gefunden. Bislang hatte die Polizei vor der Öffentlichkeit geheim gehalten, auf welch grausame Weise Thomas Lindner sterben musste. Der Täter hat ihn bei lebendigem Leib verbrannt. Die Polizei geht davon aus, dass Lindner in seiner Garage, in der es eine große Montagegrube zur Reparatur von Autos gibt, eine Falle gestellt wurde. Thomas Lindner ist in diese Grube gestürzt oder wurde hineingestoßen, dann hat ihn der Täter mit Benzin übergossen und angezündet.»

Der Nachrichtensprecher räusperte sich. *«Gibt es bereits Vermutungen über das Motiv, Oliver?»*

«Man geht von einem Racheakt aus. Dafür spricht die Brutalität und die sorgfältige Vorbereitung.»

«Es gingen immer wieder Gerüchte durch die Medien, Thomas Lindner sei homosexuell gewesen und der Täter könnte möglicherweise aus seinem privaten Freundeskreis stammen.»

«Auch diese Frage wurde heute gestellt, aber von der Polizei nicht kommentiert. Man kann aber davon ausgehen, dass in diese Richtung ermittelt wird.»

«Und was, Oliver, kann die Öffentlichkeit tun, um bei der Aufklärung dieses grauenvollen Verbrechens zu helfen?»

«Thomas Lindner führte ein sehr zurückgezogenes Leben. Die Polizei bittet deshalb Freunde und Bekannte von ihm, sich zu melden. Das Gleiche gilt für Anwohner und mögliche Passanten, die sich in der Nacht zum 23. September in der Nähe von Thomas Lindners Privathaus in München-Thalkirchen aufgehalten haben. Jeder Hinweis könnte wichtig sein.»

«Danke erst einmal. Das war Oliver Brenneke live aus dem Münchner Polizeipräsidium.»

Der Sonnenbrand, das rätselhafte Feuerzeug, die lähmende Müdigkeit, die bedrückende Einsamkeit – das alles war auf einmal vergessen. Rebekka saß auf dem Steinboden, noch immer vornübergebeugt. Noch immer hörte sie, was der Nachrichtensprecher sagte. Aber sie nahm es nicht mehr wahr. Erst als er den Wetterbericht verlas, der für die kommenden Tage Nebel und Gefahr von Nachtfrost in Süddeutschland vorhersagte, ordnete sie den Worten wieder einen Sinn zu. Die meisten Leute, dachte sie, hören im Urlaub nur wegen des Wetterberichts Nachrichten, weil sie sich darüber freuen wollen, dass es zu Hause regnet, während sie in der Sonne sitzen.

Rebekka war am Leben, sie war gesund, zu Hause wurde es Winter, und einer ihrer Patienten war ermordet worden.

*

Obwohl die Sonne schon vor einer halben Stunde untergegangen war, ließ die Hitze an diesem Abend kaum nach. Trocken und staubig hing sie in der Luft. Unerträglich.

Kapitän Dunbar hatte sich in seine Kajüte zurückgezogen. Ein Raum von gut zwanzig Quadratmetern, der auf der alten, rostigen Atlantis ebenso fehl am Platz wirkte wie der Kapitän selbst. Wie seine strahlend weißen Uniformhemden, sein sorgsam gescheiteltes Haar, sein perfekt gestutzter Kapitänsbart strahlte jedes Möbelstück die Sehnsucht nach einem besseren, würde- und verantwortungsvolleren Kommando aus.

Dunbar lehnte in einem wuchtigen Sessel, der vor einem riesigen lederbezogenen Schreibtisch stand. Das spärliche Licht der abendlichen Hafenbeleuchtung fiel durch das Bullauge. An der Wand hinter ihm hing, messinggerahmt, der Stich einer antiken Weltkarte. Dunbars Koje, keine Koje, ein schmales, bequemes Bett, verbarg sich hinter einem grünen Seidenvorhang.

Er hatte sich so eingerichtet, dass keine Notwendigkeit bestand, die Atlantis länger als für ein paar Stunden zu verlassen. Außer wenn sie zur Überholung in der Werft war, was selten vorkam. Auch wenn dieses Schiff nur ein rostiger Kahn war, bedeutete es für ihn sein Leben. Seine Unabhängigkeit. An Land traf man doch immer nur die gleichen Leute. Naive, meist betrunkene Schwarze, die versuchten, einen in dubiose Geschäfte zu verwickeln. Oder Weiße, die Geschichten erzählen konnten, von denen kein Wort stimmte. Die sich vormachten, auf den Kapverden ihr Paradies gefunden zu haben, ebenfalls ständig betrunken waren und auch nur dubiose Geschäfte im Sinn hatten. Wer es auf den Kapverden zu etwas Geld bringen wollte, lebte vom Schmuggel; unter anderem Drogen. Neulich hatte Dunbar gehört, dass es auf einer der Inseln eine große Marihuanaplantage geben solle. Aber vielleicht war das auch nur so eine Geschichte.

Die Klimaanlage summte. Sie war auf die höchste Stufe gestellt. Trotzdem schwitzte Dunbar. Er ging die Frachtliste für die nächste Überfahrt durch. Die Fähre lief morgen nach

Boa Vista aus, fuhr übermorgen weiter nach Sal, wo vielleicht ein paar europäische Touristen zusteigen würden. In drei Tagen wäre er wieder auf Brava. Die Frachtliste umfasste nur ein Blatt. Das meiste waren Lebensmittel- und Trinkwasserlieferungen für die kleinen Supermärkte, die sich in jedem Dorf, manchmal nur unter einem neonbeleuchteten Wellblechdach, angesiedelt hatten.

Dunbar tupfte sich mit einem weißen Leinentaschentuch den Schweiß von der Stirn. Er nahm sich vor, die Klimaanlage bei nächster Gelegenheit austauschen zu lassen. Dann ging er auf die Brücke.

An der Lage der kleinen Fischerboote, die im Hafenbecken dümpelten, war zu sehen, dass der Wind gedreht hatte. Ungewöhnlich für die Jahreszeit. Er kam jetzt vom Festland. Ein warmer Wüstenwind, der feinen weißen Sand übers Meer wehte. Der Zeiger des alten Barometers klemmte manchmal. Es war ein Wunder, dass es überhaupt noch funktionierte. Dunbar klopfte an das Glas, aber der Zeiger klemmte nicht. Es war eindeutig, der Luftdruck fiel. Dunbar griff zum Mikrophon der alten Bordsprechanlage. Seine tiefe Stimme hallte über das Schiff. Keine zehn Sekunden später stand ein schwarzer Junge, Helger war sein Name, in der Tür zur Brücke. Er hatte eine untypisch kräftige Statur für einen Kapverdier. Kapitän Dunbar gab ihm Anweisung, die Fähre durch zwei zusätzliche Taue zu sichern. Er solle darauf achten, den Tauen so viel Spiel zu lassen, dass sich die Atlantis auch bei hohem Wellengang auf und ab bewegen konnte. Dann bat er Helger noch, die Nacht an Bord zu verbringen. Man könne nie wissen.

Helger nickte. Bevor er die Brücke wieder verließ, fragte er: «Wird es so schlimm wie damals? Bei Barryl?»

Jeder auf Brava wusste, wer beziehungsweise was Barryl war. Helgers Familie hatte durch Barryl ihre kleine Farm und Zuckerrohrfelder im Süden der Insel verloren. Barryl war ein Orkan, der 1982 über die Insel gefegt war. Er hatte Wellen von zehn Metern Höhe und mehr auf die Küste zugetrieben. Sämtliche Fischerboote im Hafen waren zerschmettert, Häuser, die am Ufer standen, fortgespült worden. Ein auf Reede liegendes Frachtschiff hatte der Orkan vom Anker gerissen und es kilometerweit entfernt gegen die Küste geschleudert.

Dunbar konnte Helgers Frage nicht beantworten. Er wusste nicht, ob es einen zweiten Barryl geben würde. Die Wetterlage erschien ihm nicht ganz eindeutig, aber er war ein vorsichtiger Mann. Auf dem kaum leserlichen Fax des Wetterdienstes, das er mittags bekommen hatte, war zu sehen, dass die Tiefdruckzone über dem Äquator ungewöhnlich weit nach Norden wanderte und dass sich über der Sahelzone ein weiteres Tiefdruckgebiet bildete. Das war zumindest Besorgnis erregend.

Dunbar fragte sich, ob die Zentrale der Fährgesellschaft auf Sal überhaupt registriert hatte, dass sich da möglicherweise etwas zusammenbraute. Er schickte sicherheitshalber ein Fernschreiben, das von seiner Sorge informierte, obschon er wusste, dass sich in der Zentrale wahrscheinlich niemand für die Warnung interessieren würde.

Das Bier auf den Kapverden war nicht schlecht, leichter als das deutsche oder das britische, trotzdem würzig. Genau das richtige Bier für die unerträgliche Hitze. Kapitän Dunbar hatte sich eine Flasche aus der Kombüse geholt. Er saß wieder in seiner Kajüte, in dem wuchtigen Ledersessel. Er trank und schwitzte.

Ihm kam Viktor in den Sinn. Ihr Gespräch von gestern. Viktor war der einzig erträgliche Weiße auf den Inseln. Der einzige, den Dunbar kannte, der sich nichts vormachte, von wegen Paradies und diesem ganzen Quatsch. Viktor hatte seine Vergangenheit, so wie er seine Vergangenheit hatte.

Über ihre Lebensgeschichten hatten sie bislang nie gesprochen. Bis gestern nicht. Wobei Dunbar immer überzeugt gewesen war, dass das Schicksal Viktor weitaus schlimmer mitgespielt hatte. Allein die Narben in seinem Gesicht, das verlorene Auge. Bei jedem Blick in den Spiegel daran erinnert zu werden, was geschehen war. Dunbar fragte sich, was er an Viktors Stelle getan hätte. Wahrscheinlich wäre er nicht so leicht damit fertig geworden.

Die Geschichte, die ihm Viktor gestern anvertraut hatte, war eine echte Überraschung gewesen. Er hätte einiges erwartet, das jedoch nicht.

«Aber bitte erzähl es nicht Rebekka Marx», hatte Viktor ihn beschworen. «Erzähl es auch sonst niemandem. Versprich es mir!»

«Versprochen. Kein Wort kommt über meine Lippen.»

Es war überflüssig gewesen, ihm das Versprechen abzunehmen. Er tratschte nicht. Tratschen war die Lieblingsbeschäftigung der vom Paradies träumenden Geschichtenerzähler auf den Kapverden.

15

Eine dicke schwarze Fliege, deren zarte Flügel dumpf vibrierten, knallte immer wieder gegen die Fensterscheibe. Sie begriff nicht, dass der Weg in die Freiheit rückwärts führte; durch verwinkelte Gänge, viele Türen, sogar durch Schlüssellöcher. Wenn ihr niemand das Fenster öffnete, würde sie irgendwann rücklings auf der Fensterbank liegen. Mit lahmen Flügeln und zappelnden Beinchen.

Frohloff saß in seinem stinkenden braunen Kordsessel, rauchte und beobachtete die Fliege. Außer den Geräuschen, die ihre verzweifelten Fluchtversuche verursachten, war in der Wohnung kein Laut zu hören. Frohloff hatte alle Fernseher ausgeschaltet und registrierte mit Erleichterung, dass er die Stille ertragen konnte, ohne eine Bedrohung zu spüren. Er saß da und dachte nach. Er dachte, dass er in einer ganz ähnlichen Situation war wie die Fliege. Dass auch er darauf wartete, dass ihm jemand ein Fenster öffnete und den Weg wies.

Er versank in Selbstmitleid und kämpfte nicht dagegen an. Wenn es niemanden gab, der sich um einen kümmerte, wenn man wie Frohloff niemanden wollte, der sich um einen kümmert, war Selbstmitleid die einzige Chance, sich geliebt zu fühlen.

Er zündete sich an der Glut der aufgerauchten Gauloise eine neue an, stemmte sich ächzend aus seinem Kordsessel und trat zum Fenster. Er spielte mit dem Gedanken, den Fensterriegel zu öffnen und der Fliege die Freiheit zu schenken. Aber dann wäre er allein. Er hatte sich an die summende Gegenwart der Fliege gewöhnt. Aus dem Fenster seines Wohnzimmers sah man auf das gegenüberliegende Haus, das von zwillingsgleicher, grauer Architektur war. Frohloff lehnte sich mit der Stirn an die Scheibe. Fast das ganze Gewicht seines Körpers ruhte jetzt darauf. Er starrte die sieben Stockwerke in die Tiefe und stellte sich vor, die Scheibe würde sich mit einem Mal in nichts auflösen und er hinaus auf den harten Asphalt des Bürgersteigs stürzen, hinein in eine andere, bessere Welt.

Frohloff kannte nur ein Gefühl, das es mit seinem Selbstmitleid aufnehmen konnte. Das noch stärker war, noch mehr Macht über ihn hatte. Er hatte dieses Gefühl Jahre nicht mehr gespürt. Seit dem Mord an seiner Mutter nicht. Solange er unter der dauernden Obhut von arroganten Ärzten, neugierigen Psychiatern und weinerlichen Therapeuten stand, die ihn mit ihren Worten und Medikamenten ganz benommen machten. Es war das Gefühl von leidenschaftlicher, besessener, nicht zu kontrollierender Erregung.

Diese Erregung, die seine Wut befriedigte, diesen gegen alles und nichts gerichteten Hass, der in seinem Innern nistete.

Die Fliege legte gerade eine Pause ein. Erschöpft krabbelte sie über die Fensterbank und labte sich an dem klebrigen, dunklen Zuckerrand, wo irgendwann ein Glas Cola gestanden hatte. Frohloff nahm sich vor, die Fensterbank nicht zu reinigen, damit die Fliege an dem Zuckerrand Kraft tanken konnte für ihren aussichtslosen Kampf.

«Eine Tablette täglich.» Sie waren hellblau. «Am besten mit einer Mahlzeit und immer zur gleichen Stunde einzunehmen.» So lautete die Dosierungsanweisung des Medikaments, das er seit Haftentlassung zu schlucken gezwungen war. Schon einmal hatte Frohloff es eigenmächtig abgesetzt. Er hatte jede Tablette einzeln aus dem silbernen Stanniol gedrückt, sie in die Kloschüssel geworfen und gezogen. Diese Scheißdinger schwammen oben. Zehn, zwölf Mal musste man die Spülung betätigen, bis sie endlich von dem gurgelnden Wasser geschluckt wurden. Danach hatte er die Pappschachtel in seiner Faust zerknüllt, weggeworfen und den Mülleimer gleich zum Müllschlucker getragen. Er wollte, dass diese Tabletten aus seinem Leben verschwanden. Er konnte die Vorstellung, dass winzige hellblaue Tabletten die Herrschaft über seine Gedanken hatten, nicht mehr ertragen.

Fünfzehn Jahre Psychiatrie, zwei Jahre in Freiheit; kaum ein Tag darunter, an dem er keine Tabletten geschluckt hatte. Mal rosafarbene, mal weiße, jetzt hellblaue. Siebzehn mal dreihundertfünfundsechzig Tabletten. Er hatte es ausgerechnet, machte sechstausendzweihundertfünf. Wahrscheinlich schwamm sein Gehirn schon in einer weiß-blau-rosafarbenen mehligen Masse.

Ein leiser dumpfer Knall signalisierte, dass die Fliege ihren Kampf wieder aufgenommen hatte. Frohloff tat einen tiefen Zug an seiner Zigarette und hüllte sie in eine Wolke aus Tabakqualm. Er stellte sich vor, wie der Teer und das Nikotin ihre zarten Flügel verklebten. Beim Versuch, dem Rauch zu entfliehen, drehte die Fliege eine Schleife durch den Raum, um dann erneut mit der Scheibe zu kollidieren. Diesmal so heftig, dass sie kurz ins Trudeln geriet. Frohloff blies ihr eine zweite Wolke hinterher.

Die meisten beschissenen Seelenklempner, die er in seinem Leben getroffen hatte – und er hatte mehr getroffen, als er aufzählen konnte –, waren Fürsorge heuchelnde Quacksalber gewesen. «Wir können Ihnen helfen, Herr Frohloff, wenn Sie sich selbst helfen wollen.» Lächerlich! Für die war er nichts anderes als ein besonders beachtenswertes Exponat an Grausamkeit. Während seiner Zeit in der Psychiatrie, wann immer neue Herren und Damen Doktoren zu ihm kamen, um ihn für Gott weiß welche Studien zu interviewen, war er sich vorgekommen wie eine Spinne oder eine Schlange in einem Terrarium im Zoo. Eines von diesen Terrarien, um die sich dauernd Schulkinder drängten und auf kleinen weißen Tafeln mit Schaudern ablasen, wie aggressiv die Spezies, wie hinterhältig ihr Jagdverhalten und wie tödlich ihr Gift war.

Rebekka Marx, zu der er einmal im Monat ging, um sich seine Tabletten abzuholen, war zwar auch ein Scheißseelenklempner, aber sie tat wenigstens nicht so pseudobesorgt und verlogen mütterlich.

Frohloff sprach nie besonders viel mit Frau Dr. Marx. Er hatte es satt, sich über seinen Seelenzustand auszukotzen.

Und sie versuchte auch nicht, ihm ein therapeutisches Gespräch aufzuzwingen. Wenn er bei ihr war, tauschten sie meistens nur ein paar Floskeln über das allgemeine Befinden aus; er quittierte den Empfang seiner Medikamente, dann verschwand er wieder. Mehr nicht.

Und dennoch, nachdem er seine Tabletten das erste Mal abgesetzt hatte, war es ihr aufgefallen, er begriff bis heute nicht, warum. Er hatte zu Hause vor dem Spiegel nach Veränderungen in seinem Gesicht gesucht, ein Ausschlag oder etwas in der Art, aber außer dem üblichen Ekzem nichts entdeckt. Es musste etwas Entlarvendes an seinem Verhalten gewesen sein. Mit vorwurfsvollem Tonfall hatte Frau Dr. Marx ihm auf den Kopf zugesagt: «Herr Frohloff, Sie haben doch nicht aufgehört, ihre Tabletten zu nehmen?» Völlig überrascht versuchte er gar nicht erst zu leugnen, stammelte nur eine unglaubwürdige Ausrede. Er sei in einem Hotel in den Bergen gewesen, um ein paar Tage mit sich allein zu sein. Bei der Abreise habe er seine Tabletten vergessen.

Er ein paar Tage mit sich allein sein. So ein Unsinn. Als ob er nicht sein ganzes Leben mit sich allein war.

«Eigentlich, Herr Frohloff», hatte sie ihm daraufhin sehr ernst und sehr wütend erklärt, «müsste ich das dem Staatsanwalt melden. Und Sie wissen, was das bedeutet. Es geht um Ihre Freiheit. Ich verstehe da keinen Spaß. Sie brauchen diese Medikamente.»

Seine Daseinsberechtigung schien nur noch darin zu bestehen, einmal am Tag eine Tablette, eine Psychodroge für Verrückte einzunehmen. Aber er war nicht verrückt.

Die Fliege klammerte sich geschwächt an die grünen Wohnzimmervorhänge, die Frohloffs Vormieterin ungefragt in der Wohnung hängen gelassen hatte. Frohloff beschloss, sein Experiment, wie viele Nikotinwolken eine Fliege überleben konnte, einzustellen, und drückte seine Zigarette aus. Der überquellende Aschenbecher war ein stummer, mahnender Zeuge seines Zustands. Nach nur wenigen Augenblicken erwachte die Fliege zu neuem Leben, steuerte zuerst den Zuckerrand an und setzte dann ihren Kampf fort.

Beim ersten Mal, als er seine Tabletten abgesetzt hatte, war überhaupt kein Unterschied zu spüren gewesen. Vielleicht weil ihn Frau Dr. Marx zu früh ertappt hatte. Diesmal schon. Nach vierzehn Tagen etwa war ganz allmählich ein Gefühl in seine Gedankenwelt zurückgekehrt, das er lange vermisst hatte. Es war das Gefühl, frei denken zu können, sich frei bewegen zu können, nicht mehr von unsichtbaren Ketten gefesselt zu sein. Es war, als ob sich der Nebel, der jahrelang über seinem Gehirn gelegen hatte, allmählich lichtete.

Frohloff ging in die Küche. Er setzte sich an den schmutzigen, wackligen Tisch unter das grelle Neonlicht, nahm einen Stift und ein Stück Papier. Er schrieb, Name für Name, alle Menschen auf, von denen er sich bedroht fühlte. Es war eine lange Liste, und Dr. Dr. Friedrich Engelbert stand an erster Stelle.

Engelbert! Er war der schlimmste von allen Scheißpsychofolterknechten. Ihm hatte Frohloff zu verdanken, dass er nicht wie ein normaler Mensch in ein normales Gefängnis mit grauen Wänden und Gittern vor den Fenstern gesteckt worden war. In einem Gefängnis hätte man ihn einfach in Ruhe gelassen. Er hätte den ganzen Tag dasitzen und seinen Gedanken nachhängen können. Stattdessen war er in diese weibische Klinik mit den ach so verständnisvollen, ständig lächelnden Ärzten und Krankenpflegern geschickt worden, die ihn alle mit ihren ständigen Fragen gequält hatten.

Sogar Frauen gab es dort. Er hatte nichts gegen Frauen, aber Frauen gehörten nicht in ein Gefängnis. Frauen redeten zu viel. Sein Vater hatte mal zu ihm gesagt: «Es ist keine Schande für einen richtigen Mann, im Knast gewesen zu sein.» Sein Vater hatte auch im Knast gesessen, kurz nach dem Krieg. Warum, wusste er nicht. Diese Klinik hatte nichts von einem Knast gehabt. Sie war überfüllt gewesen mit Irren, die nachts schrien und heulten. Die sich einpissten. Er war kein Irrer!

Als er vom Tod seines Vaters erfuhr, hatte er schon ein halbes Jahr zwischen den Irren gelebt. Die Nachricht war ein Schock für ihn gewesen. Und trotzdem hatte sie Erleichterung darüber ausgelöst, dass sein Vater ihn nie in dieser weibischen Umgebung besuchen musste. Sein Vater hätte ihn bestimmt eines Tages besucht. Ganz sicher. Was dieser Dr. Engelbert behauptet hatte, sein Vater würde sich weigern, ihn zu sehen, war nichts als eine Lüge gewesen. Ein mieser Trick, um ihn verrückt zu machen. Bestimmt hatte sein Vater auch geschrieben, und sie hatten seine Briefe einfach abgefangen.

Anfangs, kurz nach seiner Verhaftung, war Frohloff überhaupt nicht die Idee gekommen, sie könnten ihn in eine Klapsmühle stecken. Gutgläubig, nichts ahnend, worauf dieser Dr. Engelbert aus war, hatte er all seine bohrenden Fragen beantwortet. Nach Kindheit, Vater, Mutter, sexuellen Erfahrungen und anderem unwichtigen Zeug. Bis es in der Zeitung gestanden hatte. Eine fette Schlagzeile: *Kommt der Schlachter von München mit der Psychiatrie davon?*

Erst hatte er gedacht: Ich gehe einfach zum Richter, ich sage: «Euer Ehren, ich will nicht in die Psychiatrie, ich will ins Gefängnis.» Aber diese Idee hatte er schnell wieder verworfen, denn das hätte die ganze Psychiater- und Juristenbande erst recht aufgestachelt.

Er begann eine Rolle zu spielen, die Rolle eines ganz *normalen* bösen Menschen. Er schilderte detailliert, wie er als

Kind Frösche mit der Luftpumpe aufgeblasen und dann in einem Teich hatte schwimmen lassen; wie gerne er Backpulver gegen Ameisen in der Küche verstreute, weil ihm die Vorstellung Freude bereitete, wie die Ameisen durch das Backpulver platzten. In Wahrheit hatte er nie einen Frosch aufgeblasen, und wie Backpulver gegen Ameisen wirkte, hatte er in einer Gartenzeitschrift gelesen, die in seiner Zelle im Untersuchungsgefängnis gelegen hatte. Eine Gartenzeitschrift in einem Gefängnis. Wie absurd.

Nachdem der Prozess schon einige Tage unter großem öffentlichem Interesse gelaufen war, kurz bevor ihn der Staatsanwalt vernehmen wollte, kam sein Pflichtverteidiger zu ihm ins Untersuchungsgefängnis. Ein unfähiger, unglaublich dicker Mann mit Brillengläsern, die seine Augen doppelt so groß wirken ließen. «Es sieht gut aus, Herr Frohloff», leitete er die Hiobsbotschaft ein. «Ich habe mit dem Richter gesprochen. Er wird nach dem Gutachten von Dr. Engelbert auf Einweisung in eine Psychiatrie entscheiden.» Dann fügte der dicke Pflichtverteidiger noch hinzu: «Wenn während der Verhandlung nichts Gravierendes mehr dazwischenkommt.»

Etwas Gravierendes. Was konnte etwas Gravierendes sein, das einem Verbrecher, einem Mörder, der nichts anderes als das Gefängnis verdient hatte, am ehesten gerecht wurde?

Frohloff beschloss, bis zum Ende des Prozesses jede Aussage zu verweigern. Kein Wort. Absolutes Schweigen. Aus Trotz und weil es ihm als seine letzte Chance erschien, der Klapsmühle zu entgehen. Und mit Psychofolterknecht Dr. Engelbert, der ihm noch Jahre später Dutzende anbiedernder Briefe in die Psychiatrie schickte, nahm er sich vor, nie wieder ein Wort zu reden.

Natürlich hatte Dr. Engelbert Recht gehabt. Keine Sekunde des Mordes an seiner Mutter war in seinem Kopf gespeichert. Seine Erinnerung hörte mitten in der Nacht auf, als er durch die Stadt geirrt war, und sie setzte wieder ein, als er neben dem Bett seiner Mutter saß und wartete. Um ihn herum überall Blut. Er hatte darauf gewartet, dass die Stimme wieder zu ihm sprach und ihm sagte, dass die Bedrohung vorüber war.

Die Stimme, diese undefinierbare, nicht männliche, nicht weibliche, zugleich schöne wie auch bedrohliche Stimme. Wie viele Jahre hatte er sie nicht mehr gehört? Jetzt, wo er die Medikamente nicht mehr nahm, war sie zurückgekehrt. Eines Morgens, immer lauter, immer eindringlicher sprechend, war sie wieder in sein Ohr gedrungen. Er konnte sich nicht mehr daran erinnern, was sie zuerst gesagt hatte. Aber daran, dass sie ihm Angst gemacht hatte. So viel Angst, dass er sogar kurz an Selbstmord dachte.

In der Psychiatrie hatten sie ihm erklärt, die Stimme sei das Böse, er müsse sie bekämpfen. Nicht er habe seine Mutter umgebracht, sondern die Stimme.

Wenn sie wüssten, dass die Stimme zurück war, würden sie ihn womöglich wieder einsperren, zu den Irren.

Frohloff ging in den Flur. Unter dem mit alten Jacken voll gehängten Garderobenhaken standen immer noch seine lehmigen Schuhe. Er hatte das Rätsel von vorletzter Nacht nicht lösen können. Es war wie damals gewesen, als er seine Mutter … Von einer Sekunde auf die andere fehlte ihm jede Erinnerung. Seit jener Nacht im Park schaltete er mehrmals am Tag das Radio ein, um Nachrichten zu hören, ob etwas passiert war. Ob ein *Verrückter* … ein *Unbekannter* vier Frauen angegriffen und womöglich verletzt hatte.

Das war es, wovor er sich fürchtete.

Im Wohnzimmer blieb er vor seinem braunen Kordsessel stehen. Ein Sonnenstrahl fiel zwischen den grünen Vorhänge hindurch und zeichnete sich in der rauchigen Luft ab.

Heute hatte die Stimme noch nicht zu ihm gesprochen. Ein wenig vermisste er sie. Trotzdem war es ein gutes Zeichen. Wenn er die Stimme nicht hörte, brauchte er keine Medikamente. Dann bestand keine Gefahr, dass er Menschen umbrachte, und kein Grund, ihn für einen Irren zu halten.

Aber die Stimme würde bestimmt wiederkommen. Er wusste, dass er allein mit ihr nicht fertig würde. Wer sollte ihm dann helfen? Frau Dr. Marx war verreist. In seiner Verzweiflung hatte er schon Dr. Engelbert angerufen. Aber der hatte sich auf seine Nachricht nicht gemeldet. Wahrscheinlich war er wütend auf ihn.

Frohloff lehnte sich wieder mit der Stirn an die Scheibe und blickte die sieben Stockwerke in die Tiefe. Im Hof standen drei alte Frauen. Sie hatten schwere Einkaufstüten neben ihren Füßen abgestellt und unterhielten sich miteinander. Frohloff hätte gerne gewusst, worüber. Er hatte niemanden, mit dem er sich unterhalten konnte. Nicht mal ein paar alte Frauen.

Er entdeckte die Fliege wieder, als das Telefon läutete. Das kam so selten vor, dass er erschrak. Der Apparat stand wie immer neben seinem braunen Kordsessel. Die Fliege saß auf der rechten Armlehne. Völlig regungslos. Frohloff wusste nicht, ob sie tot war. Aber dass sie auf seinem Kordsessel saß, sollte ihm etwas sagen.

Dann nahm er den Hörer ab.

16

«Worauf wartest du?»

«'tschuldigung.» Reichenbach stand in der Polizeikantine an der Selbstbedienungstheke. In Gedanken an alles und nichts, an den Fall, an Eder, an seinen nächsten Urlaub (Tauchenlernen in Ägypten, was so entfernt schien wie nie), starrte er auf seinen Kaffee und die Butterbrezel und hatte dabei vergessen, sein Tablett weiterzuschieben. Zügig folgte er der Schlange, die von einer lustlosen Kassiererin abgefertigt wurde.

«Du», sagte der uniformierte Beamte hinter Reichenbach. Reichenbach drehte sich um und merkte, dass er nicht gemeint war. Der Uniformierte sprach mit einem Kollegen. «Hab ich dir eigentlich von den Weibsbildern erzählt, die neulich, mitten in der Nacht, zu uns auf die Inspektion gekommen sind? Vier Weiber im Dirndl, wirklich fesch, aber ...», der Uniformierte tippte sich an die Stirn, «... aber total verrückt.»

Reichenbach schob sein Tablett wieder ein Stück weiter und lauschte der Unterhaltung. Vier junge Damen waren in einem kleinen Park im Münchner Osten einem geistig Verwirrten begegnet. Sie hatten ihn nach Zigaretten gefragt, die er ihnen auch bereitwillig gegeben hatte. Dann war er – «wie von der Tarantel gebissen», berichtete der Uniformierte – davongerannt, zwischen Bäumen hindurch, während er brüllte, dass er einen Doktor oder Professor umbringen würde. «Diese vier Weiber», echauffierte sich der Uniformierte, «die haben sich bei uns aufgeführt, als wäre ein Attentat auf den Papst geplant. Wir könnten so einen Verrückten doch nicht frei herumlaufen lassen. Die wollten nicht eher wieder gehen, bis wir einen Streifenwagen losgeschickt hatten.» – «Und? Habt ihr?», fragte der Kollege. – «Ich bin selbst rausgefahren. War natürlich niemand da, der durch einen Park rennt und Morddrohungen brüllt.»

Polizistenalltag, dachte Reichenbach, den auch er während seiner Zeit bei der Trachtentruppe, wie die Kripo über ihre uniformierten Kollegen gerne lästerte, erlebt hatte. Er erinnerte sich an Nachtdienste bei Vollmond oder bei Föhn, die die reinste Hölle waren: Verrückte am Telefon, Verrückte auf der Straße. Bei jedem Notruf stand man vor der Frage: Schwachsinn oder Ernst?

Nachdem er bezahlt hatte, mal wieder zu viel, wie er fand, hielt Reichenbach nach Horst Benedikt Ausschau. Benedikt hatte im Sekretariat der Mordkommission eine Nachricht hinterlassen, dass er Reichenbach sprechen musste. *Dringend!* stand auf dem Notizzettel, den die Sekretärin an seine Schreibtischlampe geklebt hatte.

Es war kurz nach neun. Um diese Zeit herrschte in dem riesigen Kantinensaal kaum Betrieb. Benedikt saß alleine an einer der langen weißen Tischreihen und knabberte an einem Stück seines Lieblingsgebäcks. Beim Näherkommen sah Reichenbach, dass er sein Handy ans Ohr presste.

Das Telefonat war beendet, bevor Reichenbach den Tisch erreichte.

«Was gibt's denn?», fragte er noch im Stehen.

«Wir haben das Glas gefunden. Und die Videobänder.»

Reichenbach ließ sich auf einen Stuhl fallen, dass es knackte. «Wo?»

«Im Garten.»

«Ich dachte ...»

«Ja, ich weiß», unterbrach ihn Benedikt, «wir hatten alles gründlich abgesucht: sämtliche Beete, die Hecke entlang der Mauer, zwischen den Bäumen an der Auffahrt, natürlich auch den Schuppen mit den Gartengeräten.» Benedikt nahm noch einen Bissen. «Aber», erklärte er mit vollem Mund, «manchmal denkt man eben nicht ans Naheliegende.»

«Und was ist das Naheliegende?», hakte Reichenbach nach. Es war Benedikts Art, Rätsel zu veranstalten, wenn er seine Erfolge auskosten wollte.

«Versetz dich mal in die Situation von Daniela Winter:

Du musst in aller Eile etwas verschwinden lassen, was du aber dringend wieder brauchst.»

Reichenbach überlegte. «Ich würde mir vor allem ein Versteck suchen, das ich mit wenig Aufwand wiederfinde.»

«Richtig!»

«Mach es nicht so spannend, Horst.» Reichenbach schob seine Kaffeetasse zur Seite und beugte sich zum Zeichen seiner Aufmerksamkeit über den Tisch.

«Nach Aussage des Notarztes hatte Daniela Winter an dem Abend weder schmutzige Hände, noch war ihre Kleidung verdreckt. Dass sie irgendetwas vergraben hat, konnten wir also ausschließen. Trotzdem war ich mir sicher: Wenn sie etwas versteckt hat, dann im Freien. Sie hätte bestimmt nicht riskiert, später ins Haus einbrechen zu müssen. Nein, ich glaube, diese Daniela Winter ist nicht dumm. Auf dem Video wirkt sie zwar etwas nervös, aber nicht unüberlegt. Die hat einen guten Instinkt. Ich habe mich also gefragt, was ich an ihrer Stelle getan hätte.»

Das hatte Reichenbach auch. Seit Tagen. «Und?»

«Das Zeug in eine Tasche packen und in einen Baum hängen. Möglichst an der Grundstücksgrenze, dass ich es mir bestenfalls holen kann, ohne noch einmal das Grundstück zu betreten.» Benedikt machte eine Pause und lehnte sich zufrieden zurück. «Genau so war's.»

Reichenbach wünschte sich, ihm wäre der Einfall gekommen. Wie so oft hatte Benedikts Fähigkeit, komplizierte Probleme möglichst zu vereinfachen, die Lösung gebracht.

«In einer halben Stunde in Bergmanns Villa?», fragte Benedikt im Aufstehen.

«Gut, in einer halben Stunde.»

Reichenbach blieb noch einen Moment sitzen. Er suchte in den Innentaschen seiner Lederjacke nach seinem Handy, bis er es vor sich auf dem Tisch entdeckte. Eder war den ganzen Vormittag noch nicht aufgetaucht. Reichenbach wählte die Nummer seines Funktelefons: *Dieser Anschluss ist im Augenblick nicht erreichbar, versuchen Sie es später noch einmal.* Danach rief er im Sekretariat der Mordkommission an. Er hätte auch in den dritten Stock hinaufgehen können, aber er war zu faul. Die Sekretärin hatte Eder ebenfalls noch nicht gesehen. Sein abgetragenes Trachtensakko hing nicht an der Garderobe, seine abgewetzte Aktentasche lag nicht auf dem Schreibtisch.

Nach zehnmaligem Klingeln, Reichenbach wollte schon wieder auflegen, nahm Eders Frau ab und erklärte barsch, ihr Mann wäre um halb acht zur Arbeit gefahren und hätte wie jeden Morgen die Tochter mit zur Schule genommen. «Sonst noch was?» – «Nein.» Dann krachte der Hörer auf die Gabel.

Reichenbach fand seinen Partner, als er in die Tiefgarage ging und unterwegs noch einmal pinkeln musste. Eder stand im Waschraum vor den Toiletten. Er hatte sich mit dem Gesicht unter den Wasserhahn gebeugt. Seine Haare und sein Hemdkragen waren völlig durchnässt. Den entzündeten Augenlidern und der fahlen Gesichtsfarbe nach zu urteilen, ging es ihm nicht gut. Krank, zu viel Alkohol oder einfach zu wenig Schlaf? Reichenbach fragte nicht, obwohl es ihn interessiert hätte.

In knappen Worten erklärte er die Lage. Dann sagte er: «Wir müssen los.»

Eder nickte ohne weiteren Kommentar. Er folgte Reichenbach in die Garage und versuchte gegen seine sonstige Gewohnheit nicht, durch einen kurzen Schlussspurt als Erster den Wagen zu erreichen, um den Beifahrersitz in Beschlag zu nehmen. Mürrisch, jedoch widerstandslos übernahm er die Aufgabe des Chauffeurs.

Zum ersten Mal, seit Reichenbach mit Eder zusammenarbeitete, fühlte er ihm gegenüber so etwas wie Überlegenheit. Zu gerne hätte er gewusst, was mit Eder los war.

Der lange Tisch in Bergmanns Esszimmer, darauf die Tasche: ein einfacher Leinenbeutel, schwarz, mit Reißverschluss. Drum herum ein paar Blätter und Tannennadeln, hellgrün, länglich, vermutlich von einer Fichte. Neben der Tasche das Glas und ein Stapel Videobänder. Das Glas gehörte eindeutig zu der prachtvollen Sammlung aus Bergmanns Vitrine. Es war zerbrochen, Kelch und Stiel in mehrere Scherben. Die Videobänder, ein gutes Dutzend, trugen weiße Papieretiketten. Sie waren handbeschriftet: *Dr. Kurt Neubauer (7. 9. 1997), Karl Weber (3. 4. 1999), Dr. Seebauer (9. 11. 98)*. Die restlichen Namen waren durch Feuchtigkeit verwischt.

Neubauer? Der Minister Neubauer?

Das Stillleben wurde vervollständigt durch den jungen Beamten, der den Beutel gefunden hatte und stolz wie ein Wächter der Kronjuwelen vor dem Tisch stand.

Benedikt drehte eine der Glasscherben mit der Rückseite seines Kugelschreibers. Offensichtlich der Boden des Kelchs. Man konnte eine weiße Kruste erkennen, wie von angetrocknetem Mehl.

«Tasche und Glas sofort ins Labor», befahl er.

«Warte.» Reichenbach fasste Benedikt am Arm. «Nicht die Tasche.»

Reichenbach wunderte sich, dass Benedikt nicht sofort begriff. Die Tasche war der ideale Köder, um Daniela Winter endlich zu fassen. Reichenbach wollte sie sofort wieder dorthin hängen, wo sie der junge Beamte, den Benedikt militärisch kurz mit Huber anredete, gefunden hatte.

Als sie hinaus in den Garten gingen, hatte es zu regnen begonnen. Eder trat in eine Pfütze und fluchte. Reichenbach erinnerte sich, dass die Rasenfläche bei ihrem Besuch vor fünf Tagen noch als Grün eines Golfplatzes hätte durchgehen können. Jetzt lugten vereinzelt Wiesenblumen hervor, überall lag Laub. Vermutlich war der Garten seit Jahren nicht mehr in einem derart miserablen Zustand gewesen.

Als nächster Anverwandter verwaltete Rechtsanwalt Ganser, der seine Kanzlei in Österreich vorübergehend geschlossen hatte, Bergmanns Vermögen. Reichenbach hatte gehört, dass er inzwischen einen nagelneuen Porsche fuhr. Bergmanns Anwälte suchten fieberhaft nach einem Testament oder anderen Unterlagen, aus denen hervorging, wer sonst als Vermögensverwalter in Betracht kam. Es sah bislang nicht so aus, als ob sie fündig werden würden.

Der Baum, in dem der Beutel gehangen hatte, ein Pflaumenbaum, trug üppige Früchte. Er wuchs mit einer hohen Fichte ineinander und stand am südlichen Ende von Bergmanns Anwesen. Wie Benedikt vermutet hatte, so nah an der Mauer, dass vereinzelte Äste aufs Nachbargrundstück ragten. Mit der hübschen, hölzernen Parkbank davor ein idyllisches Plätzchen, das gar nicht zum protzigen Stil des Hauses passte. Reichenbach und Eder hatten die Kragen ihrer Jacken hochgeklappt, die Schultern angezogen und dem Wetter entsprechende Gesichter aufgesetzt. Benedikt schien der Regen nichts auszumachen.

Bevor sie in den Garten gegangen waren, hatte Huber die schwarze Leinentasche mit Büchern gefüllt. Er stellte sich etwas ungelenk an, als er auf die nasse Bank stieg. Reichenbach sah, dass er nach einer Schnur griff, bräunliches Paketband, das weit oben um den Stamm gewickelt war und wie ein Flaschenzug zu einem der Äste führte.

«Ich musste mit einer Leiter zu den Nachbarn rüber, um den Beutel abzuschneiden», erläuterte er.

«Wer wohnt da eigentlich?», fragte Benedikt und deutete zu der gelben Jugendstilvilla, bei der sämtliche Fensterläden geschlossen waren und die, obwohl ungewöhnlich schön, neben Bergmanns Besitz nur wie ein Haus für Bedienstete wirkte.

«Ein Dirigent», sagte Eder, der vor ein paar Tagen alle Nachbarn aufgesucht hatte. «Ist zurzeit auf Tournee.»

Huber knotete die Schnur um den Henkel der Tasche. Als er begann, sie mit Schwung in die Baumkrone zu werfen, traten die anderen ein paar Schritte zurück. Vier Versuche, dann baumelte der schwarze Beutel zwischen reifen Pflaumen und dunkelgrünen Blättern; nahezu unsichtbar für Nichteingeweihte. Benedikt pfiff anerkennend durch die Zähne.

«Jetzt brauchen wir nur noch ein trockenes Plätzchen, von dem aus wir alles unauffällig überblicken können.» Reichenbach deutete auf die Dirigentenvilla. «Kommen wir da rein? Gibt es einen Hausverwalter oder so was?»

«Gibt es», sagte Eder.

«Hast du die Nummer?»

«Natürlich.»

«Dann ruf ihn an.» Bitte, schob Reichenbach noch hinterher. Es war ein gutes Gefühl, Eder kommandieren zu können.

Der sah noch immer schlecht aus. In einem so jämmerlichen Zustand hatte ihn Reichenbach zuletzt nach der Dienstaufsichtsbeschwerde wegen sexueller Belästigung gesehen. Er dachte an die brüske Reaktion von Eders Frau, vorhin am Telefon. Vielleicht hatten die beiden Streit. Es wäre nicht das erste Mal.

Den Garten bei Tageslicht zu überwachen erschien wenig erfolgversprechend. Mit Sicherheit würde Daniela Winter die Dunkelheit nutzen, um ihre Beute zu holen. Dennoch forderte Reichenbach zwei Kollegen an. Noch einmal durfte ihm Daniela Winter nicht entkommen. Der Verwalter der

Dirigentenvilla hatte versprochen, den Schlüssel im Laufe des Nachmittags vorbeizubringen. Reichenbach würde sich gemeinsam mit Eder ab Mitternacht auf die Lauer legen.

Mittag war vorbei. Benedikt, Eder und Reichenbach standen wie schon vor ein paar Tagen in dem schlicht eingerichteten Raum im obersten Stockwerk von Bergmanns Villa. Vor ihnen der Rollschrank mit der High-Tech-Videoanlage. Rote Kreidekreise markierten die Stellen, an denen Daniela Winters Fingerabdrücke gefunden wurden. Draußen noch immer Regen. Die Heizung im Haus war abgestellt; Reichenbach fror. Er war trotzdem bester Laune. Eder lehnte mürrisch am Fenster und hatte die Arme vor der Brust verschränkt. Benedikt startete den Videorecorder. Reichenbach hatte sich für das Band von Dr. Kurt Neubauer entschieden. Es handelte sich tatsächlich um den bayerischen Finanzminister, ein hoch gewachsener Mittfünfziger mit schmalem Geiergesicht.

Was an der Aufnahme allerdings so interessant sein sollte, dass sie jemand stahl, wollte sich Reichenbach nicht auf den ersten Blick erschließen. Der Minister saß in Bergmanns Speisezimmer, auf demselben Platz, auf dem Daniela Winter bei jenem folgenschweren Rendezvous gesessen hatte. Auch die Kameraperspektive war identisch. Von Bergmann ließ sich nur der breite Rücken und der fast kahle Hinterkopf erkennen. Den Mann Neubauer gegenüber erkannte Reichenbach nicht.

«Was machen die Pferderennen?», erkundigte sich Bergmann und prostete dem Unbekannten mit einem Weinglas zu. «Fragen Sie nicht, lieber Bergmann. Eine teure Leidenschaft. Ich glaube, das Glück hat mich verlassen.» Neubauers stocksteife Haltung konnte seine Nervosität nicht verbergen. Er nestelte an seiner Krawatte und rutschte unentwegt auf seinem Stuhl hin und her. «Wetten Sie auch, Minister?», fragte der Unbekannte, der eine komische Ähnlichkeit mit Robert De Niro hatte. Sein breites Lächeln wirkte etwas spöttisch, aber nicht unsympathisch. Reichenbach glaubte, ihn vielleicht doch schon einmal gesehen zu haben. «Ein Minister, der sich ständig auf der Pferderennbahn blicken lässt, wäre nicht mehr lange Minister», erwiderte Neubauer. Der Unbekannte hob mitleidig die Schultern: «In Ihrer Position hat man nur noch wenig Freiheiten. Überall moralische Fußangeln, vor allem da, wo das Vergnügen lauert. Und das bei dem armseligen Gehalt.» Neubauer versuchte ein Lächeln und nippte an einem Glas Wasser. Bergmann und der Unbekannte prosteten sich erneut zu. «Bitte! Bringen wir es hinter uns», sagte Neubauer. «Ich habe Termine.» Der Unbekannte zog einen gewöhnlichen Briefumschlag aus der Innentasche seines Jacketts und hielt ihn Neubauer hin. «Da drin steht alles, was Sie wissen müssen.» Neubauer nahm den Umschlag, erhob sich mit einer angedeuteten Verbeugung und verließ den Raum. Dann wurde der Bildschirm schwarz.

Benedikt ließ die Kassette aus dem Recorder fahren. «Du weißt schon, wer der Typ war?»

«Neubauer, unser Minister.»

«Nein, der andere.»

Reichenbach überlegte, ob es ihm peinlich sein musste, dass er keine Ahnung hatte. Er sah zu Eder, der ebenfalls ratlos dreinblickte, und hob die Schultern.

Benedikt tippte auf das Etikett der Kassette. «Die Aufnahme ist schon etwas älter. Fünf Jahre. Inzwischen trägt der Kerl Brille, und seine Haare haben etwas an Fülle und Farbe verloren.»

Reichenbach überlegte. «Schneider?», fragte er zögernd. «Der Tabaklobbyist? Der mit der Bestechungsgeschichte?

Wegen dem zurzeit der Untersuchungsausschuss im Landtag läuft?»

Das Lächeln. Tagelang war es im Fernsehen zu sehen gewesen; dieses selbstbewusst spöttische Lächeln des Herrn Schneider, der im Auftrag der Zigarettenindustrie über Jahre Politiker in allen Positionen bestochen hatte. Die Sache war durch eine Indiskretion aus der Führungsetage des Konzerns an die Öffentlichkeit gekommen (eine betrogene Ehefrau, soweit Reichenbach sich erinnerte). Bundesweit mussten bereits zwei Staatssekretäre ihre Ämter aufgeben. Einer arbeitete im bayerischen Finanzministerium. Neubauer, sein Dienstherr, hatte stets geleugnet, «einen Herrn Schneider» überhaupt zu kennen.

«Meinst du, Bergmann hat Neubauer erpresst?», fragte Reichenbach.

«Möglich», sagte Benedikt skeptisch, «aber es sieht eher so aus, als hätten die drei gemeinsame Sache gemacht. Bergmann handelt doch mit allem, bestimmt auch mit Zigaretten.» Benedikt korrigierte sich. «Ich meine, *hat* gehandelt.»

«Aber wozu dann das Video?»

«Vielleicht wollte Bergmann es gar nicht zu einem bestimmten Zweck benutzen», mischte sich Eder ein. «Vielleicht war es nur eine Art Sicherheitsmaßnahme. Für den Fall, dass es nötig sein sollte, Druck auf Neubauer auszuüben. In Steuerangelegenheiten zum Beispiel oder bei Krediten der Landesbank. Mir fallen tausend Gründe ein, warum es sich für jemanden wie Bergmann lohnen könnte, einen Finanzminister in der Hand zu haben.»

Reichenbach kam unweigerlich der Gedanke, wie gerne Eder wohl eine kompromittierende Videoaufzeichnung von ihm besitzen würde. Aber die Idee hatte etwas für sich. Wenn Eder Recht hatte und die Videos tatsächlich potenzielle Druckmittel gegen einflussreiche Persönlichkeiten waren, dürften auf den restlichen Videobändern ähnlich brisante Bilder zu sehen sein.

Reichenbach überkam eine Ahnung, was passiert sein könnte. Seine Theorie war zu absurd, um in Eders Gegenwart ausgesprochen zu werden. Aber so ergab alles einen Sinn. Auch Daniela Winters sonderbares Verhalten. Warum sie einen Notarzt gerufen hatte, für jemanden, den sie doch eigentlich vergiften wollte.

«Kann die Vorstellung weitergehen?» Benedikt hatte ein neues Band eingelegt.

Reichenbach nickte.

Diesmal spielte die Szene in einem Schlafzimmer.

Bei Annas Anruf war Reichenbach gerade auf dem Weg zurück ins Präsidium gewesen. Vielmehr hatte er im üblichen Stau Ecke Herzog- und Leopoldstraße gestanden und genervt im Rhythmus der Scheibenwischer aufs Handschuhfach getrommelt, weil sich Eder geweigert hatte, einen Umweg zu fahren. «Max», hatte Anna ohne weitere Begrüßung gesagt, «du musst dich heute Abend um Lena kümmern.» Die Betonung wie üblich, als ob jeder Widerspruch zwecklos wäre.

Las Anna denn keine Zeitung? Wusste sie nicht, dass er bis zum Hals in Arbeit steckte? Als leitender Ermittler in einem der spektakulärsten Fälle der letzten Jahre?

Lena war Annas Tochter – ihre gemeinsame Tochter. Reichenbach liebte das Kind. Er genoss die Wochenenden, wenn Lena bei ihm war, mit ihrer Kleinmädchenneugierde durch seine Junggesellenbude in Schwabing stöberte. «Warum muss ich eigentlich aufräumen und du nicht?», hatte sie bei ihrem letzten Besuch mit kindlicher, aber deshalb nicht minder berechtigter Empörung gefragt. Reichenbach hätte beinahe geantwortet: «Wenn du groß bist, musst du auch nicht aufräumen.» Eine blöde Antwort wäre das gewesen, eine saublöde sogar. Er hatte keine Erfahrung in Erziehungsfragen; dazu sah er Lena zu selten, woran er nicht die Schuld trug. Er hatte sich irgendwie herausgeredet und sich vorgenommen, vor Lenas nächstem Besuch Ordnung zu machen.

Er konnte heute Abend nicht auf Lena aufpassen. Er hatte zu tun. Endlich gab es eine Chance, Daniela Winter zu schnappen. «Es passt dir doch, wenn ich Lena so gegen sieben vorbeibringe?» Wenigstens war Anna so höflich gewesen, ihre Ankündigung als Frage zu formulieren. Natürlich passte es ihm nicht. «Sieben ist okay.»

Ungeduldiges Läuten, drei kurze Klingelstöße, typisch Anna. Reichenbach war vor zehn Minuten nach Hause gekommen und hatte es gerade noch geschafft, die Spülmaschine mit dem herumstehenden Geschirr zu füttern und die leeren Pizzakartons zum Müll zu bringen. Es sah nicht ordentlich aus, aber bedeutend ordentlicher als bei Lenas letztem Besuch. Wieder drei kurze Klingelstöße. Reichenbach wollte schon öffnen, da fiel ihm noch seine Dienstwaffe auf, die im Holster an der Garderobe baumelte. Schnell warf er sie in eine Schublade, schloss ab und steckte den Schlüssel ein.

Zu Reichenbachs Erstaunen waren sie zu dritt.

Links Anna, die sich offensichtlich für ein Rendezvous herausgeputzt hatte, denn sie trug die schweren, goldenen Kreolen in den Ohren, die Reichenbach ihr zum Dreißigsten geschenkt hatte. «Ich dachte schon, du hättest uns vergessen», sagte sie.

Reichenbach überhörte den Vorwurf in ihrer Stimme. Er musste sich eingestehen, wie gut Anna in ihrem langen schwarzen, auf Taille geschnittenen Mantel aussah. Das rote Haar duftete nach Shampoo, wie immer, wenn sie gerade vom Frisör kam.

«Muss ja ein toller Kerl sein, mit dem du dich da heute triffst», sagte Reichenbach. Es war ihm so herausgerutscht. «Bist du nicht mehr mit diesem Hotelier zusammen, diesem … Wie heißt er doch gleich?»

Natürlich kannte Reichenbach den Namen: Gernot Volkmann. Gernot – ein bescheuerter Name für einen bescheuerten Typ. Einer von den Gelackten, die sich nachts in Münchens Nur-für-Mitglieder-Discos herumtrieben. Golf- und Tennisspieler. Reichenbach hatte schon bei der Drogenfahndung nachgefragt, ob gegen Gernot Volkmann etwas vorlag. So einer nahm bestimmt Kokain. Seinetwegen hatte Anna ihn verlassen.

«Ich werde mich ja wohl noch mit anderen Männern treffen dürfen», beantwortete Anna die Frage. Reichenbach glaubte ein kurzes, verschmitztes Lächeln gesehen zu haben.

Links stand also Anna, rechts Lena, die ihn aus ihren großen grünen Augen anstrahlte. Und zwischen ihnen – tja, was war das? Ein Hundchen; so hässlich, wie Reichenbach noch keines gesehen hatte. Eine Mischung aus Pitbull, Dackel und Fledermaus: kurze Beine, bullige Brust, riesige Ohren.

«Papa, das ist Brutus», sagte Lena und hob das zappelnde Hundchen hoch. Es befreite sich sofort kläffend aus ihrem Griff und flitzte an Reichenbach vorbei in die Wohnung. Lena hinterher.

«Du hattest am Telefon gar nichts von einem Hund erwähnt», sagte Reichenbach.

«So?» Anna zuckte die Achseln. «Gernot hat ihn Lena geschenkt. Du hast doch nichts gegen Hunde, oder?»

«Nein, aber …» Reichenbach hatte keine Lust zu streiten. Anna hätte wenigstens etwas sagen können.

Ein Hundegeschenk vom lieben Gernot also – offenbar

fürchtete Gernot, dass ihn Anna abservieren könnte, und versuchte jetzt, sich bei Lena einzuschleimen. Ein zweckloses Unterfangen. Wenn Anna genug hatte, hatte sie genug. Dann suchte sie sich einen Neuen, und tschüs. Reichenbach kannte das. Bald war also Gernot fällig. Vier Jahre hatte es Anna mit Gernot ausgehalten; immerhin ein Jahr länger als mit ihm.

«Wie läuft die Arbeit?», erkundigte sich Anna.

Reichenbach hätte beinahe gefragt, ob sie wirklich nichts in der Zeitung gelesen hatte. Er unterließ es; es interessierte sie doch nicht. Sie fragte nur aus Höflichkeit, was schon erstaunlich genug war. Reichenbach dachte, dass er froh sein konnte über das Ende ihrer Beziehung. Doch als sie mit fliegendem Mantel die Treppe hinunterrannte, versetzte ihm die Vorstellung, dass sie gleich zu einem anderen Mann fahren, ihn küssen oder gar mit ihm schlafen würde, einen Stich. Er fragte sich, ob er Anna immer noch liebte. Wenn es nicht Liebe war, so vermisste er sie zumindest. Seit Anna hatte es ein paar Affären, aber keine feste Partnerin mehr in seinem Leben gegeben.

Sie waren mit dem Sichten der Videobänder heute Nachmittag noch nicht fertig geworden. Sie hatten zehn von siebzehn Bändern angesehen; das älteste war neun Jahre, das aktuellste zwei Monate alt gewesen. Wegen der verwischten Etiketten konnten sie noch nicht alle Gefilmten identifizieren. Das würden die Kollegen der Drogenfahndung übernehmen, die kannten sich am besten aus in der Münchner Gesellschaft.

Mit Sicherheit waren außer dem Finanzminister ein Richter, ein Staatssekretär und zwei Industriebosse in Bergmanns Videofalle getappt. Eder lag mit seiner Vermutung eindeutig richtig. Jeder von ihnen bekleidete eine einflussreiche Position. Bergmann hatte bestimmt nie versucht, mit den Bändern Geld zu erpressen. Sein Reichtum war ohnehin unermesslich. Ebenso unermesslich war allerdings sein Verlangen nach Macht. Und wer diese Videobänder besaß, hatte Macht.

Die Aufnahme von Minister Neubauer war insofern eine Ausnahme, als Bergmann im Bild erschien. Die anderen Bänder waren in verschiedenen Gäste- beziehungsweise Schlafzimmern aufgezeichnet worden. Den Richter hatte die versteckte Kamera beim Kokainschnupfen gefilmt. Reichenbach kannte ihn aus diversen Strafprozessen. Er war für seine harten Urteile gefürchtet. Nach der großzügigen Dosis Kokain hatte ihn eine dralle Blondine an ein Messingbett gefesselt, bevor sie mit einer Lederpeitsche auf seinen pavianroten Hintern einschlug.

Als Polizeibeamter überraschten einen solche Bilder nicht. Sie waren nichts weiter als Dokumente der allseits verheimlichten Doppelmoral, die so oft das Motiv für Mord und Totschlag lieferte. Heute Drogen nehmen, morgen Dealer verurteilen – wenn der Staatsanwalt die Bilder sah, waren die Tage des Richters gezählt. Reichenbach tat es nicht Leid.

Für kurz nach Mitternacht war mit den Kollegen in der Dirigentenvilla Wachwechsel abgemacht. Eder wollte Reichenbach vorher abholen. Er hatte ihren Dienst-BMW mit nach Hause genommen, denn der alte Opel, den er privat fuhr, war heute Morgen mit einer Panne liegen geblieben. Das erklärte zumindest Eders Verspätung, nicht aber sein merkwürdiges Verhalten. Reichenbach hatte sich vorsichtig bei ein paar Kollegen erkundigt, aber nichts über die Gründe erfahren.

Anna wollte rechtzeitig zurück sein, um Lena abzuholen. Reichenbach versuchte, nicht an ihrem Versprechen zu zweifeln. Als Mutter war Anna immer sehr zuverlässig gewesen. Ein ganz anderer Mensch. Mit Lenas Geburt hatte Reichenbach geglaubt, Anna und er würden ewig zusammenbleiben. Jetzt fragte er sich manchmal, ob Anna ihn nicht nur als Kindsvater ausgesucht hatte und von vornherein wusste, dass sie ihn nach der Geburt verlassen würde. Sie bestand noch nicht einmal darauf, dass er den vollen Unterhalt zahlte, was er sich bei seinem spärlichen Gehalt im teuren München auch kaum hätte leisten können. Gernot dagegen schwamm im Geld. Und der Mann, mit dem sich Anna heute Abend traf, darauf würde Reichenbach wetten, bestimmt auch.

In Wahrheit hatte er nie zu Anna gepasst.

Gleich Mitternacht. Reichenbach hatte das Licht im Wohnzimmer gelöscht. Er saß im matten Schein der Straßenbeleuchtung, die durchs Fenster fiel, auf seinem Sofa. Lenas Kopf lag auf seinem Oberschenkel. Sie schnarchte leise; wie Anna immer schnarchte. Reichenbach hatte keine weiteren Videobänder angesehen. Lena hätte plötzlich aufwachen können, während eine perverse Szene lief. Seit anderthalb Stunden saß er so da. Lena war eingeschlafen, während er vorgelesen hatte, das Märchen vom kleinen Häwelmann. Er las es immer, wenn Lena bei ihm war. Er strich über Lenas feines rotes Haar; rot wie Annas. Er spürte einen Kloß im Hals und biss sich auf die Unterlippe. Das Klingeln an der Tür riss ihn aus seinen Gedanken.

«Das ist nicht dein Ernst!»

Eder starrte das hässliche Hündchen an und das hässliche Hündchen ihn.

Reichenbach schlug die Beifahrertür zu.

«Fahr los!»

Anna war nicht aufgetaucht. Reichenbach hatte ihr eine

Nachricht auf der Mailbox ihres Handys hinterlassen, dass Lena bei der Nachbarin schlief und dass er Brutus mitgenommen hatte. Er hatte sich Mühe gegeben, zornig zu klingen. Mistköter! Typisch Anna!

«Ist der Hund meiner Tochter», erklärte Reichenbach, als Eder in letzter Sekunde vor einer roten Ampel stoppte. Sie waren spät dran.

«Ich dachte schon, das sind die neuen Polizeihunde.» Eder grunzte. Seine Augen sahen nicht mehr ganz so müde aus, als hätte er ein paar Stunden geschlafen. Er schob sich ein Kaugummi in den Mund. Bis vor zwei Jahren hatte Eder noch unentwegt geraucht, wenn er am Steuer saß, jetzt katschelte er Kaugummi.

«Geht mich ja nichts an, aber was soll die Töle hier? Die bleibt nachher im Wagen, oder?»

«Bloß nicht!»

Reichenbach wäre am liebsten im Erdboden versunken. Er war auf dem Weg zur wichtigsten Observation seines Lebens, neben sich sein Erzfeind und auf dem Schoß diese hechelnde Mischung aus Pitbull und Fledermaus. Eder würde es genießen, die Geschichte unter den Kollegen breitzutreten.

Das Hundchen bei der Nachbarin zu lassen war unmöglich. Reichenbachs Nachbarin hasste Hunde und war außerdem seine Vermieterin. Er hatte versucht, es in seiner Wohnung einzusperren. Aber das Kläffen und Jaulen war bis auf die Straße zu hören gewesen. Als Reichenbach wieder nach oben gelaufen war, hatte das Hundchen aus Protest schon auf den Teppich geschissen.

Was war also anderes übrig geblieben, als es mitzunehmen?

Sie parkten in einer Seitenstraße. Nachdem das Hundchen erst ausgiebig gegen den rechten und dann gegen den linken Vorderreifen eines Jaguar gepinkelt hatte, steckte es Reichenbach unter die Jacke. Weit und breit niemand zu sehen. In geduckter Haltung rannten sie die lange Auffahrt zur Dirigentenvilla hinauf, wo die Kollegen bereits ungeduldig warteten; erst als sie gegangen waren, holte Reichenbach das Tier wieder hervor.

Im Wohnzimmer, das von einem weißen Flügel beherrscht wurde, rückte er einen bequemen Korbsessel zur Terrassentür. Der Hund rollte sich zu seinen Füßen zusammen und schlief sofort ein. Es strengte an, in die Dunkelheit zu starren. Nur schwach zeichneten sich die Konturen der Bäume gegen den Himmel ab. Keine Minute verging, ohne dass Reichenbach auf die Uhr sah. Nach einer halben Stunde begann er zu halluzinieren. Wie wenn er nachts übermüdet Autobahn fuhr und plötzlich Tiere vor ihm auftauchten, huschten jetzt Gestalten, blonde Frauen, durch den Garten.

Er stand auf und drückte seine Stirn an die kühle Fensterscheibe. Da zischte Eder etwas von hinten.

«Was ist?»

«Ich glaube, sie kommt.»

Eder hatte in der Küche Position bezogen. Von der Küche konnte man auf die Straße sehen, wo ein schwarzer Kombi mit brennenden Rückleuchten angehalten hatte. Eine Frau in dunkler Kleidung stieg aus. Obwohl Reichenbach ihr Gesicht nicht sehen konnte, erkannte er Daniela Winter. Es waren ihre Bewegungen, die sie verrieten; wie sie ihren Kopf immer wieder hektisch über die Schultern drehte. Reichenbach hatte das zigmal auf dem Video beobachtet.

«Wir schnappen sie uns im Garten», sagte Eder.

«Gut.»

Reichenbach hastete zurück ins Wohnzimmer. Eder folgte ihm. Mit angehaltenem Atem warteten sie hinter der Terrassentür. Reichenbach drückte die Klinke herunter und öffnete sie einen Spalt. Die Entfernung zu Daniela Winter betrug jetzt keine zwanzig Meter mehr.

Das Knurren des Hundchens war leise, aber es durchbrach die nächtliche Stille wie ein Paukenschlag. Daniela Winter erstarrte. Reichenbach dachte *Scheiße*; er dachte *Ich muss rennen*; er dachte an Eder; er dachte an Anna; er dachte an den Polizeipräsidenten; er dachte *Sie darf nicht entkommen.*

Er stieß die Tür auf und rannte los. Von Daniela Winter nahm er nur noch wahr, wie die hellen Sohlen ihrer Turnschuhe über den Rasen flogen. Eder war dicht hinter ihm, dann neben ihm. Dann lag ein Ast im Weg, über den Eder stolperte. Er versuchte sich an Reichenbach festzuhalten. Beide stürzten.

Daniela Winter sprang in den schwarzen Kombi. Das Getriebe knirschte. Der Wagen preschte mit quietschenden Reifen davon.

17

Lavandura war von sattgrünen Bergkämmen umgeben, ein winziger Ort; vielmehr eine Ansammlung von Bretterbuden, Wellblechhütten und bröckelnden, aus Kolonialzeiten stammenden Steinhäusern. Rebekka fand, dass Lavandura die Bezeichnung Dorf ebenso wenig verdiente wie Furna die Bezeichnung Hafenstadt. Einzig die Kirche sah nicht nach Verfall aus: weißer Putz, rote Ziegel, kleiner Vorgarten mit Lattenzaun. Auch jetzt bei Tageslicht blinkte auf dem Giebel ein Kreuz aus Neonröhren; erst grün, dann weiß, dann blau, dann wieder grün.

Das Leben löste sich allmählich aus der Umklammerung der Mittagshitze. Vor einer halben Stunde war der sandige Platz vor der Kirche noch menschenleer gewesen. Nun wurden unter windschiefen, zwischen rostigen Eisenstangen aufgespannten Sonnendächern allerhand Waren angeboten: Melonen, Mangos, so riesige Bananen, wie sie Rebekka noch nie gesehen hatte. Altmodische Blusen, Hosen, Pullover, gleich stapelweise. Die Kleider sahen aus, als wären sie mit Hilfsgütertransporten nach Afrika gebracht worden. An dem Abend in Nanis Bar hatte Kapitän Dunbar erzählt, dass die Einheimischen den Markt von Lavandura auch *Markt der Diebe* nannten. Neben Ziegenhälften, auf denen schwarze Fliegen saßen, lagen staubige Elektrogeräte von Sony, Sanyo, Yamaha. Vor allem Autoradios. Autoradios in einem Ort, in dem weit und breit nichts Fahrtüchtiges zu sehen war. Kein Wagen, kein Bus, kein altes knatterndes Motorrad.

Rebekka schwitzte unter ihrem langärmligen weißen Hemd und den Bluejeans. Die Haut auf ihren Schultern, Armen und Knien war noch immer leicht verbrannt. Sie setzte ihre Sonnenbrille ab, denn niemand auf dem Markt versteckte seine Augen hinter dunklen Gläsern. Neugierig sahen die Leute sie an. Frauen, die schwere Krüge auf ihren Köpfen balancierten, lächelten. Männer pfiffen. Eine zahnlose Alte, die unter einem bunten Regenschirm vor einem rostigen Grill saß, hielt ihr mit schmutzigen Fingern einen Hähnchenschenkel entgegen.

Rebekka hatte Hunger. Sie wog die hygienischen Bedenken ab, dann zog sie ein paar weiche Escudoscheine aus ihrer rechten Hosentasche.

Ihr Entschluss stand fest. Während sie unter erwartungsvollem Blick der Alten aß, ohne sich anmerken zu lassen, dass das Hähnchen zäh und trocken schmeckte, stellte sie sich noch einmal die Frage, ob sie übereilt handelte. Die Antwort war nein. Sie würde das Taxi ausfindig machen, das es in Lavandura angeblich geben sollte; mit dem Taxi würde sie nach Furna fahren, ein Telefon suchen, ihren Flug umbuchen und sich bei Käpt'n Dunbar erkundigen, wann die Atlantis das nächste Mal Richtung Sal auslief. Sollte Dunbar sie doch für eine empfindliche Großstadtzicke halten. Ihr Entschluss abzureisen hatte nichts mit der Insel zu tun.

Der Grund war einzig Thomas Lindner.

Bei lebendigem Leib verbrannt. Rebekka dachte immerzu daran.

Die Polizei suchte Leute, die Lindner gekannt hatten. Sie musste mit der Polizei reden; nicht am Telefon, persönlich. Sie hatte keinen Verdacht, nur so ein Gefühl, dass sie Lindners Mörder aus seinen Erzählungen kannte. Aus den beklemmenden Geschichten über seine Familie, seine Freunde, seine Sexualität, für die er sich selbst verachtet hatte. Sie zweifelte nicht daran, dass Thomas Lindner und sein Mörder in enger Beziehung standen. Die Tat verriet abgrundtiefen Hass, wie man ihn kaum für einen Fremden empfinden konnte. Wenn sie eine Aussage machte, würde sie sehr private Informationen preisgeben müssen, was für eine Psychotherapeutin selbst in diesem Fall sehr heikel war. Sie wollte dem ermittelnden Beamten gegenübersitzen, ihm in die Augen sehen. Sie musste wissen, ob sie sich darauf verlassen konnte, dass er die Informationen mit der gebotenen Diskretion behandelte.

Woran erkennt man wohl ein kapverdisches Taxi?, überlegte Rebekka. Sie hatte Reifenspuren im Sand entdeckt und folgte ihnen. Über den Marktplatz, hinter die Kirche, deren helle Glocken gerade das Dreiuhrgeläut anstimmten; vorbei an einem Dattelbaum, unter dem ein paar Hunde träge im

Schatten dösten. Die Reifenspuren bogen links ab, in eine schmale staubige Gasse. Ein Blechschmied hockte auf einer Holzkiste und zauberte aus leeren Konserven Spielzeug, Lampen und anderes Gerät. Das Hämmern schepperte schrill wie beim Dengeln von Sensen.

Fasziniert sah Rebekka eine Weile zu. Der Blechschmied war so in sein Werk vertieft, dass er ihr keine Beachtung schenkte. Als er mit plötzlich erwachtem Interesse den Kopf hob, fuhr Rebekka überrascht herum. Sie sah, wie am Ende der staubigen Gasse ein Mann verschwand. Ein Weißer. Er war in oder hinter ein Haus gerannt. So genau ließ sich das aus der Entfernung nicht sagen.

Rebekka hätte schwören können, Viktors bullige Gestalt erkannt zu haben. Sie rannte die Gasse entlang.

Das Haus war aus grauem Eternit gemauert und eher eine Art Schuppen. Es schien verlassen. Als Rebekka vorsichtig klopfte, gab die dünne Holztür nach und schwang nach innen auf. Ein kleiner fensterloser Raum tat sich auf. Er war mit Teppichen, Matratzen und Kissen ausgelegt. Heiß schlug Rebekka verbrauchte Luft entgegen. Rechts an der Wand standen bunte Plastikeimer voll Wasser. Der hintere Teil des Raums war durch einen roten Vorhang abgetrennt. Der Stoff bewegte sich, als wäre gerade jemand dahinter verschwunden.

«Viktor?», fragte Rebekka zögernd, «sind Sie es?»

Der Vorhang bewegte sich wieder. Sekunden später wurde er einen Spalt geöffnet, und ein schlaksiger schwarzer Junge schlüpfte hindurch. Sein roter, viel zu kleiner Trainingsanzug war an den Knien zerrissen, und seine Füße steckten in blau-weißen Badelatschen. Er trug eine Brille, weshalb Rebekka vermutete, dass er zur Schule ging und Englisch verstand.

«Have you seen the white man?», fragte sie.

Der Junge blieb dicht am Vorhang stehen. «No white man!»

«His name is Viktor», erläuterte Rebekka.

«No Viktor!» Das Englisch des schlaksigen Jungen hatte die harte abgehackte Betonung, wie man sie oft bei Afrikanern hört.

Rebekka behielt den Vorhang im Auge. Er bewegte sich jetzt nicht mehr.

Ob sich Viktor dahinter versteckte? Aber warum sollte er das? Vielleicht hatte sie sich nur getäuscht. Vielleicht war es gar nicht Viktor gewesen. Vielleicht war niemand in oder hinter dem Haus verschwunden. Aber sie sah doch keine Gespenster. Rebekka hatte das Gefühl gehabt, als wäre Viktor vor ihr weggerannt, regelrecht geflüchtet. Sie glaubte sogar, dass er ihr für einen kurzen Moment in die Augen gesehen hatte. Das konnte bei der Entfernung natürlich Einbildung gewesen sein. Trotzdem sonderbar. Es konnte natürlich auch sein, dass es Viktor nur eilig gehabt hatte. Aber wer hatte es in dieser tropischen Hitze schon eilig?

Der Junge sah sie schüchtern an. Er hatte sich keinen Zentimeter von dem Vorhang wegbewegt.

«Do you know, where I can find a taxi?», fragte Rebekka.

Er nickte. «Come on, I show you.»

Noch bevor sich Rebekka Gedanken machen konnte, ob es leichtsinnig war, ihm blindlings zu folgen, hatte sie der Junge durch die staubige Gasse, an dem Blechschmied und der Kirche vorbei, zu einem der alten, verfallenen Kolonialhäuser geführt. Davor saß ein glatzköpfiger, unrasierter Schwarzer in einem verbogenen Sonnenstuhl. Sein Kopf lehnte auf seiner Brust, er atmete keuchend und schwer. Seine Hosen mochten einst weiß gewesen sein, das Hemd auch. Der Junge wollte ihn wecken. Rebekka schüttelte den Kopf.

Es roch nach Alkohol. Nach Tambo. Rebekka kannte den

Geruch von dem Abend bei Nani. Viktor hatte zu den Unmengen Rum ein Glas davon getrunken. Tambo war selbst gebrautes Bier aus Hefe, Zucker, Mais oder was immer billig aufzutreiben war. Es schmeckte süß und verursachte einen heftigen, lang anhaltenden Rausch, denn es gärte noch im Magen.

Der Glatzkopf stank nach einem halben Leben Tambo-Genuss. Plötzlich verschluckte er sich. Ein bellender Hustenanfall folgte, sodass Rebekka fast befürchtete, er würde daran ersticken. Dann rotzte er in den Sand, blinzelte aus seinen roten Augen gegen die Sonne. Als er Rebekka und den Jungen erblickte, stieß er ein abfälliges Stöhnen aus, als hätten sie ihn gerade aus dem Schlaf gerissen.

«Bekannte aus Furna haben mir erzählt, dass es in Lavandura ein Taxi geben soll», sagte Rebekka in deutlichem Englisch, damit der Junge es gut übersetzen konnte. «Sind Sie der Fahrer?»

«Taxi?», erwiderte der Glatzkopf, ohne die Übersetzung abzuwarten. Er setzte sich auf und rülpste. «Yea.»

«Würden Sie mich …», Rebekka zögerte, ob sie ihre Bitte wirklich äußern sollte. «Würden Sie mich, ich meine, wenn Sie ausgeschlafen haben, nach Furna bringen?»

Der Glatzkopf zog eine goldene Uhr mit einem kaputten Armband aus seiner Hosentasche und betrachtete sie wie ein kompliziertes wissenschaftliches Gerät. «In einer Stunde geht's los. Die Fahrt macht zweihundert Escudo. Ich nehme auch Dollar. Dollar sind mir lieber. Haben Sie Dollar?»

Sein Englisch war fehlerfrei, mit breitem amerikanischem Akzent. Seine Stimme rau und laut. Gemessen an der Fahne, die bei jedem Atemzug zu Rebekka herüberwehte, artikulierte er seine Worte klar und deutlich, was ein Zeichen für fortgeschrittenen Alkoholismus war. «Wo haben Sie so gut Englisch gelernt?» Rebekka fragte freundlich.

Der Glatzkopf stemmte sich aus seinem schiefen Sonnenstuhl und blaffte: «Wollen Sie nach Furna, Lady, oder wollen Sie mich aushorchen?»

Was für ein Idiot! Aber gab es eine Alternative, um hier wegzukommen? Außer zu Fuß? Also erwiderte Rebekka, um einen höflichen Tonfall bemüht: «Gut, dann komme ich in einer Stunde wieder hierher.»

«Nicht hierher!», bellte der Glatzkopf. «Abfahrt ist bei den Latrinen.»

«Latrinen», wiederholte Rebekka verwirrt.

«Fragen Sie den Bengel.» Er deutete fahrig auf den Jungen, der ein paar Schritte zurückgetreten war und der Unterhaltung mit schüchternem Blick folgte. «Der Bengel wird es Ihnen erklären. Bis gleich dann.»

Weil er ein paar Jahre in Amerika gelebt hatte, bevor er wegen einer Straftat, über die der Junge keine Einzelheiten wusste, ausgewiesen wurde, nannte sich der Glatzkopf Mister James. Das war nicht sein richtiger Name, aber anscheinend glaubte er, jemand mit USA-Vergangenheit müsse Mister James heißen. Niemand in Lavandura konnte ihn ausstehen. Dennoch genoss Mister James großen Respekt, fast so viel wie der Inselgeistliche, denn er war der Fahrer von Bravas einzigem Latrinen-Lkw. Der so genannte Shit-Truck, ein schlichter alter Tankwagen, fuhr Woche für Woche über die Insel, um in jedem Dorf die Sickergruben auszupumpen. In Ermangelung von Bussen galt der Shit-Truck als zuverlässiges öffentliches Verkehrsmittel. Für ein paar Escudo nahm Mister James Passagiere mit. Vorausgesetzt, man stellte sich gut mit ihm.

Die öffentlichen Latrinen von Lavandura waren zwei schmale hohe Wellblechhütten, die wie Schornsteine aus der Erde ragten. Sie standen etwas abseits in einer Senke. Je näher Rebekka kam, desto beißender wurde der Geruch. Fliegenschwärme sausten durch die Luft. Die Pumpe des Shit-Trucks knatterte wie ein alter Rasenmäher.

Rebekka kam etwas vor der verabredeten Zeit. Mister James stand in der Mitte einer Gruppe von zehn bis zwölf Männern und kassierte. Die ersten begannen bereits den Lkw zu stürmen.

Rebekka blieb stehen. Nein, sie würde nicht auf diesen stinkenden, verbeulten Tank klettern.

Sie überlegte schon umzukehren, da winkte sie Mister James heran. Er schien ihre Gedanken erraten zu haben. «Lady, für Sie habe ich selbstverständlich vorne reserviert. Erste Reihe, neben mir.» Seine raue Alkoholikerstimme war jetzt von übertriebener Freundlichkeit, die Tambo-Fahne nicht mehr ganz so intensiv. Eine Stunde sollte die Fahrt dauern. Sechzig Minuten alleine mit diesem Kerl. Rebekka ekelte es. Doch als sie die Tür zum Führerhaus zögernd geöffnet hatte, zählte sie zu ihrer Erleichterung drei Plätze. Und auf dem mittleren saß bereits eine füllige Frau, die sie aus großen runden Augen anstrahlte.

Es ging pünktlich los. Die Frau hieß Louise. Wild gestikulierend versuchte sie ein Gespräch zu beginnen. Rebekka fand die Konversation anstrengend, aber es vertrieb wenigstens die Gedanken an Viktor und an Thomas Lindner. Im Außenspiegel beobachtete sie, wie die anderen Passagiere auf Tank, Schutzblechen und Stoßstange Halt suchten. Grob gerechnet hatte Mister James mit dieser Fahrt fünfzehnhundert Escudo dazuverdient. Immerhin fünfzehn Dollar.

Louise war Mutter zweier Töchter, deren abgegriffene Fotos sie stolz aus dem roten Korbtäschchen kramte, das wie ein Brotbeutel um ihren kurzen Hals baumelte.

«Sie will wissen, ob Sie verheiratet sind», übersetzte Mister James, während er die schmale steile Schotterpiste keine Sekunde aus den Augen ließ.

«Ja», log Rebekka. Was ging es den Glatzkopf an, ob sie verheiratet war?

«Sie will Fotos von Ihrer Familie sehen.» Mister James grinste, als hätte er Rebekkas Lüge durchschaut. «Haben Sie Fotos?»

«Liegen im Hotel.» Rebekka hoffte, dass Louise ihren abweisenden Tonfall nicht auf sich bezog.

Louise begann zu schimpfen.

«Was ist denn?», fragte Rebekka besorgt.

«Sie meint, Ihr Mann müsse ein ganz schöner Mistkerl sein, dass er Sie hier ganz alleine lässt.» Der Glatzkopf versuchte einen gekünstelten Lachanfall und verschluckte sich. Rebekka dachte, dass Louise Recht hatte.

Mit den ersten Regentropfen, die gegen die Windschutzscheibe klatschten, wurde es schlagartig still im Führerhaus. Die Wolken waren so schnell aufgezogen, dass Rebekka nichts gemerkt hatte. Mister James anscheinend auch nicht. Er streckte seinen Schädel aus dem Seitenfenster und sah mit sorgenvoller Miene hinauf zu den dunkelgrauen Kumulustürmen. Nach wenigen Minuten waren die Tropfen zu einer Größe angeschwollen, dass es sich anhörte, als würde das Führerhaus mit Tomaten beworfen. Die Scheibenwischer kämpften sich durch die Wassermassen, ohne die Sicht nennenswert zu verbessern. Louise klammerte sich an ihr rotes Korbtäschchen. Die Luft war wie in einem tropischen Gewächshaus. Es stank. Wie anders der Körpergeruch von Schwarzen doch war, dachte Rebekka. Viel intensiver, strenger. Ein Student aus Kenia hatte ihr einmal erzählt, Schwarze würden finden, dass Weiße nach Leichen stinken.

Rebekka beobachtete im Spiegel, wie ein Passagier nach

dem anderen absprang. Die Schotterpiste, die immer noch steil bergab führte, hatte sich in einen reißenden, schlammigen Strom verwandelt. Zudem wurde sie seitlich abschüssig. Der Lkw kam ins Rutschen. Rebekka zuckte zusammen. Der Lkw fing sich wieder und rutschte erneut. Rebekka malte sich aus, wie sie alle gemeinsam mit mehreren Überschlägen einen felsigen Abgrund hinunterstürzten. Dabei war kein Abgrund zu sehen. Es war überhaupt nichts zu sehen. Nur beschlagene Scheiben, auf denen Mister James im Minutentakt ein paar Quadratzentimeter freiwischte.

Die Vollbremsung des Shit-Trucks hätte Rebekka trotz des geringen Tempos fast vom Sitz gerissen. Mister James sprang aus dem Führerhaus und rannte die Schotterstraße ein paar Meter zurück. Rebekka hinterher. Der lauwarme Regen hatte ihre Haare, ihr Hemd, ihre Jeans binnen Sekunden bis auf die Haut durchnässt.

«Es muss gerade erst passiert sein», sagte Mister James.

Sie waren in der letzten Haarnadelkurve am Straßenrand stehen geblieben und sahen einen nicht sehr steilen, aber bestimmt drei Meter tiefen Abhang hinunter. Zwischen hohem, schwer zugänglichem Gestrüpp lag ein Wagen auf dem Dach. Weißer Rauch stieg auf.

«Der explodiert gleich!», rief Rebekka.

«Nein, das ist nur Regenwasser, das auf dem Motor verdampft», erklärte Mister James.

Auch Louise kam angelaufen. Sie hatte sich eine rot-weiße Plastiktüte um den Kopf gewickelt und schlug die Hände vor ihrem runden Gesicht zusammen. Sie murmelte etwas, das für Rebekka wie «O Gott, o Gott» klang. Immer wieder «O Gott! O Gott!».

Mister James brüllte etwas auf Portugiesisch. Rebekka hatte das Gefühl, seine Worte würden schon nach wenigen Zentimetern vom Regen verschluckt.

«Wir müssen da runter», sagte sie. «Wir müssen sehen, ob wir helfen können.»

Bei Trockenheit über das bemooste Lavagestein zu klettern wäre sicher kein Problem gewesen; bei Trockenheit, wenn der Abhang nicht einem Wasserfall glich.

«Warten Sie.» Mister James lief zurück zum Lkw und verschwand im Führerhaus. Louise murmelte immer noch ihr monotones «O Gott! O Gott!» und fasste Rebekka am Arm.

Rebekka starrte auf den Geländewagen. Es konnte Viktors alter Militärjeep sein, der da unten lag. Der Gedanke kam ihr ganz plötzlich, ohne dass er sie besonders aufregte. Vielleicht lag es an dem Misstrauen, das sie Viktor gegenüber auf einmal empfand. Vielleicht auch daran, dass sie sich nicht vorstellen konnte, diesem knorrigen, leiderfahrenen Hünen von Mann könnte etwas zugestoßen sein. Vielleicht war es auch gar nicht sein Wagen. Man konnte durch das dichte Gestrüpp nicht einmal seine Farbe erkennen, nur die Unterseite mit den Reifen, die schmal und grobstollig waren.

Als Mister James zurück war, hatte er sich ein blaues Seil, wie man es zum Vertäuen von Schiffen benutzte, um den Bauch gebunden. Das andere Ende befestigte er am Stamm einer Palme. An seinem Gürtel baumelte eine glänzende Machete. Nach drei, vier Minuten hatte er das Ende des Abhangs erreicht und begann sich einen Weg durch das Gestrüpp zu bahnen. Mit jedem Meter, den er näher kam, wurde Rebekka unruhiger. Und wenn es nun doch Viktor war da unten? Vielleicht lag er bewusstlos oder tot hinterm Steuer. Was würde dann aus den Schulkindern? Wer sollte künftig die Maschinen der Atlantis reparieren?

Rebekka sah, wie sich Louise bekreuzigte. Rebekka hatte ihr ganzes Leben nicht an Gott geglaubt. Sie war evangelisch getauft, aber nicht christlich erzogen worden. Außer zur Beerdigung ihrer Großmutter war sie seit Jahren nicht mehr in einer Kirche gewesen.

Louise faltete die Hände und murmelte ein Gebet. Rebekka hätte auch gerne ein Gebet gesprochen, aber sie kannte keines.

Mister James' Machete arbeitete sich immer dichter an den Wagen heran. Rebekka fand, dass er mit seinem Glatzkopf aussah wie der Sensenmann. Sie schloss für einen Moment die Augen und wünschte sich, in München zu sein, wenn sie sie wieder öffnete.

18

Einen Anwalt. Sie brauchte einen Anwalt. Nichts sagen, solange nicht ein Anwalt an ihrer Seite war.

Danielas Vorstellung, wie sie sich jetzt zu verhalten hatte, entsprang Filmen und billig gemachten TV-Vorabendserien. Solchen, in denen Verbrecher mit Sirenengeheul gejagt und nach spektakulären Schusswechseln in Handschellen abgeführt wurden, um den ermittelnden Beamten dann rotzig ins Gesicht zu sagen: «Kein Wort mehr ohne meinen Anwalt!»

Sie schämte sich. Sie wusste nicht, was schlimmer war, die entsetzlichen Kopfschmerzen oder die Scham. Sie saß auf einer massiven Holzbank in einem langen, hellgrün gestrichenen Flur im dritten Stock des Polizeipräsidiums. Links neben sich eine junge dickliche Beamtin, rechts neben sich eine schlanke. Das Handgelenk der dicken war mit ihrem durch Handschellen verbunden. Auf den Türschildern stand *Dezernat 33/Mordkommission*, darunter jeweils die

Zimmernummern und die Namen der Kommissare und Hauptkommissare und Kriminalassistenten. Daniela senkte den Blick auf den grauen Nadelfilz: Herrenschuhe, Damenschuhe, braune, schwarze, welche mit hohen Absätzen, welche mit flachen. Daniela konnte spüren, wie die Träger der Schuhe sie ansahen; Polizisten, Sekretärinnen, Büroboten; unter Umständen auch Staatsanwälte, Zeugen oder Verdächtige. Viel Betrieb für diese Uhrzeit, dachte sie. Es war halb zehn.

Ein Anwalt. Brauchte sie wirklich einen Anwalt? Am liebsten würde sie einfach drauflosreden. Ihr Gewissen erleichtern. Wozu einen Anwalt? Sie kannte nicht mal einen.

Die Scham war am schlimmsten, schlimmer als die Kopfschmerzen. Die Scham und die Handschellen, die so fest saßen, dass sie ihre Finger kaum noch spürte.

«Können Sie die Dinger nicht abnehmen?» Daniela musste sich keine Mühe geben, verzweifelt zu klingen. «Bitte!»

Die dicke Beamtin hatte ihre Haare zu einem Pferdeschwanz geflochten, der heftig hin und her wippte, als sie den Kopf schüttelte.

«Warum denn nicht? Ich laufe Ihnen nicht weg.»

«Anweisung, Frau Winter. Wir sind froh, dass wir Sie endlich geschnappt haben.»

Sie behandeln mich wie eine gemeingefährliche Verbrecherin, dachte Daniela. Sie betrachtete die schwarze Tinte auf ihren Fingerkuppen und schüttelte mehr in Gedanken als für Beobachter sichtbar den Kopf. Daniela Winter, registriert unter dem Buchstaben W in der offiziellen Verbrecherkartei der Polizei; mit Fotos, einer fünfstelligen Nummer und Fingerabdrücken. In Wahrheit war sie nichts anderes als eine Verbrecherin, eine schäbige Kriminelle – nur dass sie sich nicht so fühlte. Es war, als säße da eine andere Daniela Winter auf der Bank im Flur vor den Büros der Mordkommission.

Im Augenblick tat ihr am meisten Leid, dass sie Katharina mit hineingezogen hatte. Der Streifenwagen war ganz plötzlich rechts aus einer Seitenstraße gekommen. Katharina hatte keine Chance gehabt, ihn rechtzeitig zu sehen. Was dann geschehen war, lief in Danielas Erinnerung wie in einem Film ab: Ausweichmanöver nach links, ein parkendes Auto gestreift, das Lenkrad nach rechts gerissen, ins Schleudern gekommen, vor ihnen ein Baum, lautes Krachen, dann Stille. Daniela war erst wieder zu sich gekommen, als ihr der Strahl einer Taschenlampe ins Gesicht leuchtete.

Katharina lag noch im Krankenhaus. Kiefer und Nase waren gebrochen, ihr schwarzer Toyota nur noch Schrott. Vor der Tür von Katharinas Krankenzimmer wachte eine Polizistin.

Ein schwarzes, ausgelatschtes Paar Herrenschuhe mit geflickten Schnürsenkeln blieb jetzt vor Daniela stehen. Langsam hob sie den Blick: an den Knien ausgebeulte Jeans, schmale Hände an langen Armen, die aus einem aufgekrempelten beigefarbenen Hemd ragten und bewegungslos am Körper herabbaumelten. Wie vergangene Woche an Roberts Krankenbett, dachte Daniela. Merkwürdigerweise freute sie sich, Kommissar Reichenbach zu sehen. Auch jetzt sprossen auf seinem markanten Kinn dunkle Bartstoppeln.

«Sie wissen, dass Sie noch im Krankenhaus hätten bleiben können, Frau Winter?», sagte seine sympathische Stimme.

Daniela nickte. Die dicke Polizistin machte sich daran, die Handschellen zu öffnen.

«Die Ärzte sagen, Sie hätten ganz schön was abbekommen.» Der Kommissar schien wirklich besorgt zu sein.

Daniela taste sich an die Stirn, auf der ein dickes Pflaster klebte. Ihr Kopf war bei dem Unfall gegen den vorderen Türholm geprallt. «Nur eine leichte Gehirnerschütterung.»

«Damit ist nicht zu spaßen. Es steht Ihnen frei, sich wieder ins Krankenhaus bringen zu lassen. Wir können die Vernehmung auch dort durchführen.»

«Nein, schon in Ordnung. Es geht mir so weit gut.»

Die dicke Polizistin hatte die Handschellen endlich geöffnet und schob sie in eine kleine schwarze Ledertasche an ihrem Gürtel. «Sollen wir warten, Herr Kommissar?», fragte sie.

Kommissar Reichenbach schüttelte den Kopf. «Ich rufe an, wenn Sie sie wieder abholen können.» Dann fragte er zu Daniela gewandt: «Kaffee?»

Sie nickte. *Wenn Sie sie wieder abholen können.* Wie das klang. «Kaffee wäre gut.»

Daniela hatte ein karges Vernehmungszimmer erwartet. Flackerndes Neonlicht unter der Decke, ein Tisch, zwei Stühle und ein venezianischer Spiegel, durch den man sie von außen beobachten konnte. Stattdessen hatte sie Kommissar Reichenbach in sein Büro am Ende des Ganges geführt. Zwei Schreibtische waren vis-à-vis aneinander geschoben, durchs Fenster sah man auf die Türme der Frauenkirche. Auf dem Fensterbrett standen zwei armselige, an den Blattspitzen vertrocknete Palmen, die einen Großteil des Tageslichts nahmen. Es gab zwei altmodisch aussehende Computer und ein Telefon mit zahllosen Tasten. Ansonsten hohe blassrote Aktenstapel, die die beiden Schreibtische wie eine Mauer teilten.

Alles sah so ähnlich aus, wie man es aus alten Kriminalfilmen kannte. Daniela suchte nach persönlichen Dingen, irgendetwas, das ihr Kommissar Reichenbach und seinen Kollegen, den sie noch nicht kennen gelernt hatte, persönlich näher brachte. Fotos oder Kinderzeichnungen an den Wänden, alberne Souvenirs, die man sich auf den Schreibtisch stellte. Das machen doch alle Leute, dachte Daniela. Polizisten scheinbar nicht.

Kommissar Reichenbach schob einen alten, mit dunkelrotem Kunstleder bezogenen Drehstuhl vor die beiden Schreibtische. «Bitte.»

Als Daniela sich setzte, ächzte der Stuhl in seinen Gelenken. Ein armseliger Platz für eine armselige Sünderin, fuhr es ihr durch den Kopf. Der angeschlagene weiße Becher, den der Kommissar ihr reichte, war so heiß, dass sie ihn kaum halten konnte. Der Kaffee roch säuerlich.

«Danke», sagte Daniela. Aus Höflichkeit tat sie so, als ob sie einen Schluck trinken würde.

«Wollen Sie einen Anwalt anrufen, Frau Winter?»

Nein, wollte sie nicht. Sie wollte endlich reden. Sie brauchte keine Hilfe von irgendeinem Winkeladvokaten. Sie war keine abgebrühte Verbrecherin. Davon musste sie die Polizei überzeugen. Sie hatte eine Dummheit begangen. Und ein Unfall war passiert. Sie verdrängte die Gedanken an Gerichtsverhandlung, an Urteil, an Strafe, an Gefängnis, daran, dass sie die nächsten Jahre womöglich wegen versuchten Mordes in einer finsteren Zelle würde sitzen müssen.

Was war das schon verglichen mit Robert Bergmanns Schicksal? Er war nicht tot, er war schlimmer als tot. Ein menschliches Wrack. Vielleicht wäre es besser gewesen, die Dosis hätte ihn getötet.

«Ich möchte niemanden anrufen», sagte Daniela. «Ich habe nur eine Frage, eine Bitte. Ich weiß, dass es wahrscheinlich unmöglich ist, aber ich würde Robert Bergmann gerne besuchen.»

*

Als er Daniela Winter das erste Mal gesehen hatte, war ihm gar nicht aufgefallen, wie schön sie war. Reichenbach dachte an Anna. Dass er sie in diesem Zimmer des Polizeipräsidiums kennen gelernt hatte. Es war fast die gleiche Situation gewesen. Derselbe alte Stuhl, die gleiche Jahreszeit; nur dass Anna nicht als Hauptverdächtige in einem Mordfall, sondern als Zeugin einer Schlägerei ausgesagt hatte. Es hatte Reichenbach einige Überwindung gekostet, Anna nach der Vernehmung auf ein Glas Wein einzuladen.

Daniela Winter würde das Polizeipräsidium heute wohl nur verlassen, um ins Untersuchungsgefängnis gebracht zu werden. Oder wieder ins Krankenhaus. Aber nicht, um Robert Bergmann zu sehen, sondern um ihre Gehirnerschütterung ein paar Tage lang auszukurieren.

Reichenbach beschloss, auf ihre Bitte jetzt nicht näher einzugehen. «Später», sagte er knapp. Er musste sich erst ein Bild von ihr machen. Schuldig oder nicht schuldig? Auf jeden Fall war sie bereit auszusagen. Wahrheitsgemäß, das spürte er.

Reichenbach dachte wieder an den Tag, als er Anna kennen gelernt hatte. Und daran, dass er Daniela Winter gerne zum Essen einladen würde. Anders als bei ihrem ersten Gespräch war in ihrem Gesicht heute keine Schminke verlaufen. Trotz Make-up sah man, wie blass sie war. Ihre Augen hatten eine andere Farbe, grau statt braun. Reichenbach erinnerte sich an das Video; wie sie Robert Bergmann erzählt hatte, dass sie gefärbte Kontaktlinsen trug, weil sie ihre Augen zu langweilig fand. Es waren große Augen, denen man die Übermüdung ansah. Schöne Augen, ganz und gar nicht langweilig.

Die Tür flog auf, und Franz Eder stand im Raum. Mit Blick auf Daniela Winter sagte er: «Schön, dann können wir ja anfangen.» Er warf die Tür ins Schloss.

Daniela Winter sah Eder entsetzt an, dann ängstlich zu Reichenbach und wieder zu Eder. Reichenbach kam es vor, als wäre er gerade bei einem Rendezvous gestört worden, was nicht gut war. Gefühle waren nie gut für die Ermittlungen. So gesehen hatte Eders Anwesenheit etwas Positives. Eder würde wie ein Polizist denken und handeln. Nicht wie ein Gefühlsverwirrter, der seiner Exfreundin nachtrauerte.

Schon in der nächsten Sekunde bereute Reichenbach den Gedanken wieder. Als sich Eder an die Stirn tippte, an die gleiche Stelle, auf der Daniela Winter ein Pflaster trug, und süffisant sagte: «Hätte unser Herr Hauptkommissar seinen Köter zu Hause gelassen, hätten Sie sich das ersparen können.»

Reichenbach merkte, wie ihm das Blut heiß ins Gesicht schoss. Daniela Winter sah ihn verwundert an. Er räusperte sich und rückte verschämt einen Aktenstapel zurecht. Eder grinste so unverschämt, dass ihm Reichenbach am liebsten einen Fausthieb versetzt hätte.

Offensichtlich ging es Eder wieder besser. Seine Schwächephase in ihrem Kleinkrieg schien vorüber; keine mürrische Zurückhaltung mehr, sondern Angriff. Volle Attacke! Reichenbach machte sich keine Hoffnung, Eder könnte die peinliche Hundepanne für sich behalten. Spätestens morgen würde sich die Geschichte wie ein Steppenbrand über das Präsidium verbreitet haben. Ein Glück, dass sie Daniela Winter trotzdem geschnappt hatten und dass die Kollegen im Streifenwagen genau zum richtigen Zeitpunkt aus der Seitenstraße gekommen waren, das war, abgesehen von Katharina Hagens Verletzungen, ein glücklicher Zufall gewesen.

Für ein paar Sekunden herrschte Schweigen im Raum; triumphierendes auf Eders Seite, betretenes, was Reichenbach anging. Daniela Winter schien zu spüren, dass sie in diesem Moment nur eine Nebenrolle spielte. Sie betrachtete ihre Schuhspitzen.

Eder beendete das Schweigen, indem er ein schwarzes Mikrophon auf den Schreibtisch knallte und laut und deutlich sagte: «Vernehmung vom 1. Oktober 2002 im Fall Robert Bergmann.» Und dann zu Daniela Winter: «Name. Alter. Wohnort. Fürs Protokoll.»

Sie starrte ängstlich das Mikrophon an, das wie ein Pistolenlauf auf sie gerichtet war. Reichenbach war immer noch nicht bei der Sache.

Er war letzte Nacht nur noch für zwei Stunden ins Bett gekommen. Und die hatte er sich unruhig hin und her gewälzt. Um sieben hatte Anna geläutet, um Lena und das Hundchen abzuholen. Sie hatte wieder den schwarzen engen Mantel getragen, der ihr so gut stand. Statt einer Entschuldigung ein Kuss. Es war kein freundschaftlicher Kuss auf die Wange gewesen, sondern einer wie früher. Ihre zarten feuchten Lippen auf seinen. Natürlich wusste Reichenbach, dass dieser Kuss nichts zu bedeuten hatte, trotzdem war in diesem Moment aller Ärger verflogen. Anna hatte bestimmt mit diesem anderen Mann geschlafen. Es ging ihn nichts an, aber es ging ihm unter die Haut.

Eders Stimme riss Reichenbach aus seinen Gedanken: «Lauter, Frau Winter. Bitte lauter! Ich verstehe kein Wort.»

«Ich heiße Daniela Winter. Geboren 30. September 1973. Wohnhaft Schellingstraße 102.»

Reichenbach musste die Vernehmung an sich reißen. Es bestand kein Grund, Daniela Winter so hart anzufassen.

«Frau Winter», sagte er förmlich, «gehe ich recht in der Annahme, dass Sie wahrheitsgemäß aussagen wollen, was in der Nacht zum vergangenen Freitag in Robert Bergmanns Haus passiert ist?»

Sie sah ihn erleichtert an. «Ja.» Dann ein zögerliches Räuspern. «Ich wollte nicht, dass das passiert. Es war ein Unfall. Ich habe …»

«Unfall nennen Sie das?», blaffte Eder.

«Sie müssen mir glauben!» Daniela Winter klammerte sich an ihren Kaffeebecher.

«Fangen Sie von vorne an.» Reichenbach sprach ruhig. «Die ganze Geschichte. Woher kennen Sie Robert Bergmann? Was hat es mit den Videokassetten auf sich?»

«Gut.» Sie holte tief Luft. «Die ganze Geschichte.» Sie holte noch einmal Luft. «Bei Robert Bergmann gab es immer diese großen Partys. Feste, zu denen viele Prominente eingeladen waren. Die Leute haben sich darum gerissen, auf der Gästeliste zu stehen. Zwei-, dreimal im Jahr, ohne bestimmten Anlass, hat Bergmann so was veranstaltet. Auf diesen Feiern wurden Kontakte geknüpft und Geschäfte gemacht. Es wurde gut gegessen und viel getrunken. Angeblich gab es auch Drogen. Kokain und so. Und es waren Frauen da. Prostituierte. Ich meine nicht irgendwelche billigen Nutten, sondern Frauen, denen man nicht ansieht, womit sie ihren Lebensunterhalt verdienen.»

«Sie meinen solche wie Ihre Bekannte Katharina Hagen», sagte Reichenbach.

«Woher wissen Sie das?», fragte Daniela Winter überrascht.

«Unsere Kollegen von der Sitte kennen Frau Hagen. Bitte erzählen Sie weiter.»

Sie dachte einen Moment nach, dann fuhr sie fort. «Katharina war nicht bei jeder von Bergmanns Partys dabei, nur manchmal. Sie ist keine richtige … Ich will sagen, sie arbeitet für einen Begleitservice, und nur manchmal, wenn die Männer ihr gefallen und wenn sie gut bezahlen, dann geht sie mit ihnen ins Bett. Sie hatte Bergmann bei einem Essen im *Tantris* kennen gelernt, zu dem sie einen Schweizer Bankier begleitet hatte. Katharina verstand sich sofort mit Bergmann. Er hatte sich an dem Abend mehr für sie interessiert als für den Bankier. Ein paar Tage später rief er bei ihr an. Ob sie ihn nicht in seiner Villa besuchen könne, er wolle ihr ein Geschäft vorschlagen. Katharina fuhr hin, und da erzählte er von seinen Partys und dass er hübsche Frauen suche, die nicht gleich die Flucht ergreifen, wenn ihnen ein Mann Avancen macht. Er versprach dreitausend am Abend, ohne Verpflichtung, mit jemandem ins Bett zu gehen. Aber es war ausdrücklich erwünscht. Und natürlich galt absolute Diskretion.»

«Deshalb hat Ihre Freundin Ihnen alles gleich brühwarm erzählt», sagte Eder in ironischem Ton.

«Normalerweise hätte sie das sicher nicht getan. Aber Bergmann waren gerade zwei Mädchen abgesprungen. Und für die brauchte er dringend Ersatz. Das alles passierte vor vier Jahren. Vor vier Jahren ging es mir finanziell ziemlich dreckig. Bergmann meinte, wenn Katharina noch jemanden wüsste? Da hat sie mich gefragt.»

«Und?», fragte Eder.

«Es klang natürlich verlockend. Dreitausend. Und ich bin auch nicht verklemmt oder so.»

«Das wissen wir», murmelte Eder.

Daniela Winter sah ihn irritiert an. «Wie bitte?»

«Nichts», sagte Reichenbach schnell. Offensichtlich hatte sie keine Ahnung, dass auch von ihr ein Video existierte. Er wollte, dass es vorerst so blieb.

Daniela Winter stellte den Kaffee, den sie nicht angerührt hatte, vor sich auf Eders Schreibtisch. «Haben Sie ein Wasser?»

«Nur Leitungswasser», sagte Eder unfreundlich.

«Schon okay.»

Während er murrend am Waschbecken nach einem sauberen Glas suchte, sprach sie weiter. «Ich habe eine Nacht überlegt und dann abgelehnt. Aber Katharina war sofort dabei. Gleich die erste Party hatte sie etwas mit einem Richter, der auf Fesselsex stand. Bergmanns diverse Schlafzimmer waren für alles ausgerüstet. Er hatte jedes Mal drei bis vier Mädchen angeheuert. Bald erfuhr Katharina, dass es Prämien gab, wenn sie mit bestimmten Männern ins Bett gingen. Politiker, Manager und so. Für den Richter bezahlte ihr Bergmann hinterher zweitausend extra.»

Eder schob Daniela Winter das Wasser hin. Sie nahm einen Schluck.

«Katharina hatte mir davon erst nichts erzählt. Wir sprachen eine Weile überhaupt nur wenig über Bergmann. Aber dann, letztes Jahr, rief sie mich ganz aufgeregt an. Sie hatte durch Zufall diesen Videoraum gefunden. Bergmann hatte vergessen, die Tür zu schließen, und sie war auf dem Weg ins Bad daran vorbeigekommen. Durch den Spalt sah sie die Fernseher und die ganzen Videorecorder. Bergmann saß davor und schaltete sich von einem Schlafzimmer ins nächste. Katharina wollte Bergmann erst ansprechen. Sie war wütend. Sie wollte aufhören, für ihn zu arbeiten. Aber es war eben leicht verdientes Geld. Und deshalb hat sie dann nichts gesagt.»

«Haben Sie eine Idee, was Bergmann mit den Aufzeichnungen vorhatte?»

Daniela Winter sah Reichenbach an, als verstünde sie die Frage nicht. «Er wollte die Leute erpressen. Was denn sonst? Ich habe ihn natürlich nicht gefragt.»

«Und was wollten Sie mit den Bändern?» Eder lehnte sich über den Schreibtisch. «Und warum sollte Bergmann sterben?»

«Sollte er doch gar nicht! Warum hätte ich ihn denn töten sollen?»

«Vielleicht», Eder legte den Kopf zur Seite, «weil Sie fanden, dass er ein Schwein ist.»

«So ein Quatsch! Schweine sind für mich Leute, die Frauen schlagen. Die sich an Kindern vergehen.»

Ihre Verzweiflung und Angst sind wie verflogen, dachte Reichenbach. Schon im Krankenhaus war ihm aufgefallen, wie schnell sich Daniela Winters Stimmungen änderten. Darin war sie Anna sehr ähnlich.

«Hören Sie, Herr Kommissar!» Sie saß jetzt mit auf die Knie gestützten Händen da. «Ich habe mir einfach gedacht, was Bergmann kann, das kann ich auch.»

«Sie wollten ihm die Bänder stehlen und die Leute selbst erpressen», sagte Eder.

«Nein!» Daniela Winter hatte sichtlich Mühe, sitzen zu bleiben. «IHN wollte ich erpressen. Bergmann. Was ist denn einfacher, als einen Erpresser zu erpressen? Ich hätte eine Million fordern können. Oder zwei. Zahlen, oder die Bänder gehen an die Polizei. Bergmann hätte mich doch nie angezeigt. Es wäre totaler Schwachsinn gewesen, ihn umzubringen. Außerdem», sie machte eine Pause und sprach mit ruhiger Stimme weiter, «fand ich ihn eigentlich ganz sympathisch.»

«Und Ihre Freundin? Hat die auch mitgemacht?», fragte Reichenbach, die Antwort ahnend.

«Nein, Katharina wusste nichts von meinem Plan. Das müssen Sie mir glauben.»

«Sie haben Bergmann also etwas in den Wein getan», stellte Eder fest, «und wollten ungestört nach den Kassetten suchen.»

Daniela Winter nickte.

«Und was?»

«Ein harmloses Schlafmittel.»

Wie nach dem Höhepunkt eines Theaterstücks herrschte auf einmal Stille. Durch die geschlossene Bürotür drangen Ganggeräusche; Schritte, Türenklappen, Satzfetzen. Eder stand auf, schob die dürren Zimmerpalmen vor dem Fenster zur Seite und öffnete es. Die frische Luft tat gut.

Reichenbach dachte, dass genau das seine Ahnung gewesen war, seine absurde Theorie. Oder sollte man sagen, Befürchtung? Weil nun alles von vorne losging. Weil sie ermittlungstechnisch wieder vor dem Nichts standen.

Daniela Winter hatte Bergmann lediglich betäuben wollen. Die Dosis des Schlafmittels hätte gereicht, um ein Pferd umzuwerfen, aber nicht, um jemanden zu töten. Bergmanns Verhängnis war die andere Substanz im Wein gewesen, deren Zusammensetzung das LKA-Labor noch immer nicht entschlüsselt hatte, von der man nur annahm, dass sie in der Psychiatrie verwendet wurde. Vielleicht würde der verkrustete Bodensatz in dem zerbrochenen Weinglas für eine Analyse ausreichen. Das LKA hatte die Universität um Hilfe gebeten. Drei Tage sollte es dauern, bis die Ergebnisse vorlagen.

Konnte das sein? Zwei Personen hatten demselben Mann am selben Tag etwas in den Wein getan. Daniela Winter, um ihm etwas zu stehlen. Die andere, um ihn zu töten. War so ein Zufall wirklich denkbar?

«Wissen Sie, was Robert Bergmann und ich getan haben, als er zusammenbrach?», fragte Daniela Winter in die Stille, um die Antwort gleich selbst zu geben. «Wir hatten Sex. Wir wollten miteinander schlafen. Auf dem Esstisch. Was ich damit sagen will, ich bin doch nicht pervers, schlafe mit jemandem, von dem ich weiß, dass er jeden Moment tot zusammenbrechen wird. Es war wie in einem schlechten Film. Ich halb nackt und Robert mit Speichel vor dem Mund auf dem Boden. Ich dachte, das Zeug braucht viel länger, bis es wirkt. Ich muss versehentlich zu viel genommen haben. Oder es hat eine allergische Reaktion ausgelöst.»

Sie schüttelte den Kopf. Jetzt klang ihre Stimme wieder verzweifelt. «Das müssen Sie doch wissen! Was sagen denn die Ärzte?»

Reichenbach hätte ihr von der zweiten Substanz erzählen können, aber Daniela Winter würde noch rechtzeitig genug davon erfahren.

«Wann haben Sie ihm das Schlafmittel eigentlich gegeben?», fragte er. Sie hatten das Video mehrmals angesehen, aber nichts entdecken können.

«Es waren Tabletten. Ich hatte sie zu Pulver zermahlen und mit einem Plastikbeutel in die rechte Handfläche geklebt. Dann habe ich meine Hand wie zufällig über sein Glas gehalten und mit dem Fingernagel ein Loch in den Beutel gedrückt. Robert saß mir dabei direkt gegenüber. Ich hatte das zu Hause geübt, für den Fall, dass er mich den ganzen Abend nicht alleine lassen würde.»

Das klang alles logisch. Zu gut, um ausgedacht zu sein. Reichenbach beobachtete Eder, der sich zurückgelehnt hatte und mit einem Bleistift den Kopf kratzte. Ein paar fette Schuppen rieselten auf seine Schultern. Eder schien Daniela Winters Aussage ebenfalls für glaubwürdig zu halten. Wenn er jemandem nicht glaubte, begann er zu brüllen; manchmal war er kurz davor, handgreiflich zu werden.

Kollegen, die gut zusammenarbeiteten, wären jetzt einen Moment vor die Tür gegangen, um ihr weiteres Vorgehen abzusprechen. Bei denen, die *sehr* gut zusammenarbeiteten, reichte oft ein kurzer Blickkontakt. Aber was taten zwei Kollegen, die schon lange nicht mehr wie normale Menschen miteinander redeten?

Sie hatten nichts, was Daniela Winters Aussage widerlegte. Ein Freund würde ihr jetzt den dringenden Rat geben, sich einen Anwalt zu nehmen. Mit einem guten Anwalt wäre sie sofort wieder in Freiheit. Ein guter Anwalt würde argumentieren: «Meine Mandantin ist voll geständig. Ohne ihre Aussage wäre die Polizei noch am Anfang ihrer Ermittlungen.» Wenn sich an der Beweislage bis zum Prozess nichts änderte, kam Daniela Winter auf Bewährung davon. Keine Vorstrafen; die Erpressung war eine geplante, nicht einmal eine versuchte; die Betäubung mit Schlaftabletten Körperverletzung, aber keine schwere. Dazu der Diebstahl der Videokassetten und Widerstand gegen die Staatsgewalt. Lappalien.

«Ich denke, Sie sollten sich einen Anwalt nehmen», sagte Reichenbach.

«Glauben Sie mir immer noch nicht?», fragte Daniela Winter resigniert.

Reichenbach sagte nichts.

Eder deutete ein Schulterzucken an. «Es gibt auch ein Video von Ihnen, Frau Winter», sagte er. «Es bestätigt Ihre Aussage. Oder anders gesagt, es belegt nichts Gegenteiliges.»

«Soll das heißen, Bergmann hat …? Sie haben …? Es gibt ein Video, auf dem zu sehen ist, wie Bergmann und ich Sex haben?»

Reichenbach nickte. Eder grinste.

«Mistkerl», entfuhr es Daniela Winter.

«Sie werden noch froh sein, dass es dieses Video gibt», sagte Eder.

Sie zuckte die Achseln. «Haben Sie sich schon die Bänder angesehen, die ich im Baum versteckt hatte?»

«Haben wir», antwortete Reichenbach.

«Das sind noch nicht alle Bänder. Eins liegt noch bei Katharina im Haus. Ich habe es bei Bergmann im Büro, in seiner Firma, eingesteckt. Es lag auf dem Schreibtisch.»

«Sind da auch Prominente drauf zu sehen, die sich mit Prostituierten vergnügen?», fragte Reichenbach.

«Nein, zwei Männer. Ein schwules Pärchen, das sich küsst und ... Na, Sie können's sich ja denken. Die Aufnahme wurde nicht in einem Schlafzimmer gemacht, sondern in einem der Bäder. Der eine Mann sieht aus wie der Typ, den sie neulich ermordet in seiner Garage gefunden haben. Ich meine den von dieser Biotechnologiefirma.»

19

Das ständige Auf und Ab im Takt der Wellen, das am Anfang noch etwas Beruhigendes hatte, begann Rebekka auf den Magen zu schlagen. Ihr wurde schwindelig. Sie stand auf und musste sich am Stuhl festhalten, damit sie nicht das Gleichgewicht verlor. Kapitän Dunbar saß ihr gegenüber in einem hohen Ledersessel hinter seinem riesigen Schreibtisch. Seine Stimme drang wie durch Watte an ihr Ohr.

«Ans Fenster. Gehen Sie ans Fenster.»

«Wie bitte?»

«Sie müssen ans Fenster gehen und nach draußen schauen. Wenn Ihre Augen die Bewegung des Schiffes wahrnehmen, geht es Ihnen gleich besser.»

Rebekka sah durch eines der Bullaugen in Dunbars Kajüte über das aufgepeitschte, weiß schäumende Wasser zur Pier und zu den dahinter liegenden Häusern. Zu dem sintflutartigen Regen hatte sich seit einer Stunde noch ein heftiger Sturm gesellt. Böen zerrten an den Palmen und dünnen Telefonmasten. Plastiktüten flogen wie Kinderdrachen herum. Ein aufgespannter Sonnenschirm wirbelte durch die Luft. Nirgends waren Menschen zu sehen.

«Wie lange wird es dauern?»

Rebekka wandte sich kurz zu Dunbar, um dann wieder zum Hafen zu schauen. Ihr Magen beruhigte sich allmählich. Statt ihrer Jeans hatte sie sich ein braunes Leinentuch um die Hüften gewickelt; statt ihres Hemds trug sie eines der blütenweißen von Kapitän Dunbar. Es duftete nach Lavendel. Ein kapverdischer Fährenkapitän, in dessen Kleiderschrank ein Beutel Lavendel hing, dachte Rebekka amüsiert. Ihre Sachen lagen zum Trocknen im Maschinenraum.

«Schwer zu sagen, wie lange das dauert. Es kann schon morgen vorbei sein. Oder übermorgen. Es kann auch eine ganze Woche dauern. Vielleicht wird es auch noch schlimmer.»

«*Noch* schlimmer.» Rebekka dachte an ihren Heimflug.

«Wir haben zurzeit eine seltene Wetterlage», erklärte Dunbar. «Zwei Tiefdruckgebiete über der Sahelzone, das kann Orkan bedeuten.»

«Für mich ist das da draußen bereits ein Orkan.»

«Warten Sie ab, wenn der Wind erst mit Stärke zwölf und mehr über die Inseln fegt. Dann entwurzelt er Palmen. Häuser werden weggespült. Im Augenblick besteht noch kein Grund zur Sorge. Solange es so bleibt, kann die Atlantis sogar auslaufen.»

Das Gefühl in Rebekkas Magen wurde beim Gedanken daran wieder flauer.

«Sie wollen also früher abreisen?»

Rebekka hörte in Dunbars Frage keine Genugtuung heraus. Sie nickte.

«Wissen Sie schon, mit welcher Maschine?»

«Die kapverdische Airline fliegt immer montags. Also in drei Tagen. Ich muss noch telefonieren. Wegen des Flugs.»

«Nani hat ein Telefon, wir können nachher hingehen. Ich hoffe, es funktioniert. Manchmal bricht bei Unwetter die Leitung zusammen.»

Rebekka warf einen kontrollierenden Blick zu den vom Sturm gebeutelten Telefonmasten. Noch standen alle.

«Wann läuft die Atlantis aus?»

«Übermorgen, wenn das Wetter mitspielt. Dann wären Sie rechtzeitig vor ihrem Abflug auf Sal.»

«Das wäre gut.»

Dunbar betrachtete sie nachdenklich. Rebekka ahnte, dass er sie gleich nach dem Grund für ihre Abreise fragen würde.

«Sie sehen besorgt aus, wenn ich das sagen darf», fügte er hinzu.

«Probleme mit einem Patienten», antwortete Rebekka knapp. Sie wollte nicht darüber reden.

Dunbar sah sie immer noch nachdenklich an. «Wie haben Sie denn davon erfahren? In dem Haus gibt es doch kein Telefon.»

«Radio.»

«Radio?» Jetzt richtete er sich neugierig in seinem Sessel auf.

«Es war ein Mord», erklärte Rebekka. «Jemand hat einen meiner Patienten ermordet. Die Nachricht kam im Radio. Im Haus steht ein alter Weltempfänger, da habe ich es gehört.»

«Ein Mord!», platzte es aus Dunbar heraus. «Wie ist er denn gestorben?»

«Er wurde verbrannt. Jemand hat ihm eine Falle gestellt, ihn mit Benzin übergossen und verbrannt. Bei lebendigem Leib.»

«Mein Gott!» Dunbar sank wieder in seinen Sessel. «Und haben Sie einen Verdacht, wer es gewesen sein könnte?»

«Vielleicht. Ich muss mit der Polizei sprechen.»

«Verstehe. Was hatte er denn für ein Problem, ihr Patient?»

Das ging Dunbar nun wirklich nichts an. Auch Tausende

Kilometer von daheim entfernt würde Rebekka nicht über Patientengeheimnisse reden. Auch nicht, wenn die Patienten tot waren. «Die Frage kann ich Ihnen nicht beantworten.»

«Natürlich nicht.» Dunbar gab ein verlegenes Räuspern von sich, als wäre ihm seine Neugierde etwas unangenehm. «Am besten, Sie bleiben über Nacht an Bord. Es wird bald dunkel. Und selbst wenn Sie jemanden finden sollten, der Sie bei dem Wetter auf die andere Seite der Insel bringt, müssten Sie noch zum Haus laufen.»

Darüber hatte Rebekka auch schon nachgedacht. Vielleicht sollte sie Dunbar besser nach einem Hotel fragen. Sie konnte sich nicht vorstellen, wie sie auf dem schwankenden Schiff in den Schlaf finden sollte, ohne sich zu übergeben. Anderseits fühlte sie sich wohl in Dunbars Gegenwart. Seine Eitelkeit, seine guten Manieren hatten etwas von Europa, von zu Hause. Das linderte ihr Heimweh ein wenig. Er fuhr sich mit seinen groben Händen durch seinen silbernen Bart und über sein braun gebranntes Gesicht. Rebekka fiel in diesem Augenblick auf, dass er ein sehr attraktiver Mann war.

«Ich kann Ihnen eine Kabine herrichten lassen. Und morgen fragen wir Viktor, ob er Sie zu Ihrem Haus bringt, damit Sie Ihre Sachen holen können.»

Viktor. Über Viktor hatte Rebekka noch kein Wort gesagt. Sie war sich nicht sicher, ob der verunglückte Wagen vorhin am Abgrund tatsächlich Viktor gehörte. Durch die schmale Schneise, die Mister James ins Buschwerk geschlagen hatte, war eine Tür zu erkennen gewesen, und die hatte tatsächlich den bräunlichen Farbton eines Militärjeeps gehabt. Ein Fahrer aber war nirgends zu sehen gewesen. Auch keine Spuren eines Verletzten, Blut oder zerrissene Kleidung. Mister James hatte gemeint, dass der Unfall nicht länger als zehn Minuten vor ihrem Eintreffen passiert sein konnte. Wenn jemand ernsthaft verletzt worden wäre, hätten sie ihn gefunden.

«Wann haben sie Viktor eigentlich zum letzten Mal gesprochen?», fragte Rebekka.

Dunbar überlegte. «Vor drei Tagen war er bei mir auf dem Schiff. Warum?»

«Ich glaube, ich habe Viktor heute in Lavandura gesehen.»

«So? Was sollte Viktor denn in Lavandura? Seine Schule liegt in Nova Sintra.» Dunbars Erstaunen wirkte übertrieben. «Viktor in Lavandura. Bestimmt nicht!»

«Als wir nach Furna gefahren sind, lag am Straßenrand ein verunglückter Wagen», vervollstandigte Rebekka ihre Geschichte. Sie sah Dunbar genau an.

«Autowracks liegen hier überall an den Straßenrändern», erwiderte er.

«Der Unfall war aber gerade erst passiert. Und es war ein Geländewagen.»

«Um Viktor machen Sie sich mal keine Sorgen. Sie werden sehen, morgen früh taucht er unversehrt hier auf und wird Sie mit seinem klapprigen, rostigen Sowjet-Jeep zu Ihrem Haus bringen.»

Dunbar hielt Rebekkas Blick stand. Dann erhob er sich mit einem Ruck. «Sie wollten doch zu Nani, telefonieren. Wir besorgen Ihnen einen Anorak, und wenn Sie wollen, begleite ich Sie. Der Regen hat etwas nachgelassen.»

Rebekka sah aus dem Bullauge. Hatte er nicht. Es regnete so stark wie vorhin. Dunbar spielte ihr etwas vor, und sie hatte keine Ahnung, warum.

20

«Hast du die Adresse?»

«Lamontstraße.»

«Nummer?»

«Achtzehn.» Reichenbach klappte den Notizblock auf, der auf seinem Knie lag. «Nein, achtundzwanzig. Lamontstraße achtundzwanzig, hat Fink gesagt. Das ist in der Nähe, wo dieser Fußballspieler gewohnt hat. Der mit dem unehelichen Kind aus der Besenkammer.»

«Ja, das war geil», sagte Eder. «Breitenberg.»

«Ja der.»

Eder ließ den Motor des BMW an. Reichenbach staunte, wie sich der Innenraum in zwei Tagen, seit Eder ihren Dienstwagen auch privat nutzte, verwandelt hatte. Unter den Sitzen lagen leere Cola-Flaschen, angebrochene Chips-Packungen auf der Rückbank. Handschuhfach und Aschenbecher quollen über von Stanniolpapier. Und am Armaturenbrett klebte ein altes Kaugummi. Wie würde es hier wohl aussehen, bis Eders Opel aus der Werkstatt kam?

«Der Staatsanwalt ist ein ganz schönes Arschloch, nicht wahr?», sagte Eder und riss eine neue Packung Wrigley's auf.

Reichenbach brummte zustimmend.

«Als ob wir etwas dafür könnten, dass die Winter Bergmann doch nicht umbringen wollte.»

Reichenbach schob den Notizblock wieder in seine Jacke. «Wahrscheinlich hat er Druck vom Minister bekommen, und den lässt er uns jetzt spüren.»

«Ich sag ja, ein Arschloch.»

Es war erstaunlich, wie schnell ein Funken Solidarität zwischen ihnen aufgekommen war, nur weil sie gemeinsam einen Anschiss kassiert hatten. Oberstaatsanwalt Rickert, ein dickbäuchiger, wortkarger Mann, der sich lange Reden für seine Prozesse aufsparte, war in ihrem Büro aufgetaucht. Zehn Minuten nach der Vernehmung von Daniela Winter. Rickert hatte das Ergebnis als «Katastrophe» bezeichnet und die Ermittlungen als «lahmarschigen Dilettantismus». «Ich erwarte, dass Sie mir endlich einen Hauptverdächtigen mit einem Mordmotiv liefern und keine lumpigen kleinen Diebinnen», hatte er gebrüllt und dann die Tür mit solcher Wucht ins Schloss geworfen, dass zwei Gläser von der Spiegelablage ins Waschbecken fielen.

Wenigstens gab es eine neue Spur. Das Videoband, das Daniela Winter aus Bergmanns Büro mitgenommen hatte. Ihre Beobachtung war richtig gewesen. Es handelte sich tatsächlich um eine Aufnahme von Thomas Lindner.

Das Video stellte eine Verbindung zwischen zwei Mordfällen her, die der Polizei wie glühende Nadeln unter den Nägeln brannten. Die Nadeln waren der Oberstaatsanwalt, die Politik und die Öffentlichkeit. Vor allem die Medien, die immer dann anfingen, die Polizeiarbeit zu kritisieren, wenn ihnen die spektakulären Schlagzeilen ausgingen. Sie hatten sich ein paar Tage daran geweidet, wie grausam Lindners Tod in den Flammen gewesen sein musste. Halbseidene Psychologen waren zu Wort gekommen, die die Psyche des Täters erklärten. Manche Zeitungen hatten aus historischen Archiven die Beschreibungen mittelalterlicher Foltermethoden herausgekramt und wähnten schon einen Ritualmörder. Die Berichterstattung über den Lindner-Mord war so gut wie ausgereizt, die über den Fall Bergmann auch.

Reichenbach schätzte, keine Woche mehr, und die erste Zeitung würde titeln: *Zwei ungeklärte Kapitalverbrechen – wie fähig ist unsere Polizei?*

Der Mord an Lindner und der Mordversuch an Bergmann passten auf den ersten Blick überhaupt nicht zusammen. Jemanden zu verbrennen deutete auf einen männlichen Täter hin, Gift auf einen weiblichen. Doch in beiden Fällen war der Täter sehr intelligent und ohne Spuren zu hinterlassen vorgegangen. Ein intelligenter Täter würde absichtlich falsche Fährten legen. Die Verbindung durch das Video konnte natürlich Zufall sein. Reichenbach dachte, dass er gerade erst erlebt hatte, wie irrsinnig Zufälle manchmal waren.

Ein Gutes hatte Daniela Winters wahrscheinliche Unschuld wenigstens: Wenn er den Fall abgeschlossen hatte, konnte er sich mit ihr verabreden. Auf dringenden Rat der Ärzte war sie nach der Vernehmung wieder ins Krankenhaus gebracht worden, wo sie sich noch zwei Tage auskurieren sollte. Oberstaatsanwalt Rickert hatte darauf verzichtet, Haftbefehl gegen sie zu erlassen.

Die dringlichste Aufgabe bestand jetzt darin, alle Gäste von Bergmanns Partys aufzusuchen, die in die Videofalle getappt waren. Alle, bis auf den koksenden Richter mit dem Fesselsex; um den, hatte Oberstaatsanwalt Rickert freudig angekündigt, würde er sich persönlich kümmern. Jeder der Gefilmten hatte möglicherweise ein Motiv, Bergmann zu vergiften.

Thomas Lindner war vier Tage vor dem Anschlag auf Bergmann getötet worden. Natürlich durfte man die Möglichkeit, er könnte das Attentat lange vorbereitet haben, nicht ausschließen. Aber sie war eher unwahrscheinlich. Interessant erschien Reichenbach der Mann, mit dem sich Lindner sehr lange und leidenschaftlich in Bergmanns Badezimmer geliebt hatte. Bergmann hatte die Videoaufzeichnung, die normalerweise in dem Schrank in seiner Villa verschlossen war, bestimmt nicht zufällig mit ins Büro genommen.

«Und sicher nicht, um sich daran aufzugeilen», wie es Eder ausgedrückt hatte.

Auf dem Etikett der Kassette war nur Lindners Name und ein Datum notiert: 5. März 1998. Trotz der Bilder, die es von dem zweiten Mann gab, würde es keine einfache Aufgabe werden, seine Identität zu ermitteln. Das Licht im Badezimmer war bis auf eine kleine goldene Leuchte über dem Spiegel ausgeschaltet gewesen. Außerdem hatte die Kamera den Unbekannten nie von vorne und nur einmal kurz von der Seite aufgenommen. Ein Bild wie ein Schattenriss.

Man konnte über Lindners Liebhaber lediglich sagen, dass er schlank war und dunkelhaarig; braun, vielleicht auch schon grau. Einzig eindeutiges Merkmal war ein dunkler Fleck, wahrscheinlich eine Tätowierung, am linken Unterarm. Die Details waren auf einem gewöhnlichen Fernsehbildschirm nicht zu erkennen, aber die Techniker hatten versprochen, sie am Computer sichtbar zu machen.

«Zweite Straße links», sagte Reichenbach.

Es war nur Tempo dreißig erlaubt. Eder fuhr viel zu schnell. Den ganzen Morgen schon hing Dunst und Hochnebel über München, die Straßen waren feucht.

«Ras nicht so.»

«Oh, du hast Recht.» Eder sah das Temposchild und nahm den Fuß vom Gas.

Oh, du hast Recht. Reichenbach hätte ein patziges *Dann fahr doch selber!* erwartet. Sollte er die momentane Entspannungsphase in ihrem Kleinkrieg für ein klärendes Gespräch nutzen? Es war eine gute Gelegenheit. Anderseits wollte er sich nicht anbiedern. Natürlich wäre es ihm am liebsten gewesen, aus einem heftigen Streit mit Eder als Sieger hervorzugehen.

Aber Eder und sich entschuldigen. Nie. Und er, Reichenbach, hasste nichts mehr, als sich zu streiten. Der Klügere gibt nach, dachte er. Was für eine Binse. Man konnte auch sagen: Der Feigling gibt nach. Aber lieber ein kluger Feigling als ein dummer Held. Es war in ihrer beider Interesse, dass sie endlich wie normale Kollegen zusammenarbeiteten. Der Anschiss des Oberstaatsanwalts hatte gesessen. Außerdem war da noch die peinliche Hundegeschichte, die Eder bis jetzt nicht ausgeplaudert hatte. Die er wie eines von Bergmanns kompromittierenden Videos in der Hinterhand behielt. Bereit, Reichenbach jederzeit vor Kollegen lächerlich zu machen.

Als hätte Eder den Gedanken erraten, sagte er: «Ich hätte dem Staatsanwalt vorhin auch erzählen können, warum uns Daniela Winter um ein Haar wieder entwischt wäre.»

Wie hinterhältig, dachte Reichenbach. Die Hundesache und die Geschichte mit Linda Beck waren doch gar nicht zu vergleichen. Aber was sollte er jetzt erwidern? Irgendetwas musste er doch sagen.

«Und?», fragte er mit ironischem Unterton. «Wann wirst du es dem Staatsanwalt erzählen? Oder den Kollegen? ‹Reichenbach nimmt sein Haustier mit zur Observation.› Das ist doch eine tolle Geschichte. Darüber würden sich bestimmt alle köstlich amüsieren.»

«Ich weiß», sagte Eder triumphierend und fügte vieldeutig hinzu: «Über die Sache müssen wir später nochmal sprechen.»

Reichenbach kam nicht mehr dazu, über die Bemerkung nachzudenken. Sie waren in der Lamontstraße angekommen. Der Bürgersteig vor Haus Nummer 28 war zugeparkt. Eder fuhr durch die Einfahrt vor die Garage, in der ein alter grauer Mercedes parkte. Es war ein kleines, weißes, gepflegtes Haus mit Sprossenfenstern und einem schwarzen spitzen Giebeldach. Reichenbach stieg als Erster aus und ging zum Eingang. *Gertraud Tannhäuser* stand an der oberen Klingel. Neben die untere war ein poliertes Messingschild in die Wand geschraubt: *Psychotherapeutische Praxis Dr. Rebekka Marx – Sprechzeit nach Vereinbarung*. Dazu eine Telefonnummer.

Wegen der neuen Situation und der neuen Spuren hatte es gestern Nachmittag bei der Mordkommission eine große Lagebesprechung gegeben. Zwei Stunden Sitzung, Austausch aller Ermittlungsergebnisse der Fälle Bergmann und Lindner. Hauptkommissar Fink, der den Lindner-Fall leitete, hatte von Rebekka Marx erzählt. Er wartete sehnsüchtig darauf, mit ihr zu sprechen. Sie war Lindners Therapeutin gewesen und wahrscheinlich eine der wenigen, die in der Lage und willens waren, der Polizei zu helfen.

Fink und sein Team verzweifelten an dem Umfeld, in dem sie ermitteln mussten. Sie hatten es mit einem Firmenpatriarchen zu tun, der sich seines schwulen Sohnes schämte und schon gedroht hatte, die Polizei zu verklagen, sollte der Ruf seines Unternehmens in den Schmutz gezogen werden. Ansonsten Homosexuelle und Transsexuelle; wo die Kollegen hinkamen, Schweigen und Misstrauen, Leute mit Geheimnissen und Doppelleben.

Wie hatte Fink gesagt: «Es gibt drei Sorten Schwule: entweder Tunten, die nur Unsinn reden und dich gleich auf ihre Partys einladen. Oder solche, die dir einen Vortrag halten, wie unfair die CSU mit Schwulen umgeht. Und dann noch die, die gar nix sagen, weil sie alles verheimlichen. So einer war Thomas Lindner.»

Rebekka Marx war bis jetzt unauffindbar gewesen. Ihr Anrufbeantworter verriet, dass sie bis Ende Oktober Urlaub machte. Leider verriet er nicht das Ziel ihrer Reise. Kollege Fink wäre ihr um die halbe Welt hinterhergeflogen. Aber kein Reisebüro, keine der gängigen Fluglinien hatte eine Buchung auf den Namen Rebekka Marx. Ihre Familie wusste nur: Afrika. Afrika war groß. Eine Durchsuchung ihrer

Praxis, die gleichzeitig ihre Wohnung war, hätte vielleicht das Reiseziel verraten. Aber einen Durchsuchungsbeschluss für eine psychotherapeutische Praxis war schwerer zu bekommen als für ein Nonnenkloster. Vor allem, wenn es sich nur um eine Zeugin und nicht um eine Verdächtige handelte.

So richtig wusste Reichenbach deshalb selbst nicht, was sie hier sollten. Natürlich mit Rebekka Marx reden, wenn sie zufällig eher als geplant nach Hause gekommen war. Über den zweiten Mann auf dem Video. Sie war wahrscheinlich die Einzige, die etwas über ihn wissen konnte.

Reichenbach hatte die vage Hoffnung, ihrer Nachbarin könnte noch etwas eingefallen sein. Gertraud Tannhäuser, die in der Wohnung über Rebekka Marx lebte, war laut Fink eine etwas schwerhörige und leider sehr vergessliche alte Dame. Aber vielleicht hatte ihr Rebekka Marx eine Karte aus dem Urlaub geschrieben. Einen Schlüssel hatte sie ihr unglücklicherweise nicht dagelassen. Das wäre eine Möglichkeit gewesen, den Durchsuchungsbeschluss zu umgehen.

Reichenbach läutete zuerst bei Rebekka Marx. Ein angenehmer Dreiklang hallte bis vor die Tür. Wie zu erwarten, öffnete niemand. Gertraud Tannhäusers Klingel schnarrte wie das Pausenzeichen eines Chemiewerks. Auch bei ihr war niemand zu Hause.

«Komm, wir sehen uns ein wenig um», sagte Eder.

Ein schmaler, mit wackelnden Waschbetonplatten gepflasterter Weg führte zwischen Haus und Garage in den Garten. An einem Fenster hingen halbhohe Gardinen. Reichenbach stellte sich auf die Zehenspitzen, um besser hineinschauen zu können. Es war Rebekka Marx' Küche. Schlichte weiße Möbel, ein paar Teller und Gläser standen herum. An einer Pinnwand hafteten Postkarten. Reichenbach konnte das Kolosseum in Rom erkennen. Auf einem kleinen runden Tisch lag ein Buch: *Agoraphobie im 20. Jahrhundert.*

«Weißt du, was Agro...» Reichenbach las noch einmal. «Was Agoraphobie ist?»

«Keine Ahnung. Vielleicht irgendwas mit Tieren», sagte Eder.

«Nein, sie ist doch keine Veterinärin.»

«Dann weiß ich auch nicht.»

Der Weg mündete in den gepflegten, von hohen, dunklen Tannen umsäumten Garten. Auf Rebekka Marx' Terrasse standen ein Dutzend Blumentöpfe aufgereiht, die wahrscheinlich in die Wohnung gehörten, was erklärte, warum niemand zum Gießen kam. Die hohen Läden vor der Terrassentür strahlten leuchtend weiß, als wären sie erst vor kurzem gestrichen worden. Sie waren geschlossen.

«Wir könnten sie einfach aus den Angeln heben und mal einen Blick hineinwerfen», schlug Eder vor.

«Müssen wir gar nicht.»

Reichenbach hatte unter die Lamellen gefasst, und die Läden schwangen geräuschlos zur Seite. Der Riegel, der sie von hinten gesichert hatte, baumelte demoliert an einer Schraube.

«Ich denke», sagte Eder staunend, «das mit dem Durchsuchungsbefehl hat sich erledigt.»

Vor ihnen lag ein Raum mit dunklem Parkett, das übersät war von Scherben der eingeschlagenen Terrassentür. Schubladen hingen aus den Schränken. Ein Regal war umgestürzt, Papiere flogen herum. In der Mitte des Raums stand eine helle Ledercouch, darauf lagen ein paar Statuen. Figuren wie aus asiatischen Tempeln.

Jemand hatte ihnen die Köpfe abgeschlagen.

21

Er könnte die nächste Station aussteigen; die nächste Station war U-Bahnhof Max-Weber-Platz. Auf dem gegenüberliegenden Bahnsteig ging der Zug zurück in die Innenstadt; zehn Minuten, einmal umsteigen, und er wäre wieder zu Hause. Er könnte hinauf in seine Wohnung gehen, alles vernichten, was mit Frohloff zu tun hatte, die Gutachten, die Tonbandaufzeichnungen, einfach alles, und so tun, als hätte es in seinem Leben nie einen Ludwig Frohloff gegeben.

Dr. Engelbert schloss für einen Moment die Augen. Als er sie wieder öffnete, war der Zug am Max-Weber-Platz vorbeigefahren. Seine Überlegung, den *Schlachter von München* aus seinem Leben verschwinden zu lassen, war doch nur theoretischer Natur. Er konnte es nicht.

Er wollte es nicht.

Wenn der Zug die Endstation erreicht hatte, musste Dr. Engelbert noch vier Häuserblocks zu Fuß gehen; durch eine Gegend, in der er vorher noch nie gewesen war und die einen ziemlich schlechten Ruf hatte. Er überlegte, warum manche Leute glaubten, im feinen München gäbe es so etwas nicht, wäre alles sauber, hätte es jeder zu bürgerlichem Wohlstand gebracht – dank Filmindustrie, Computerindustrie, Tourismusbranche, Brauereien. Städte, die Reichtum versprachen, zogen immer Menschen an, die von Reichtum träumten und ihn nie erreichen würden. Auch München hatte seine in Beton gegossenen Problemviertel; graue Trabantenstädte mit Hochhäusern, von denen eines wie das andere aussah, und Plätzen, die nachträglich mit ein paar Alibigrünflächen, Sandkisten und Klettergerüsten «verschönert» worden waren. Wo statt Kindern Trinker und Halbstarke herumlungerten.

Dr. Engelbert wusste viel über solche Stadtviertel. Nicht weil er oft da gewesen wäre, sondern weil er in sozialpsychologischen Studien darüber gelesen hatte. Wenn es sich vermeiden ließ, machte er einen Bogen um diese Gegenden. Heute ließ es sich nicht vermeiden.

Der Zug schoss durch den finsteren Tunnel. Dr. Engelbert fühlte sich erschöpft; in der vergangenen Nacht waren ihm so viele Gedanken durch den Kopf geschwirrt, dass er sich mehr herumgewälzt als geschlafen hatte. Am Ostbahnhof stiegen vier halbwüchsige Jungen ein und flegelten sich auf die Bänke links vom Gang. Dr. Engelbert saß rechts; er sah durch die Scheibe ins Dunkle, wo sich das Bild der Jungen spiegelte: schwarze, glatte Haare, schwarze Augen, schwarze Lederjacken zu schwarzen Leinenhosen mit schwarzen Stiefeln, deren Absätze mit Metall beschlagen waren.

«Ey, Opa», stänkerte einer der Jungen. «Deine Jacke sieht aus wie ein gepeitschter Teddy.»

Die anderen prusteten los.

Dr. Engelbert hätte am liebsten an seiner fusseligen roten Strickjacke heruntergesehen, ob sie wirklich aussah wie das Fell eines Teddybären. Er tat, als hätte er nichts gehört.

«Der Opa beobachtet uns! Im Fenster!»

Dr. Engelbert drehte den Kopf, sodass er jetzt geradeaus blickte. Weiter vorne im Waggon saßen noch zwei alte Frauen, die in ein Gespräch vertieft waren; ansonsten nur die vier Jugendlichen und er.

Türken, dachte Dr. Engelbert. Er hatte nichts gegen Türken, aber er wusste, dass Jugendliche dieses Kulturkreises aufgrund ihres Männlichkeitsverständnisses sehr gewalttätig sein konnten. Es gab diesen Fall in München von einem türkischen Jungen, der über hundert Schlägereien angezettelt hatte; der seine Mitschüler erpresst und Mädchen sexuell belästigt haben soll. Er war noch keine sechzehn gewesen.

Die Regierung hatte ihn vor einem Jahr ausgewiesen, obwohl die Eltern des Jungen in München lebten – in jener Gegend mit dem schlechten Ruf, die Dr. Engelbert jetzt zum ersten Mal besuchte. Es hatte damals viel öffentlichen Protest gegen die Abschiebung gegeben: Der Staat würde sich seiner Verantwortung entziehen, wenn er ausländische Jugendliche, die in Deutschland aufgewachsen und in Deutschland zu Kriminellen geworden waren, einfach abschob. Als Akademiker, der den Fall nur in der Zeitung verfolgte, hatte er auch so gedacht. Jetzt überlegte er, ob hartes Durchgreifen des Staates zum Schutz seiner Bürger nicht doch das beste Mittel wäre.

«Hey, Opa! Wo kann man denn die geile Jacke kaufen? Ist das Armani?»

Wieder lautes Prusten.

«Genau! Der Opa ist Model von Armani. Dressman!»

«Hey, Opa, krieg ich ein Autogramm?»

«Der ist bestimmt der Bruder von Claudia Schiffer!»

«Geil, Claudia Schiffer. Ey! Solche Titten!»

«Ich glaub, der Opa ist schwul. Hey, Tuntenopa, schenkst du uns deine Armanijacke?»

Dr. Engelbert spürte, wie sich sein Magen zusammenzog. Er blickte stur geradeaus; im Augenwinkel sah er, wie die vier Jungen ihre Füße auf die Polster legten und ihn penetrant anstarrten.

Menschen verfügten wie Tiere über diesen Instinkt, Furcht wahrzunehmen; bei manchen entfachte diese Wahrnehmung den Wunsch, Macht auszuüben. Besonders bei pubertierenden jungen Männern, deren Sozialverhalten von übertriebenem Ich-Gebaren und Imponiergehabe geprägt war. Dr. Engelbert dachte an einen Artikel, den er vor kurzem in einem Wissenschaftsmagazin gelesen hatte. Bislang ging die Forschung davon aus, dass der extreme Ausstoß von Testosteron für das männliche Pubertätsverhalten verantwortlich wäre; in dem Artikel war von Untersuchungen berichtet worden, wonach sich während der Pubertät Zellen in der Großhirnrinde verästelten, die das Sozialverhalten wesentlich stärker als die Hormone beeinflussten. Wie sollte man junge Männer einschätzen, deren Gehirne unerforschte Baustellen waren?

«Alter! Wir reden mit dir!»

«Genau! Wenn du uns nicht gleich sagst, wo du den gepeitschten Teddy herhast, gibt's was auf die Eier.»

«Die Tunteneier!»

Prusten.

Vorsichtig wandte Dr. Engelbert den Kopf.

Um eine Eskalation zu vermeiden, blieben ihm zwei Alternativen. Erstens: betont selbstbewusstes, seinerseits einschüchterndes Verhalten. Das jedoch hätte einer schauspielerischen Leistung bedurft, deren er sich unter den gegebenen Umständen nicht in der Lage sah. Jeder einzelne der vier Jugendlichen war ihm körperlich überlegen. Zweitens: ängstliche Unterwürfigkeit, um keinen Anlass für Aggressionen zu bieten.

Dr. Engelbert nestelte an einem Faden, der aus dem Ärmel seiner Strickjacke ragte, und sah einen der Jungen mit unsicherem Blick an. Den kleinsten der vier, den er am sympathischsten fand. Wenn man überhaupt von Sympathie sprechen konnte. Seine Haare waren nicht wie bei den anderen nach hinten gegelt, sondern hingen ihm struppig ins Gesicht. Seine Augen wirkten nicht ganz so schwarz, mehr bräunlich. Dieser Junge jagte ihm nur deshalb am wenigsten Angst ein, weil er ihm am wenigsten fremd vorkam.

«Glotz nicht so, Tuntenopa!»

«Sonst sind die Tunteneier gleich matsch.»

Prusten. Der kleinste der Jungen lachte am lautesten.

Der Zug raste in den nächsten Bahnhof. Neuperlach-Süd. Die Wände waren rot gekachelt. Blutrot. Aggressivrot! Endstation.

Dr. Engelbert hoffte, dass in den vorderen Waggons mehr Menschen waren; dass er sich beim Verlassen des Bahnsteigs in die Menge mischen konnte; dass er es wenigstens in die Nähe der zwei älteren Damen schaffte, die immer noch in ihr Gespräch vertieft waren. Ältere Damen hatten manchmal viel Courage.

Dr. Engelbert kam unbehelligt zur Tür. Hinter sich Tuscheln und Prusten. Wie sie es verlangt hatten, sah er die Jungen nicht mehr an. Er zog an den Aluminiumriegeln der Tür. Beide Flügel öffneten sich mit fauchender Pneumatik. Dann ging er schnellen, aber nicht hektischen Schrittes Richtung Ausgang Schindlerplatz, obwohl er in die andere Richtung gemusst hätte. Er schloss zu den alten Damen auf, dann zu einem Pärchen, ebenfalls Türken, zumindest Südländer. Er ging dem Paar nach, ohne sich umzusehen – bis es im Eingang eines grauen, mindestens zehnstöckigen Hochhauses verschwand. Dann blieb er stehen.

Sie waren verschwunden. Nirgends vier Jungen mit schwarzen Haaren, schwarzen Jacken, schwarzen Hosen. Dr. Engelbert spürte sein Herz schlagen. Er dachte, dass ihn Ludwig Frohloff nervös machte; nervös und ängstlich. Seit dem Telefongespräch mit Frohloff gestern Abend war er nicht mehr er selbst.

«Es freut mich, dass Sie mich zurückrufen», hatte Frohloff mit seinem heiseren, emotionslosen Singsang gesagt. Dr. Engelbert war ein Schauer über die Haut gelaufen.

«Was wollen Sie von mir, Frohloff?»

«*Herr* Frohloff, wenn es Ihnen recht ist.» Immer noch der heisere monotone Singsang.

«Wie Sie wollen, *Herr* Frohloff. Warum wollten Sie mich sprechen?»

«Ich brauche Ihre Hilfe.»

«Das hatte ich mir schon gedacht.»

«Gedacht. Wieso?»

«Sie wollten siebzehn Jahre nicht mit mir reden. Es muss doch einen ernsten Grund geben, dass Sie Ihre Meinung geändert haben.»

«...»

«Eine lange Zeit, siebzehn Jahre. Wie geht es Ihnen, Herr Frohloff?»

«Gut. Es geht so.»

«Warum rufen Sie nicht Frau Dr. Marx an, wenn es Ihnen nicht gut geht?»

«Wer sagt denn, dass es mir nicht gut geht? Außerdem ist die Frau Doktor verreist.»

«Ach so.» Dr. Engelbert hatte natürlich nicht vergessen, dass Rebekka Marx in seinem Ferienhaus Urlaub machte. Aber Frohloff brauchte nicht zu erfahren, wie gut sie sich kannten.

«Ich muss Sie treffen, Doktor.»

«Treffen. Warum?»

«Ich sagte doch, ich brauche Ihre Hilfe.»

«Wenn ich Ihnen helfen kann, gerne. Morgen in der Stadt, es gibt da ein Café ...»

«Nicht in der Stadt. Sie müssen zu mir kommen.»

In dem Moment hatte Dr. Engelbert eine Weile nachgedacht. Er hatte erwartet – nein, er hatte gehofft –, dass Frohloff ihn um ein Treffen bitten würde. Aber die Vorstellung, mit Frohloff alleine in dessen Wohnung, in dieser Gegend, war ihm nicht geheuer.

«Sind Sie noch dran, Doktor?»

«Ja. Ich würde lieber ...»

«Bitte! Sie müssen zu mir kommen.» Verzweifelt klingender Singsang. «Ich kann die Wohnung nicht verlassen.»

«Wann?»

«Jetzt.»

«Es ist schon dunkel.» Heute kam nicht infrage!

«Haben Sie Angst, Doktor?»

«Morgen Vormittag?»

«Gut, morgen. Ich warte auf Sie.»

Als sich die Fahrstuhltür scheppernd schloss, fühlte sich Dr. Engelbert eingesperrt. Er hätte vielleicht besser die Treppe genommen; trotz der sieben Stockwerke.

Dr. Engelbert hatte Frohloffs Adresse schnell gefunden. Er hatte sich den Stadtplan der Gegend genau eingeprägt, damit er niemanden nach dem Weg fragen musste. Er war zügig gegangen und nur einmal kurz ins Wartehäuschen einer Bushaltestelle ausgewichen, weil er glaubte, die vier Jungen aus der U-Bahn würden ihm an einem Sportplatz auflauern. Er hatte sich getäuscht. Es waren nur ein paar Kinder in dunklen Trainingsanzügen gewesen.

Ficken, lecken, blasen, alles auf dem Rasen las Dr. Engelbert an der Fahrstuhlwand. Die Toiletten der Universität waren auch nicht geistreicher beschmiert. *OTIS Aufzüge – Tragkraft 600 Kilo oder 8 Personen.* Fünfundsiebzig Kilo Durchschnittsgewicht für eine Person. Was wäre nun, wenn sechs Dicke ...?

Im dritten Stock stoppte der Fahrstuhl. Eine Frau mit geblümtem, raschelndem Nylonkittel stieg zu. Im Schein des Neonlichts konnte man die Kopfhaut durch ihre dünnen silbernen Locken sehen. Die Frau, offensichtlich die Hausmeisterin, musterte mit abfälliger Miene Dr. Engelberts rote Strickjacke; dann die Leiste mit den vierzehn Stockwerkstasten, von denen die siebte leuchtete.

«Aha, Siebter. Wo wollen S' denn hin?» Ihr Dialekt war derb.

«Ludwig Frohloff.»

«Aha, der Frohloff. Der Sonderling.»

Dr. Engelbert lächelte. Die Frau stieg im fünften Stock wieder aus. Er war erleichtert, dass nun jemand im Haus von ihm wusste.

Der Flur im siebten Stock war dunkel und menschenleer. Vier Türen auf jeder Seite; ganz hinten rechts fiel durch einen Spalt ein schmaler Lichtstreif auf das gebohnerte Linoleum. Dr. Engelbert hörte, dass ein Fernseher lief und dann das Hallen seiner Schritte. Mit jedem einzelnen wurde das flaue Gefühl im Magen stärker.

Er zögerte einen Moment, die Tür aufzustoßen.

«Kommen Sie rein, Doktor.»

Frohloffs Stimme war durch den Fernseher kaum zu verstehen. Als Dr. Engelbert die Wohnung betrat, spürte er, wie sich Schweiß unter seinen Achseln bildete. Nicht aus Angst, sondern wegen der Hitze. Die Wohnung hatte mindestens dreißig Grad; eine feuchte drückende Hitze, die nach Nikotin und Konservengerichten stank. Dr. Engelbert blieb mit dem Fuß in einem grauen Mantel hängen, der von dem gewaltigen Knäuel aus Klamotten, das an der Garderobe hing, zu Boden gefallen war. Der Spiegel neben der Garderobe hing so tief, dass Dr. Engelbert im Vorbeigehen nur sein Kinn sehen konnte. Ihm fiel ein, dass Frohloff ein kleiner Mann war.

«Kommen Sie. Ich bin im Wohnzimmer.»

Dr. Engelbert hatte erwartet, dass er Frohloff nur in die Augen sehen müsste, um alles zu wissen, was er wissen wollte. Ob Frohloff immer noch der Gleiche war, der Autistische, der Gefühlskalte, der Sensible, der zu unerwarteten, vulkanartigen Aggressionsanfällen Neigende – der ausgeprägteste Fall von Schizophrenie, den die Münchner Gerichtspsychiatrie je begutachtet hatte.

In dem klobigen Kordsessel wirkte Frohloff verloren wie ein kleines Kind. Er versank förmlich in den weichen Polstern zwischen den hohen, abgewetzten Armlehnen. Das Bild des Fernsehers flackerte. Eine Werbesendung lief, in der eine in die Jahre gekommene Schauspielerin die Wunderwirkung einer Faltencreme anpries.

Frohloff lächelte ein nichts sagendes Begrüßungslächeln, die blassroten Haare hatte er sich aus seinem Gesicht gekämmt, das in den siebzehn Jahren überhaupt nicht gealtert zu sein schien. Es war wie damals fast konturlos; schwammig, ohne Falten. Vielleicht bekamen Menschen keine Falten, wenn sie nie lachten, nie weinten, nie sorgenvoll die Stirn kraus zogen – wenn sie an ausgeprägter Schizophrenie litten.

Der Qualm einer Zigarette, die Frohloff zwischen Daumen und Zeigefinger hielt, stieg senkrecht zur Decke. Die Asche drohte jeden Moment abzufallen. Dr. Engelbert hatte erst geglaubt, die Fenster seien leicht getönt, jetzt sah er, dass eine gelbliche Nikotinschicht an den Scheiben haftete. Frohloff drückte die Zigarette in dem Aschenbecher aus, der vor ihm auf dem Glastisch stand, dabei verschwanden seine Finger in dem Berg aus Kippen. Dann stellte er den Ton des Fernsehers leiser. Die Schauspielerin hielt ihre Faltencreme schweigend ins Bild.

Das Ekzem hatte Frohloff immer noch.

«Haben Sie es gleich gefunden?», fragte er.

«Ja. Kein Problem.»

«Ist nicht toll hier, aber vom Staat bezahlt.»

Dr. Engelbert stand im Raum und sah sich nach einer Sitzgelegenheit um.

«Einfach auf den Boden damit», sagte Frohloff und deutete auf den weißen Küchenstuhl, auf dem ein Stapel Zeitschriften lag; Pornomagazine und die aktuelle Ausgabe von *Psychologie Heute*. Frohloff hatte schon damals im Untersuchungsgefängnis psychologische Zeitungen gelesen. Es hatte einen heftigen Streit gegeben, ob man das verbieten sollte, weil er daraus hätte Wissen schöpfen können, um das Gutachten zu beeinflussen. Auf Dr. Engelberts Rat hin hatte man ihm die Lektüre gestattet.

Dr. Engelbert setzte sich. Er sah Frohloff an. Dem ersten Eindruck nach hatte sich nichts verändert. Das Aussehen, der Singsang, die chaotische Unordnung – alles wie damals. Dr. Engelbert erinnerte sich, wie Frohloff sogar die spärlich eingerichtete Zelle im Untersuchungsgefängnis in ein Schlachtfeld aus Kleidern, Papieren und Essensresten verwandelt hatte.

«Haben Sie eigentlich Arbeit?», fragte Dr. Engelbert. Es war eine banale Frage, um das Gespräch zu beginnen.

«Arbeit? Wollen Sie mich veralbern? Was glauben Sie denn, wer mir einen Job geben sollte?»

«Es gibt Sozialarbeiter, die haben ganz ausgezeichnete Kontakte zum Arbeitsamt, die ...»

«Ihr Psycho-Fuzzis, ihr glaubt wohl, dass ihr mit eurem dummen Geschwätz jeden einlullen könnt.» Frohloffs Singsang war auf einmal verschwunden, seine Stimme fest und laut, so wie sie Dr. Engelbert noch nie gehört hatte. «Da kommt so ein Arsch von Sozialheini aufs Arbeitsamt und sagt: ‹Gebt dem lieben netten Psychopathen doch mal 'nen Job›, und schon läuft alles. Das glaubt ihr wirklich, oder?»

«Es ist im Interesse des Staates, dass ehemalige ...» Dr. Engelbert überlegte. «... dass ehemalige ...» Ehemalige was? Strafgefangene? Kriminelle? Beides traf aus juristischer Sicht auf Frohloff nicht zu. Aus juristischer Sicht war er ein Geistesgestörter, der als geheilt galt. «… dass Leute wie Sie, Herr Frohloff, resozialisiert werden.»

«Sie reden immer noch die gleiche gestelzte Scheiße wie früher, Doktor.» Frohloff legte seine Beine auf den Glastisch und sah Dr. Engelbert mit provozierend generöser Miene an.

Das war nicht der Ludwig Frohloff, den Dr. Engelbert vor siebzehn Jahren kennen gelernt hatte, der nur zwei extreme Gefühlszustände kannte, zwischen denen er hin und her pendelte wie ein Gummiball: Resignation und Selbstmitleid auf der einen Seite, grenzenloser Hass und Jähzorn auf der anderen. Vor siebzehn Jahren, während einer der polizeilichen Vernehmungen, hatte Frohloff plötzlich über Magenschmerzen und Schwindel geklagt. Aus Sorge, er könnte ohnmächtig werden, hatte ihn der Beamte bei den Schultern gefasst und vorsichtig gerüttelt. Blitzartig war Frohloff aufgesprungen, hatte seinen Stuhl genommen und an der Wand zertrümmert.

Das wäre der Ludwig Frohloff gewesen, den Dr. Engelbert erwartet hatte, der ihm Angst machte.

«Ich habe Ihnen geschrieben, in die Klinik.»

«Sie meinen in die Klapsmühle», unterbrach ihn Frohloff unwirsch.

«Ich meine in die Psychiatrie. Sie haben mir nie geantwortet.»

«Sie sprechen von diesen Bettelbriefen, diesen Jetzt-sei-en-Sie-doch-wieder-artig-lieber-Frohloff-Briefen.»

«Ich hätte Sie gerne getroffen. Weil …»

«Jetzt sagen Sie nicht, weil Sie mir helfen wollten!»

«Doch.» Dr. Engelbert merkte, wie Frohloff ihn durcheinander brachte.

«Pah!» Frohloff schlug sich mit beiden Händen auf die Schenkel. «Das ist nicht Ihr Ernst.»

«Was habe ich getan, das einen solchen Missmut bei Ihnen erregt hat?», fragte Dr. Engelbert mit betont ruhiger Stimme.

«Was Sie mir getan haben?», Frohloff zündete sich eine Zigarette an. «Das will ich Ihnen sagen. Ihrem beschissenen Gutachten habe ich es doch zu verdanken, dass ich in dieser beschissenen Irrenanstalt gelandet bin. Wissen Sie, Doktor, wie die Leute einen da behandeln? Wie Kinder behandeln die einen. Wie kleine Kinder. Oder wie hysterische Weiber!»

Bemerkenswert, dachte Dr. Engelbert, sehr bemerkenswert. Der Ludwig Frohloff, der ihm jetzt gegenübersaß, war ironisch. Ironie zu erkennen und Ironie anzuwenden war eine völlig neue Seite an ihm. Es bedurfte eines gut entwickelten Abstraktionsvermögens, um mit Ironie umzugehen. Für Schizophrene jedoch ergaben Gedanken und Gefühle normalerweise keinerlei logischen Zusammenhang; Schizophrene konnten nicht über Witze lachen. Dr. Engelbert kannte Patienten, die Hunderte Witze, von denen sie keine Pointe begriffen, auswendig gelernt hatten; sie hatten sich die Mühe gemacht, weil sie wussten, dass Leute, die Witze erzählten, gut ankamen.

«Die Klink, in die Sie eingewiesen wurden, Herr Frohloff, hat sehr gute, erfahrene Ärzte. Ärzte, die man braucht, wenn man krank ist. Sie leiden an einer schweren Schizophrenie.»

«Schizophrenie!», brüllte Frohloff und löste sich etwas aus den tiefen Polstern seines Kordsessels. «Schizophrenie! Ich weiß, was Schizophrenie ist!» Er zeigte auf die Ausgabe von *Psychologie Heute*, die auf dem Stapel Pornomagazine lag. «Ich habe alles über Schizophrenie gelesen. Alles! Ich bin kein Irrer. Und was anderes lasse ich mir von Ihnen nicht einreden.»

Dr. Engelbert sah sich argwöhnisch um. Etwa vier Schritte bis zur Wohnzimmertür, nochmal sieben bis zur Wohnungstür; und nicht über den Mantel stolpern, der auf dem Boden lag. Bis Frohloff sich aus seinem Sessel gestemmt hatte und um den Glastisch gelaufen war, gab es eine reelle Chance zu entkommen.

«Aber die Stimme», sagte Dr. Engelbert, «Sie haben mir doch von der Stimme erzählt, die Ihnen befahl, Ihre Mutter zu töten. Diese Stimme, das waren Wahnvorstellungen.»

«Gut, da war was, aber …», Frohloff kam ins Stottern, «… aber …» Seine Stimme verlor sich mit einem Mal wieder in dem monotonen heiseren Singsang. «Die Stimme, sie ist wieder da», sagte er. «Eine schöne Stimme, wunderschön, ganz hell und klar.»

«Was sagt die Stimme?»

«Ich weiß nicht. Sie spricht zu mir, nachts, wenn ich einschlafen will. Und morgens, wenn ich aufstehe.»

Das war wieder der Frohloff, den Dr. Engelbert kannte. Den er erwartet hatte. Doch vor ein paar Sekunden noch war er Zeuge geworden, wie *Der Schlachter von München* während eines Gesprächs von Gefühlen beeinflusst wurde, als wäre er in einem geistig völlig gesunden Zustand. Es bestand die Möglichkeit, dass seine Medikamente, die Neuroleptika, ihn in die Lage versetzten, Sinn für Humor und Ironie zu entwickeln.

Was immer diese Veränderung ausgelöst hatte, aus wissenschaftlicher Sicht war es eine Sensation. In Gedanken sah Dr. Engelbert schon eine weit beachtete Publikation vor sich: *Neue Erkenntnisse über Schizophrenie bei Gewalttätern – von Dr. Dr. Friedrich Engelbert.*

«Sie sagten, Sie bräuchten meine Hilfe, Herr Frohloff.»

«Ja, Sie müssen mir helfen.» Frohloffs Singsang war jetzt kaum hörbar. Ein Zeichen dafür, dass seine Konzentration nachließ. Das ging schnell bei Schizophreniekranken.

«Bitte, was kann ich für Sie tun?», fragte Dr. Engelbert.

«Die Stimme ist nicht gut. Sie müssen machen, dass die Stimme wieder geht.»

«Dazu müssen Sie mit mir reden, Herr Frohloff.» Das war die Chance, wieder regelmäßigen Kontakt mit ihm aufzunehmen. «Sie dürfen nicht schweigen.» Eine Studie über die Psyche Ludwig Frohloffs würde womöglich auch international Beachtung finden. «Sie müssen meine Fragen beantworten. Und wir müssen ein paar Tests mit Ihnen durchführen.»

Frohloff starrte ins Leere. Die Zigarette zwischen seinem Daumen und Zeigefinger war bis auf den Filter heruntergebrannt. «Die Stimme ist da. Hören Sie sie, Doktor?»

«Nein.»

«Sie redet von Ihnen.»

Dr. Engelbert sah, wie Frohloff seine Muskeln anspannte. Vier Schritte bis zur Wohnzimmertür; nochmal sieben bis zur Wohnungstür; und nicht über den Mantel stolpern.

22

«Es hat jemand abgenommen! Was soll ich sagen?»

«Sag: Boa tarde, fala alemao?»

«Was heißt'n das?»

«Guten Tag, sprechen Sie Deutsch?»

Reichenbach blätterte hektisch im *Dicionario Alemão – Portugues*, den er vor vier Jahren während der letzten gemeinsamen Reise mit Anna in Rio de Janeiro gekauft hatte. Er konnte kein Wort Portugiesisch und suchte mühsam nach den Vokabeln, die man benötigte, um auf den Kapverdischen Inseln eine Zeugin ausfindig zu machen.

Eder saß ihm gegenüber, den Telefonhörer ans Ohr gepresst, und schüttelte den Kopf. «Sie sagt: ‹Não.›»

«Das heißt nein.»

«Was du nicht sagst.» Eder verdrehte die Augen, dann belferte er in den Telefonhörer: «Do you speak English?» Er hörte kurz zu. «Englisch spricht sie auch nicht.»

«Gib mir mal.» Reichenbach griff nach dem Hörer. Eder schob ihm erleichtert den Apparat über den Schreibtisch. Sie mussten sich in ihrem Büro immer noch ein Telefon teilen. Der zweite Anschluss sollte kommende Woche endlich repariert werden.

Das Kapverdische Fremdenverkehrsamt in Berlin hatte ihnen eine Liste mit Nummern gefaxt, unter denen sie nach Rebekka Marx fragen konnten: Polizei, Inselverwaltung, Hafendirektion, zwei Hotels und eine Bar namens *Nani*. Obwohl die Zeitverschiebung auf den Kapverden gerade mal minus zwei Stunden betrug und es demnach noch nicht mal fünfzehn Uhr war, hatte bisher nirgends jemand abgehoben. Die Nummer von Nanis Bar war die letzte, die sie probierten.

«Desculpe Senhora», sagte Reichenbach und las von einem Zettel ab, auf dem er sich ein paar portugiesische Sätze notiert – vielmehr zusammengebastelt hatte. «Eu Max Reichenbach, delegado de policia alemao.»

Eder tippte sich an die Stirn. «Das versteht die doch nie.»

«Schscht!»

Die Versuche, im Präsidium jemanden zu finden, der Portugiesisch sprach, waren vergeblich gewesen. Auf ein Rundschreiben hatten sich sechs Kollegen gemeldet, die Italienisch beherrschten; acht konnten Türkisch, vier Spanisch; Portugiesisch nach Auskunft seiner Sekretärin nur einer: der Polizeipräsident. Den wollte Reichenbach nach dem Anschiss des Oberstaatsanwalts nicht um Hilfe bitten. Schließlich hatte er in der Universität angerufen. Dort hieß es, man könne frühestens morgen Mittag einen Dolmetscher schicken.

«Conhecer senhora alemão: Rebekka Marx?», fragte Reichenbach, was in etwa bedeutete: *Kennen Dame deutsch: Rebekka Marx*?

«Sim», antwortete eine tiefe Frauenstimme in das Rauschen und Knacken der Leitung. *Sim* hieß ja.

«Senhora alemão?», wiederholte Reichenbach hektisch. «Rebekka Marx?» Die Antwort hatte ihn völlig überrascht.

«Sim! Rebekka», bestätigte die Frauenstimme.

Inmitten des Chaos von Rebekka Marx' Praxis hatte die Rechnung eines Flugtickets mit Zielflughafen Kapverden/Sal gelegen und ein Plan mit Fährverbindungen von Sal zur südwestlichsten Insel Brava; leider keine Angaben eines Hotels oder einer Pension. Den Flugdaten zufolge kam Rebekka Marx erst in zweieinhalb Wochen nach München zurück. So lange konnten die Ermittlungen unmöglich warten.

«Onde fica Rebekka Marx?», las Reichenbach von seinem Zettel ab; *wo sein Rebekka Marx*? «Eu fala com Rebekka Marx. Compreender?» *Ich sprechen mit Rebekka Marx. Verstehen?*

«Momento», sagte die Frau; im Hintergrund war jetzt Musik zu hören, ein alter Reggae-Song. Anscheinend hatte die Frau den Hörer zur Seite gelegt. Reichenbach stellte sich eine gemütliche Hafenbar vor: kühles Bier, frische Caipirinhas unter strahlend blauem Himmel, muskelbepackte Matrosen mit öligen Hosen und ein paar schwarze, langbeinige Schönheiten. Was machte die Frau so lange? Vielleicht holte sie jemanden, der Englisch oder Deutsch sprach. Reichenbach trommelte nervös mit den Fingern auf den Schreibtisch.

«Rebekka se foi há um par de minutos.» *Rebekka ist vor*

ein paar Minuten gegangen, war die tiefe Frauenstimme plötzlich wieder in der Leitung.

«Não entendo.» *Nichts verstehen.*

«Se foi.» *Gerade gegangen,* sagte die Frauenstimme.

Reichenbach blätterte in seinem Wörterbuch. «Sie war da!», sagte er aufgeregt und gleichermaßen enttäuscht zu Eder. «Sie war in Nanis Bar. Wir müssen sie gerade verpasst haben.»

Eder hob die Schultern.

«Rebekka telefonar policia alemão», rief Reichenbach in den Hörer. «München, senhor Reichenbach. Compreender?»

«Sim. Numero?»

Langsam und deutlich las Reichenbach die Ziffernfolge ihres Büroanschlusses von dem Notizzettel ab: «Zero, oito, nove, dois, um, nove, zero, oito, sete, sete. Compreender?»

«Sim.»

«Obrigado.»

«De nada, senhor.»

*

Wetter hatte für Rebekka bislang nie etwas Bedrohliches gehabt. Wetter war ein Zustand gewesen, auf den man sich einrichten konnte: mit Regenschirm, mit Winterschuhen, mit T-Shirt, mit Heizung, mit Klimaanlage, mit einem festen Dach über dem Kopf. All diese Fernseh- und Zeitungsberichte von Dürrekatastrophen, Hurrikans, Orkanen, Sturmfluten – man nahm sie wahr und vergaß sie wieder. Rebekka hatte Wetter nie eine existenzielle Bedeutung beigemessen. Bis zum heutigen Tag.

Der Regen hatte für eine Weile ausgesetzt. Dem dunkelgrauen Himmel nach zu urteilen, würde es nicht lange dauern, bis die Wolken neue Wassermassen getankt hatten, um sie über Brava auszuschütten. Der Wind dachte gar nicht daran nachzulassen, sondern wurde von Stunde zu Stunde stärker. Er blies so stark, dass er einem manchmal die Luft zum Atmen nahm und Rebekka die dunklen Locken ins Gesicht peitschte, dass es wehtat.

Sie war zurück in Dr. Engelberts Ferienhaus. Sie klammerte sich, in einen dicken braunen Strickpullover gehüllt, an das Geländer im Laubengang. Von hier oben sah das Meer, das gestern noch in ruhigem Dunkelblau dagelegen hatte, weiß aus. Es war bedeckt mit einem Schaumteppich. Das Tosen der Brandung gegen die Felsen hörte sich trotz der Entfernung an wie ein nahendes Erdbeben. Dumpfes, zitterndes Grollen.

Für Rebekka war es unvorstellbar, dass die Atlantis morgen Nachmittag auslief. «Ach warten Sie ab: Sturm kommt, Sturm geht», hatte Kapitän Dunbar mit einer wegwerfenden Handbewegung gesagt. Als ob seine bloße Gegenwart den Sturm in die Knie zwingen würde. Gerede, hatte Rebekka gedacht, obwohl sie Dunbars Hoffnung mehr als teilte. Die Angst in den Gesichtern seiner jungen schwarzen Mannschaft sprach dagegen.

Mister James hatte Rebekka von Barryl erzählt, dem Orkan, der 1982 die ganze Insel verwüstet hatte; und dass es damals ganz ähnlich angefangen hatte. Mit heißem Wüstenwind vom Festland, dann Regen, dann Sturm. Die Temperatur war, wie jetzt auch, blitzartig um gut zehn Grad gefallen. Am Ende die Katastrophe. Zwanzig Menschen waren damals gestorben.

Mister James hatte Rebekka zur Westseite der Insel gebracht, an die Stelle, wo der schmale, felsige Weg zum Haus begann, den sie bei ihrer Ankunft mit Viktor gegangen war. Auch Mister James hatte die Nacht wegen des Sturms in

Furna verbracht. Rebekka war ihm am gestrigen Nachmittag noch einmal begegnet, bei Nani, als sie wegen des Fluges telefonieren musste.

Weil sie ahnte, dass Viktor und sein alter Militärjeep als Fahrgelegenheit ausscheiden würden, hatte sie Mister James gebeten, mit seinem Shit-Truck für sie eine Extratour zu unternehmen. «Alles eine Frage des Geldes, Lady!» Der Preis für Hin- und Rückfahrt betrug fünfzig Dollar. Morgen Mittag würde er sie wieder abholen. Damit er ihre Verabredung nicht vergaß, hatte Rebekka darauf bestanden, ihm die zweite Hälfte der Summe erst dann zu geben.

Dass Viktor nirgends aufgetaucht war, weder bei Nani noch in seinem Haus, dessen Türen und Fenster allesamt mit Läden verrammelt waren, hatte Kapitän Dunbar mit der Bemerkung kommentiert: «Dann macht er vielleicht ein paar Besorgungen.» Rebekka war nicht darauf eingegangen.

Dunbar betrieb um Viktor eine sonderbare Geheimniskrämerei, was Rebekkas Unbehagen – dieses mulmige Gefühl nicht greifbarer Bedrohlichkeit – noch weiter steigerte.

Für einen Außenstehenden musste das übertrieben wirken. Was gab es denn für einen Anlass, aus dem man logischerweise ableiten konnte, dass sie etwas zu befürchten hatte? Rebekka vermochte es sich selbst nicht zu erklären. Da war nichts Erklärbares. Da war ein Gefühl, das wie ein Krake von ihr Besitz ergriff, seit sie diese Insel betreten hatte, und das sich von Tag zu Tag verstärkte. Es war ihr zum ersten Mal aufgefallen, als Viktor von den Gerüchten um das Haus berichtet hatte. Rebekka beruhigte sich mit dem Gedanken, dass man sich in der Fremde leichter Sorgen machte, was das Unbehagen allenfalls für ein paar Stunden lindern konnte.

Eine Böe schlug Rebekka die Haare vors Gesicht, sodass

sie einen Augenblick lang nichts sehen konnte. In der nächsten Sekunde knallte es. Ein Knall wie ein Schuss. Rebekka zuckte zusammen. Dann Quietschen und Scheppern. Rebekka lehnte sich vorsichtig über das Geländer. Der Sturm hatte die Haustür aufgerissen, die nun immer wieder gegen die Mauer schlug.

In Rebekkas Augen hatte das Schloss gar nicht so zerbrechlich gewirkt. Zügig kletterte sie die schmale Treppe ins Wohnzimmer hinab. Schon von oben sah man, dass der Wind die beiden Bilder des Missionarsehepaars und ihres Sohnes von der Wand gefegt hatte. Der Boden war übersät mit kleinen, funkelnden Glassplittern. Rebekka war barfuß. Sie ging auf Zehenspitzen, langsam, um sich nicht zu verletzen. Sie griff nach der Tür und stellte fest, dass das Schloss völlig in Ordnung war. Sie wollte die Tür gerade wieder schließen, da blieb ihr Blick an der weißen Kreidezeichnung, außen, auf dem dunklen von der Sonne verbrannten Holz, hängen. Die Zeichnung, die ihr schon am ersten Tag flüchtig aufgefallen war. Die sie dann aber nicht mehr beachtet hatte, weil sie von der Witterung so verblasst war. Der peitschende Regen der vergangenen Nacht hätte von ihr nicht den kleinsten Punkt übrig lassen dürfen.

Doch jetzt war sie deutlich zu sehen. Dicke weiße Kreidestriche. Und jetzt begriff Rebekka auch, warum ihr die Gravur auf dem Feuerzeug in der Grotte bekannt vorgekommen war.

Die Zeichnung stellte ein schräges Kreuz mit einer vierzackigen Krone dar.

Rebekka warf die Tür ins Schloss und drehte den Schlüssel. Klack, klack. Zweimal abgeschlossen. Nein, eingeschlossen!, fuhr es ihr durch den Kopf. Sie hatte sich eingeschlossen, vielleicht zusammen mit dem Unbekannten, der gerade die Zeichnung an der Tür erneuert hatte, bevor er ins Haus gegangen war. Er hatte die Tür nicht fest genug ins Schloss gedrückt, deshalb war sie wieder aufgeflogen. Und jetzt versteckte sich der Unbekannte hier im Raum. Oder in der Küche.

Rebekka sah sich um, die rechte Hand noch immer an dem schweren geschwungenen Schlüssel, bereit, sofort wieder aufzuschließen, um die Flucht zu ergreifen. Die Flucht. Lächerlich! Wohin sollte sie denn flüchten? Sie kannte sich nicht aus, sie war barfuß, sie war eine Frau. Der Eindringling war ein Mann, kräftig und schnell auf den Beinen. Rebekka zweifelte keine Sekunde daran, dass es ein Mann war. Eine Weile ließ sie den Blick auf dem großen ovalen Esstisch ruhen, ob sich der Unbekannte dahinter versteckte. Sie stellte sich auf die Zehenspitzen, reckte den Hals. Niemand zu sehen. Ansonsten bot das Wohnzimmer kein Versteck.

Also doch in der Küche. Rebekka hielt den Atem an, lauschte. Ausatmen, einatmen, wieder lauschen. Der Wind blies mit garstigem Pfeifen durch die Fensterritzen. Der Unbekannte hätte schon Teller auf dem Boden zerschlagen müssen, damit sie ihn hörte.

«Hallo, ist da jemand?»

Schritt für Schritt näherte sich Rebekka der Küche. Die Tür stand offen. Auf dem Herd ein Topf, aus dem Dampf aufstieg. Bevor Rebekka in den Laubengang gestiegen war, hatte sie Wasser für Kaffee aufgesetzt. Auf dem Fenstersims spielte der alte Weltempfänger leise Musik. Rebekka war innerlich darauf vorbereitet, jeden Moment in das Gesicht eines Fremden zu schauen.

«Hallo!»

Nichts. Die Küche war menschenleer; kein Unbekannter, kein Gesicht.

Rebekka ließ sich an der Wand auf den kühlen Steinboden sinken. Einbildung, dachte sie. Meine Phantasie geht mit mir durch. Meine Nerven! Ich werde wahnsinnig. Wie soll ich es hier nur eine weitere Nacht aushalten? Sie rieb sich mit den Handflächen das Gesicht.

«Wie soll ich es hier noch aushalten?», sagte sie laut, rief es in den leeren Raum.

Dumpfes Gluckern signalisierte, dass das Kaffeewasser jetzt kochte. Starker Kaffee würde gut tun. Rebekka nahm die Hände vom Gesicht und stützte sich am Boden ab, um aufzustehen. Dabei sah sie für einen Moment zum Fenster, dessen Scheiben vom Wasserdampf leicht beschlagen waren.

Wie jeder Mensch hatte sich Rebekka schon oft im Leben erschreckt: Sie war zusammengezuckt, es hatte ihr eine Gänsehaut über den Rücken gejagt, und ihr war auch schon mal ein entsetztes «Huch» oder «O Gott» herausgerutscht. Aber noch nie hatte sie sich so wie jetzt erschreckt. Sie stieß einen lauten hellen Schrei aus.

*

Selbst wenn man die Fotos schnell durchblätterte, war der Anblick kaum zu ertragen. Reichenbach begriff, warum einer der Kollegen damals am Tatort kotzen musste. Isolde Frohloffs Leiche war nicht mehr als Körper zu erkennen gewesen. Ein Klumpen blutiges, menschliches Fleisch.

Was die Ermittlungen anbelangte, kein aufwendiger Fall. Eine Zeugin, die Nachbarin, hatte über den 110-Notruf Alarm gegeben. Der Täter konnte noch am Tatort festgenommen werden. Wirre Sätze murmelnd, hatte er neben dem Opfer, seiner Mutter, gesessen. Sofortiges Geständnis, langatmiger Gutachterprozess, Einweisung in die Psychiatrie.

Eigentlich sollte man solche Verrückten nie wieder rauslassen, dachte Reichenbach.

Nach seinem letzten Seminar zur Mitarbeitermotivation hatte der Polizeipräsident auf jedem Flur des Präsidiums so genannte Kommunikationspunkte einrichten lassen: kleine Sitzecken mit runden Tischchen und einem Getränkeautomaten, der warme Cola, kalten Kaffee und zu süßen Kakao ausspuckte. Diese Kommunikationspunkte erfreuten sich ähnlicher Beliebtheit wie der Streifendienst an Heiligabend. Deshalb konnte man sich dort zu ungestörten Gesprächen treffen.

«Ist das die Frohloff-Akte?», fragte Horst Benedikt.

Reichenbach nickte, schlug den Deckel zu und schob Benedikt den dünnen Ordner über den Tisch. «Sind deine Leute mit der Marx-Praxis fertig?»

«Heute Nachmittag», erwiderte Benedikt. «Ist ein ziemliches Chaos.»

Wer immer bei Rebekka Marx eingebrochen war, hatte es nicht getan, um Wertsachen zu stehlen. Im Schlafzimmer hatte eine Schatulle mit Ringen, Armreifen und einer sehr alten goldenen Herrenrolex gestanden, gut sichtbar und unangetastet auf einer Kommode. Der Einbrecher schien sich nur für den Therapieraum interessiert zu haben. Schwer zu sagen, ob dort etwas fehlte. Alles deutete auf einen gezielten Akt der Verwüstung hin, mit den enthaupteten asiatischen Statuen auf der Patientencouch als Visitenkarte des Täters.

«Dass du dabei essen kannst.» Reichenbach verzog angewidert das Gesicht.

Benedikt betrachtete die Bilder von Isolde Frohloffs Leichnam und schob sich dabei einen Schokoriegel in den Mund.

«Hmmh», murmelte er mit vollem Mund. «Was macht eigentlich dein Zoff mit Eder?»

Reichenbach setzte gerade an, um von der jüngsten Entwicklung im Kleinkrieg mit Eder zu erzählen, als der mit hängenden Schultern, die Hände in den Hosentaschen, auf sie zuschlurfte.

«Die Frohloff-Akte?» Er zeigte auf den rosafarbenen Ordner.

«Hmmh.» Benedikt hatte den Mund voll und gab ihn Eder.

Reichenbach beobachtete Eders Gesicht, wie er die Fotos ansah und dabei grinste. «Die hat er ja ganz schön tranchiert, die Alte.»

Reichenbach fand die Bemerkung überflüssig.

Rebekka Marx' Therapiezimmer war mit Fingerabdrücken übersät gewesen. Mindestens zehn verschiedene Personen hatten Benedikts Experten bis jetzt ausgemacht. Von jedem hatten sie die Abdrücke durch den Scanner der Polizeidatenbank geschickt. Nur in einem Fall war Übereinstimmung festgestellt worden. Der Computer hatte mit allen Alarmsignalen reagiert, als der Name Ludwig Frohloff auf dem Bildschirm aufflackerte. Was zunächst wie eine heiße Spur ausgesehen hatte, entpuppte sich nach einem Anruf bei Gericht jedoch nur als mäßige Sensation. Ludwig Frohloff wohnte seit seiner Entlassung aus der Psychiatrie wieder in München, und Rebekka Marx war, wie es die Auflagen verlangten, seine Therapeutin. «Eine Art medizinisch-psychologisch geschulte Bewährungshelferin», hatte eine Richterin Reichenbach erklärt.

Sie würden Frohloff später überprüfen. Für Reichenbach gab der Einbruch bei Rebekka Marx momentan ein viel dringenderes Rätsel auf.

«Hast du nochmal mit dem Kollegen Fink gesprochen?», fragte er Eder.

«Gerade eben.»

«Und?»

«Es gibt keinen Zweifel, die Marx hat Lindner behandelt. Sie haben Rechnungen bei ihm gefunden und so was wie eine Diagnose.» Eder fingerte die zusammengefaltete Kopie eines Briefes aus der Innentasche seines Trachtensakkos. «Neurotische Störungen», las er vor, «sowie manisch-depressive Tendenzen.»

«Lass mal sehen.» Reichenbach nahm das Schreiben. Es war an eine Krankenversicherung gerichtet und auf Rebekka Marx' Briefpapier abgefasst.

«Vielleicht hat er die Behandlung ja beendet», gab Eder zu bedenken.

«Glaube ich nicht. Schau mal auf das Datum: Der Brief ist keine zwei Monate alt. Außerdem müsste es doch auf jeden Fall Unterlagen von Lindner geben.» Reichenbach sah Benedikt an: «Ihr habt wirklich alles abgesucht?»

Benedikt erwiderte den Blick, als wäre schon die Frage eine Beleidigung.

«Das könnte bedeuten, bei dem Einbruch wurden Lindners Unterlagen gestohlen», sagte Reichenbach. «Wie sieht's denn mit Fingerabdrücken aus? Habt ihr Fingerabdrücke von Lindner gefunden?»

«Ein paar, vor allem an der Couch.»

Eine kleine, dicke junge Frau, deren kräftige Beine aus ein paar Stiefeletten ragten und in einem viel zu kurzen grauen Wollrock verschwanden, kam schnaufend das Treppenhaus herauf. Sie trug ein ausgefranstes Körbchen unterm Arm, aus dem ein paar dicke Bücher ragten. Auf ihrem Kopf saß eine Wollmütze, die sie bis über die Ohren gezogen hatte.

«Ich suche einen Hauptkommissar Reichenberg.»

Eder grinste

«Sie meinen -bach», sagte Reichenbach. «Reichenbach.»

«Kann sein. Ich bin vom Lehrstuhl für Romanistik und soll hier ein paar Dokumente übersetzen.»

«Sie meinen, Sie sind Dolmetscherin für Portugiesisch?» Reichenbach sprang auf, schüttelte der Frau die kleine dicke Hand und schob sie den Flur entlang zum Büro. «Sie müssen für uns keine Dokumente übersetzen. Sie müssen nur ein paar Polizeikollegen dazu bringen, unsere wichtigste Zeugin in einem Mordfall aufzutreiben.»

«Wo ist denn ihre Zeugin?»

«Kapverdische Inseln.»

«Das ist ja am Ende der Welt.»

*

Sie hatte Angst. Nicht irgendein unbehagliches, Bedrohung vorausahnendes Gefühl, sondern Angst, wie sie noch nie im Leben Angst gehabt hatte.

Der Wind bremste ihre Schritte; der Regen nahm ihr die Sicht. Rebekka stolperte den schmalen Weg zwischen spitzen, scharfen Felsen hindurch, ohne zu merken, dass ihr rechtes Hosenbein bereits zerrissen war und aus einer Wunde an ihrer rechten Wade Blut rann. Blut, das sich mit dem Regenwasser vermischte.

Wie ein nasser Lappen klebte ihr brauner Strickpullover am Körper. Rebekka rannte in die Finsternis. Sie atmete durch die Nase ein und den Mund wieder aus. Sie hatte keine Ahnung, warum sie sich plötzlich daran erinnerte, wie man atmen musste, um keine Seitenstiche zu bekommen.

Der Rucksack auf ihren Schultern wurde mit jedem Schritt schwerer. Rebekka hatte ihn in aller Eile gepackt. Das heißt, sie hatte nur alles Greifbare hineingeworfen.

Im Lauf warf sie einen Blick zurück: kein Licht mehr zu sehen. Der Strahl der Taschenlampe hinter ihr schien verschwunden. Langsam öffnete sich der schmale Weg. Sein felsiger Untergrund wurde weich und sandig; schwerer, nasser Sand, in dem Rebekkas Trekkingstiefel bis zum Schaft versanken. Sie rang nach Atem, spürte den hämmernden Puls in ihrer Brust. Vor ihr jetzt der Strand, der Baia do Porteto. Hohe Wellen krachten explosionsartig ans Ufer.

Rebekka rannte nach rechts, Richtung Norden, unter den Palmen entlang. Der Boden war bedeckt mit vom Sturm heruntergerissenen Blättern. Die auslaufende Brandung leckte nach Rebekkas Füßen. Sie rannte und rannte – und dachte mit einem Mal, dass sie sich für die falsche Richtung entschieden hatte. Dieser Weg führte in eine Sackgasse: Er würde vor der steilen, unüberwindbaren Felswand enden, die nur einen Durchschlupf kannte: den schmalen Tunnel, der in die Grotte des *olho azul* führte.

Also umdrehen?

Das würde wertvolle Meter kosten.

Sie warf einen erneuten Blick über die Schulter. Da war er wieder, der Strahl der Taschenlampe. Hektisch zappelnd folgte er ihr. Sie ließ den Rucksack von den Schultern gleiten, er rollte den Strand hinab. Die nächste Welle riss ihn mit.

Rebekka hatte keine Ahnung, warum Viktor sie verfolgte. Sie wusste nicht einmal, ob es Viktor war. Aber wer sollte es sonst sein? Das Gesicht an der Scheibe in der Küche! Das ihr einen solchen Schreck eingejagt hatte, als sie vom Boden aufgestanden war. Es war durch das beschlagene Glas nur schemenhaft zu sehen gewesen. Aber deutlich genug, um die hässliche Pilotenbrille zu erkennen. Wer außer Viktor würde bei diesem Wetter eine Sonnenbrille tragen?

Rebekka hatte das Fenster aufgerissen und gebrüllt: «Viktor, wo sind Sie?» Dann: «Viktor, was soll das!» Und: «Viktor, lassen Sie den Unsinn!»

Es hatte niemand auf ihre Rufe reagiert.

Sie war ums Haus gelaufen, hatte Fußspuren entdeckt.

Tiefe Männerschuhabdrücke im Schlamm, in denen sich das Regenwasser sammelte. Die Abdrücke führten aus dichtem Palmengebüsch zum Haus und wieder zurück zum Gebüsch. Weiter hatte Rebekka die Spur nicht verfolgt. Aber die Richtung wies hangaufwärts, wo es ein paar hundert Meter weiter einen Felsvorsprung gab, der groß genug war, um darunter Schutz vor Unwetter zu finden.

Viktors Versteck? Aber warum sollte er sich vor ihr verstecken? Stammte die Zeichnung an der Tür von ihm? Was hatte sie zu bedeuten?

Rebekka war nervös im Haus auf und ab gelaufen und hatte sich tausend Fragen gestellt. Nichts von dem, was passiert war, ergab in ihren Augen einen Sinn. War sie in Gefahr oder nur hysterisch? Flucht oder die Nacht im Haus bleiben?

Sie hatte die Scherben der heruntergefallenen Bilderrahmen zusammengefegt, sich auf die Couch gesetzt und lange das Foto des Missionarsehepaars angesehen. Das ernste Gesicht des Pfarrers, der mit seiner Nickelbrille ein wenig an Gandhi erinnerte; und seine Frau, die in ihrem dunklen Kleid respektvoll zwei Schritte hinter ihm stand. Rebekka hatte sich gefragt, ob die Merkwürdigkeiten, die sich seit Tagen zutrugen, etwas mit den beiden zu tun hatten.

Konnte es sein, dass sie noch am Leben waren? Ob Dr. Engelbert von ihrer tragischen Geschichte wusste? Von dem rätselhaften Verschwinden der beiden Söhne? Dr. Engelbert hätte doch etwas sagen können!

Und Viktor? Welche Rolle spielte Viktor? War er wirklich nur der zufällig auf den Kapverden gestrandete Insellehrer? Oder verband ihn viel mehr mit diesem Eiland?

Während Rebekka dagesessen hatte, war es Nacht geworden. Sie hatte beschlossen, im Haus zu bleiben. Nicht weil sie sich dort am sichersten fühlte, sondern weil sie nicht wusste, wohin sonst. Der Regen hatte zwischenzeitlich wieder eine Pause eingelegt, und in der Ferne war ein Lichtpunkt zu sehen gewesen. Rebekka hatte ihn zunächst für einen Stern gehalten. Ein erstes Anzeichen dafür, dass der Himmel aufreißen und der Sturm vielleicht doch bald nachlassen würde. Aber bei längerem Hinsehen begann sich der Lichtpunkt zu bewegen. Es war der Strahl einer Taschenlampe, der aufs Haus zukam.

In dem Moment hatte Rebekka ihren Entschluss geändert. Wegrennen! Abhauen! Lieber die Nacht bei Sturm und Regen im Freien verbringen, als in der Falle zu sitzen, während Viktor mit Gott weiß welchen Absichten draußen herumschlich.

Viktor oder sonst irgendein Unbekannter.

Rebekka war aus dem Haus gestürzt und hangabwärts gerannt, geduckt im Schutz der Felsen und in der Hoffnung, unbemerkt zu entkommen. Doch der zappelnde Lichtstrahl der Taschenlampe hatte sofort die Richtung geändert, um ihr zu folgen.

Er ließ sich einfach nicht abhängen!

Rebekka hatte jetzt das Ende des Baia do Porteto erreicht. Die schwarze Wand aus Lavagestein ragte wenige Schritte von ihr entfernt senkrecht empor. Davor das Skelett des Dornenstrauchs, der den Tunnel zur Grotte verbarg. Trotz der Brandung war der Eingang nicht überflutet. Nur die besonders hohen Wellen erreichten ihn und spülten Wasser hinein.

Noch hatte der Strahl der Taschenlampe Rebekka nicht erfasst. Aber er war jetzt so nah, dass Rebekka dahinter eine Gestalt erkennen konnte. Ein Schatten, der mit langen Schritten auf sie zukam.

Ohne auf die spitzen Dornen des Strauchs zu achten, sprang Rebekka in den Tunneleingang und sank auf die Knie. Sie war zu erschöpft, um durch die enge Röhre weiter zur Grotte zu kriechen. Reglos vor Angst verharrte sie in ihrem Versteck. Sie beobachtete durch die Zweige, wie der Schatten zwanzig, dreißig Meter vor der Felswand stehen blieb. Der Strahl der Taschenlampe wanderte über den Strand; dann zum Meer; über das Gestein und beleuchtete für einen kurzen, Rebekka den Atem raubenden Moment den dürren Dornenstrauch.

Nach ein paar Sekunden, die Rebekka wie eine Ewigkeit vorkamen, wandte sich der Schatten ab. Sie konnte sehen, dass er etwas auf dem Rücken trug, das aussah wie ihr Rucksack.

23

Der schöne Eric Anderson hatte es in den vergangenen zweieinhalb Jahren weit gebracht. Nach Abschluss seines Studiums mit Prädikatsexamen, in der für die Münchner Universität beachtenswerten Zeit von nur neun Semestern, durfte er sich Diplompsychologe nennen. Er hatte, wie es sein Wunsch gewesen war, eine akademische Karriere an der Universität begonnen. Dank wohlwollender Beurteilung durch seinen Mentor Dr. Engelbert beschäftigte ihn die Fakultät in einer halben Stelle als Privatdozent; eine deutliche Anerkennung seiner Leistungen, da die Fakultät unter chronischen Finanzschwierigkeiten litt und in den vergangenen Jahren eher Stellen strich als neue schuf.

Eric Anderson verdiente etwa die Hälfte des Gehalts einer Supermarktkassiererin. Dafür musste er an vier Tagen die Woche Seminare halten, zusätzlich Korrekturen von Examensarbeiten übernehmen, wenn sich die Professoren überlastet fühlten, und die Institutsbibliothek organisieren. Diese Aufgabe gehörte üblicherweise nicht in den Verantwortungsbereich eines Privatdozenten, und sie dokumentierte die Knechtschaft, in der sich Eric Anderson befand. Doch die Arbeit in der Bibliothek machte ihm nichts aus. Im Gegenteil, so wurde er automatisch über neue wissenschaftliche Publikationen auf dem Laufenden gehalten, was eine gute Vorbereitung für seine Doktorprüfung war, die in einem halben Jahr bevorstand.

Die größte Herausforderung für ihn war es allerdings gewesen, als ihn Dr. Engelbert vergangenes Wintersemester fragte, ob er einen seiner Vorlesungstermine übernehmen könnte: *Das Borderline-Syndrom – ein Phänomen des 21. Jahrhunderts*. Eric Anderson hatte zugesagt, um Dr. Engelbert nicht zu enttäuschen. Er hatte vorher noch nie eine Vorlesung gehalten. Und obwohl sich der Andrang bei Dr. Engelberts Veranstaltungen in Grenzen hielt, war ihm schon beim Gedanken an den Auftritt in einem der riesigen Universitätshörsäle mit ihren hohen Decken und den jahrhundertealten Holzbänken schlecht geworden. Doch entgegen seinen Befürchtungen hatte es ihm solche Freude bereitet, dass er seitdem immer häufiger Vorlesungen hielt, wenn Dr. Engelbert verhindert war. Seine Veranstaltungen kamen bei den Studenten ganz offensichtlich gut an, denn von Mal zu Mal saßen mehr Zuhörer in den Bänken. Auch Dr. Engelbert hatte es mit gewissem Neid wahrgenommen.

Zu Eric Andersons Verzweiflung beschränkte sich seine Selbstsicherheit auf die kurzen Auftritte vor Publikum. In seiner alltäglichen Arbeit an der Universität ging er jedem persönlichen Gespräch mit den Studenten am liebsten aus dem Weg. Manchmal kam er sich vor wie ein exzentrischer Schauspieler, der nur auf der Bühne glücklich sein konnte und abseits davon vor lauter Selbstzweifeln langsam wahnsinnig wurde.

Mit kraftlosem Gang, den Kopf zwischen den Schultern eingezogen, schlenderte Eric Anderson durch den Englischen Garten. Die weißen Kieswege schlängelten sich wie hingeworfene Wollfäden durch das weite Grün. Gräser und Blätter waren von einer zarten Schicht Raureif überzogen. Es herrschten minus vier Grad; seit zehn Jahren der kälteste Tag in einem Oktober, hatte die Wettervorhersage heute Morgen im Radio gemeldet. Zwei Polizisten zu Pferd ritten auf ihrer Morgenpatrouille an Eric Anderson vorbei. Stolze Polizisten in ihren grünen Uniformen auf stattlichen Pferden, deren rotbraunes Fell vom Schweiß dampfte. Seit Tagen zeigte sich der Himmel zum ersten Mal nicht nur in trübem Grau, sondern ließ ab und zu die Sonne scheinen.

Eric Anderson blieb stehen, sah den Pferden eine Weile nach, beneidete die Reiter um ihren Stolz. Reiten hatte etwas Erhabenes, etwas Herrschaftliches, weil man von oben auf die Menschen herabschauen konnte. Als Kind hatte sich Eric Anderson immer Reitstunden gewünscht, aber sein Vater war dagegen gewesen. Weil er es zu teuer fand und weil Reiten für ihn ein Zeichen von Überheblichkeit war. Seiner Mutter verdankte Eric Anderson, dass er wenigstens die Tanzschule besuchen durfte. Tänzer hatten ebenfalls diese stolze Ausstrahlung, die ihn so beeindruckte, wenn sie mit durchgedrücktem Rückgrat übers Parkett schritten und ihre Frauen herumwirbelten. Bedauerlicherweise fehlte Eric Anderson jegliches Rhythmusgefühl, weshalb die Mädchen, die eigentlich immer sehr nett zu ihm gewesen waren, bei der Wahl ihrer Tanzpartner einen Bogen um ihn gemacht hatten.

Er schlug den Kragen seiner schwarzen Windjacke hoch, die viel zu dünn war für diese Temperaturen, und bohrte die Hände so tief es ging in die Taschen. Eine Frau mittleren Alters, die an jeder Hand ein kleines Kind hielt, kam ihm entgegen und nickte ihm freundlich zu. Er zog den Kopf noch etwas tiefer zwischen die Schultern und tat, als hätte er sie nicht bemerkt.

Die Frau hatte mit ihren dunklen Locken und der eckigen schwarzen Brille Ähnlichkeit mit Rebekka Marx gehabt.

Der Abend, damals, in Halle, war ihm heute noch peinlich. *Sie glauben doch, dass ich nur deshalb Psychologie studiere, weil mit mir etwas nicht stimmt, weil ich ein Problem habe.* Was war nur in ihn gefahren, dass er so einen Unsinn geredet hatte? Und Rebekka Marx' entsetzter Blick auf seine Bemerkung hin.

Der Satz war so aus ihm herausgeplatzt, weil die Befürchtung, man könnte ihn für nicht normal halten, ständig in ihm nagte.

Eric Anderson schämte sich so für sein Verhalten, dass er sich vorgenommen hatte, nie bei Rebekka Marx anzurufen. Obwohl sie es ihm an dem Abend angeboten hatte und er gerne mit ihr ausgegangen wäre. Rebekka Marx erinnerte ihn sehr an seine Mutter.

Um nicht auf seinen Vordermann aufzulaufen, blieb Eric Anderson stehen. Außer diesem Mann vor ihm auf dem Weg war jetzt weit und breit keine Menschenseele mehr zu sehen. Ein widerlicher Gestank ging von diesem Mann aus, dessen Gang Eric Andersons noch an Kraftlosigkeit übertraf. Von hinten konnte man nur graue Haare erkennen und breite Schultern, die einen grauen, fast bis zum Boden reichenden Mantel trugen. Er stieß dicke, gelbliche Wolken Zigarrenqualms in die kalte Oktoberluft. Eric Anderson erschauerte vor Ekel. An der nächsten Gablung ging der Mann nach links, und ihre Wege trennten sich.

Das Hupen und Verkehrsrauschen der Prinzregentenstraße riss den Englischen Garten aus seiner Stille und erinnerte Eric Anderson an sein Vorhaben. Nicht, dass er es vergessen hätte, aber doch verdrängt, wie er unangenehme Dinge immer kurzweilig verdrängte. Als er den Park verließ, stand ein Bus an einer Haltestelle. Eric stieg ein, ohne eine Fahrkarte zu lösen. Es waren nur zwei Stationen.

Im Bus drängelten sich Menschen auf ihrem Weg ins Büro oder in die Firma; schweigende Menschen mit müden Augen und fahlen Gesichtern. Es war stickig und eng.

Schon von weitem sah Eric Anderson, dass vor dem kleinen weißen Haus in der Lamontstraße, an dem er in den vergangenen Wochen oft vorbeigegangen war, ein roter BMW parkte, den er dort vorher noch nie gesehen hatte. Der Bus passierte das Haus in langsamem Tempo. In der Garageneinfahrt standen zwei Männer und redeten heftig gestikulierend aufeinander ein. Der rechte, ein älterer mit braunen Locken und einem dunklen Trachtensakko, zeigte dem linken, der jünger und schlanker war, einen Vogel.

An der nächsten Station verließ Eric Anderson den Bus und ging die Lamontstraße auf der dem Haus gegenüberliegenden Seite zurück. Die beiden Männer waren aus der Einfahrt verschwunden. Er schwitzte vor Aufregung und klappte den Kragen seiner Windjacke wieder herunter. Eine Hand in der Hosentasche, bestrebt, möglichst teilnahmslos dreinzublicken, wechselte er die Straßenseite und blieb im Schutz der mannshohen Hecke, die das Nachbargrundstück umgab, stehen.

Von hier aus konnte man Rebekka Marx' Garten überblicken. Die Läden vor ihrer Terrassentür waren geöffnet. In dem einen Flügel ersetzte brauner, mit dickem Paketband befestigter Karton die Scheibe, die er eingeschlagen hatte. Er wunderte sich, wie der Einbruch so schnell entdeckt werden konnte. Er hatte die Fensterläden doch wieder geschlossen. Und er war überzeugt, dass ihn die alte Frau Tannhäuser nicht gehört hatte. Die liebe Frau Tannhäuser, die immer so nett mit ihm plauderte, wenn er ihr bei einem Spaziergang im Englischen Garten begegnete. Sie hatte ihm erzählt, dass sie zu Hause nie ihr Hörgerät trug. Aber er machte sich keine Sorgen. Er hatte während des Einbruchs Handschuhe getragen und bestimmt keine Spuren hinterlassen. Er war in der Nacht gekommen und niemandem begegnet. Mit Sicherheit würde nicht mal Rebekka Marx darauf kommen, ihn zu verdächtigen. So lange, wie sie ihn schon nicht mehr gesehen hatte. Wahrscheinlich konnte sie sich überhaupt nicht mehr an ihn erinnern.

«Was gibt's denn da zu sehen?», fragte eine unfreundliche Männerstimme.

«Ich … Ähm … Weiß nicht …» Verwirrt starrte Eric Anderson in die Gesichter der Männer aus der Garageneinfahrt. Es war der ältere, der mit dem Trachtensakko, der ihn angesprochen hatte und ihn jetzt grob bei der Schulter packte.

«Du glotzt fremden Leuten in den Garten und weißt nicht, warum! Komm, Bursche, das willst du mir doch nicht weismachen?»

Eric Anderson überlegte einen Moment lang, ob er sich darüber beschweren sollte, dass sich die Hand immer fester in seine Muskeln drückte. Er merkte, wie er zitterte.

«Kennen Sie die Frau, die hier wohnt?», fragte der andere Mann, der jüngere, der wesentlich sympathischer aussah, dessen Augen ihn aber nicht weniger misstrauisch musterten.

«Welche Frau?», tat Eric Anderson überrascht. Ihm war ein Einfall gekommen, wie er sich aus der Affäre ziehen konnte. «Ich meine … Ich dachte, hier wohnt ein Fußballspieler.»

Jetzt lockerte sich der Griff um seine Schulter. «Ein Spanner bist du also», stellte der unfreundliche Kerl mit dem Trachtensakko erheitert fest. «Willst mal schauen, was so los ist in den Schlafzimmern der Prominenz.»

«Nein, ich wollte nur wegen eines Autogramms ...»

«Ja, ja, das behaupten sie alle. Sieh zu, dass du verschwindest, Bursche. Dein Fußballspieler wohnt ein paar Häuser weiter. Und stör ihn nicht in der Besenkammer.» Der unfreundliche Kerl fand seine Bemerkung so witzig, dass er ein lautes Lachen ausstieß. Natürlich wusste Eric Anderson, auf welche Geschichte er anspielte, es hatte ja in allen Zeitungen gestanden, und er rang sich seinerseits ein Grinsen ab.

Die beiden Männer drehten sich um und gingen auf den roten BMW zu, der vor der Einfahrt parkte. Auf dem Armaturenbrett lagen Funkgeräte. Polizisten, dachte Eric Anderson. Bevor sie die Türen zuschlugen, hörte er noch, wie der jüngere fragte: «Wann, sagtest du, kommt die Marx wieder zurück?» – «Übermorgen», erwiderte der andere, «mittags irgendwann, mit dieser kapverdischen Never-come-back-Airline.»

Eric Anderson hatte erfahren, was er wissen wollte.

*

«Der hat uns doch verarscht», meinte Reichenbach.

«Wer?», fragte Eder.

«Na, der Typ eben. Der an der Hecke.»

«Du meinst den Spanner.»

«Der war doch nie und nimmer ein Spanner.»

Eder trat auf die Bremse, dass die Reifen quietschten und Reichenbach in den Sicherheitsgurt gerissen wurde. «Dann hättest du doch was sagen können!», fuhr er Reichenbach an.

«Ist mir doch auch gerade erst eingefallen», verteidigte sich Reichenbach. «Außerdem hast du ihn doch gleich weitergeschickt.»

Sie waren ein paar Straßen von Rebekka Marx' Wohnung

entfernt und hätten an der nächsten Kreuzung nach rechts Richtung Innenstadt abbiegen müssen. Reichenbach ließ die Scheibe herunterfahren und lehnte den Ellenbogen heraus. «Ich denke», sagte er, «Typen, die vor den Privatvillen von Fußballmillionären herumlungern, sehen irgendwie anders aus.»

«Wie anders?» Ohne Rücksicht auf die Reifen zu nehmen, fuhr Eder seitlich auf den Bürgersteig.

«Nicht wie ein Konzertpianist», erklärte Reichenbach.

«Du findest, dass der Typ wie ein Pianist aussah?»

«Irgendwie schon. Die langen gepflegten Haare. Der hatte so was Feinsinniges. Jedenfalls war er kein Fußballfan.»

«Mach das Fenster zu», sagte Eder. «Bitte. Es wird kalt.»

Reichenbach ließ die Scheibe wieder hochfahren und beobachtete skeptisch, wie Eder zwischen den alten Papieren von Bonbons, Schokoriegeln und Kaugummis neben seinem Sitz wühlte. Nach einer Weile hielt Eder ein staubiges Pfefferminz in der Hand, blies kurz drauf und schob es sich in den Mund.

«Und jetzt?», fragte er schmatzend.

Reichenbach hob die Schultern. «Fahr nochmal zurück. Vielleicht finden wir den Typ. Vielleicht steht er ja wieder an der Hecke.»

Fünf Minuten später ließ Eder den BMW langsam durch die Lamontstraße rollen. Vor dem Haus war niemand mehr zu sehen. Eder bog die nächste Straße rechts ab, fuhr einmal um den Block, dann nach links wieder in die Lamontstraße und weiter bis zur nächsten Bushaltestelle.

«Sollen wir eine Fahndung rausgeben?», fragte Eder.

«Weiß nicht», sagte Reichenbach.

Eine Fahndung war ein gewaltiger Schritt, wenn man berücksichtigte, dass der junge Mann nichts anderes getan hatte, als an der Straße zu stehen und in einen Garten zu schauen. Selbst wenn er wegen Rebekka Marx gekommen war, könnte er lediglich ein verstörter Patient gewesen sein. Schließlich gehörte es zum Beruf einer Psychotherapeutin, dass man es mit merkwürdigen Zeitgenossen zu tun hatte. Wie bei Polizisten auch, dachte Reichenbach.

«Was ist nun?», fragte Eder. Er hatte vor der Bushaltestelle angehalten. «Hat der Herr Hauptkommissar eine seiner weisen Entscheidungen getroffen?»

Ohne ihm zu antworten, stieg Reichenbach aus. Dabei ließ er die Tür absichtlich offen stehen. Er studierte den Fahrplan und sah, dass der Bus vor zwei Minuten abgefahren war. Wieder im Wagen, sagte er: «Fahr noch ein Stück geradeaus. Kann sein, dass der Typ den Bus genommen hat. Wenn wir ihn dann nicht finden, vergessen wir ihn.»

Es ergab aus Reichenbachs Sicht keinen Sinn, sich bei den Ermittlungen an jeden Strohhalm zu klammern, solange sie nicht mit Rebekka Marx gesprochen hatten. Dank der kleinen Romanistikstudentin wussten sie, dass Rebekka Marx wesentlich früher als angenommen in München eintreffen würde. Die Studentin hatte noch einmal in Nanis Bar angerufen und eine ganze Weile mit der Frau mit der tiefen Stimme gesprochen; Nani, die Wirtin, wie Reichenbach schon vermutet hatte. Sie hatte sein Portugiesischgestammel tatsächlich verstanden, ihn grüßen lassen und der Studentin erzählt, dass Rebekka Marx ein entlegenes Haus auf der anderen Seite der Insel bewohnte. Vorgestern war Rebekka Marx in Nanis Bar gekommen, weil es dort eines der wenigen Telefone auf der Insel gab und sie ihren Flug umbuchen wollte.

Reichenbach hatte sich vorgenommen, sie schon am Flughafen abzupassen, um sie schonend auf das Chaos in ihrer Wohnung vorzubereiten. «Mit diesen Psycho-Tanten musst du vorsichtig umgehen», hatte Eder geraten. «Die

Sorte Frauen kenne ich. Die sind ziemlich zickig.» Vielleicht hatte er Recht. Eine gewisse Sensibilität, dachte Reichenbach, konnte jedenfalls nicht schaden.

Der Bus fuhr jetzt direkt vor ihnen, Linie 52. Er trug die Werbung einer Bank, die ein Leben ohne Geldsorgen versprach. Eder überholte, und Reichenbach sah im Vorbeifahren, dass einige Fahrgäste über das rasante Manöver vorwurfsvoll den Kopf schüttelten. Schon nach wenigen hundert Metern kam die nächste Haltestelle. In dem gläsernen Wartehäuschen saß ein tuschelndes Pärchen. Eder stoppte.

Der Bus näherte sich mit aufgeblendetem Licht und heftig hupend. Offensichtlich wollte der Fahrer signalisieren, dass Parken an der Haltestelle verboten war. Er fuhr so dicht auf, dass gerade noch eine Zeitung zwischen den Bus und die Stoßstange des BMW gepasst hätte.

Der Fahrer, eine hagere, schnauzbärtige Gestalt, wollte gerade zu zetern beginnen, da hielt ihm Eder trotzig seinen Ausweis unter die Nase. «Jetzt dürfen Sie das Fernlicht wieder ausschalten. Wir müssen uns mal kurz umsehen.»

Beleidigt griff der Fahrer zum Mikrophon und teilte den Fahrgästen näselnd mit: «Die Münchner Verkehrsbetriebe tragen an dieser Unterbrechung keine Schuld. Die Polizei hat unseren Bus gestoppt.»

Für ein paar Sekunden herrschte Stille unter den Fahrgästen, dann ging ein Raunen durch die Sitzreihen. Eder sah den Fahrer wütend an.

Ein alter Mann mit Lederhose und Gamsbart am Hut flüsterte Reichenbach zu: «Hat's einen Überfall gegeben, Herr Wachtmeister?»

«Ja, einen Überfall», entgegnete Reichenbach. Er hatte keine Lust auf Erklärungen.

«Die suchen einen Bankräuber!», rief der alte Mann aufgeregt. Sofort verstummte das Raunen. Alle Blicke waren auf Reichenbach gerichtet. Der Gesichtsausdruck des Busfahrers wechselte von beleidigt zu panisch.

«Sie können weiterfahren», sagte Reichenbach schnell. «Alles in Ordnung, meine Herrschaften! Alles in Ordnung.» Der junge Mann war nicht unter den Fahrgästen.

Als sie wieder auf der Straße standen, tippte sich Eder an die Stirn: «Spinnst du, so einen Mist zu erzählen. Banküberfall! Blödsinn!»

«Das war ein Missverständnis», verteidigte sich Reichenbach.

«Missverständnis», spottete Eder.

Reichenbach wollte gerade noch etwas sagen, da summte sein Handy. Benedikt war am Apparat. Das Labor der Universitätsklinik hatte endlich das Gift analysiert, mit dem Robert Bergmann umgebracht werden sollte.

Das Gespräch dauerte fast eine Viertelstunde. Obwohl Eder fror, dass ihm die Zähne klapperten, blieb er neben Reichenbach stehen, bis der das Handy wieder einsteckte. Dann fragte er ungeduldig: «Was war es denn nun für ein Zeug?»

«Es heißt Lithium», sagte Reichenbach. «Wie schon vermutet, ein Medikament, das in der Psychiatrie eingesetzt wird. Zur Behandlung von depressiven Erkrankungen. Der Professor, mit dem Benedikt gesprochen hat, meinte, dass man da normalerweise nur drankommt, wenn man irgendwo in einer Klinik arbeitet. Möglichst in der psychiatrischen Abteilung oder in einer entsprechenden Praxis.»

Eder schnaufte. «Ich sag doch immer, diese Seelenklempner sind unberechenbar. Alle nicht ganz dicht. Wahrscheinlich ist unser Täter ein durchgeknallter Psychiater.»

«Es könnte auch ein Patient gewesen sein», erwiderte Reichenbach. «Sogar Thomas Lindner kommt als Täter infrage.»

Eder sah Reichenbach fragend an.

«Wer immer Bergmann dieses Lithium in den Wein gegeben hat, er muss es nicht an dem Abend getan haben, als Bergmann zusammengebrochen ist. Es hätte Tage, sogar Wochen vorher passiert sein können.»

«Wieso?»

«Kannst du dich an die weiße Kruste auf dem Boden des zerbrochenen Kelchs erinnern?»

«Hmmh.»

«Das war nicht das Gift. Das war eine lösliche Substanz aus Zucker und Gelatine. Benedikt glaubt, jemand hat das Medikament mit einer dünnen Gelatineschicht im Glasboden versiegelt. Schon lange vor dem Abend. In diesen farbigen Bleikristallgläsern, sagt Benedikt, würde man so eine Gelatineschicht kaum erkennen. Und dann, Bergmann nimmt das Glas, schenkt ein, die Gelatine löst sich auf, und das Medikament gelangt in den Wein.»

«Klingt nach einem verdammt guten Plan», sagte Eder. «Aber wie konnte der Täter sicherstellen, dass Bergmann aus dem Glas trinkt?»

«Das kann ich mir auch nicht vorstellen», sagte Reichenbach.

24

Das Ungewöhnliche war die Stille. Hätten nicht all ihre Glieder geschmerzt, hätte sie glauben können, sie wäre tot. Verendet wie ein Fisch auf dem Trockenen, von denen viele in der Grotte lagen. Sie waren bei Flut mit dem Meer hineingespült worden und hatten bei ablaufendem Wasser den Weg zurück verpasst.

Rebekka spürte jeden Muskel. Ein Ziehen von ihren Waden über den Rücken bis in die Schultern. Kaum zu glauben, dass sie geschlafen hatte. Wie lange wohl? Beim Blick auf ihr Handgelenk stellte Rebekka fest, dass sie keine Uhr trug. Sie lag noch im Haus oder steckte in ihrem verlorenen Rucksack.

Um zwölf Uhr war sie mit Mister James verabredet. Zwölf Uhr bedeutete, dass die Sonne an ihrem höchsten Punkt stand. Wie spät mochte es sein? Aus dem Halbrund der Grotte, das sich zum Meer öffnete, fiel Tageslicht herein. Vom Lichtpunkt unter der Decke, der das *olho azul* erstrahlen ließ, war noch nichts zu sehen. Kein *olho azul*, also noch nicht Mittag. Rebekka richtete sich auf. Ihre Kleider waren klamm. Sie fror ein wenig.

Die Stille, wirklich seltsam. Als Rebekka sich in der vergangenen Nacht in die Grotte geflüchtet hatte, waren die Wellen krachend wie Kanonenkugeln eingeschlagen. Der jetzt ruhig daliegende See war aufgewühlt gewesen wie ein reißender Fluss. Müde und erschöpft hatte sich Rebekka auf den Boden gelegt. Sie hatte sich hin und her gewälzt, bis sie ihren Körper zwischen den spitzen Steinen so in Position gebracht hatte, dass sich die Schmerzen im Erträglichen hielten. Dann war sie eingeschlafen.

Es war ein langer, aber kein traumloser Schlaf gewesen. Sie hatte Thomas Lindner vor sich gesehen, wie er mit ihrem Rucksack auf den Schultern am Strand davonlief. Er trug das rosafarbene Paillettenkleid, das Rebekka von ihrer Großmutter geerbt hatte. Das Kleid war völlig durchnässt und zerrissen gewesen. Thomas Lindner lief barfuß durch den Sand und hielt eine Taschenlampe in der Hand. Plötzlich drehte er sich zu Rebekka um und leuchtete sich ins Gesicht. Rebekka kniff die Augen zusammen, um sein verbranntes Antlitz nicht sehen zu müssen. «Schauen Sie mich an, Frau Doktor!», brüllte er. «Schauen Sie, was mein Vater mit mir gemacht hat. Schauen Sie! Mein Vater, dieser Tyrann! Schauen Sie!» Thomas Lindner brüllte, bis Rebekka die Augen einen Spalt öffnete und ihn ansah. Aber da war kein verbranntes, entstelltes Gesicht. Da war auch nicht Thomas Lindner. Auf einmal sah sie in das Gesicht ihres Vaters, der sie anlachte. Nein, auslachte. So wie damals, als sie geträumt hatte, er wäre mit dem Wagen verunglückt.

Vom Meer lief eine leichte Dünung auf die Grotte zu, so sanft, dass das Auftreffen der Wellen nur ein leichtes Rauschen hervorrief. Es war, als ob es nie einen Sturm gegeben hätte. Als ob die vergangene Nacht nur ein böser Traum gewesen wäre. Rebekka blickte an sich herunter. Ihre Jeans war vom Knie an aufgerissen. Ihr rechter Trekkingstiefel hatte sich von Blut rotbraun verfärbt. Über einer Wunde an ihrer Wade hatte sich Schorf gebildet. Die Wunde war nicht besonders tief und schmerzte kaum; sie musste wegen des Regenwassers so heftig geblutet haben. Schmerzen bereiteten Rebekka nur die verspannten Muskeln. Sie stemmte die Hände in den Rücken und drückte die Wirbelsäule durch, dann reckte sie die Arme nach oben und zur Seite und gähnte.

Ob das Feuerzeug noch da war? «Eins, zwei, drei», zählte Rebekka leise die rechts vom Tunnelausgang gelegenen Felsvorsprünge ab. Der dritte, der größte, war es gewesen. Das Licht reichte nicht aus, um etwas zu sehen. Rebekka stellte sich auf die Zehenspitzen und tastete mit der rechten Hand über das kühle Gestein. Sie fühlte den Kerzenstumpf mit seinem feinen Docht und das heruntergetropfte Wachs, dann glattes Metall. Das Feuerzeug lag noch an derselben Stelle. Rebekka nahm es und steckte es ein.

Nach zwei Wochen Brava bestand ihre Habe nur noch aus den nassen, zerrissenen Kleidern, die sie am Leibe trug, und dem, was in ihren Hosentaschen steckte: Ausweis, Flugticket, ein paar Dollar sowie den zwei Fotos, die sie aus dem Haus mitgenommen hatte. Und jetzt noch dieses Feuerzeug, dessen sonderbares Emblem sie eines Tages entschlüsseln würde. Auch wenn es keine Bedeutung mehr hatte, wenn sie erst einmal von dieser Insel verschwunden war.

Draußen am Strand erzählten nur noch die gerupften Palmen und die im Sand liegenden Blätter von den Naturgewalten, die anderthalb Tage über Brava getobt hatten. Der Himmel war blau, paradiesisch strahlend. Ein trügerisches Strahlen, dachte Rebekka. Die Sonne stand eine Handbreit über dem Horizont und tauchte die Landschaft in ihr zartes Morgenlicht. Noch fünf, sechs Stunden bis Mittag, schätzte Rebekka. Genug Zeit, um zurück zum Haus und dann den schmalen Weg zum Hochplateau zu gehen, wo sie mit Mister James verabredet war.

Ihr Mund fühlte sich trocken an und schmeckte salzig von der Luft. Im Fels um den Tunneleingang hatten sich kleine Pfützen mit Regenwasser gebildet, an denen Rebekka ihren Durst löschte. Dann machte sie sich langsam auf den Weg. Sie ging den Baia do Porteto dicht am Meer entlang, sodass ihre Füße umspült wurden. Den braunen Wollpullover hatte sie sich über die Schultern geworfen, denn die Sonne stieg schnell.

Als Rebekka die Stelle erreicht hatte, von der aus man den Hang hinauf zum Haus gelangen konnte, zögerte sie. Sie würde doch nicht zum Haus zurückkehren. Sie würde einen anderen Weg finden, um auf das Hochplateau zu gelangen.

Nach wie vielen Stunden sie es geschafft hatte, wusste sie nicht. Sie war den Baia do Porteto bis zum südlichen Ende gegangen, ohne einen Pfad zu finden. Dann hatte sie begonnen, die steilen, schroffen, teils glitschig bemoosten Felswände hinaufzuklettern. Ständig war sie an unüberwindbare Stellen gelangt, die sie zum Umkehren zwangen. Als ihr der Schweiß schon in Bächen über den Rücken rann, die letzten Pfützen Regenwasser verdunstet waren und sie kurz vor dem Entschluss stand, doch den Weg am Haus vorbei zu nehmen, hatte sie endlich die richtige Route gefunden.

Rebekka kraxelte durch eine enge Felsspalte über den Rand der Hochebene, da sah sie schon den grauen Shit-Truck vor sich. Der Motor lief. Mister James lehnte eine Zigarette rauchend am linken Kotflügel.

«Wie sehen Sie denn aus?», fragte er entsetzt.

Rebekka bemerkte sofort seine Tambo-Fahne. «Haben Sie Wasser?»

«Bestimmt.»

Mister James kletterte ins Führerhaus und kam mit einer halb leeren Plastikflasche zurück. Das Wasser war warm. Rebekka trank es in einem Zug aus.

«Wo kommen Sie eigentlich her?», fragte Mister James.

«Vom Strand.»

«Und Ihr Gepäck? Warum habe ich Sie gestern eigentlich hierher gefahren, wenn ich Sie jetzt ohne Gepäck wieder mitnehme?» Mister James klang fast beleidigt.

«Es gibt kein Gepäck», sagte Rebekka. Sie hatte sich auf die Stoßstange gesetzt und ließ den Kopf zwischen die Knie hängen. Das Letzte, was sie jetzt ertragen konnte, war ein beleidigter Mister James.

«Wissen Sie, wie lange ich hier schon auf Sie warte?», sagte er. «Eine Stunde. Ich habe Termine. Ich muss noch in drei Orte fahren, Latrinen auspumpen.»

Dann rückte er damit heraus, worum es ihm eigentlich ging – und womit Rebekka schon gerechnet hatte: «Das sollte Ihnen etwas mehr wert sein als fünfzig Dollar.»

Rebekka griff in ihre rechte Hosentasche, zog ein paar

zerknüllte Scheine, die abgemachte zweite Rate von fünfundzwanzig Dollar, heraus und drückte sie Mister James in die Hand.

«Tut mir Leid, das ist alles, was ich noch habe.»

«Drei Dörfer noch», begann Mister James mit weinerlicher Stimme zu protestieren. Rebekka ging, ohne auf sein Gejammer einzugehen, zur Beifahrerseite und zog sich die Tür hinauf auf den Sitz.

«Wenn Sie sich beeilen», sagte sie, «dann schaffen Sie Ihre drei Latrinen noch bis Sonnenuntergang.»

Als die Atlantis mit stampfendem Dieselmotor aus dem Hafen von Furna auslief und Brava mit jedem Meter kleiner wurde, spürte Rebekka, wie die Anspannung von ihr abfiel. Ein Urlaub, in dem sie das Leben in der Einsamkeit erfahren wollte, um sich auf ihr Innerstes zu besinnen, hatte in einem nervenaufreibenden Chaos geendet.

Grenzerfahrungen wollte ich sammeln, dachte Rebekka. Das habe ich wohl!

Sie stand auf dem Achterdeck, ziemlich an der gleichen Stelle, an der sie schon während der Hinfahrt gestanden hatte. Sie lehnte sich über die Reling und betrachtete das Muster aus Rostflecken auf dem Rumpf und hatte das Gefühl, in den vergangenen vierzehn Tagen wären noch ein paar hinzugekommen. Aber anders als bei der Anreise bereitete ihr der Zustand der Fähre jetzt keine Sorgen.

Viele alte Bekannte hatten sich wieder an Bord eingefunden. Die Bier trinkenden Männer, die sie permanent angrinsten, darunter auch der eine mit «Kill Saddam Hussein!» auf dem T-Shirt. Und Sam, der kleine Dealer, der vermutlich unterwegs war, um eine neue Lieferung Gras einzukaufen. Er stand irgendwo hinter Rebekka. Sie hatte ihn zwar noch nicht gesehen, aber dafür war seine Stimme laut und deutlich zu hören. Rebekka war froh, dass Sam sie noch nicht entdeckt hatte. Aber es würde sicher nicht mehr lange dauern.

Heute Nacht um dreiundzwanzig Uhr würde sie im Flugzeug zurück nach Deutschland sitzen. Sie konnte es kaum erwarten, wieder Münchner Boden unter den Füßen zu spüren. Vor sich sah sie die gläserne schwarz-weiß geflieste Halle des Flughafens. Diesem Flughafen, den sie sonst so steril und furchtbar fand, galt auf einmal ihre Sehnsucht.

Sam hatte Rebekka erblickt und schenkte ihr sein rosa Zahnfleischlächeln. Rebekka winkte ihm zu. Bevor er sich aus seinem Gespräch lösen konnte, ging sie schnell die Stahltreppe zum Hauptdeck hinab. Von oben hatte sie gesehen, dass dort einer der wenigen Liegestühle frei geworden war, die die Atlantis ihren Passagieren zu bieten hatte. Rebekka ließ sich hineinfallen und schloss die Augen.

Nach einer Weile riss sie Kapitän Dunbars Stimme aus ihren Gedanken an München. Rebekka hatte erwartet, dass er sie auf ihre dreckigen und zerschlissenen Kleider ansprechen würde, auf ihr fehlendes Gepäck. Doch er verlor kein Wort darüber. Er bat, dass sie sich noch bei ihm verabschieden möge, bevor sie das Schiff verließ. Von Viktor richtete er «ganz herzliche Grüße» aus.

Rebekka sagte nichts.

Schon fast im Gehen bemerkte er beiläufig: «Gestern hat übrigens ein deutscher Polizist bei Nani angerufen und nach Ihnen gefragt. Bestimmt wegen der Sache mit Ihrem Patienten.»

«Ja, bestimmt», erwiderte Rebekka.

Es wunderte sie nicht, dass die Polizei nach ihr suchte. Erstaunlich war nur, wie sie jemand an diesem entlegenen Ort aufstöbern konnte, wo sie doch niemandem von ihrem Reiseziel erzählt hatte. Nicht einmal ihren Eltern, die sich sonst nur Sorgen gemacht hätten. Urlaub in einem der ärmsten Länder der Welt – ihre Mutter hätte vor Unruhe kein Auge zugetan. Rebekka würde ihr gegenüber nur in den höchsten Tönen von dieser Reise schwärmen.

Sie war zu müde, um weiter darüber nachzudenken, wie die Polizei auf Brava gekommen war. In ihrem Kopf gab es nur noch einen Gedanken, eine tickende, rückwärts laufende Uhr, die anzeigte, wann sie wieder zu Hause wäre.

25

Reichenbach brauchte eine Weile, bis er die alte Geschichte, die er als Kind in der Schule gelernt hatte, wieder zusammenbekam. Sie handelte von einem Skorpion, der an einen Fluss kam, und weil er nicht schwimmen konnte, bat er einen Frosch, ihn auf die andere Seite zu bringen. Als der Frosch sagte: «Lieber nicht, dein Stachel ist mir viel zu gefährlich», erwiderte der Skorpion: «Keine Angst, überleg doch mal, wenn ich dir was tue, würden wir doch beide sterben.» Eine Weile trug der Frosch seinen Passagier unbehelligt durchs Wasser. Doch kurz bevor sie das Ufer erreichten, stach der Skorpion zu. «Warum hast du das getan?», fragte der Frosch, und der Skorpion antwortete: «So ist eben meine Natur.»

Tropfnass, vom Läuten an der Tür unter der Dusche hervorgeholt, stand Reichenbach im Flur seiner Wohnung. Auf dem hellen Parkett um seine Füße hatte sich ein kleiner See gebildet. Reichenbach zog seinen weißen Frotteebademantel um sich und sah noch einmal durch den Spion. Sein rechtes Auge hatte sich nicht getäuscht: Da stand Franz Eder, in der Hand eine Flasche Rotwein, von der er gerade das Preisschild abkratzte. Auf dem Gesicht ein freundlich zuvorkommendes Lächeln, wie es Reichenbach noch nie bei ihm gesehen hatte.

Im Fernsehen im Wohnzimmer schlug der Gong der Tagesschau zwanzig Uhr. In einer halben Stunde war Reichenbach zum Essen beim Griechen verabredet. Er mochte kein griechisches Essen, aber Daniela Winter hatte das kleine Restaurant bei ihr in der Nähe vorgeschlagen.

Er überlegte, wie er Eder schnell abwimmeln konnte. Anderseits sahen die Flasche Wein und das Lächeln nach einem Gesprächsangebot aus, auf das er so lange gewartet hatte. Aber Daniela Winter absagen kam nicht infrage. Als Reichenbach erfahren hatte, dass sie vorgestern aus dem Krankenhaus entlassen worden war, hatte er gleich bei ihr angerufen. Genauer gesagt nach einer halben Stunde, in der er, die passenden Worte suchend, vor dem Telefon gesessen hatte.

Eder hatte das Preisschild jetzt abgekratzt und krümelte die Schnipsel auf den Boden.

Reichenbach öffnete.

«Du?», sagte er mit übertriebener Überraschung.

«Störe ich?», fragte Eder und sah etwas erstaunt auf Reichenbachs Bademantel.

«Ich bin gleich verabredet.»

«Eine Frau?»

Reichenbach nickte.

«Kenne ich sie?»

«Bestimmt nicht.» Eher würde er sich auf der Stelle den Bademantel vom Leib reißen, als Eder von Daniela Winter zu erzählen.

«Ich muss etwas mit dir besprechen», sagte Eder freundschaftlich.

Reichenbach dachte an den Skorpion.

«Noch Zeit für einen Schluck?» Eder hielt ihm die Flasche entgegen.

Reichenbach trat zur Seite und zeigte zur Küche. Auf dem Weg durch den Flur ließ Eder seinen Blick neugierig umherschweifen. Kurz ins Wohnzimmer, wo sich unter dem runden Glastisch schon wieder leere Pizzakartons stapelten; auf das ungemachte, schwarze Futonbett im Schlafzimmer, das Reichenbach während seiner Beziehung mit Anna gekauft hatte; und ins Bad, in dessen geöffnetem Spiegelschrank eine ganze Batterie Eau-de-Toilette-Flakons funkelten. Geschenke von Anna. Heute war seit langem wieder ein Abend, an dem Reichenbach etwas davon benutzen würde.

«Schöne Junggesellenwohnung», stellte Eder fest und schob mit gedämpfterem Tonfall hinterher: «Du hast's gut, dass du alleine lebst.»

Reichenbach hatte die Bemerkung mit Überraschung registriert, ging aber nicht darauf ein. Er nahm Eder die Flasche ab und zog sie zwischen den Knien auf, ohne sich darum zu kümmern, dass ein paar Tropfen auf seinen Bademantel spritzten.

Sie lehnten nebeneinander an der Spüle und prosteten sich zu, ohne anzustoßen, nur mit einem kurzen Blick in die Augen. Der Rotwein war billig und viel zu trocken. Wäre es ein teurer gewesen, hätte Eder das Preisschild bestimmt nicht abgekratzt, dachte Reichenbach,

«Du weißt doch, die Sache von damals …», begann Eder herumzudrucksen.

«Natürlich.» Reichenbach nickte. Wenn Eder nicht so ein Ekel wäre, könnte er ihn fast bemitleiden, wie er jetzt mit hängenden Schultern dastand.

«Meine Frau hat Wind davon bekommen», fuhr Eder leise fort. «Das hier kam vor ein paar Tagen mit der Post.» Er hielt Reichenbach einen zusammengefalteten weißen Umschlag hin, der keinen Absender trug und an Eders Frau adressiert war.

Reichenbach nahm ihn und zog einen computergeschriebenen Brief heraus. Weil es auch keinen Briefkopf gab, las er zuerst, wer unterzeichnet hatte.

Ich hoffe, liebe Frau Eder, Sie tun jetzt das Richtige. Ihre Linda Beck stand da als Schlusssatz.

Als Reichenbach schnaufte, nickte Eder um Verständnis heischend.

Es war ein hinterhältiger Brief. Der Albtraum eines jeden Ehemanns. Und obwohl Reichenbach wahrlich keine Sympathie für Eder empfand, hätte er ihm das nicht gewünscht. Linda Beck schilderte in gestelzt behördlicher Sprache und allen Details, was Bestandteil des Disziplinarverfahrens gegen Eder gewesen war. Wie er sie bei der Feier in dem Kellerlokal angeblich erst am Knie und dann an den Oberschenkeln betatscht und schließlich mit Gewalt versucht hatte, sie zu küssen.

Doch damit nicht genug: Sie äußerte überdies den Verdacht, Eder hätte schon mehrfach versucht, Kolleginnen zu belästigen. Wörtlich hieß es: *Aus meiner langjährigen Erfahrung als Kriminalbeamtin, die es früher auch mit Gewaltverbrechen an Frauen zu tun hatte, weiß ich, dass es sich bei diesen Delikten selten um Einzelfälle handelt.*

Meine Güte, dachte Reichenbach. Aber er begriff nicht, warum Eder mit dieser delikaten Angelegenheit zu ihm kam.

«Warum zeigst du mir das?», fragte er, als Eder den Brief wieder einsteckte.

«Ich glaube, meine Frau will mit dir reden. Es kann sein, dass sie dich anruft.»

«Mich?» Reichenbach war überrascht.

«Ich denke, sie will wissen, ob da wirklich nichts war zwischen mir und Linda Beck. Meine Frau ist fürchterlich eifersüchtig. Wenn sie anruft, musst du ihr sagen, dass es nie eine Annäherung oder so gegeben hat, dass diese Linda Beck eine Querulantin ist. Dass ich noch nie mit einer Kollegin etwas hatte.» Eder sah Reichenbach fast flehend an. «Bitte. Dir glaubt sie bestimmt.»

Dieser Besuch musste Eder einige Überwindung gekostet haben. Wahrscheinlich hatte er ihn lange vor sich hergeschoben, denn dass ihn etwas beschäftigte, war ihm ja seit Tagen anzusehen.

Wer war jetzt der Skorpion und wer der Frosch?

Eder leerte sein Glas mit einem Zug und schenkte sich bis zum Rand nach.

Eder war weder das eine noch das andere, dachte Reichenbach. Merkwürdigerweise stellte sich bei ihm kein Gefühl von Genugtuung ein, wie er es sich immer vorgestellt hatte, sollte Eder eines Tages Hilfe suchend zu ihm kommen.

«Ich weiß, ich war in den letzten Wochen manchmal etwas mies drauf», sagte Eder. «Machst du's trotzdem? Mit meiner Frau reden.»

Irgendwie geschah ihm der Ärger recht, fand Reichenbach. Eder war ein Kotzbrocken, ein vulgäres Arschloch. Aber mit Sicherheit war er kein notorischer Grapscher und Frauenbelästiger. Je länger Reichenbach über die Geschichte mit Linda Beck nachdachte, desto merkwürdiger kam sie ihm vor. Er fragte sich, was da wirklich zwischen Eder und Linda Beck gelaufen war. Wegen eines angeblichen Kusses, an einem Abend, an dem alle viel zu viel getrunken hatten, machte sie Eder das Leben zur Hölle, hetzte den Polizeipräsidenten, den Staatsanwalt, das Ministerium und jetzt auch noch die Ehefrau gegen ihn auf. Vielleicht hatte Eder doch eine Affäre mit Linda Beck gehabt? Eine verhängnisvolle

Affäre. Und jetzt wollte sie sich aus Eifersucht an ihm rächen.

Reichenbach betrachtete Eder: die lockigen Haare, aus denen die Schuppen rieselten, das feiste Gesicht, das Sakko, die ausgebeulte Kordhose. Sah so jemand aus, der in eine verhängnisvolle Affäre schlitterte?

Aus dem Wohnzimmer war jetzt der Wetterbericht der Tagesschau zu hören. In einer Viertelstunde wartete Daniela Winter in dem griechischen Restaurant. Reichenbach fuhr sich durch seine nassen Haare. Er war noch nicht mal angezogen. Was sollte er überhaupt anziehen? Jeans oder eher was Elegantes? Anzughose mit Bügelfalte vielleicht? Bügelfalte war zu spießig. Er würde es nicht mehr pünktlich zum Griechen schaffen. Wenigstens sollte sich die Verspätung in Grenzen halten.

«Ich rede mit deiner Frau, Franz», sagte Reichenbach mit etwas zu freundschaftlicher Entschlossenheit. Aber er wollte, dass Eder keinen Zweifel hegte und endlich ging.

Eder hatte auch das zweite Glas Wein schon geleert. «Danke», sagte er leise. «Ich schätze, sie wird dich morgen anrufen. Ich habe ihr erzählt, du wärst bis morgen im Urlaub. Sie ruft bestimmt morgen im Präsidium an.»

«Morgen ist okay», sagte Reichenbach, als ob es eine Rolle spielte.

Zehn Minuten später stand er in grauer Anzughose, brauner Lederjacke, mit nassen Haaren und nach einem Eau de Toilette von Armani duftend auf der Straße und wartete auf ein Taxi. Als er das nahende Dieselgeräusch hörte, fiel ihm auf, dass er den Namen des Restaurants vergessen hatte.

26

Weil er nicht oft verreiste, und erst recht nie mit dem Flugzeug, denn der Gedanke, zehntausend Meter über dem Boden in einer Aluminiumröhre eingesperrt zu sein, jagte ihm gehörige Angst ein, war Eric Anderson ganz gefangen von den Eindrücken eines Flughafens. Er fand, dass es morgens auf dem Flughafen schlimmer zuging als in der Innenstadt beim Schlussverkauf. Menschenmassen zwischen aller Art Geschäften, von der Schuhboutique bis zur Apotheke. Nur dass die Szenerie nicht von gestressten Hausfrauen mit prallen Plastiktüten beherrscht wurde, sondern von Managertypen in edlen Anzügen mit schwarzen Aktenkoffern. Drolligerweise benahmen sie sich nicht anders als schnäppchenjagende Frauen. Sie warteten ungeduldig an Zeitungskiosken, vor Schaltern und Sicherheitskontrollen, schubsten, schimpften, drohten und stritten. Man hörte Sätze wie: «Sie müssen mich vorlassen! Mein Flug geht in fünfzehn Minuten.» Und Antworten wie: «Meiner auch. Stellen Sie sich gefälligst hinten an.»

Eric Anderson musste eine ganze Weile suchen, bis er einen Platz gefunden hatte, an dem er ungestört warten konnte. Die vielen fremden Menschen, die ihm in den Gängen und Hallen, auf den Laufbändern und Rolltreppen so nahe kamen, dass sie ihn berührten, er ihren Atem spüren und riechen konnte, machten ihn ganz nervös. In Terminal D, an einer Espressobar, unter der schwarzen Anzeigetafel für An- und Abflüge, die mindestens so groß wie zwei Garagentore war, herrschte inmitten der Hektik etwas Ruhe. Außer Eric Anderson hatten sich noch weitere Leute eingefunden, um Angehörige, Freunde oder Kollegen abzuholen. Immer wenn die Anzeigetafel wie Hunderte umstürzender Dominosteine rasselte, richteten sich alle Blicke suchend nach oben, ob die Maschine, auf die man wartete, noch pünktlich, doch verspätet oder bereits gelandet war.

Seit dem letzten Rasseln der Anzeigetafel stand hinter Flugnummer CVA34 *delay*. Die Ankunft wurde für neun Uhr dreißig erwartet, also in einer halben Stunde. Eric Anderson bestellte sich noch ein Mineralwasser. Nicht weil er Durst hatte, sondern weil hinter ihm andere Gäste auf einen Sitzplatz warteten und der kräftige Kellner jeden, der ohne Getränk einen Hocker blockierte, grimmig musterte.

Flug CVA34 war der einzige von den Kapverden nach München. Es hatte etwas Mühe bereitet, das herauszufinden, weil die Maschine über Zürich flog und im Internet als Abflughafen auch nur Zürich angegeben war. Eric Anderson hatte sich deshalb zu einem Anruf bei der Flughafeninformation durchgerungen, wo ihm eine freundliche Dame die Auskunft gab, dass Flug CVA34 gestern eine Stunde vor Mitternacht auf Sal gestartet war. Es konnte nur die Maschine sein, in der Rebekka Marx saß.

«Schöner junger Mann, haben Sie Feuer?»

Im Umdrehen schob Eric Anderson die Hände in die Taschen seiner Windjacke, um das Päckchen Streichhölzer zu suchen, das er meistens bei sich trug, obwohl er das Rauchen schon vor einem Jahr aufgegeben hatte. Dass ihn Frauen mit *Schöner junger Mann* anredeten, kam häufiger vor, meistens waren es ältere Frauen. Gelegentlich passierte es auch, dass er von Männern Komplimente bekam. Einmal war ihm sogar das Angebot gemacht worden, sich für eine Modeillustrierte fotografieren zu lassen. Eric Anderson hatte abgelehnt. Er machte sich nichts daraus, ein *Schöner junger Mann* zu sein. Im Gegenteil, es war ihm ausgesprochen unangenehm, wenn er ungewollt Blicke auf sich zog.

Ihre Lippen waren das Erste, was ihm auffiel. Dicke, rosa geschminkte Lippen, zwischen denen eine filterlose Zigarette hing. Lippen, die ein leuchtender Fixpunkt in einem viel zu braunen, faltigen Gesicht waren, das umrahmt wurde von blond gefärbten Haaren.

«Was ist nun, mein Hübscher, bekomme ich Feuer?» Der Aufschlag ihrer hellblau geschminkten Augenlider wirkte lächerlich. Ihr Parfüm war die konsequente Ergänzung ihres Aufzugs.

Eric Anderson riss das Streichholz an und hielt es der falschen Blondine in höflicher Entfernung vors Gesicht. Statt sich die Zigarette anzuzünden, nahm sie ihm das Streichholz ab, wobei sie mit ihren Fingern, deren lange Nägel im gleichen Rosaton wie ihre Lippen lackiert waren, über Eric Andersons Handrücken strich. Sie entzündete ihre Zigarette mit extrovertierter Geste, beobachtete noch eine Weile, wie die Flamme auf ihre Fingerspitzen zutanzte, und ließ das Streichholz, ohne es auszublasen, in den hohen verchromten Abfalleimer fallen, der neben dem Tresen stand.

«Danke, mein Hübscher.»

«Bitte», erwiderte Eric Anderson und starrte auf den Abfalleimer, aus dem es plötzlich zu qualmen begann. Ein beißender Gestank nach verbranntem Plastik und Papier verbreitete sich zwischen den naserümpfenden Gästen. Im nächsten Moment langte eine kräftige, behaarte Männerhand über den Tresen und nahm der Blondine die Zigarette aus dem Mund. Die forsche Stimme des Kellners sagte: «Hier ist Rauchen verboten.» Er nahm das Glas Wasser, das noch unangerührt vor Eric Anderson stand, und kippte es in den Abfalleimer.

«Wollen Sie ein neues?», fragte er unfreundlich.

Eric Anderson schüttelte den Kopf, rutschte wortlos von seinem Hocker und mischte sich in das Gewimmel aus hektischen Aktenkofferträgern.

Für Flug CVA34 wurde nach mehrfachem Rasseln der Anzeigetafel keine weitere Verspätung angekündigt. Als das grüne Licht für *landing* aufleuchtete, ging Eric Anderson in die Ankunftshalle, wobei er um ein Haar mit der falschen Blondine zusammengestoßen wäre, die sich mit mehreren Rauchern um einen Aschenbecher drängte.

In der Ankunftshalle, neben dem von zwei mürrischen Zöllnern flankierten Ausgang für die Passagiere, konnte man durch die gläsernen Wände das Gepäckband sehen, auf dem bereits ein paar Koffer und Taschen einsam ihre Kreise drehten. Als erste Passagiere kam ein mit Souvenirs beladenes älteres Ehepaar zur Passkontrolle, anschließend zwei schlanke Schwarze, deren Papiere so lange kontrolliert wurden, dass sich hinter ihnen eine Schlange bildete.

Eric Anderson zweifelte zunächst, ob es sich bei der Frau, die ganz hinten stand, um Rebekka Marx handelte. Ihre dunklen Locken ragten struppig bis über die Schultern, ihre Jeans war am Hosenbein aufgerissen und an den Knien völlig verdreckt, ihr Gesicht sah für einen Urlaub in Äquatornähe erstaunlich blass aus. Auch bei ihr dauerte die Passkontrolle länger als bei den meisten anderen Passagieren.

Erst als die Frau ganz dicht an der Scheibe vorbeiging, erkannte Eric Anderson sie eindeutig wieder. Ohne nach links und rechts zu schauen, stürmte Rebekka Marx auf den Ausgang zu, an den mürrischen Zöllnern vorbei. Eric Anderson beeilte sich, um sie im Gedränge nicht zu verlieren. Er schloss so dicht zu ihr auf, dass er nur den Arm hätte ausstrecken müssen, um ihr auf die Schulter zu tippen.

Dass die Polizei sie schon am Flughafen abfangen würde, damit hatte er nicht gerechnet. Er konnte sich gerade noch hinter dem Ehepaar mit den Reisesouvenirs verstecken, als die beiden Männer, denen er schon vor Rebekka Marx' Haus begegnet war, auftauchten. Jeder hielt ihr einen grünen Ausweis unter die Nase. Daran, wie Rebekka Marx plötzlich zurückwich, sah Eric Anderson, dass sie darüber sehr erschrocken sein musste.

Eric Anderson duckte sich immer noch hinter dem Ehepaar, das jetzt von einem Empfangskomitee aus Kindern umringt wurde, die im Nu sämtliche Souvenirs an sich gerissen hatten und sofort zu streiten begannen. In der Gruppe aus lärmenden Quälgeistern ließ sich Eric Anderson unbemerkt an Rebekka Marx vorbeitreiben. Den Kopf von den Polizisten abgewandt, hörte er im Halbsatz, wie der sympathischere der beiden sagte, dass man erst in ein Café fahren könnte, wo es gewiss besseren Kaffee als auf dem Präsidium gäbe. Leider war nicht zu verstehen, welches Café der Polizist meinte und wie Rebekka Marx auf den Vorschlag reagierte.

Eric Anderson wusste um das hohe Risiko, aber er musste versuchen, sie keine Sekunde mehr aus den Augen zu lassen.

*

«Eingebrochen … Wer sollte denn bei mir einbrechen?»

«Keine Ahnung, Frau Marx», sagte der jüngere der beiden Polizisten, dessen Haare sich allmählich lichteten. Rebekka vermutete, dass er nur deshalb einen Dreitagebart trug, um etwas männlicher zu wirken. Er lehnte sich vom Beifahrersitz des roten BMW zu ihr nach hinten und sah sie freundlich an. «Wir hoffen, Sie können uns weiterhelfen.»

Rebekka überlegte, dass sie sich über die Nachricht eines Einbruchs eigentlich viel mehr aufregen müsste. Dass sie, statt ruhig und gelassen zu bleiben, auch schwarz sehen und denken könnte: O Gott, nimmt der Wahnsinn denn nie ein

Ende! Im Augenblick zählte für sie nur, in München zu sein, wieder zu Hause, in vertrauter Umgebung. Die Erleichterung darüber war stärker als die Neigung, in Panik auszubrechen.

«Und Sie sind sicher, dass der Einbrecher nur meine Praxis durchwühlt hat?»

«Sieht ganz so aus», bestätigte der Polizist.

Wenn der Einbrecher auch in ihrem Wohn- und Schlafzimmer gewesen wäre, hätte es Rebekka wahrscheinlich schlimmer gefunden.

Der BMW raste mit viel zu hohem Tempo über die Zubringerstraße des Flughafens Richtung Autobahn. Als kurz vor der Auffahrt ein roter Blitz von vorne aufflammte, war Rebekka die Einzige, die erschrak.

«Schon wieder!», schimpfte der Polizist hinterm Steuer. «In beiden Richtungen Radarfallen. Da wollen die Kollegen wohl richtig Kasse machen. Wir müssen die unbedingt anrufen, dass sie unsere Fotos verschwinden lassen.»

Der jüngere Polizist nickte und legte den Sicherheitsgurt an. Dann drehte er sich wieder zu Rebekka um.

«Haben Sie schon darüber nachgedacht, wer bei Ihnen eingebrochen sein könnte?»

«Entschuldigung, wie war Ihr Name doch gleich?»

«Reichenbach. Hauptkommissar Max Reichenbach.»

«Ach ja.» Rebekka räusperte sich. «Herr Reichenbach», sagte sie müde, «ich war zwei Wochen nicht in München. Ich habe eine ziemlich, entschuldigen Sie den Ausdruck, beschissene Zeit hinter mir. Und die letzte Nacht habe ich kaum geschlafen. Vielleicht bin ich etwas überfordert. Aber woher soll ich wissen, wer in meine Praxis eingebrochen ist?»

«Lassen Sie uns später darüber reden», sagte Kommissar Reichenbach einlenkend, «wenn wir angekommen sind.»

Eine Weile sprach niemand. Der rote BMW raste immer noch unter Missachtung sämtlicher Geschwindigkeitsbeschränkungen über die Autobahn. Rebekka genoss, wie die Landschaft an ihr vorbeizog. Der Himmel war leicht bewölkt. In der Ferne konnte man die schneebedeckten Alpen sehen. Sie waren mindestens hundert, manche Berge sogar zwei- bis dreihundert Kilometer entfernt. Aber es wirkte alles viel näher, wie unter einer riesigen Lupe. Offenbar herrschte Föhn.

Erst als der BMW auf einer dicht befahrenen Straße in Schwabing an einer Kreuzung hielt, brach Kommissar Reichenbach das Schweigen. «In ein Café oder gleich ins Präsidium? Haben Sie sich entschieden?»

Rebekka war kurz davor gewesen wegzunicken. «Wenn Sie nichts dagegen haben», antwortete sie mit belegter Stimme, «wäre es mir am liebsten, Sie bringen mich nach Hause. Wir können uns da unterhalten. Ich mache Ihnen auch gerne einen Kaffee.»

«Hmmh», brummte der Polizist am Steuer, der bis auf eine Bemerkung über Rebekkas nicht vorhandenes Gepäck noch kein Wort mit ihr gesprochen hatte. «Haben Sie einen Videorecorder?»

«Habe ich», antwortete Rebekka, ohne sich weiter zu erkundigen, warum die Polizisten einen Videorecorder brauchten. Es interessierte sie im Moment nicht. Sie befand sich nach wie vor in dieser eigenartigen Stimmung. Eine Mischung aus Melancholie, Erschöpfung, Sich-unverwundbar-Fühlen; unverwundbar gegen irgendwelche Einbrecher.

Was waren schon Einbrecher in München gegen eine Jagd in finsterster, stürmischer Nacht auf einer Insel am anderen Ende der Welt?

Die Stimmung ließ allmählich nach, als Rebekka über die knirschenden Scherben durch ihr Therapiezimmer schritt. Das Licht war von dem bräunlichen Karton, den jemand statt der zerbrochenen Scheibe in den Rahmen geklebt hatte, gedämpft. Nicht die Tatsache, dass bei dieser Schlacht der Verwüstung Werte von mehreren tausend Euro zerstört worden waren, darunter unwiederbringliche Erinnerungsstücke dankbarer Patienten, beunruhigte Rebekka – es war die Vorstellung, dass jemand an seinem Werk viel Freude empfunden haben musste.

Die beiden Polizisten lehnten im Türrahmen und beobachteten schweigend, wie Rebekka zwischen den Trümmern auf und ab marschierte, ein Stück aufhob, es näher betrachtete und wieder zu Boden fallen ließ: eine in zwei Hälften gespaltene Gipsplastik Beethovens, ein verbogener Messingrahmen mit einem Portrait Sigmund Freuds, die Überreste einer Vase. Die Bücherregale waren gänzlich ausgeräumt, umgestoßen und dann, anscheinend mit Fußtritten, zertrümmert worden.

«Haben *Sie* die hier so hingelegt?» Rebekka war vor der Patientencouch stehen geblieben, auf der drei asiatische Götzenfiguren mit abgeschlagenen Köpfen nebeneinander aufgereiht waren.

Gleichzeitiges Kopfschütteln der beiden Polizisten.

«Denken Sie», fragte Rebekka, «das Chaos könnte etwas mit dem Tod von Thomas Lindner zu tun haben?»

Wieder beantworteten die Polizisten Rebekkas Frage wortlos und gleichzeitig; diesmal durch Achselzucken. Rebekka registrierte, wie sie jede ihrer Bewegungen genau verfolgten. Sie ging zum Schreibtisch, dem einzigen Möbel, das noch an ursprünglicher Stelle stand. Doch wie zu erwarten, waren alle Schubladen herausgerissen. Der Inhalt lag auf dem Boden verstreut.

In ihrem Schreibtisch verwahrte Rebekka auch die Akten ihrer Patienten. Während jeder Therapiestunde beschrieb sie ein, zwei lose DIN-A4-Blätter, die sie anschließend dem Datum nach in Mappen eines Hängeregisters einordnete. Pro Patient eine Mappe; nur die langjährigen hatten zwei, einer sogar drei. Aber es waren alles in allem nicht mehr Mappen, als in diesen Schreibtisch passten. Anders ausgedrückt: Sämtliche persönlichen Daten und Geheimnisse ihrer Patienten hatten sich in zwei Schubladen ihres Schreibtisches befunden.

«Wenn Sie in diesem Durcheinander die Rechnung meines Flugtickets und eine Kopie des Fährplans gefunden haben», sagte Rebekka und sah die Polizisten prüfend an, «dann haben Sie doch bestimmt auch in meinen Patientenakten herum...» Sie hätte beinahe gesagt *herumgeschnüffelt;* aber sie verbesserte sich: «Ich meine, Sie haben doch bestimmt nachgesehen, ob Thomas Lindners Akte hier irgendwo herumliegt.»

«Hat er denn eine?», fragte der ältere Polizist, der den BMW gefahren hatte und beim Aussteigen sein Kaugummi wie ein Halbstarker in Frau Tannhäusers Blumen gespuckt hatte. Rebekka fiel jetzt wieder ein, dass er Kommissar Eder hieß. Sein Tonfall war süffisant, als gäbe es Grund, an Rebekkas Glaubwürdigkeit zu zweifeln.

«Jeder meiner Patienten hat eine Akte», erwiderte sie giftig. Wenn sie müde war, brauchte es nicht viel, um Rebekka aus der Fassung zu bringen. Sie brachte zwar Verständnis dafür auf, dass die Polizei die Gunst des Einbruchs genutzt hatte, um ihre Unterlagen durchzusehen, aber für dumm verkaufen lassen wollte sie sich nicht.

Sie fauchte Eder an: «Wenn Sie wollen, dass ich mit Ihnen zusammenarbeite, dann hören Sie auf, mir blöde Fragen zu stellen. Sonst lasse ich meinen Anwalt klären, ob Sie überhaupt dazu berechtigt waren, ohne mein Einverständnis hier herumzuschnüffeln. Schließlich gibt es so etwas wie ein Patientengeheimnis.» Kurze Pause, um die Worte besser wirken zu lassen. «Also? Haben Sie Lindners Akte gefunden oder nicht?»

«Haben wir», ging Kommissar Reichenbach beschwichtigend dazwischen. «Es gab eine Mappe, die mit Lindners Namen beschriftet war. Wir hätten sie beinahe übersehen, weil sie unter einen der Schränke gerutscht war.»

«Oder sie jemand absichtlich dort versteckt hat», ergänzte Eder.

«Genau», fuhr Reichenbach fort. «Aber die Mappe war leer. Und zwischen dem Chaos auf dem Boden lagen nur zehn kaum beschriebene Blätter herum, auf denen oben rechts jeweils Lindners Name und ein Datum standen. So markieren Sie die Seiten doch? Nicht wahr?»

Rebekka nickte. «Es müssten aber mehr gewesen sein», sagte sie. «Das Zehnfache. Mindestens. Die Blätter, die Sie gefunden haben, stammen bestimmt vom Anfang der Therapie. Da hat er kaum ein Wort geredet.»

Ein ulkiges Gespann, diese Kommissare, dachte Rebekka. Auf gewisse Weise waren ihr beide nicht unsympathisch, wenngleich der ältere eine tölpelhafte Machoart an sich hatte, die jede Frau im Nu auf die Palme brachte. Anderseits war es schon wieder putzig anzuschauen, wie er aufgeblasen wie ein Gockel umherstolzierte. Dieser Kommissar Eder strahlte mit jeder Bewegung, jeder Geste, seinem aggressiven Fahrstil, seiner Sprache, seinen Blicken aus, dass er sich für einen guten Polizisten hielt – einen Supercop, eine Art Alpen-Bruce-Willis.

Ganz anders der jüngere: *Hauptkommissar* Reichenbach war ein höherer Dienstgrad als *Kommissar* Eder, fiel es Rebekka erst jetzt auf. Sicher keine einfache Situation bei einem Altersunterschied von schätzungsweise fünfzehn Jahren. Reichenbach benahm sich überaus höflich; ganz offensichtlich ein konfliktscheuer Charakter. Kein hübscher, aber ein attraktiver Mann, einer, mit dem Rebekka schon ausgegangen wäre, weil er nichts aufgesetzt Männliches an sich hatte, sondern eine wachsame Sensibilität, die sie sehr anziehend fand. Ihm entging wahrscheinlich keine Gefühlsregung seines Gegenübers, was eine nützliche Eigenschaft in seinem Beruf war. Aber jemand wie er hatte es bestimmt nicht leicht als Polizist.

Eigentlich kannte Rebekka keine Polizisten, aber sie glaubte, dass die meisten eher Typen wie dieser Eder waren. Ihre Überlegungen endeten mit dem Gedanken, dass die beiden wahrscheinlich gar kein so übles Team abgaben, vorausgesetzt, sie kamen gut miteinander aus.

«Wenn wir das Gespräch aufzeichnen, brauchen Sie die Abschrift später nur unterzeichnen», schlug Kommissar Eder vor. «Dann müssen wir später im Präsidium kein Protokoll mehr aufnehmen. Ist Ihnen das recht?»

Rebekka zögerte. Es war ihr ohnehin unangenehm, mit Polizisten über einen Patienten zu reden. Und dann sollte das Gesagte noch auf Band gespeichert und archiviert werden.

«Lassen Sie uns dieses Gespräch als inoffiziell betrachten», lautete ihr Gegenvorschlag. «Die meisten Fragen werden sich doch bestimmt um das Privatleben von Thomas Lindner drehen, und ich möchte nicht, dass sich das, was ich Ihnen erzähle, groß herumspricht.»

Sie saßen im Wohnzimmer. Die beiden Kommissare nebeneinander auf dem hellen Korbsofa; Rebekka ihnen gegenüber, etwas erhöht, in einem Regiestuhl. Jeder nippte an einem Becher schwarzem Tee. Rebekka hatte vor ihrer Abreise keinen Kaffee mehr eingekauft. Ein Fenster war geöffnet, durch das die abgestandene Luft allmählich nach draußen wehte und Vogelgezwitscher, hin und wieder vom Geräusch eines vorbeifahrenden Autos unterbrochen, hereindrang. Kommissar Eder schob das kleine Diktiergerät, das er schon auf den Tisch gelegt hatte, wieder in die Innentasche seines abgetragenen Sakkos.

«Das lassen Sie aber nicht heimlich mitlaufen!», ermahnte ihn Rebekka.

Eder hob abwehrend beide Hände. «So etwas würden wir nie tun.»

Rebekka sah ihn noch einmal mahnend an.

«Also, was wollen Sie wissen?», fragte sie dann.

Abwechselnd und ohne sich in Details zu verlieren, erzählten die beiden Polizisten von dem Mord an Thomas Lindner. Anhand von Lackspuren an einem Hammer hatte man rekonstruiert, dass er durch Schläge auf ein Heizungsrohr in die Garage gelockt worden war, wo seine wertvollen Oldtimer standen. Dort hatte jemand alle Neonröhren unter der Decke herausgeschraubt, die Stahlplatte über der Montagegrube entfernt und stattdessen eine dunkelgraue Wolldecke aufgespannt. Die Chance, die Falle zu erkennen, war nahe null gewesen.

Bei der Obduktion hatte sich gezeigt, dass sich Lindner beim Sturz in die Grube einen Kreuzbandriss zugezogen hatte. Aber auch ohne die Verletzung wäre es ihm kaum möglich gewesen, schnell zu flüchten. Der Täter hatte die Wände der fast zwei Meter tiefen Grube mit Motoröl eingeschmiert. Lindner war mit einem Gemisch aus Benzin und Brennspiritus übergossen worden.

Beim Zuhören merkte Rebekka, wie es sie fröstelte und sich ihr Magen zusammenzog. Als die Polizisten zu Ende erzählt hatten, schüttelte sie fassungslos den Kopf. «So genau haben Sie es im Radio nicht berichtet.»

«Welchen deutschen Sender kann man in dieser Einöde, wo Sie Urlaub gemacht haben, eigentlich empfangen?», erkundigte sich Kommissar Eder.

«Ich glaube, es war der Bayerische Rundfunk.»

«Weltweites Radioprogramm», schnaubte Eder. «Das passt zum Weltstaat Bayern.» Alle lachten, obwohl Rebekka nicht nach Lachen zumute war.

«Haben Sie eigentlich auch von dem Giftanschlag auf Robert Bergmann, diesen bekannten Millionär, gehört?», fragte Reichenbach.

«Ja», erwiderte Rebekka. «Aber mir ist erst später eingefallen, wer dieser Bergmann ist. Sollte der nicht Wirtschaftsminister werden?»

«Genau den meinen wir», sagte Reichenbach.

«Was hat denn der mit Lindner zu tun?»

Als Reichenbach von den opulenten Partys bei Robert Bergmann erzählte, von den versteckten Kameras, den heimlich aufgenommenen Videos und davon, dass auch Thomas Lindner beim Sex in einem Badezimmer gefilmt worden war, erinnerte sich Rebekka an eine Therapiestunde, die gut ein halbes Jahr zurücklag. Damals hatte Lindner ihr von einem Erlebnis berichtet, das zu der Videoaufnahme passen könnte. Es waren keine Namen gefallen, auch von Bergmann war nicht die Rede gewesen. Nur von einem sehr reichen Bekannten seines Vaters, der ein großes Fest gegeben hatte. Und wie Lindners Vater darauf erpicht gewesen war, dass sich sein Sohn dort blicken ließ.

«Ist Ihnen etwas eingefallen?», fragte Reichenbach, als Rebekka nachdenklich zum Fenster schaute. Draußen war die alte Frau Tannhäuser mit zwei schweren Einkaufstüten in der Garageneinfahrt stehen geblieben.

Lindner hatte auf diesem Fest einen Mann kennen gelernt, was an sich nichts Besonderes gewesen war, weil

Lindner trotz der Heimlichtuerei um seine sexuellen Neigungen sehr viele Liebhaber hatte. Mit sicherem Instinkt war es ihm immer wieder gelungen, schnell Gleichgesinnte zu finden. Gleichgesinnte nicht nur in Bezug auf seine Homosexualität und Transsexualität, sondern auch darauf, was eine weitere sexuelle Neigung anbelangte, die auch im liberalsten Sinn als sehr ungewöhnlich, um nicht zu sagen als abnorm gelten musste.

Thomas Lindner war ein extremer Masochist gewesen. Er mochte es, wenn ihm beim Liebesakt die Luft zum Atmen knapp wurde; etwa indem er sich eine Plastiktüte über den Kopf zog oder er sich strangulieren ließ. Wenn durch Sauerstoffmangel Kohlendioxydüberschuss im Blut entstand, wurde das Erleben eines sexuellen Höhepunkts, erwiesenermaßen, extrem intensiviert. Es war eine Form von Masochismus, die gar nicht so selten war und oft mit tödlichen autoerotischen Unfällen endete. Selten jedoch fanden Männer, die dazu neigten, einen Liebhaber, der ihren Wünschen entgegenkam. Denn dazu bedurfte es eines Sadisten, den die Gefahr reizte, der Partner könnte das Liebesspiel nicht überleben. Dieser Mann, den Lindner damals auf Bergmanns Fest kennen gelernt hatte, war für ihn der perfekte Gegenpart gewesen.

Nachdem Rebekka den Polizisten einen kurzen Einblick in das Intimleben ihres ermordeten Patienten gewährt hatte, fragte Reichenbach mit angewidertem Gesicht: «Was treibt so jemanden?»

«Da gibt es verschiedene Theorien», begann Rebekka zu erklären. «Masochismus kann eine Form von Zuneigung sein: Hingabe bis zur totalen Aufopferung. Dann gibt es Masochisten, für die hat Sex etwas Schmutziges, etwas Schuldhaftes. Der Masochist will Lust erleben, sich aber gleichzeitig dafür bestrafen. Das Gegenteil ist der Sadist, er möchte Macht ausüben. Es gibt viele Männer, die nur dann sexuelle Befriedigung finden, wenn sie das Gefühl haben, ihre Partnerin oder ihr Partner sei ihnen ausgeliefert.»

Reichenbach schüttelte ratlos den Kopf. «Wir haben uns das Video von Lindner mehrmals angesehen. Da hat ihm niemand eine Plastiktüte über den Kopf gezogen. Das sah nach ganz normalem ...» Er zögerte. «Das sah halt so aus, wie man sich Sex unter Schwulen vorstellt.»

«Von hinten eben», erläuterte Eder. «Zwei Schwuchteln beim Schinkenspalten.»

Es kostete Rebekka einige Beherrschung, sich ein Schmunzeln zu verkneifen. Nicht wegen Eders dümmlichem Gerede, sondern wegen Reichenbach, dem die Röte ins Gesicht schoss.

Sie sah selten fern, und noch seltener benutzte sie ihren Videorecorder, deshalb dauerte es ein paar Minuten, bis Rebekka alle Knöpfe gefunden hatte, um das Gerät einzuschalten und die Wiedergabe zu starten.

Die Qualität der Aufnahme war schlecht, das Licht in dem edlen Marmorbadezimmer nur spärlich. Dennoch konnte Rebekka das Gesicht mit den buschigen Augenbrauen und der kleinen Nase zweifelsfrei als Thomas Lindners identifizieren.

Kein anderer ihrer Patienten hatte so lange gebraucht, sich Rebekka gegenüber zu öffnen. Die ersten Therapiestunden hatte Thomas Lindner ihr nur schweigend gegenübergesessen. Rebekka hatte ihn angesehen, ohne Fragen zu stellen. Drei Therapiestunden absolute Stille. In der vierten war Thomas Lindner unter Tränen zusammengebrochen. Seitdem hatte es niemanden auf der Welt gegeben, dem er mehr vertraut hätte als Rebekka. Er war zu ihr gekommen, weil er panische Angst vor seinem Vater hatte. Er war ein Mann, der sich nach körperlicher Zuneigung sehnte, aber seine eigene Sexualität verabscheute. Wie Rebekka den Polizisten vorhin erklärt hatte, gehörte er zu jenen Masochisten, die wahre Lust nur empfinden konnten, wenn sie dafür leiden mussten. Thomas Lindner wollte sich dafür bestrafen, dass er Männer liebte. Denn sein Vater fand Schwulsein widerwärtig und abartig.

Es beschämte Rebekka, ihren ermordeten Patienten in dieser Situation zu sehen. Er war einem Kameraobjektiv und damit den Blicken Fremder ausgeliefert. Fremden wie diesem Kommissar Eder, der es nicht lassen konnte, blöde Bemerkungen von sich zu geben.

«Der lässt es sich ganz schön besorgen», witzelte er.

Am liebsten hätte Rebekka ihn rausgeworfen.

Als sich die Hände von Lindners Liebhaber um dessen Hals legten, sagte sie schnell: «Sehen Sie, das ist der Moment, wo er ihm die Luft abdrückt.» Die Szene wurde durch einen Duschvorhang teilweise verdeckt, aber man konnte deutlich sehen, dass die Hände des Unbekannten Lindners Hals fest umklammert hielten. Erst nach fast zwei Minuten löste sich Lindner mit einem Ruck aus dem Griff. Rebekka stoppte das Band.

«Haben Sie darauf geachtet, wie lange er ihm die Luft genommen hat?», fragte sie.

Reichenbach atmete schnaufend aus, als hätte er während der zwei Minuten selbst die Luft angehalten. «Ist mir vorher wirklich nicht aufgefallen. Kennen Sie den anderen Mann zufällig?»

«Bis jetzt konnte man sein Gesicht ja nicht erkennen.»

«Leider wird die Aufnahme auch nicht besser.» Reichenbach ging zum Bildschirm, wo die letzte Szene als Standbild eingefroren war. Er deutete auf den dunklen handgroßen Fleck am linken Unterarm des unbekannten Liebhabers.

«Wir vermuten, dass er hier eine Tätowierung hat. Sagt Ihnen das etwas?»

Als Rebekka verneinte, wandte sich Reichenbach an Eder: «Was ist eigentlich mit der Computervergrößerung? Die sollte doch schon gestern vorliegen.»

Eder zuckte die Achseln. «Angeblich gab's Schwierigkeiten. Heute Nachmittag, haben die von der Technik gesagt.»

«Glauben Sie, dass wir gerade Lindners Mörder gesehen haben?», fragte Rebekka.

«Keine Ahnung», erwiderte Reichenbach. «Es ist eine Möglichkeit. Was denken Sie, Frau Dr. Marx, ist so einer fähig ...»

«... einen Mord zu begehen?» Sie hob die Schultern. «Nicht zwingend. Aber Menschen mit extremen sadistischen Neigungen sind krank. Es ist schwer, so jemanden einzuschätzen. Natürlich kann es sein, dass sich sein Verlangen so weit steigert, dass er einen Menschen nicht nur bis zum Todeskampf, sondern bis zum Tod treiben möchte. Der sorgfältig geplante und grausam vollstreckte Mord an Lindner lässt natürlich auf ausgeprägte sadistische Neigungen schließen. Es könnte aber auch schlicht der Racheakt eines verschmähten Liebhabers gewesen sein.»

«Hmmh», Reichenbach kratzte sich die Bartstoppeln auf seinem Kinn. «Was hat Lindner denn über den Mann erzählt, den er auf Bergmanns Fest kennen gelernt hat?»

«Wenn es wirklich Bergmanns Fest war», gab Rebekka zu bedenken. «Viel hat er nicht davon erzählt. Nur, dass er jemanden kennen gelernt hat, der seinen Vorstellungen von Sexualität entgegenkam. Lindner hat sich bei dem Thema immer sehr vorsichtig ausgedrückt. Es war ihm peinlich, und er wollte mich nicht beschämen. Wissen Sie, diese Art von Sex hat Lindner ja nicht immer gesucht. Es war ein Drang, der ihn plötzlich überkam. In solchen Momenten hat er sich mit diesem Bekannten verabredet. Und natürlich auch mit anderen Männern. Oft in irgendwelchen Hotelzimmern.»

«Beruf? Alter? Verheiratet? Hat Lindner nichts über den Typ erzählt?», mischte sich Eder ungeduldig ein. «Welche Hotels zum Beispiel. Haben Sie ihn denn gar nichts gefragt?»

«Eine Psychotherapie hat nichts damit zu tun, die Patienten auszufragen», sagte Rebekka. Sie machte eine Pause, um sich der Aufmerksamkeit Kommissar Eders völlig sicher zu sein. Er war zweifellos einer von denen, die Psychoanalyse für Hokuspokus hielten. «Es geht darum, dass die Patienten von sich aus erzählen. Der Therapeut ermuntert sie nur dazu. Die Couch ist dabei so etwas wie ihre Insel, auf der sie Muße finden, in sich zu gehen.» Sie gab Eder ein paar Sekunden Zeit, das Gesagte zu verarbeiten. «Es kommt auch überhaupt nicht darauf an, dass der Patient die Wahrheit erzählt, nur seine Empfindungen spielen eine Rolle. Verstehen Sie das?»

Eder zuckte mit den Achseln. «Das ist für Sie manchmal bestimmt ganz schön langweilig.»

Rebekka verdrehte die Augen. Die Bemerkung war es nicht wert, um darauf einzugehen.

«Wenn Sie an unserer Stelle wären», sagte Kommissar Reichenbach in versöhnlichem Ton, «wie würden Sie nach dem Mann suchen?»

Rebekka dachte einen Moment nach. «Im Internet», sagte sie. «Ich weiß, dass Thomas Lindner seine Sexualpartner oft übers Internet gefunden hat.»

Als die beiden Polizisten eine Viertelstunde später auf dem Treppenabsatz vor der Haustür standen und sich verabschiedeten, bot Kommissar Reichenbach noch einmal an, über

Nacht einen Streifenwagen vor dem Haus zu postieren. Rebekka lehnte ab. Natürlich lag es nahe, dass der Einbruch etwas mit dem Mord an Thomas Lindner zu tun hatte. Rebekka würde ihr Therapiezimmer noch einmal gründlich durchsuchen, aber ganz offensichtlich war der wesentliche Teil von Lindners Therapieberichten verschwunden. Trotzdem glaubte sie nicht, dass es Grund zur Sorge gab.

Vielleicht aber redete sie es sich auch nur ein.

Auf dem Weg durch die Garageneinfahrt zur Straße, wo der rote BMW parkte, drehte sich Kommissar Reichenbach noch einmal um und rief: «Sie sagten vorhin, Sie wären ohne Gepäck gekommen.»

«Ja», erwiderte Rebekka verwundert.

«Ist es auf dem Flug verloren gegangen?»

«Nein.» Rebekka überlegte, was die Frage sollte. «Das ist ein Fall für Ihre Kollegen auf Brava», rief sie zurück. «Ein Fall, der mit Sicherheit nie gelöst wird.»

Der Kommissar lächelte, als ob er verstand. Dabei verstand er gar nichts.

27

Hinter Rebekka lag eine lange und erholsame, weil im eigenen Bett und ohne Träume verbrachte Nacht. Brava war weit weg. Fast so weit, als wäre es ein gewöhnlicher Urlaub gewesen; einer, bei dem man sich ein Jahr später schon nicht mehr erinnern konnte, ob man ihn in Spanien, Portugal oder Griechenland verbracht hatte. Natürlich würde sie Brava nie vergessen. Aber im Rückblick, mit heiler Haut im vertrauten München, kamen einem die schrecklichen Erlebnisse nicht mehr ganz so bedrohlich vor.

Was war ihr denn passiert? Nichts. Vielleicht hatte sie mit ihrer überstürzten Abreise, die sie zudem ein paar hundert Euro extra gekostet hatte, doch zu hysterisch reagiert. Vielleicht war Viktor in jener letzten Nacht gar keine Bedrohung gewesen, sondern nur ein Besucher.

Vielleicht.

Viktor hatte ihr über Kapitän Dunbar immerhin herzliche Grüße ausrichten lassen. Ließ man jemanden herzlich grüßen, dem man etwas antun wollte?

Ein paar schöne Seiten hatte Brava doch gehabt. Im Rückblick betrachtet, nach der ersten Nacht zu Hause, wenn man morgens am Küchentisch saß vor einem leeren Blatt Papier, auf dem man sich Notizen machen musste, weil es so viel zu erledigen gab, dass man es sonst vergessen würde.

Versicherung anrufen wg. Schadensbegutachtung

Maler/Schreiner kommen lassen (neue Bücherregale)

Patienten anrufen, Termine vereinbaren

Einkaufen: Kaffee, Milch, Obst, Brot, Aufschnitt, Zahnpasta, Shampoo

Brauchte sie sonst noch etwas? Rebekka ging zum Kühlschrank, in dem außer einer Flasche Mineralwasser und zwei abgelaufenen Joghurts nur noch ein Becher Margarine stand. Rebekka öffnete den Deckel und hielt ihre Nase hinein.

Margarine, Joghurt, Käse

Waschen/Reinigung

Rebekka strich *Waschen/Reinigung* wieder, weil sie ja kaum Kleidung nach Hause zurückgebracht hatte.

Klamotten kaufen

Eltern anrufen

Dr. Engelbert anrufen wg. Schlüssel

Sie freute sich darauf, mit Dr. Engelbert zu telefonieren. Es gab viel zu erzählen. Und sie hatte viele Fragen an ihn. Sie wollte unbedingt wissen, wer dieser Onkel war, von dem er das Haus geerbt hatte. Und wer etwas über dieses Missionarsehepaar und seine verschwundenen Söhne wusste. Und über Viktor. Und über das mysteriöse Zeichen des schrägen Kreuzes mit einer Krone.

Das Telefon läutete. Leise. Weil Rebekka die Lautstärke vor ihrer Abreise auf die kleinste Stufe gestellt hatte. Sie besaß drei Apparate. Einer stand im Therapieraum, einer im Schlafzimmer, der nächste im Flur auf einer alten Kommode. Als Rebekka den Hörer abnahm, hatte bereits der Anrufbeantworter eingesetzt, und die Ansage teilte mit, dass die psychotherapeutische Praxis Dr. Rebekka Marx wegen Urlaubs geschlossen war.

«Marx», sagte sie deutlich.

«Hallo! Hallo?»

Es war eine Männerstimme. Rebekka hatte sie vorher noch nie gehört.

«Ja, Rebekka Marx hier.»

«Gut, dass ich Sie erreiche», sagte der Mann. Sein Tonfall war aggressiv. «Ich bin Karl-Gustav Lindner, der Vater von Thomas Lindner. Hören Sie mir genau zu: Ich weiß, dass mein Sohn bei Ihnen in Behandlung war. Und ich habe auch erfahren, dass Sie gestern Besuch von der Polizei hatten. Ich wollte Sie nur an Ihre Schweigepflicht erinnern. Sollte irgendetwas von dem perversen Treiben meines Sohnes an die Öffentlichkeit gelangen und der Name Lindner dadurch in den Schmutz gezogen werden, werde ich Sie verklagen. Ich werde dafür sorgen, dass vor dem Psychologenverband ein Verfahren gegen Sie angestrengt wird, dass Sie Ihre Zulassung verlieren. Dass Sie nie wieder im Leben einen Patienten haben werden.» Knacken in der Leitung. Aufgelegt.

Rebekka starrte den Telefonhörer an. Was für ein Arschloch! Am liebsten hätte sie ihn sofort zurückgerufen. Nein, noch besser wäre gewesen vorbeizufahren, um ihm die Meinung ins Gesicht zu sagen. Am besten vor seinen Mitarbeitern, damit es jeder hören konnte.

Rebekka ging wieder in die Küche und setzte sich an den runden Bistrotisch. Natürlich war sie moralisch gesehen im Recht, dass sie mit der Polizei gesprochen hatte. Schließlich musste der Mörder von Thomas Lindner gefasst werden. Aber sie hatte keine Ahnung, was die Bestimmungen darüber sagten, wie in einem Todesfall mit Patientengeheimnissen umzugehen ist. Wenn Karl-Gustav Lindner wusste, dass die Polizei gestern bei ihr war, würde er auch bald wissen, was sie den Beamten erzählt hatte. Er war ein reicher und mächtiger Mann, und wozu er fähig war, das hatte Thomas Lindner oft und eindrucksvoll genug erzählt.

Beim Psychologenverband wollte Rebekka nicht anrufen, um sich Rat zu holen. Das hätte nur unnötig für Aufsehen gesorgt. Aber Dr. Engelbert wusste bestimmt Bescheid. Überhaupt musste sie endlich mit ihm reden. Heute war Mittwoch, sein vorlesungsfreier Tag; Rebekka sah auf ihr Handgelenk und vermisste ihre Uhr. Neun Uhr schätzte sie. Um diese Zeit saß Dr. Engelbert für gewöhnlich in seinem Büro im Institut.

«Wir haben ihn seit gestern nicht gesehen», gab eine freundliche Sekretärin Auskunft. «Sie sind doch bestimmt Studentin. Da kann ich Ihnen aber sagen, dass die Borderline-Vorlesung morgen auf jeden Fall stattfindet. Herr Anderson wird sie übernehmen, falls Dr. Engelbert weiterhin unpässlich ist.»

Rebekka bedankte sich und legte auf. Dann rief sie bei Dr. Engelbert zu Hause an. Sie hatte seine Nummer im Kopf. Zehnmal Klingeln, elfmal Klingeln. Rebekka hörte auf, die Signale mitzuzählen; irgendwann ertönte das Besetztzeichen.

*

Den Tipp mit den Pornoheften hatten sie von den Kollegen der Sitte bekommen – und gleich dazu eine Liste mit Magazintiteln, in denen Privatleute mit ausgefallenen sexuellen Neigungen andere Privatleute mit ähnlichen Neigungen per Kleinannonce suchten. In diesen Heften fanden sich auch eine ganze Reihe einschlägiger Internet-Adressen, die genauer zu untersuchen ihnen Rebekka Marx geraten hatte.

Was Sexshops anbelangte, war München dank seiner konservativen, jeglicher Liberalisierung des Sexbusiness feindlich gesinnten Kommunalpolitik ein Entwicklungsland. Warum sich ausgerechnet München zur Homosexuellen-Hochburg herausgemacht hatte, würde Reichenbach deshalb nie verstehen. Aber das war ein anderes Thema. Die wenigen Sexshops, die es gab, hatten sich hauptsächlich in Bahnhofsnähe angesiedelt und waren am gestrigen Nachmittag nach zwei Stunden abgeklappert gewesen. Eder hatte die Pornohefte mit großer Sorgfalt ausgewählt und noch ein paar Exemplare, die nicht auf der Liste standen, dazugekauft.

Reichenbach war auch beim Betreten des letzten von gut einem Dutzend Sexshops noch unwohl in seiner Haut gewesen. Er hatte sich besorgt gefragt, ob er nicht etwas verklemmt wäre. Diese Welt aus Lack, Latex und Sexspielzeug in allen möglichen Formen und Farben, genoppt, ungenoppt, vibrierend, sich bewegend, selbstschmierend, garantiert euphorisierend, war nicht seine Welt. Schon gar nicht die Menschen, die sich in diesen Shops herumdrückten: aufgetakelte, aufdringliche, hellblond oder tiefschwarz gefärbte Frauen; und Typen, die ihrem Erscheinungsbild nach entweder im tiefsten Kellerarchiv einer Verwaltung arbeiteten oder aber Fahrer einer tiefer gelegten Corvette waren.

Es war Mittwochvormittag. Reichenbach und Eder saßen sich an ihren Schreibtischen gegenüber, jeder auf seinen

Bildschirm konzentriert. Eder stieß fortwährend Laute der Begeisterung aus. «Wow, diese perversen Luder! Gleich mit vier Kerlen gleichzeitig!» – «Boah! Schau dir mal die Titten an! Größer als die Arschbacken von Frau Gustmann.» Frau Gustmann war eine etwas füllige, aber äußerst liebenswerte Mitarbeiterin in der Telefonzentrale.

Reichenbach hatte gerade eine Web-Seite aufgerufen, auf der sich junge Männer – *alle unter dreißig* – mit Sexualpartnerinnen über siebzig verabreden wollten. Bedauernswerte Kerle, dachte Reichenbach. Dann fand er die äußerst originelle Anzeige einer Frau (*Anfang vierzig, dunkel, mollig*), die jemanden suchte, der ihr die Wohnung renoviert (*80 Quadratmeter: tapezieren, streichen, Parkett verlegen*), und als Bezahlung ein Jahr lang zweimal wöchentlich Sex anbot (*Kein SM, keine Fesseln. Bitte nur ernst gemeinte Zuschriften*).

Bis zum späten Nachmittag hatte sich Reichenbachs Wissen über sexuelle Praktiken vervielfacht. Und mehr als nur einmal war er ins Staunen geraten, was Menschen alles Befriedigung verschaffte. Viele Fotos hatten ihn erregt, und oft hatte er an Anna denken müssen, die bis jetzt seine schönste sexuelle Erfahrung war. An Daniela Winter hatte er auch mehrfach gedacht und sich gewünscht, ihr beim nächsten Treffen etwas näher zu kommen.

Er fragte sich, wie wohl jemand ein Internet-Inserat formulieren würde, der etwas in der Art anbot, was Thomas Lindner interessiert haben mochte. Er war auf etliche Internet-Foren und Chatrooms gestoßen, in denen Masochisten nach Sadisten suchten und umgekehrt. Aber meistens waren es Männer mit Domina-Gelüsten gewesen oder Prostituierte, die ihre Dienste als Dominas anboten. Von homosexuellen Sadomasochisten kaum eine Spur.

«So kommen wir nicht weiter», sagte er und stieß die Tastatur seines Computers genervt zur Seite. «Ich kann mir diesen Mist nicht noch länger anschauen.»

«Was sollen wir denn machen?», fragte Eder. Er schien angesichts des Überangebots an Pornographie ebenfalls keine Lust mehr an der Internet-Recherche zu haben. Jedenfalls waren schon lange keine Begeisterungsbekundungen mehr von ihm zu hören gewesen.

«Wen haben wir denn noch auf unserer Liste, dem wir einen Besuch abstatten könnten?», fragte Reichenbach. Er musste raus. Er wollte nicht mehr länger im Büro sitzen.

«Mal nachdenken», sagte Eder.

Die ganzen Wirtschaftsbosse, Politiker und Staatsdiener, die auf Bergmanns Partys heimlich gefilmt worden waren, hatten sie in den vergangenen Tagen schon abgeklappert. Drei fehlten noch, aber die weilten im Ausland und konnten als Täter sowohl in Bergmanns und erst recht in Lindners Fall ausgeschlossen werden. Alle Befragten waren mehr oder weniger schockiert gewesen; alle beteuerten mehr oder weniger glaubhaft, nie erpresst worden zu sein, und die meisten flehten, bloß nichts ihren Ehefrauen zu erzählen. Gegen den koksenden Richter war ein Disziplinarverfahren eingeleitet worden, was angesichts dessen, dass er in wenigen Monaten in Ruhestand ging, vermutlich nichts weiter als ein privater Rachefeldzug von Oberstaatsanwalt Rickert war. Abschließend musste man sagen, dass sich aus keiner der Vernehmungen eine konkrete Spur ergeben hatte.

«Frohloff», sagte Eder.

«Frohloff», wiederholte Reichenbach. «Gute Idee, den hätte ich fast vergessen.» Er stand auf und riss seine Jacke von der Stuhllehne.

«Komm, gehn wir.»

Sie hatten schon ein paarmal versucht, Frohloff zu erreichen. Telefonisch und persönlich. Aber er war nie da gewesen. Vielleicht hatte er sich auch nur geweigert, die Tür zu öffnen. Weil es keine Anhaltspunkte für eine Verbindung zwischen Lindner und Frohloff gab, galt er nicht als dringend verdächtig. Aber immerhin waren von ihm mehr Fingerabdrücke als von jedem anderen Patienten in Rebekka Marx' Praxis gefunden worden. Frohloff musste also unbedingt noch vernommen werden. Motiv für einen Mord hin oder her – dieser Verrückte, der seine Mutter zerstückelt hatte, war im Moment der Einzige, von dem man mit Sicherheit wusste, dass er in der Lage war, jemanden umzubringen.

*

Rebekka war in der Stadt einkaufen gewesen. Erst Lebensmittel, dann Klamotten. Vor allem Unterwäsche hatte sie nach dem Verlust ihres Rucksacks dringend gebraucht. In einem Geschäft am Rindermarkt hatte sie ein paar hübsche und nicht allzu teure Slips erstanden; zwei aus Seide, drei mit Spitze; in Braun, Weiß und Schwarz. Dazu einen BH, obwohl sie nur selten BH trug.

Wieder zu Hause, rief Rebekka ihre Mutter an, die sich, wie zu erwarten, große Sorgen gemacht hatte. Sie war aufgeregt und nervös und redete während des zwanzigminütigen Gesprächs mehr, als dass sie zuhörte: «Kind, bin ich froh, dass du wieder da bist! Die Polizei ist deinetwegen bei uns gewesen. Was war denn los?» Rebekka erfand eine harmlose Geschichte. «Ach, dann bin ich ja beruhigt. Und Afrika, erzähl doch mal. Ein so großes und gefährliches Land. Wie war es denn? Gab es wilde Tiere? Neulich im Fernsehen haben sie etwas über seltene braune Wüstenelefanten gezeigt. Hast du auch Elefanten gesehen?» Rebekka antwortete, dass sie auf einer Insel gewesen war, auf der es keine Elefanten gab, dafür traumhafte Strände und ein friedliches Haus, von dem aus man alles überblicken konnte. Ihre Mutter erzählte von den Magengeschwüren, die bei der Nachbarin festgestellt worden waren, und dass es Rebekkas Vater nicht so gut ging wegen der Bandscheibe. Bevor Rebekka auflegte, versprach sie, nächsten Sonntag wieder anzurufen und dass sie Weihnachten nach Hause kommen würde.

Die Terminvereinbarungen mit den Patienten waren schnell erledigt. Die meisten der dreiundzwanzig, die Rebekka zurzeit therapierte, hatten ohnehin feste Zeiten. Es ging nur darum abzuklären, wer nach ihrem abgebrochenen Urlaub die Behandlung früher wieder aufnehmen wollte. Rebekka rechnete fest damit, dass ihr Therapiezimmer bis kommende Woche renoviert wäre. Der Schadensgutachter der Versicherung hatte sich für morgen angekündigt.

Zwischendurch hatte es Rebekka immer wieder bei Dr. Engelbert versucht. Sowohl zu Hause als auch im Institut, wo die nette Sekretärin beim letzten Anruf schon misstrauisch fragte, was es denn so Wichtiges gäbe.

Inzwischen wurde es langsam dunkel. Die Straßenlaterne, die Rebekka aus ihrer Küche sehen konnte, hatte sich gerade eingeschaltet. Rebekka wählte zum vierten Mal Dr. Engelberts Privatnummer; wieder ließ sie es klingeln, bis das Besetztzeichen ertönte. Weil sie beim besten Willen keine Erklärung fand, wo Dr. Engelbert sein konnte, dachte sie, dass sein Telefon womöglich defekt war.

Um siebzehn Uhr dreißig stieg sie in den alten grauen Mercedes, den sie von ihrem Vater geschenkt bekommen hatte und der in der Garage vor dem Haus parkte. Bis zu Dr. Engelbert war es nicht weit. Bei wenig Verkehr keine zehn Minuten.

*

Nach Eintritt des Todes dauert es je nach Temperatur und Mageninhalt etwa achtundvierzig Stunden, bis der Fäulnisprozess einer Leiche beginnt. Die Haut verfärbt sich weiß, oft auch gelblich, der Unterbauch grün, weil dort der keimreiche Blinddarm liegt. Gibt es Fliegen oder andere Insekten, legen sie ihre Eier in Körperöffnungen wie Mund, Lidspalte und Nase; schon nach einem Tag schlüpfen die ersten Maden, fressen an dem toten Gewebe und wachsen dabei jeden weiteren Tag um einen Millimeter. Die Geruchsentwicklung ist ebenfalls temperaturabhängig. Eine verwesende Leiche riecht anfangs streng süßlich und dann modrig. Der Geruch kriecht durch Tür- und Fensterritzen, setzt sich in Teppichböden und im Mauerwerk fest. Meistens werden Tote wegen des Geruchs sehr schnell gefunden; manchmal aber liegen Leichen monatelang unbemerkt von den Nachbarn in einer Wohnung. Wie es dazu kommen konnte, war Reichenbach, der wie alle Kollegen der Mordkommission häufig zu solchen Fällen gerufen wurde, jedes Mal ein Rätsel.

«Riechst du es auch?», fragte Eder.

«Mhhm», brummte Reichenbach.

«Es stinkt nach Leiche.»

«Und wie. Warte hier, ich suche die Hausmeisterin.»

Sie waren der Frau mit dem geblümten Nylonkittel und dem dünnen silbrigen Haar schon auf dem Weg zum Fahrstuhl begegnet. Sie hatte sich argwöhnisch nach dem Grund ihres Besuchs im Haus erkundigt und auf Nachfrage als Elvira Schmidt vorgestellt. Als Reichenbach ihr erklärte, dass sie Ludwig Frohloff besuchen würden, hatte sie in tiefem Bayerisch gesagt: «Oan Jahr lang hat sich niemand für diesen Sonderling interessiert. Und jetzt kommen gleich drei Leut' in oana Woch'.»

Reichenbach entdeckte Elvira Schmidt vor dem Haus, wo

sie damit beschäftigt war, Anzeigenblätter und Werbebroschüren, die von den Austrägern einfach vor die Tür geworfen worden waren, in die Altpapiertonne zu werfen.

«Ist er nicht da, der Frohloff?», fragte sie. Ihre kleinen blassblauen Augen funkelten neugierig.

«Wahrscheinlich nicht», sagte Reichenbach. Er suchte in seiner Jacke nach seinem Polizeiausweis und hielt ihn Elvira Schmidt hin. Sie kam mit einem eigenartigen Gang, bei dem sie ihren Hintern wie eine Ente herausstreckte, näher. So nah, dass sie den Ausweis beim Lesen fast mit ihrer Nase berührte.

«Aha, Polizist sind Sie also», sagte sie. Es klang so unbeeindruckt, als kämen täglich mehrere Kriminalbeamte vorbei.

Reichenbach betrachtete die tristen Wohnblocks und den grauen Innenhof, auf dem überall zerschlagene Bierflaschen herumlagen. Ein Fahrradrahmen ohne Sattel, Reifen und Lenker war an eine Laterne gekettet. Wahrscheinlich hatten die Kollegen tatsächlich öfter hier zu tun.

«Wir müssen in Frohloffs Wohnung», sagte er. «Wissen Sie, ob jemand den Schlüssel hat?»

Elvira Schmidt warf den letzten Stapel Anzeigenblätter in die Altpapiertonne und ließ den Deckel mit einem dumpfen Knall zufallen. Dann stellte sie sich vor die Haustür, in deren Glas sie sich spiegeln konnte, drückte ihre zarten Silberlocken zurecht und erklärte feierlich: «Ich hab den Schlüssel. Der Frohloff hat ihn mir gegeben, weil neulich jemand kam, um die Heizung abzulesen. Und wissen S', was der Frohloff zu mir gesagt hat?»

Reichenbach hob die Schultern.

«Ich soll nicht rumschnüffeln, hat er gesagt.» Sie schüttelte beim Gedanken an diese infame Unterstellung fassungslos den Kopf und zog einen schweren Schlüsselbund aus ihrem Kittel.

«Kommen S', gehen wir.»

Reichenbach sah sie kopfschüttelnd an. «Sie können nicht mitkommen!»

«Dann lasse ich auch niemanden in die Wohnung», erwiderte sie trotzig.

«Wenn Sie es nicht anders wollen», sagte Reichenbach ernst, «rufe ich einen Streifenwagen und lasse Sie vor den Augen Ihrer Nachbarn abholen und aufs Präsidium bringen. Behinderung polizeilicher Ermittlungen ist strafbar.»

Elvira Schmidt betrachtete ihn skeptisch. Anscheinend überlegte sie, wie ernst zu nehmend diese absurde Drohung war.

«Na gut», sagte sie und begann umständlich, einen der Schlüssel von dem riesigen Bund zu lösen.

Der süßliche Gestank schlug ihnen mit einer Wolke heißer Luft ins Gesicht und löste einen kaum zu kontrollierenden Brechreiz aus. Reichenbach zog sich das T-Shirt, das er unter seinem Hemd trug, über die Nase. Sie gingen vorsichtig durch den Flur, um sich mit den Füßen nicht in dem am Boden liegenden Knäuel aus Jacken, Pullovern und Mänteln zu verfangen. Eder begann bellend zu husten, und Reichenbach befürchtete schon, er würde sich übergeben, aber dann legte sich der Husten wieder.

Küche, Bad, Schlafzimmer, Wohnzimmer; vier geschlossene Türen gingen von dem schmalen Flur ab. Die erste Tür, die sie öffneten, führte in die Küche. In seinem ganzen Leben hatte Reichenbach noch nie so viele leere Konserven auf einmal gesehen. Sie stapelten sich in der Spüle, vor dem Fenster, auf Schränken, lagen unter dem Tisch und in den Regalen. Dazu überall dreckiges Geschirr und prall gefüllte Müllbeutel. In den süßlichen Leichengeruch mischte sich jetzt noch der Gestank von verdorbenen Fertiggerichten.

Eder stürzte zum Fenster, stieß einen Konservenberg zur Seite, und riss es auf. Ein frischer Luftzug wehte in den Raum. Eder streckte den Kopf zum Fenster heraus, und Reichenbach hörte, wie er tief ein- und ausatmete.

«Mach erst mal alleine weiter», sagte Eder, ohne den Kopf wieder hineinzuziehen.

Der Küche gegenüber lag das Bad, fensterlos, mit einer nackten Glühbirne unter der Decke. Ein langer, schmaler Raum, in dem Waschbecken, Badewanne und Toilette nebeneinander angeordnet waren. Der Schrank über dem Waschbecken stand offen und gab den Blick frei auf einen Vorrat von bestimmt zwanzig Stück Seife, ein paar hundert Einwegrasierern, mehreren Dutzend Shampooflaschen. In der Badewanne lagen dreckige Handtücher und zahllose Rollen Toilettenpapier. Bei näherem Hinsehen entdeckte Reichenbach die Trümmer eines alten Fernsehers.

Allmählich hatte er sich an den süßlichen Geruch gewöhnt.

Im Schlafzimmer auch keine Leiche. Nur ein ungemachtes Bett, neben dem sich Pornohefte stapelten und dicke Bücher, die zu Reichenbachs Überraschung ähnliche Titel trugen, wie er sie in Rebekka Marx' verwüsteter Praxis gelesen hatte.

«Hast du schon was gefunden?», rief Eder aus der Küche.

Reichenbach wollte gerade mit «Nein» antworten, als er die Tür zum Wohnzimmer öffnete – und sofort wieder zuwarf.

«Was ist denn mit dir los?», fragte Eder, als er in die Küche zurückkam.

«Mord Nummer drei», erwiderte Reichenbach knapp. «Und wenn du es heute mit dem Magen hast, solltest du da besser nicht reingehen.» Dabei zeigte er mit dem Daumen über die Schulter. Dann nahm er sein Handy und rief im Präsidium an, um die Spurensicherung zu benachrichtigen.

Nach einer kurzen Verschnauf- und Besinnungspause war Reichenbach wieder ins Wohnzimmer gegangen. Eder wartete inzwischen vor dem Haus auf Horst Benedikt und wollte dafür sorgen, dass Elvira Schmidt bei Eintreffen der Kollegen nicht gleich die ganze Nachbarschaft zusammentrommelte. Seit Eder einen kurzen Blick auf den Toten geworfen hatte, sah er noch blasser aus.

Die Leiche lag bäuchlings neben einem umgestürzten braunen Kordsessel in den Scherben eines zerborstenen Glastisches. Die Arme waren nach vorne ausgestreckt, die Beine unnatürlich verdreht. Jeder Quadratzentimeter des Kopfes war von weißen, sich bewegenden Maden befallen. Es sah aus, als ob die Haut des Mannes lebte. Um den Kopf herum eine Lache dunkelbraunen, getrockneten Bluts. Bei der Unordnung, die in der ganzen Wohnung herrschte, war es schwer einzuschätzen, ob ein Kampf stattgefunden hatte.

Reichenbach starrte so fasziniert auf die Invasion von Maden, dass er den Fernseher, der ohne Ton in der Ecke flimmerte, erst jetzt bemerkte. Ein Verkaufssender war eingeschaltet, auf dem gerade Werbung für Autopolitur gemacht wurde. Ein kräftiger Mechaniker brachte die Haube eines schwarzen Porsche auf Hochglanz. Dann tropfte ein Moderator, der aussah, als trüge er ein Toupet, zum Beweis für die Unverwüstlichkeit brennendes Benzin auf den Lack. Reichenbach hatte die Werbung schon oft gesehen, meistens nachts, wenn er nicht schlafen konnte und wahllos durch die Programme zappte.

Das Handy vibrierte. Der Moderator nahm sich gerade das Dach des Porsche vor und malte mit einem wasserfesten Filzstift darauf herum. Frau Gustmann aus der Telefonzentrale des Präsidiums war am Apparat. Ihre freundliche und ruhige Stimme klang aufgeregt. Gerade hätte ein Mann bei ihr angerufen und gesagt, sie solle den beiden Kommissaren mit dem roten BMW etwas ausrichten.

«Was denn?», fragte Reichenbach.

«Dass heute noch ein Unglück passiert.» Langsam beruhigte sich Frau Gustmann wieder. «Der Mann hat gesagt, dass Sie sich beeilen sollen, wenn Sie eine Frau namens Rebekka Marx lebend wieder sehen wollen. Und dann hat er mir eine Adresse durchgegeben.»

28

Als sie angekommen war, hatte ein kleiner Junge gerade das Haus verlassen und ihr höflich die Tür aufgehalten. Rebekka war die fünf fahrstuhllosen Stockwerke hinaufgestiegen und hatte im dritten kurz Halt gemacht, um aus dem Fenster auf die Straße zu schauen, wo ihr grauer Mercedes im Halteverbot parkte und schon kritisch von einer Politesse beäugt wurde. Umkehren hätte keinen Sinn gemacht, da Diskussionen mit Politessen erfahrungsgemäß zwecklos waren.

Rebekkas Finger berührte den runden, mit einer leichten Mulde versehenen Klingelknopf; noch ohne ihn zu drücken. Auf dem Türschild stand, ohne Vornamen und akademische Titel, einfach *Engelbert*. Sie musste daran denken, wie sie Dr. Engelbert an dem Abend, als er den Preis für seine Borderline-Forschungen bekommen hatte, die fünf Stockwerke hier hinaufgeschleppt hatte. Seitdem war sie nicht mehr hier gewesen. Wahrscheinlich empfing Dr. Engelbert nur selten und vielleicht auch nur sehr ungern zu Hause Besuch, sonst hätte er sie bestimmt einmal eingeladen.

Rebekka klingelte.

Dr. Engelbert öffnete so schnell, dass sie erschrak. Seinem Blick nach zu urteilen, hatte er jemand erwartet. Aber nicht sie. Er trug, was Rebekka noch nie an ihm gesehen hatte, eine Jeans, darüber ein saloppes rotes Sweatshirt mit dem Aufdruck «New York State University». Irgendwie sah der Aufzug für jemanden, den man sonst nur in abgetragenen grauen Flanellhosen und einer fusseligen roten Strickjacke kannte, komisch aus.

«Komme ich ungelegen?»

Dr. Engelbert kniff die Augen zu, als müsste er sich einen Moment sammeln. Dann sagte er: «Schon aus dem Urlaub zurück? Ich dachte, Sie wollten …»

«Es war … Ich hatte …»

«Hat Ihnen Brava nicht gefallen?»

«Doch schon.» Rebekka hielt Dr. Engelbert den Schlüssel zu seinem Haus hin. «Den wollte ich Ihnen zurückbringen.»

Er nahm den Schlüssel. «Danke.» Kurzes betretenes Schweigen. «Wollen Sie nicht reinkommen?»

Rebekka nickte. Dr. Engelbert führte sie durch den langen Flur in einen kleinen Raum mit schrägen Wänden und Bücherregalen, die bis zur Decke ragten. Die Bücher waren nebeneinander und übereinander gestapelt, nirgends eine Lücke, durch die man sehen konnte, wie der Raum einmal tapeziert worden war. Aus dem Fenster, vor dem ein mit Papieren überladener Schreibtisch stand, hatte man einen wunderbaren Blick über die Münchner Altstadt, auf die, jetzt, zu abendlicher Stunde, so herrlich angestrahlte Kuppel der Theatinerkirche, den Alten Peter, das Dach der Residenz. Von irgendwoher drang leise klassische Musik. Rebekka vermutete zunächst, aus dem Lautsprecher des alten Tonbandgeräts, das auf dem Schreibtisch stand. Aber dafür klang die Musik zu gedämpft. Wahrscheinlich spielte in einem Nachbarraum eine Stereoanlage. Dr. Engelbert war so schnell vorausgegangen, dass es Rebekka kaum gelungen war, sich in der Wohnung näher umzusehen. Nur ein flüchtiger Blick in die Küche. Auf der Anrichte war ein kleines und sehr appetitlich aussehendes Buffet angerichtet. Hors d'œuvres, Schinken, Käse, Früchte, eine geöffnete Flasche Rotwein und zwei noch nicht gefüllte Gläser.

«Erwarten Sie Besuch? Wenn ich ungelegen komme, kann ich auch noch einmal anrufen. Aber Ihr Telefon ...»

«Nein, setzen Sie sich doch.» Dr. Engelbert wollte Rebekka ihre rote, für die Zimmertemperatur viel zu warme Winterjacke abnehmen, aber sie lehnte ab. Er schob ihr den bequemen gepolsterten Stuhl hin, der an seinem Schreibtisch stand, und setzte sich selbst auf einen wackligen Hocker.

«Ach ja, das Telefon», sagte er und lächelte. «Dann waren Sie das, die vorhin angerufen hat. Ich war in meine Arbeit vertieft.»

«In der Universität wusste auch niemand, dass Sie ...»

«Ach lassen Sie die Universität.» Er machte eine wegwerfende Handbewegung. «Ich arbeite an einer neuen Untersuchung, da brauche ich die Universität nicht. Diese Arbeit wird weltweite Beachtung finden, weil ...» Er unterbrach sich. «Ach das würde jetzt zu weit führen.»

«Es würde mich aber interessieren», sagte Rebekka. Sie hatte Dr. Engelbert noch nie mit solcher Geringschätzigkeit über die Universität reden hören. Zum ersten Mal, seit sie ihn kannte, fühlte sie sich unwohl in seiner Gegenwart.

Anscheinend hatte Dr. Engelbert nur darauf gewartet, dass Rebekka Interesse bekundete. Mit triumphierender Miene hielt er einen vergilbten, schon arg zerfledderten Ringordner hoch, der neben dem Tonband gelegen hatte. Dr. Engelbert schlug die erste Seite auf. Es war ein forensisches Gutachten. Rebekka las den Titel.

«Frohloff», sagte sie verwundert.

Dr. Engelbert nickte, und seine Augen weiteten sich, als wüsste er Unglaubliches zu berichten.

«Was ist mit Frohloff?»

«Ich habe ihn getroffen.»

Rebekka wusste, dass Frohloff gegen keinen Menschen auf der Welt mehr Argwohn hegte als gegen Dr. Engelbert. Insofern war das, was sie gerade gehört hatte, in der Tat unglaublich.

«Er hat große Fortschritte gemacht», erklärte Dr. Engelbert enthusiastisch. «Das ist auch Ihrer Arbeit zu verdanken. Frohloff reagiert phasenweise, als wäre er geistig völlig gesund. Frau Marx, das ist eine Sensation! Noch nie ist es gelungen, einen so schweren Fall von Schizophrenie zu heilen. Wenn ich, wenn wir diesen Durchbruch schaffen würden, das wäre eine große Leistung für die weltweite psychologische Forschung.»

Rebekka wusste nicht, was sie erwidern sollte. Sie behandelte Ludwig Frohloff seit fast zwei Jahren, und sie hatte ihn nie anders als im teilweisen oder völlig autistischen Zustand erlebt. Autistisch und harmlos. Es klang absurd, was Dr. Engelbert sagte. Es war unmöglich, dass Frohloff von heute auf morgen wie ein geistig normaler Mensch reagierte. Völlig ausgeschlossen. Sie wusste nicht, was mit Dr. Engelbert los war. Aber etwas stimmte nicht mit ihm. Er war doch sonst kein Träumer, sondern ein nüchtern analysierender Wissenschaftler.

Rebekka hatte jetzt keine Lust, länger mit ihm über Frohloff zu reden. «Kennen Sie diese Leute?», fragte sie und hielt Dr. Engelbert unvermittelt die beiden Fotos hin, die sie aus seinem Haus auf Brava mitgenommen hatte.

Dr. Engelbert nahm ihr die Bilder aus der Hand und hielt sie unter das Licht seiner Schreibtischlampe. Er setzte seine

Lesebrille auf, betrachtete zunächst eingehend das Missionarsehepaar, anschließend den Sohn. Er gab Rebekka die Bilder zurück und sagte gleichgültig: «Die hingen in meinem Haus auf Brava.»

Rebekka nickte. «Ich würde gerne alles über diese Leute wissen.»

«Tut mir Leid, da kann ich Ihnen nicht weiterhelfen. Ich kenne nicht mal ihre Namen. Vielleicht sind es Freunde meines Erbonkels.»

Rebekka hatte das Gefühl, dass Dr. Engelbert nicht die Wahrheit sagte. Dafür, dass er nichts über diese Leute wissen wollte, hatte er die Fotos viel zu lange und intensiv angesehen. Rebekka beschloss, jetzt besser zu gehen, und rutschte auf die Stuhlkante.

«Sie erwarten doch bestimmt noch Besuch.»

«Erst später», erwiderte Dr. Engelbert. «Aber wenn Sie schon gehen wollen.»

Er betrachtete Rebekka mit väterlichem Blick und schob sich dabei gedankenverloren die Ärmel seines roten Sweatshirts über die Ellenbogen, sodass sie seine bloßen Unterarme sehen konnte.

*

Anonyme Anrufer, die anschwärzten, drohten, orakelten, die von Betrügern und Betrogenen, Mördern und Ermordeten, von den abenteuerlichsten Verbrechen zu erzählen wussten, waren im Polizeialltag so häufig wie Grippekranke in einer Arztpraxis. Für gewöhnlich hätte Reichenbach auf einen solchen Anruf nicht sofort reagiert. Schon gar nicht, wenn er gerade eine bestialisch entstellte Leiche entdeckt hatte, die in der Wohnung eines der schlimmsten Mörder lag, die es in München je gegeben hatte.

«Komm, da schicken wir eine Streife hin», sagte Eder, «die sollen nach dem Rechten sehen und dann anrufen.»

«Nein», beharrte Reichenbach. Er stand mit Eder im Innenhof der tristen Wohnblocks. Die Fassaden sahen im Blaulicht der Streifenwagen gespenstisch aus. Die Kollegen der Spurensicherung waren vor ein paar Minuten eingetroffen.

«Wir können hier sowieso nichts mehr ausrichten. Wer immer das Gemetzel da oben angerichtet hat, ist schon längst über alle Berge.» Reichenbach biss sich nachdenklich auf die Unterlippe. «Stell dir mal vor, dieser Rebekka Marx passiert etwas ...»

«... dann kriegt uns der Polizeipräsident bei den Eiern», brachte Eder den Gedankengang in seiner unverwechselbaren Art auf den Punkt. «Na gut», lenkte er ein. «Wo war die Adresse nochmal?»

«Schwabing.»

Eder sah auf die Uhr. «Der Feierabendverkehr ist vorbei. In gut einer Viertelstunde sind wir da.»

«Geh schon mal zum Wagen», sagte Reichenbach. «Ich will noch schnell mit Benedikt reden.»

Er fuhr mit dem Fahrstuhl wieder in den siebten Stock, wo Benedikts Leute schon mit der Arbeit begonnen hatten. In dem Haus, dessen Flure am späten Nachmittag noch wie verwaist gewesen waren, herrschte jetzt Unruhe und Hektik. Wohnungstüren wurden geöffnet und zugeschlagen, Nachbarn grüßten sich, tuschelten, diskutierten. Niemand nahm den Fahrstuhl. Jeder benutzte die Treppe, um im siebten Stock einen kurzen Blick zur Wohnung am rechten hinteren Ende des Ganges zu werfen, wo sich in weiße Overalls gehüllte Gestalten geschäftig herumtrieben. Gerade wurde ein grauer Blechsarg vor der Tür abgestellt.

Ein junger uniformierter Beamter sorgte dafür, dass niemand Unbefugter in die Nähe des Tatorts kam.

«Männlich, um die vierzig, zirka neunzig Kilo», erklärte Benedikt. «Die Leiche liegt seit etwa vier Tagen. Extremer Madenbefall, was kein Wunder ist bei dem Dreckloch.»

«Meinst du, es ist Frohloff?», fragte Reichenbach.

«Man kann sein Gesicht kaum noch erkennen. Ich sag's dir, sobald wir seine Fingerabdrücke genommen haben.» Benedikt grüßte einen der Männer, die den Blechsarg gebracht hatten. «Wie geht es Eder?»

«Der hat noch zweimal gekotzt und fährt jetzt mit mir nach Schwabing, wegen des Anrufs. Er frisst in einer Tour Pfefferminzbonbons, stinkt aber trotzdem ganz grausam.»

Benedikt grinste. «Bis später dann.»

Mit dem Unfall auf dem Mittleren Ring war nicht zu rechnen gewesen. Über Funk hatte es auch niemand durchgegeben. Gerade fünf Minuten gefahren, und schon standen sie im Stau. Eder war ausgestiegen, um das Blaulicht aus dem Kofferraum zu holen. Er befestigte es mit dem Magnet auf dem Dach, setzte sich wieder ans Steuer und schob das Anschlusskabel in die Buchse für den Zigarettenanzünder. Nichts passierte.

«Scheiße! Im Eimer!» Eder schlug mit der Faust aufs Lenkrad.

Inzwischen waren sie so von Autos eingekeilt, dass ohne Blaulicht und Sirene an Weiterkommen nicht zu denken war.

Reichenbach rief im Präsidium an, um vorsorglich doch einen Streifenwagen zu der Adresse zu schicken, die der anonyme Hinweisgeber hinterlassen hatte. Er bat, die Kollegen mögen nichts unternehmen, nur das Haus auf verdächtige Vorfälle beobachten. Anschließend ließ er sich die Namen durchgeben, die in dem Haus gemeldet waren: Ehlert, Wedemeyer, Zander, zweimal Doinet, Krause, Springer, Eggers, Engelbert. Keiner der Namen sagte Reichenbach etwas. Zwei waren im Polizeicomputer registriert, einmal Alimente, einmal Versicherungsbetrug.

Weiter vorne auf der Straße waren jetzt Blaulichter zu sehen. Ein Hubschrauber schwebte in der Luft, zog aber wieder ab.

«Muss ganz schön gekracht haben», murmelte Eder.

Reichenbach hatte nicht zugehört. «Wie bitte?»

«Muss ganz schön gekracht haben.»

Reichenbach sah Eder an und sagte: «Ich habe gestern Nachmittag mit ihr gesprochen.»

«Mit wem?», fragte Eder irritiert.

«Mit deiner Frau. Sie war im Präsidium.»

«Warum erzählst du mir das erst jetzt?» Eder klang verärgert.

«Ich musste ihr versprechen, dir nichts zu erzählen.»

Natürlich war es ein Fehler gewesen, sich dieses Versprechen abnötigen zu lassen. Reichenbach hatte Eders Frau gesagt, dass ihr Mann mit dem Gespräch rechnen würde. Seit dem Abend, an dem er mit der Flasche Rotwein vor seiner Wohnung gestanden hatte, fragte er ständig nach: «Hat sie schon angerufen?» – «Nein, kein Anruf.» – «Wirklich nicht!» – «Nein, wirklich nicht.»

Irgendwann wäre es doch herausgekommen.

«Was hat sie gesagt?»

Reichenbach hatte schon den ganzen Tag überlegt, wie er es Eder beibringen sollte. Er hasste es, sich in anderer Leute Privatleben einzumischen. Welche Ironie, dass er gerade bei Eder in diese Verlegenheit kam.

«Wenn du die Wahrheit wissen willst.» Reichenbach zögerte. «Ich glaube, sie denkt daran, eine Pause zu machen. Verstehst du? Sich mal eine Weile von dir zu trennen.»

Einen ziemlich langen Augenblick sprach Eder kein Wort.

Seinem Gesicht waren die Züge entglitten. So wie damals, als er den Brief wegen des Disziplinarverfahrens bekommen hatte.

«Aber hast du ihr denn nicht gesagt, dass ich ...»

«Ich habe ihr gesagt, dass nie etwas war zwischen dir und Linda Beck. Und dass auch sonst nie etwas zwischen dir und einer Kollegin gewesen ist.»

«Aber ...» Eder fand keine Worte.

Seine Frau hatte gestern Nachmittag, als sie von Rebekka Marx gekommen waren, vor dem Haupteingang des Präsidiums gewartet. Reichenbach hatte sie erst gar nicht erkannt. Eine schwarze Wollmütze auf dem Kopf, gekleidet in einen grauen Mantel, mit einer braunen Ledertasche über der Schulter, hatte sie an dem gusseisernen Zaun gestanden.

Sie waren, er auf ein Wasser, sie auf einen Cognac, ausgerechnet in das Restaurant gegangen, in dem Eder Linda Beck angeblich belästigt hatte. Carola Eder hatte das Restaurant ausgewählt. Reichenbach hätte gerne gewusst, ob absichtlich, sich dann aber verkniffen zu fragen. Sie war über den Vorfall mit Linda Beck gar nicht so wütend gewesen, wie Eder es geschildert hatte. Auch hielt sich ihre Eifersucht in Grenzen. Sie hatte einfach genug von ihrer Ehe.

Reichenbach begriff bis jetzt noch nicht, warum sich Carola Eder ausgerechnet ihm anvertraut hatte. Er hatte den Verdacht, dass sie jemanden suchte, der sie in der Entscheidung bestärkte. Jemanden, der wusste, was für ein Widerling ihr Mann sein konnte. Wahrscheinlich hatte Eder zu Hause so oft und so schlecht von ihm gesprochen, dass seine Frau glaubte, in ihm einen Verbündeten zu finden.

«Ach, Herr Reichenbach, er ist in letzter Zeit so vulgär und fährt wegen jeder Kleinigkeit aus der Haut.» – «Vielleicht liegt es an den anstrengenden Ermittlungen, Frau Eder.» – «Das hat damit nichts zu tun. Er trinkt außerdem zu viel.» – «Wir trinken doch alle mal einen.» – «Er hat überhaupt keine Zeit mehr für die Familie.» – «Sprechen Sie doch mal mit ihm, Frau Eder. Vielleicht wird er sich ändern.» – «Reden Sie doch keinen Unsinn, Herr Reichenbach, Sie wissen genau, wie mein Mann ist.»

In Wahrheit hatte Carola Eder nicht nur davon gesprochen, sich zeitweilig von ihrem Mann zu trennen. Das Wort *Scheidung* war gefallen. Mehrfach. Reichenbach vermutete sogar, dass es einen anderen Mann in ihrem Leben gab.

Aber davon erwähnte er Eder gegenüber kein Wort.

Der Stau löste sich allmählich auf. Eder startete den Wagen und ließ ihn langsam anrollen. Ein Streifenpolizist trieb die neugierigen Autofahrer mit schwingender Kelle an. Es war gar kein Unfall passiert. Am Straßenrand lag ein zerfetztes Transparent; die Wörter *Tunnel* und *Verkehrsberuhigung* waren zu erkennen. Reichenbach sah, dass jemand mit weißer Farbe *Der Lärm macht uns krank!* auf die Fahrbahn geschrieben hatte. Anwohner demonstrierten dafür, dass die Ringstraße durch einen Tunnel geführt werden sollte. Ein Polizist mit einem Bolzenschneider machte sich gerade daran, die Kette zu durchtrennen, mit der sich zwei der Demonstranten, ein Mann und eine Frau, an die Leitplanke in der Straßenmitte gefesselt hatten.

«Fünfzehn Jahre Ehe», sagte Eder ungläubig. «Und sie will einfach alles hinschmeißen. Eine Pause machen. Ich fasse es nicht.»

Reichenbach betrachtete die beiden Angeketteten: keine vierzig Jahre alt; bestimmt ein Ehepaar, und daheim warteten die Kinder. Reichenbach fragte sich, ob das Ziel im Verhältnis zu der Lebensgefahr stand, in die sie sich brachten, indem sie sich an eine Leitplanke fesselten.

«Weißt du eigentlich, wie wir uns kennen gelernt haben?», fragte Eder.

«Hast du mir nie erzählt», sagte Reichenbach, in Gedanken noch bei den Tunneldemonstranten.

«Es war 1970, auf der Kirchweih bei uns im Dorf. Sie hatte einen echt scharfen, engen kurzen Rock angehabt und war mit ein paar Freundinnen gekommen. Die sahen auch nicht schlecht aus. Aber sie war die Schärfste ...»

Bis sie die angegebene Adresse erreicht hatten und Eder den BMW im Halteverbot zwischen einem Streifenwagen und dem alten grauen Mercedes von Rebekka Marx parkte, gab es vermutlich kaum etwas, das Reichenbach nicht über das Eder'sche Eheleben erfahren hatte.

29

Wie dumm war sie gewesen. Wie gedankenlos! Sie hätte es besser wissen müssen. Sie war Psychologin, Therapeutin, Analytikerin. Sie hatte jede erdenkliche Ausbildung und die Erfahrung, um in so einer Situation das Richtige zu tun. Fünf Jahre Studium, regelmäßige Fortbildungen, mehr als hundert Patienten seit Eröffnung ihrer Praxis: Neurotiker, Psychotiker, Schizoide, leichte Fälle, schwere Fälle, alles, was die menschliche Psyche krank machte. Sie war fähig, Menschen zu beurteilen, ihr Handeln vorauszusagen. Sie hätte in dieser Situation wie ein Profi reagieren müssen. Und nicht wie ein verschrecktes Weibchen.

Als sich Dr. Engelbert die Ärmel seines roten «New York State University»-Sweatshirts über die Ellenbogen geschoben hatte und seine nackten Unterarme zu sehen waren, bekam auf einmal alles einen Zusammenhang. Ohne dass Rebekka die Bedeutung dieser Zusammenhänge begriff.

Auf Dr. Engelberts rechtem Unterarm prangte eine Tätowierung; etwa handgroß. Eine dunkle Tätowierung, schon älter vermutlich. Die schwarze Farbe war im Lauf der Jahre zu einem Blaugrau verblasst. Das Bild zeigte ein Kreuz mit einem schräg von links unten nach rechts oben verlaufenden Querbalken; darüber eine vierzackige Krone.

In diesem Moment hätte Rebekka viele Möglichkeiten zu reagieren gehabt. Etwa so zu tun, als wäre nichts geschehen, aufstehen und gehen. Dann die Polizei rufen. Oder sie hätte mit Dr. Engelbert über Brava reden können, ihm von der Grotte und dem *olho azul* erzählen, von dem Feuerzeug, das sie gefunden hatte, und von der Zeichnung auf der Tür des Hauses. Sie hätte Dr. Engelbert nach der wahren Geschichte des Hauses fragen können, die er zweifelsohne kannte. Das wäre wahrscheinlich die beste Art gewesen, aus der Situation zu entkommen, denn sie hatte so entgeistert auf die Tätowierung gestarrt, dass Dr. Engelbert bestimmt misstrauisch geworden wäre, wenn sie sich, ohne ein weiteres Wort zu sagen, einfach verabschiedet hätte.

Aber sie hatte ganz anders reagiert. Nicht logisch, nicht vernünftig, sondern völlig von ihrem Instinkt gesteuert. Sie hatte das ausgesprochen, was ihr in ihrer Fassungslosigkeit als Erstes durch den Kopf gegangen war. Und das war nicht Brava gewesen mit seinen rätselhaften Häusern, Grotten, Feuerzeugen und Kreidezeichnungen. Brava war in der Sekunde weit weg gewesen.

Als Dr. Engelbert die Ärmel seines Sweatshirts hochgeschoben und Rebekka seine Tätowierung gesehen hatte, war ihr nur ein kurzer Satz herausgerutscht, fünf Worte:

«Sie haben Thomas Lindner umgebracht.»

Das Video aus dem Badezimmer. Der Schatten des Liebhabers. Der undeutliche, dunkle Fleck auf dem rechten Unterarm, den die Polizei für eine Tätowierung hielt. Dieses Bild war Rebekka wie ein Blitz durch den Kopf geschossen.

Wie leichtsinnig, es auszusprechen. Tausende Männer ließen sich ihre Unterarme tätowieren. Die Polizei suchte schließlich einen Homosexuellen, einen perversen Sadisten, einen Abartigen, der dazu fähig war, einen Menschen bei lebendigem Leib zu verbrennen. So jemand kam doch nicht als schrulliger, seit Jahren verheirateter, hochintelligenter Universitätsdozent daher, stellvertretender Institutsleiter, preisgekrönter Forscher, liebenswerter, väterlicher Freund.

Rebekka hatte den Gedanken ausgesprochen, weil sie wusste, dass es die Wahrheit war.

«Sie haben Thomas Lindner umgebracht.»

Die leise, gedämpfte Musik aus dem Nachbarraum war das Requiem von Mozart. Rebekka kannte es von der Beerdigung ihrer Großmutter. Sie spürte die Angst in sich aufsteigen und war wie gelähmt. Rebekka saß auf der Kante von Dr. Engelberts Schreibtischstuhl, die Hände, wie zum Absprung bereit, auf die Armlehnen gestützt. Aber sie war nicht fähig, sich abzustoßen.

Sie wollte es wissen. Es war nicht nur die Angst, die sie an diesen Stuhl fesselte. Es war auch die Neugierde.

Das warme Licht der altmodischen Schreibtischlampe schuf eine Atmosphäre, die gar nicht zu der bedrohlichen Situation passte. Rebekka kam sich vor wie in einer anderen Welt. Dr. Engelberts Welt. Der kleine Raum mit den erdrückenden Regalen voller dunkler Buchrücken, der Geruch nach vergilbtem Papier. Wie eine Gruft, dachte Rebekka.

Dr. Engelbert saß da, die dünnen Beine übereinander geschlagen. Seine Hände ruhten, wie zum Gebet gefaltet, in seinem Schoß. Er empörte sich nicht, er leugnete nicht, er wollte nicht wissen, wie Rebekka auf diese abscheuliche Anschuldigung kam. Er lächelte väterlich milde und fragte mit ruhiger Stimme: «Sie sind entsetzt, nicht wahr?»

Rebekka wollte etwas sagen, wollte «Ja» antworten. Aber

die Luft in ihren Lungen reichte nicht aus, ihre Stimmbänder vibrieren zu lassen.

Sie nickte nur.

«Soll ich es Ihnen erzählen?» Immer noch das milde Lächeln. «Die ganze Geschichte? Wie alles passiert ist?» Ein Lächeln, als ob es eine Rechtfertigung dafür geben könnte, einen Menschen zu töten.

Natürlich wollte Rebekka *es* wissen. Aber sie gab keine Antwort. Ganz allmählich begann sie wieder klar zu denken – und sich der Gefahr bewusst zu werden, in der sie schwebte. Sie wusste, dass Dr. Engelbert ein Mörder war, und Dr. Engelbert wusste, dass sie es wusste. Wenn er ihr alles erzählt hatte, was würde er dann tun?

Sie gehen lassen?

Sie auch umbringen?

Wie musste die Psychologin Rebekka Marx jetzt reagieren, um ihr Leben zu retten? Wenn sie nur eine Ahnung hätte, was in Dr. Engelbert vorging. Sein väterliches Lächeln beruhigte sie, obwohl dieses Lächeln kein Grund zur Beruhigung war. Schizophrene Menschen konnten lächeln und im nächsten Moment zu Furien werden.

Nein, schizophren, so wie Frohloff, war Dr. Engelbert nicht.

«Ich werde es Ihnen erzählen. Sie haben ein Recht darauf, alles zu erfahren.» Dr. Engelbert erhob sich von seinem Hocker und trat an den Schreibtisch. «Wissen Sie übrigens, wem Sie zu verdanken haben, dass Thomas Lindner zu Ihnen in Therapie gegangen ist?» Dr. Engelbert öffnete eine Schublade, nahm ein Mikrophon heraus und steckte das Kabel in den Anschluss des altmodischen Tonbandgeräts, das auf dem Schreibtisch stand. «Ich habe ihm geraten, Sie aufzusuchen, weil ich Sie für eine sehr fähige Therapeutin halte.» Es klackte, als Dr. Engelbert die Aufnahmetaste des Tonbandgeräts drückte; er hielt sich das Mikrophon an die Lippen und sagte: «Mittwoch, 9. Oktober, es spricht Dr. Dr. Friedrich Engelbert in Gegenwart von Dr. Rebekka Marx.» Er stellte das Mikrophon auf den Schreibtisch, ziemlich genau in die Mitte, und setzte sich wieder auf den Hocker. «Wenn Sie Fragen haben, Frau Marx, unterbrechen Sie mich einfach.»

Rebekka spürte, wie sie unter ihrer dicken Winterjacke zu schwitzen begann. Sie saß immer noch auf der Stuhlkante, unfähig, ihre Muskeln etwas zu entspannen, um sich zurückzulehnen. Trotzdem wollte sie Dr. Engelbert ein Zeichen geben, dass sie ihm ohne Furcht ihre Aufmerksamkeit schenkte. Sie ließ die Armlehnen los, die ihre Finger krampfartig umklammert hatten, und legte ihre Hände ebenfalls gefaltet in den Schoß.

«Wir waren beide auf dieses Fest eingeladen», begann Dr. Engelbert im ruhigen Plauderton. «Ich hatte keine Ahnung, wie ich zu der Ehre kam. Eines Tages hatte ich eine Einladung von diesem Robert Bergmann, von dem ich bis dahin nur in der Zeitung gelesen hatte, im Briefkasten. Ich bin aus Höflichkeit hingegangen und weil ich auch etwas neugierig war. Aber ich kannte dort niemanden. Alles Leute, mit denen ich sonst nie zu tun hatte. Feine Münchner Gesellschaft, sehr extrovertiert, sehr hochtrabend. Na, Sie wissen schon. Thomas Lindner und ich waren uns schon bei der Ankunft im Foyer begegnet und auch zwischendurch immer wieder, wenn wir auf der Suche nach jemandem, mit dem man sich unterhalten konnte, durch die vielen Räume wanderten. Schließlich sprach er mich an. Wir tranken ein Glas Champagner zusammen und merkten während unseres Gesprächs, wie sich zwischen uns eine erstaunliche Annäherung vollzog. Von der ersten Sekunde an war da diese Offenheit. Als würden wir uns schon Jahre kennen. Es lag natürlich auch an der Atmosphäre: Wir zwei passten nicht auf dieses Fest, zu diesen Menschen. Wir teilten das Gefühl, Fremde in dieser Welt zu sein. Wir suchten uns eine ruhige Ecke. Ich erzählte von meiner Ehe, die schon damals nur auf dem Papier bestand. Er von seinem Vater, der ihn hasste, ihm das Leben zur Hölle machte. Jeder offenbarte dem anderen sein Doppelleben. Stück für Stück, ein Geheimnis nach dem anderen. Wir tranken und redeten bis spät in die Nacht. Der Alkohol begann uns zu Kopf zu steigen, wir wurden immer lockerer, lachten viel. Und dann kamen wir uns auch körperlich näher.»

Dr. Engelbert schwieg eine Weile, dabei sah er sehr glücklich aus. Dann fragte er mit wissendem Tonfall: «Die Polizei hat das Video gefunden?»

Rebekka gelang ein heiseres «Ja».

«Haben Sie es gesehen?»

Rebekka überlegte, ob sie lügen sollte. Sie nickte.

«Was Sie gesehen haben, muss sehr befremdlich auf Sie gewirkt haben. Aber es war einer der schönsten Momente unserer Beziehung. Ja, Sie haben richtig gehört: unserer Beziehung. Thomas Lindner und ich, wir waren ein Paar, auch wenn er Ihnen etwas anderes erzählt haben mag. Ich war nicht nur sein Liebhaber, von dem er sich ... Es war Liebe, tiefe Zuneigung. Glauben Sie mir, Frau Marx!»

Dr. Engelbert drehte sich um und griff nach einem dünnen Stapel Papier, der zwischen zwei Lexika in der Bücherwand steckte. Rebekka erkannte sofort, dass es sich um Thomas Lindners Therapieberichte handelte, die aus ihrer Praxis gestohlen worden waren.

«Ich habe sie alle gelesen», sagte Dr. Engelbert. Jetzt klang seine Stimme anders, nicht mehr ruhig, sondern erbost. Er begann die Papiere durch die Luft zu schwenken. «Er hat von mir geredet, als wäre ich ein hergelaufener Strichjunge gewesen, der seinen krankhaften Gelüsten ab und zu Befriedigung verschaffte.» Seine Augen hatten sich zu Schlitzen verengt. «Wahrscheinlich hat er deshalb mit mir Schluss gemacht! Weil er einen Strichjungen gefunden hatte! Irgend so einen armseligen, drogensüchtigen Ausländer, der jünger ist als ich und es mit jedem treibt. Er hat mich abserviert. Einfach so. Er hat gesagt: ‹Friedrich, ab heute sehen wir uns nicht mehr.› Wenn ich anrief, ging er nicht ans Telefon. Meine Briefe kamen unbeantwortet zurück. Einmal habe ich vor seinem Haus auf ihn gewartet, da raste er mit einem seiner teuren Oldtimer an mir vorbei. Fast überfahren hätte er mich! Diese scheußlichen Oldtimer, sie waren ihm wichtiger als ich. Ich hoffe, sie sind mit ihm verbrannt!»

Stille. Auch die Musik von Mozart hatte aufgehört zu spielen. Nur das leise Summen des Tonbandgeräts war zu hören. Dr. Engelbert sah wie gebannt auf die sich drehenden Spulen.

Ein Psychopath, dachte Rebekka. Ein eigensinniger, alternder Wissenschaftler, der sich vom Leben betrogen fühlt und von seinen Mitmenschen gekränkt. Ein fanatischer, unsicherer, haltloser, reizbarer Psychopath, zerbrochen an seiner Verletzlichkeit. Dr. Engelbert hatte sich immer frenetisch nach Anerkennung gesehnt, wie sie andere seiner Ansicht nach zu Unrecht bekommen hatten. Sein Chef zum Beispiel, der selbstbewusste, gut aussehende, weltweit gefeierte Professor Gerstendorf. Wie ein beleidigtes Kind kränkte es Dr. Engelbert, nicht Gerstendorfs Ansehen zu genießen. Es kränkte ihn, dass die Universität anderen den Vorzug bei der Besetzung von Professorenstellen gab. Es kränkte ihn, dass seine Vorlesungen schlecht besucht waren. Es kränkte ihn, wenn das Publikum bei seinen Vorträgen lachte und den Saal verließ. Aber all das hatte sich Dr. Engelbert kaum anmerken lassen. Die Kränkungen hatten sich in seine labile

Psyche hineingefressen. Labil aus Gründen, die Rebekka nicht einschätzen konnte, dafür wusste sie zu wenig über Dr. Engelbert. Er hatte ihr nie etwas über seine Familie, seine Herkunft erzählt.

Sadismus war Dr. Engelberts Weg, die Kränkungen zu kompensieren. Er suchte nach Menschen, gegen die er sich nicht durchsetzen musste. Menschen, die sich freiwillig darboten, beherrscht zu werden. Menschen wie Thomas Lindner, der sich nach jemand Machtwilligem gesehnt hatte. Aber Thomas Lindner hatte den Fehler gemacht, auf Dr. Engelberts Rat zu hören, sich in eine Therapie zu begeben. Stärker zu werden, selbstbewusster. Es kam der Moment, da wollte er sich nicht länger von einem anderen vereinnahmen lassen, wie er es zeitlebens von seinem Vater erduldet hatte.

Thomas Lindner war nicht Dr. Engelberts große Liebe gewesen, sondern nur das perfekte und willige Opfer seiner sadistischen Neigungen. Die in dem perversen Wunsch gipfelten, ihn bei lebendigem Leib zu verbrennen, als Strafe dafür, dass er seine Zuneigung verschmäht hatte.

Immer noch Stille. Dr. Engelberts Gesichtszüge begannen sich zu entspannen, seine zu Schlitzen verengten Augen wieder zu weiten. In seinem Blick lag nicht mehr Hass, sondern Überheblichkeit. In seiner Stimme auch. «Na, Frau Doktor, haben Sie schon meine Psyche analysiert? Gedemütigter Wissenschaftler mit gestörter Konfliktfähigkeit rächt sich stellvertretend für die erlittene Schmach an seinem Liebhaber.»

Diese Überheblichkeit machte Dr. Engelbert noch unberechenbarer. Auf einmal spürte Rebekka die Feindseligkeit, die von ihm ausging. Sie wog die Chancen einer plötzlichen Flucht ab. Dr. Engelbert war kein kräftiger Mann. Aber einfach aufspringen und zur Tür rennen – damit brachte sie ihn in eine Situation, die er nur durch eine Gewalttat auflösen konnte. Im Gegensatz zu ihr war er es gewohnt, Gewalt anzuwenden. Diesen Faktor durfte sie nicht unterschätzen. Es war weniger die Kraft eines Menschen, die seine Überlegenheit in einem Kampf ausmachte, sondern die fehlende Hemmung, einem anderen Menschen Schmerz zuzufügen. Hier war Dr. Engelbert zweifellos im Vorteil.

Rebekka musste ihn dazu bewegen, sie gehen zu lassen. Aber einen zu plumpen Versuch würde Dr. Engelbert sofort durchschauen.

«Warum musste dieser Bergmann sterben?», fragte sie, wobei sie ganz bewusst die unpersönliche Formulierung *dieser Bergmann* wählte.

«Bergmann», sagte Dr. Engelbert verächtlich und kreuzte die Arme vor der Brust, «dieser arrogante, vor Geld stinkende, ungehobelte Einfaltspinsel. Erpressen wollte er mich. Er tauchte mit diesem schmutzigen Video bei mir im Institut auf. An dem Morgen, nachdem ...» Dr. Engelbert überlegte anscheinend, wie er die Worte *nachdem ich Thomas Lindner umgebracht hatte* umgehen konnte. «... nachdem es passiert war.»

«Was wollte er denn von Ihnen erpressen?»

«Ein psychiatrisches Gutachten natürlich. Die Polizei hatte ihn schon fünfmal betrunken am Steuer seines Sportwagens erwischt. Zuletzt vor einem halben Jahr. In zwei Wochen wäre der Prozess gewesen, bei dem es darum gehen sollte, ob er seinen Führerschein jemals zurückbekommt. Ich war als Gutachter vorgesehen.» Dr. Engelbert schüttelte empört den Kopf. «Dieser Bergmann hat verlangt, ich solle dafür sorgen, dass er seinen Führerschein behält. Mit so einem Gutachten hätte ich mich lächerlich gemacht. Es wäre außerdem ganz unmöglich gewesen. Das habe ich ihm auch gesagt.»

«Aber auf dem Video sind Sie doch kaum zu erkennen», sagte Rebekka. «Bergmann konnte doch gar nicht wissen, ob Sie derjenige waren, der Thomas Lindner ...» Jetzt vermied sie es, die Tat beim Namen zu nennen.

«Natürlich konnte er das nicht wissen. Aber vermutet hat er es. Er hat gedroht, das Band mit meinem Namen an die Polizei, an die Presse und an die Universität zu schicken. Das hätte mich in jedem Fall in Schwierigkeiten gebracht.»

Dr. Engelberts Stimmung begann wieder zu wechseln. Rebekka merkte, dass es die richtige Entscheidung gewesen war, über Robert Bergmann zu sprechen und Dr. Engelbert damit die Gelegenheit zu geben, sich als Opfer zu präsentieren.

«Ach, Frau Marx», sagte er jetzt mit selbstmitleidigem Tonfall, «ich wünschte, wir müssten dieses Gespräch nicht führen. Ich wünschte, Sie würden mich noch mit denselben Augen sehen wie vor Ihrer Reise nach Brava. Es war alles so gut vorbereitet. Ich ...»

Dr. Engelbert wurde vom Türläuten unterbrochen. Einmal kurz, dann zwei weitere Male.

«Ihr Besuch?», fragte Rebekka

«Wie spät haben wir's?»

«Ich weiß nicht.»

Dr. Engelbert wühlte in einem Stapel Unterlagen auf seinem Schreibtisch, bis darunter ein kleiner Wecker mit leuchtenden roten Digitalziffern zum Vorschein kam: *19:36*.

«Er sollte erst um acht kommen», sagte Dr. Engelbert.

Rebekka dachte an das liebevoll hergerichtete Buffet auf der Anrichte in der Küche. Sie fragte sich, wer kommen sollte.

«Wollen Sie nicht nachsehen gehen, Dr. Engelbert?»

Er schüttelte den Kopf. «Wir sind noch nicht fertig.»

Wieder Klingeln. Jetzt viermal, dazu lautes, ungeduldiges

Klopfen an die Wohnungstür. Rebekka spielte mit dem Gedanken zu schreien. Wer immer da draußen stand, wollte sich nicht so leicht abwimmeln lassen und konnte ihr vielleicht helfen. Doch ihre Überlegungen wurden jäh damit beendet, dass Dr. Engelbert aufstand und die Tür seines Arbeitszimmers schloss.

«Wo waren wir stehen geblieben?», fragte er. «Ach ja. Ich sagte, dass alles so gut geplant gewesen war.»

*

Gefolgt von zwei Streifenpolizisten in einem Schwabinger Mietshaus Wohnung für Wohnung abzuklappern war eine undankbare Aufgabe. Reichenbach hatte im obersten Stock angefangen und sich dann nach unten vorgearbeitet. War hinter einer Tür ein Geräusch zu hören gewesen, hatten sich die uniformierten Kollegen breitbeinig, mit den Händen in Pistolennähe, hinter ihm aufgebaut. Von den neun Parteien im Haus waren nur Wedemeyer und Zander außerordentlich freundlich gewesen. Doinet, Springer, Krause hatten widerwillig Auskunft gegeben. Bei Eggers (Vorstrafe wegen nicht gezahlter Alimente) war die Tür sofort wieder ins Schloss geflogen. Dreimal hatte niemand geöffnet.

Von Rebekka Marx keine Spur.

Als Reichenbach wieder auf die Straße trat, hielt er nach Eder Ausschau, den er gebeten hatte, vor dem Haus zu warten und den Eingang zu beobachten. Eder saß nicht im Wagen und war auch sonst nirgends zu sehen. Reichenbach wollte gerade seine Handynummer wählen, da entdeckte er ihn.

Zwei Häuserblocks entfernt kam er den Bürgersteig entlang, wobei er mit einer Hand jemanden am Ohr hinter sich herzog. Der wehklagenden Stimme nach zu urteilen, einen Mann. Er folgte Eder in gekrümmter Haltung, sodass für Reichenbach nur ein dunkler Haarschopf zu sehen war, eine dunkle Windjacke und zwei mit Handschellen auf den Rücken gefesselte Arme.

«Schau mal, wen wir hier haben», rief Eder schon von weitem. «Unseren Konzertpianisten.»

Er ließ das Ohr seines Gefangenen los, und Reichenbach erkannte den jungen Mann wieder, den sie vergangene Woche vor Rebekka Marx' Praxis angesprochen hatten.

«Von wegen Autogrammjäger», schnaufte Eder und zeigte zur anderen Straßenseite. «Er hat sich da drüben in der Einfahrt rumgedrückt. Als ich kam, wollte er abhauen.»

Der junge Mann sah Reichenbach aus großen grauen Augen verängstigt an.

Reichenbach erwiderte den Blick skeptisch. «Was haben Sie hier zu suchen?», fragte er. «Waren Sie das, der uns angerufen hat? Wie heißen Sie?»

Der junge Mann zitterte am ganzen Leib. Seine Stimme klang gehetzt.

«Haben Sie sie gefunden?»

«Sie meinen Rebekka Marx?»

Der junge Mann nickte.

«Nein», sagte Reichenbach.

«Ganz oben müssen Sie suchen.» Der junge Mann versuchte, sich aus den Handschellen zu befreien. «Ganz oben. Da, wo das Licht brennt. Sie müssen sich beeilen. Er tut ihr sonst etwas an.»

Reichenbach legte den Kopf in den Nacken und sah zum fünften, zum obersten Stockwerk. Tatsächlich, dort brannte Licht. Aber auf sein Klingeln hatte vorhin niemand geöffnet.

«Wer wohnt da?», fragte Eder.

«Engelbert», antwortete der junge Mann. «Dr. Friedrich Engelbert. Sie müssen etwas tun! Er bringt sie um. Bestimmt bringt er sie um. Er ist ein perverser Sadist.»

*

Als die zwei uniformierten Polizisten mit ohrenbetäubendem Lärm die Tür zu Dr. Engelberts Wohnung eingetreten hatten und dann, gefolgt von den beiden Kriminalkommissaren, die Rebekka schon kannte, in die Wohnung stürzten, kniete sie erschöpft auf dem grauen Teppich im Flur. Dr. Engelbert lag vor ihr. Sein Körper wand sich in Krämpfen wie bei einem epileptischen Anfall. Aus seinem Mund rann weiß schäumend Speichel. Seine rechte Hand umklammerte das Telefon, das Rebekka ihm verzweifelt zu entreißen versuchte.

«Sie müssen Hilfe holen!», rief sie. «Sonst stirbt er! Er hat sich vergiftet.»

Einer der Uniformierten griff zum Funkgerät, das an seinem Gürtel hing, nannte seinen Namen, eine Nummer und sagte deutlich: «Wir haben eine Vergiftung. Suizidversuch. Schellingstraße dreiunddreißig, fünfter Stock. Dringend Notarzt erforderlich.»

Eine krächzende Stimme drang aus dem Lautsprecher.

«Wissen Sie, was für ein Gift?», fragte der Polizist.

«Lithium», antwortete Rebekka.

«Lithium», sagte der Polizist ins Funkgerät.

«Verstanden», krächzte es wieder zurück. «Der Notarzt wird schon etwas damit anzufangen wissen.»

Dr. Engelberts Körper erschlaffte. Das Telefon, das er Rebekka weggenommen hatte, damit sie keine Hilfe holen konnte, fiel ihm aus der Hand. Sie fühlte den Puls an seinem Hals. Das Pochen war so schwach, dass sie eine Weile brauchte, die richtige Stelle zu finden. Dr. Engelberts Atem wurde mit jeder Sekunde flacher.

Der Kriminalkommissar, der Reichenbach hieß, hatte sich neben Rebekka gekniet.

«Wenn es nach ihm ginge, sollten wir ihn sterben lassen», sagte sie.

«Ich denke, es gab schon genug Tote», erwiderte der Kommissar. «Ist mit Ihnen alles in Ordnung?»

Rebekka nickte.

Der ältere der beiden Kommissare, dessen Name Rebekka wieder entfallen war, hatte nach einem kurzen Blick auf Dr. Engelbert nur den Kopf geschüttelt, dann sein Handy genommen und eine Nummer eingetippt. Er presste das Telefon ans Ohr, stieg über die Reste der Wohnungstür, die aus beiden Angeln gerissen war, und ging ins Treppenhaus. Dem gedrückten Tonfall nach zu urteilen, war es ein sehr persönliches Gespräch, das er führte. Rebekka wunderte sich.

Von der Straße ertönte schon bald der Lärm einer Sirene. Keine Minute später stürmten ein Notarzt und zwei Sanitäter in die Wohnung. Dr. Engelbert wurden Infusionsnadeln in die Venen geschoben und eine durchsichtige Atemmaske über Mund und Nase gestülpt. Dabei trat der Notarzt versehentlich auf Dr. Engelberts Lesebrille. Der schmächtige erschlaffte Körper wirkte federleicht, als ihn die beiden Sanitäter auf die Trage legten. Als sie schon aus der Wohnung und im Treppenhaus waren, hörte Rebekka die nüchterne Stimme des Notarztes: «Kein Puls mehr. Wir verlieren ihn.»

Wahrscheinlich wäre es das Beste, dachte Rebekka.

Ihr Mund war trocken, auf ihrer Zunge lag ein fader Geschmack. «Ich brauche jetzt ein Glas Wasser», sagte sie und ging in die Küche. Kommissar Reichenbach folgte ihr. Rebekka nahm eines der beiden Weingläser, die neben dem kalten Buffet auf der Anrichte standen, füllte es unter dem Wasserhahn. Dabei fiel ihr ein kleines Päckchen auf. Es hatte etwa die Größe eines Taschenbuchs, war hellblau eingepackt mit einer roten Schleife und steckte in dem Früchtekorb zwischen ein paar Orangen. Unter die rote Schleife war eine schlichte Karte geschoben. Rebekka nahm sie, klappte sie auseinander und las Dr. Engelberts feine Handschrift:

Lieber Eric, alles Gute zu deinem 26. Wiegenfest! Dein Friedrich Engelbert

Jetzt, wo alles überstanden war, redete sich Rebekka ein, dass Dr. Engelbert zu keiner Sekunde daran gedacht hatte, ihr etwas anzutun. Dass sie nie in Gefahr gewesen war. Dass es von dem Moment an, wo sie Dr. Engelbert durchschaut hatte, nur einen Ausweg für ihn gab – sich selbst zu richten.

Natürlich wusste Rebekka, dass sie mit ihrer Theorie nur versuchte, die erlebte Angst zu verdrängen. Sie kämpfte gegen die Vorstellung an, knapp dem Tod entronnen zu sein.

Wäre die logische Konsequenz aus Sicht eines Mörders nicht gewesen, sie auch umzubringen? Mitwisser gehörten doch beseitigt. Außer dem vagen Gefühl, dass es Dr. Engelbert nicht übers Herz gebracht hätte, ihr etwas anzutun, sprach nichts dagegen.

Der schrullige Dr. Engelbert. Rebekka ahnte, dass er sie noch lange in ihren Träumen verfolgen würde. Sein Geständnis hatte ihn als kaltblütig und berechnend entlarvt.

«Es war alles so perfekt vorbereitet gewesen.»

Keine Reue. Seine Worte hatten nur nach Selbstmitleid geklungen.

Dr. Engelbert hatte seine Rache schon vor Monaten geplant. Er hatte in Erfahrung gebracht, wann Thomas Lindner mehrere Tage auf Dienstreise sein würde, und die Zeit genutzt, um die Garage in eine tödliche Falle zu verwandeln.

Thomas Lindner starb genau an dem Abend, bevor Rebekka auf die Kapverden abreiste.

«Wissen Sie, Frau Marx, ich war Ihnen sehr dankbar, dass Sie die Einladung in mein Haus angenommen hatten. Und dass sie gleich einen ganzen Monat bleiben wollten. Es war mir wichtig, Sie für eine Weile weit weg aus München zu wissen. Schließlich brauchte ich Zeit, um herauszufinden, was Ihnen Thomas über mich erzählt hat. Ob Sie von unserem Verhältnis wussten. An dem Zustand Ihrer Praxis trage ich übrigens nicht die Schuld. Das müssen Sie mir glauben. Ich wollte nur die Terrassentür öffnen, Thomas' Akte nehmen und sie später wieder an ihren Platz legen. Aber als ich kam, war bereits eingebrochen worden. So ein Barbar hatte alles verwüstet.»

Welche Ironie, Dr. Engelbert von einem Barbaren reden zu hören. Rebekka hatte keine Erklärung, wer außer ihm bei ihr eingebrochen sein sollte, aber ebenso wenig Grund, an Dr. Engelberts Darstellung zu zweifeln.

«Ich war übrigens sehr froh, als ich in Thomas' Therapieberichten las, dass er nie meinen Namen erwähnt hat. Ich hatte ihn mehrmals darum gebeten. Aber ich konnte ja nicht sicher sein. Und wenn er es doch getan hätte, dann …»

Den Satz hatte Dr. Engelbert nicht zu Ende gesprochen, stattdessen nur gesagt: *«Aber es kam ja alles ganz anders.»*

Keine vierundzwanzig Stunden nachdem in Radio und Fernsehen über den Mord an Lindner berichtet worden war, tauchte Robert Bergmann bei Dr. Engelbert im Institut auf. Ohne das spektakuläre Verbrechen wäre die Videoaufzeichnung wahrscheinlich völlig nutzlos für Bergmann gewesen. Aber so konnte er drohen, dass Presse und Polizei alle technischen Mittel daransetzen würden, Dr. Engelberts Antlitz kenntlich zu machen.

«Sie hätten sehen sollen, wie sich dieser arrogante Kerl aufgeführt hat. Er hat sich über mich lustig gemacht und hämisch gegrinst, als er mir eine Kopie des Videos gab. ‹Für Ihre private Pornosammlung, Doktor›, hat er gesagt.»

Im Psychiatrischen Institut lagerten genug Substanzen, mit denen man einen Menschen töten konnte. Und die für Dr. Engelbert trotz strenger Bestandskontrollen mühelos zu beschaffen waren. Er entschied sich für Lithium, weil es, in Überdosis verabreicht, sehr schnell zum Herzstillstand führte und man es extrem schwer nachweisen konnte.

Robert Bergmann hatte ihm einen Tag Bedenkzeit für seine Entscheidung gegeben. Um sie zu hören, empfing er ihn in seiner Villa, in dem prächtigen Speisezimmer. Er ließ das Personal Rotwein auftragen und genoss es, Dr. Engelbert großspurig die Sammlung seiner edlen Weingläser vorzuführen: vierzehn Stück, die einst Ludwig XIV. gehört hatten. Geschliffene und kunstvoll bemalte Kristallkelche, aus denen der Sonnenkönig nur bei Rendezvous zu trinken pflegte. Jene mit den blauen Motiven waren für Seine Majestät bestimmt, die mit den rosafarbenen für seine Mätressen. Weil sich Ludwig XIV. jeden Tag mit einer anderen Geliebten traf, benutzte er auch jeden Tag ein anderes Glas. Das mit der Jagdszene am Montag, das mit dem Schloss am Dienstag, die Berglandschaft am Mittwoch und so fort.

«Bergmann sagte, dass er es genau so hielt wie Ludwig der Vierzehnte. Dieser Größenwahnsinnige! Ich hatte das Lithium bei mir. Ich wollte es ihm eigentlich noch am selben Abend in den Wein geben. Aber dann habe ich es mir anders überlegt. Mir kam eine Idee, wie der Verdacht niemals auf mich fallen würde.»

Unter dem Vorwand, etwas im Speisesaal verloren zu haben, kam Dr. Engelbert am nächsten Tag noch einmal in die Villa zurück. Bergmann war in seiner Firma. Das Hausmädchen konnte sich an Dr. Engelbert vom vergangenen Abend noch erinnern und ließ ihn einen Moment unbeobachtet. Er nahm eines der Weingläser aus der Vitrine, füllte etwas Lithium hinein und versiegelte es im Boden mit einer dünnen Schicht aus Zucker und Gelatine.

Stolz hatte Dr. Engelbert Rebekka die Details erläutert. Dass sein Plan nur funktionieren konnte, weil Bergmann Rotwein bevorzugte, der handwarm serviert wurde. Bei kühlem Weißwein hätte sich die Gelatine nicht aufgelöst.

«Ich entschied mich übrigens für das Donnerstags-Glas. Die Liebesszene. Ich dachte, Donnerstag ist ein guter Tag zum Sterben.»

Bei diesen Worten hatte Dr. Engelbert gegrinst. Es waren die letzten Worte seines Geständnisses gewesen.

Rebekkas kurzer Bericht hatte für Kommissar Reichenbach die wesentlichen Punkte zusammengefasst.

«Und dann hat er sich vor Ihren Augen vergiftet?», fragte er.

Rebekka nickte. «Mit dem restlichen Lithium.»

«Sie haben Glück gehabt. Es hätte ja auch sein können, dass er Sie …»

«Darüber will ich gar nicht nachdenken», wehrte Rebekka ab.

«Hat er gesagt, warum er es getan hat?»

«Er hat gesagt: ‹Einen Sensationsprozess mit Dr. Engelbert auf der Anklagebank wird es nicht geben.› Ich habe das Telefon im Flur gesehen, bin hingerannt, wollte den Notarzt rufen. Aber Dr. Engelbert kam hinterher, hat mir den Apparat aus der Hand geschlagen und an sich gerissen.»

Kommissar Reichenbach nickte nachdenklich, als ob er Verständnis für Dr. Engelberts Entschluss aufbringen könnte.

Erst jetzt kam Rebekka der Gedanke, wie merkwürdig es war, dass die Polizei von Dr. Engelbert wusste. Und davon, dass sie bei ihm in der Wohnung war. Und in dieser Situation. Wirklich merkwürdig.

«Wir haben da jemanden aufgegriffen», beantwortete Kommissar Reichenbach ihre Frage. «Einen verschüchterten jungen Mann. Er sitzt jetzt unten im Streifenwagen und will seinen Namen nicht sagen. Er meinte, Sie würden in Lebensgefahr schweben.»

«Gut aussehend? Dunkle Haare? Helle Augen?»

Reichenbach nickte. «Sie kennen ihn?»

«Eric Anderson.» Rebekka tippte auf die Geburtstagskarte und das Päckchen.

Sie wollte es schon nehmen und aufreißen, da schüttelte der Kommissar den Kopf. «Das lassen Sie mal besser die Kollegen von der Spurensicherung erledigen. Wer weiß, was da drin ist.»

Rebekka schob ihre Hände in die Hosentaschen.

«Dieser Anderson», sagte Reichenbach, «irgendwas stimmt doch nicht mit dem. Ich meine, so ganz normal ist der auch nicht, oder?»

Rebekka zuckte die Achseln. «Er hat bei Dr. Engelbert studiert. Arbeitet jetzt an der Universität. Ein hochintelligenter Kerl, etwas neurotisch.» Sie nahm noch einen Schluck Wasser. «Aber wer ist schon ganz normal?» Dabei warf sie einen kurzen Blick auf Reichenbachs Kollegen, der sein Telefonat inzwischen beendet hatte und jetzt schweigend am Kühlschrank lehnte.

«Was sehen Sie mich so an?», blaffte er.

«Wohl etwas empfindlich», blaffte Rebekka zurück.

Sein Handy piepte *La Cucaracha.* Er nahm ab und ging auf den Flur. Rebekka hörte, wie er Mühe hatte, vor Aufregung leise zu reden. Sie verstand den Namen «Carola» und

Satzfetzen wie: «Du kannst doch nicht ...», «Hast du dir mal überlegt ...», «Aber unsere Tochter ...»

«Eheprobleme?», fragte sie.

Kommissar Reichenbach zog vieldeutig die Brauen hoch. Eine Zeit lang lauschten sie ungeniert dem Telefonat. Dann sagte er: «Ich muss Sie bitten, morgen früh aufs Präsidium zu kommen. Wegen Ihrer Aussage.»

«Sicher», erwiderte Rebekka, «Sie sollten sich vorher aber noch etwas anhören.»

Sie führte Kommissar Reichenbach in Dr. Engelberts kleines Arbeitszimmer, auf dessen Schreibtisch das altmodische Tonbandgerät stand. Es war noch eingeschaltet. Die beiden Spulen drehten sich. Der Kommissar betrachtete sie neugierig.

«Er hat unser Gespräch aufgenommen», erklärte Rebekka. «Jedes Wort. Es ist sein Geständnis.»

Der Kommissar stoppte die Aufnahme, ließ die Spulen zurücklaufen und nahm sie von dem Gerät ab. Er legte sie in eine Pappschachtel und fragte Rebekka nachdenklich: «Hat Ihnen Dr. Engelbert eigentlich nichts von dem Mord an Ludwig Frohloff erzählt?»

«Bitte?» Rebekka hatte genau verstanden.

«Ludwig Frohloff, Ihr Patient, der ...»

«Ich weiß, wer Frohloff ist», schnitt ihm Rebekka das Wort ab. «Frohloff ist tot?»

«Sieht fast so aus. Jedenfalls haben wir in seiner Wohnung eine Leiche gefunden. Der Größe und dem Alter nach könnte es Frohloff sein.»

30

Der Prozess begann an einem Mittwoch im Mai. Sieben Monate nachdem Dr. Engelbert nach seinem Selbstmordversuch gerettet worden war. Über München fiel leichter Nieselregen, und es war zu kalt für die Jahreszeit. Trotzdem hatten sich vor dem betongrauen Siebzigerjahrebau des Landgerichts zahlreiche Fotografen und Kamerateams aufgebaut, nur um die kurze Zeit von nicht mehr als einer Minute zu erhaschen, wenn Dr. Engelbert aus dem Polizeiwagen stieg und von zwei uniformierten Beamten über den rotbraun gepflasterten Vorplatz zum Eingang geführt wurde. Wegen des großen Andrangs von Journalisten, sogar aus Frankreich und Großbritannien waren einige angereist, hatte der Landgerichtspräsident im Gebäude Fotografier- und Drehverbot erteilt. Schon am späten Vormittag, Beginn des Verfahrens war neun Uhr gewesen, flimmerten über alle Fernsehsender Bilder eines schmächtigen, in eine rote, fusselige Strickjacke gehüllten Dr. Engelbert, der mit trotzig gesenktem Kopf das Medienspalier passierte.

Die Richterin war eine für ihre harten Urteile bekannte Frau Ende vierzig. Sie trug eine graue Pagenfrisur, und wenn sie sprach, hatte man das Gefühl, dass sie ihre Lippen nicht bewegte, sondern die Laute nur mit dem Kehlkopf formte. Dem sonderbar gepressten Tonfall, der dabei entstand, verdankte sie stets ungeteilte Aufmerksamkeit. Nachdem sie das Verfahren mit den obligatorischen Formalien eröffnet hatte, richtete sie ihre ersten Worte an den Angeklagten.

«Haben Sie sich inzwischen entschlossen, mit uns zu sprechen, Dr. Engelbert?»

In diesem Augenblick herrschte in dem großen, fensterlosen, mit mehr als hundert Personen besetzten Schwurgerichtssaal eine solche Stille, dass man das Summen der Neonröhren unter der Decke hören konnte. Dr. Engelbert hob langsam den Kopf und sah die Richterin an. Kein Nicken, kein Kopfschütteln, nur ein stummer Blick. Die Richterin durchbrach die Stille mit einem Räuspern, dann sagte ihre gepresste Stimme: «Gut, wir werden auch so zu einem gerechten Urteil kommen.»

Der Prozess zog sich über zwei Wochen hin. Dr. Engelbert war ein junger Pflichtverteidiger zugeteilt worden, der trotz seines Alters kaum noch Haare hatte. Er blätterte die meiste Zeit wichtigtuerisch in irgendwelchen Unterlagen, während sein Mandant schwieg. Es war wirklich erstaunlich, seit dem Tag, als Dr. Engelbert im Krankenhaus erwacht war und sich verwirrt erkundigt hatte, was geschehen sei, hatte er kein Wort mehr gesprochen. Mit niemandem. Auch nicht mit Rebekka Marx, die ihn wenige Wochen später, auf Drängen von Kommissar Reichenbach, im Untersuchungsgefängnis besucht hatte.

Dr. Engelberts Zelle, ein Raum von zwei mal vier Metern, war bis auf die Pritsche, die sich an die Wand klappen ließ, ein Waschbecken ohne Spiegel und eine Kloschüssel aus Chromstahl absolut leer gewesen. Keine Bücher, kein Radio, kein Fernseher. Einmal wollte ein Beamter Dr. Engelbert eine aktuelle Tageszeitung geben. Dr. Engelbert nahm sie und zerriss die Seiten in Hunderte kleine Fetzen. Die Gefängnisleitung hatte für ihn höchste Sicherheitsstufe angeordnet, denn man befürchtete, er könnte einen erneuten Selbstmordversuch unternehmen. Aus seinen braunen Lederschuhen waren die Schnürsenkel entfernt worden; es gab kein Geschirr aus Porzellan, Gläser nur aus Plastik, und bei jedem Kleidungsstück wurde darauf geachtet, dass sich der Stoff nicht dazu eignete, ihn zu einem Strick zu knoten.

Eine Viertelstunde hatte Rebekka Marx auf Dr. Engelbert eingeredet. Er hatte mit hinter dem Kopf verschränkten Armen auf der schmalen Pritsche gelegen und sie angestarrt wie eine Fremde.

Sein Schweigen änderte nichts daran, dass der Prozess von den Münchner Medien zum Ereignis des Jahres stilisiert wurde. *Der Killerpsychiater ab heute vor Gericht* hatte eine große Boulevardzeitung zum Verhandlungsauftakt getitelt und Dr. Engelbert damit jenen Beinamen gegeben, unter dem ihn binnen weniger Tage jedermann kannte.

Zu den Höhepunkten des Verfahrens gehörte die Zeugenaussage seiner Frau Lydia, die es bis dahin geschafft hatte, der Reportermeute zu entkommen. Sofort nachdem in den Medien über die Morde ihres Mannes berichtetet wurde, hatte sie die gemeinsame Wohnung verkauft und war in die Schweiz gezogen. Das Sensationelle an ihrem Gerichtsauftritt war nicht ihre Aussage – denn sie machte von ihrem Recht Gebrauch, sich in der Angelegenheit nicht zu äußern –, sondern ihre Erscheinung. Lydia Engelbert gehörte zu den Menschen, deren bloße Präsenz einen leeren Saal füllen konnte. Sie war etwa im gleichen Alter wie die Richterin und gut einen Meter achtzig groß. Ihr graues Kostüm saß wie maßgeschneidert, die Augen versteckte sie hinter einer extravaganten getönten Brille, die sie auch im Gerichtssaal aufbehielt. Ihr kurzer Auftritt wurde von einem ständigen Raunen begleitet, das abrupt verstummte, wenn sie das Wort ergriff. Und sei es nur, um zu sagen, dass sie nichts sagen werde.

Zu Kommissar Reichenbachs Erleichterung wurde Eric Anderson am Nachmittag desselben Tages in den Zeugenstand gerufen. Die meisten Journalisten hatten den Gerichtssaal schon verlassen, um ihre Eindrücke von Lydia Engelbert in Worte zu fassen. Sie hätten Eric Anderson mit

Sicherheit mehr Aufmerksamkeit geschenkt, wenn aus dem Polizeipräsidium durchgesickert wäre, welch undurchschaubare Rolle er bei dem Fall spielte; dass er lange Zeit als Komplize verdächtigt worden war; dass man davon ausging, zwischen ihm und Dr. Engelbert hätte ein intimes Verhältnis bestanden (das Geschenk zu seinem sechsundzwanzigsten Geburtstag war ein Band mit Liebesgedichten von Rilke gewesen); dass bis jetzt nicht ausgeschlossen werden konnte, ob Eric Anderson für Ludwig Frohloffs Tod verantwortlich war.

Eric Anderson hatte sich vor dem Gerichtstermin die Haare auf wenige Millimeter abrasieren lassen. Er benahm sich im Zeugenstand genauso undurchschaubar und nervös wie während der polizeilichen Vernehmungen. Die Hände fest gefaltet, die Beine verkrampft übereinander geschlagen, die Stimme so leise, dass er mehrmals aufgefordert werden musste, lauter zu sprechen, gab er knappe, unzureichende Antworten. Auf die entscheidende Frage, woher er gewusst hatte, dass sich Rebekka Marx in Gefahr befand, verlor er sich in wirren Andeutungen. Er sprach von Träumen, Ahnungen und Visionen.

Als er nach zwanzig Minuten aus dem Zeugenstand entlassen wurde, glänzten Schweißperlen auf seiner Stirn.

Kommissar Reichenbach hatte erst kurz vor dem Prozess erfahren, wie die Anklage gegen Dr. Engelbert lauten würde. Auf Mord im Fall Lindner, auf versuchten Mord mit schwerer Körperverletzung im Fall Bergmann und auf Totschlag im Fall Frohloff. Reichenbach war das unbegreiflich. Er hatte sofort bei Oberstaatsanwalt Rickert angerufen. Aber der wollte sich nicht davon überzeugen lassen, den Ermittlungen noch etwas Zeit zu geben oder das Verfahren im Fall Frohloff wenigstens abzukoppeln. Reichenbach vermutete, dass Rickert das Verfahren nur eilig von seinem

Schreibtisch haben wollte. Wahrscheinlich weil die Verbrechen im Blickpunkt der Medien standen. Rickert hasste die Medien.

Was Frohloffs Tod anging, gab es nur Indizien gegen Dr. Engelbert, aber keine Beweise. Und obendrein Ungereimtheiten hinsichtlich des Zeitablaufs: Aus dem Verwesungszustand und Madenbefall der Leiche errechneten die Gerichtsmediziner Frohloffs Todeszeitpunkt auf Donnerstag, 3. Oktober, zwischen achtzehn und einundzwanzig Uhr. Hausmeisterin Elvira Schmidt wollte aber schon um vierzehn Uhr gesehen haben, wie Dr. Engelbert das Haus Richtung U-Bahn verließ. Vier Stunden Abweichung beim Todeszeitpunkt lagen im äußersten Toleranzbereich

Laut Autopsiebericht wurde Frohloff mit einem Aschenbecher erschlagen. Um die Leiche herum lagen überall Zigarettenkippen, sogar in der Wunde klebten welche. War es da nicht merkwürdig, dass auf Dr. Engelberts roter Strickjacke, die er an dem Tag getragen hatte, weder Blutflecken noch Zigarettenasche gefunden wurden? Nach den Spuren am Tatort zu urteilen, war Frohloff nach einem kurzen, heftigen Kampf im Affekt erschlagen worden. Aber hätte sich Dr. Engelbert dann vorher die Jacke ausgezogen?

Zwei Nachrichten auf Dr. Engelberts Anrufbeantworter bewiesen, dass Ludwig Frohloff versucht hatte, ihn zu erreichen. Durch eine Blutuntersuchung fand man heraus, dass Frohloff das Neuroleptikum gegen seine Wahnvorstellungen seit Wochen nicht eingenommen und sich wahrscheinlich in einem Besorgnis erregenden geistigen Zustand befunden hatte.

Wie sich alles abgespielt haben könnte, war reine Spekulation. Oberstaatsanwalt Rickerts Spekulation: Frohloff brauchte sein Neuroleptikum und versuchte zunächst, Rebekka Marx zu erreichen. Doch die war verreist. Also brach er in ihre Praxis ein. Allerdings vergebens, denn Rebekka Marx hatte das seltene Medikament nie vorrätig. Im Wahn verwüstete Frohloff das Therapiezimmer. Schließlich sah er keine andere Möglichkeit, als den verhassten Dr. Engelbert um Hilfe zu bitten. Als Dr. Engelbert zu Frohloff in die Wohnung kam, ging der auf ihn los, und Dr. Engelbert handelte in Notwehr. Wobei – eine weitere Ungereimtheit – der tödliche Schlag mit solcher Kraft ausgeführt worden war, dass man ihn Dr. Engelbert kaum zutrauen würde.

Sicher, Reichenbach musste zugeben, dass die Beweislage gegen Eric Anderson keinesfalls belastender war. Es gab kein Motiv, er konnte nicht erklären, in welcher Verbindung Anderson zu Frohloff stand. Es war nicht einmal sicher, dass sich die beiden kannten. Aber konnte es Zufall gewesen sein, dass Eric Anderson am fraglichen Datum, und zwar vier Stunden nach Dr. Engelbert, in der Nähe von Frohloffs Wohnung gesehen wurde? Vier türkische Jungen aus der Nachbarschaft hatte ihn zweifelsfrei identifiziert. Dank dieser Aussage hatte Reichenbach schon geglaubt, Eric Anderson überführen zu können. Aber der behauptete, auf dem Weg in ein Einkaufszentrum gewesen zu sein, das tatsächlich nur wenige Blocks entfernt lag. Sogar eine Quittung für den Kauf einer Bluejeans konnte er vorlegen.

An dem Tag, als das Urteil gegen Dr. Engelbert gefällt wurde, war endlich der Frühling in München eingezogen. Neunzehn Grad und blauer Himmel, alle Biergärten hatten geöffnet, und anders als bei den vorangegangenen Prozessterminen waren auf den Zuschauerbänken noch Plätze frei. Reichenbach hatte sich Urlaub genommen und sich unter das Publikum gemischt. Um nicht von Oberstaatsanwalt Rickert oder den Journalisten gesehen zu werden, saß er in der letzten Reihe. Es war die Neugierde auf Dr. Engelberts

Reaktion auf den Urteilsspruch, die Reichenbach in den Gerichtssaal getrieben hatte. Und in gewisser Weise war es auch wichtig für ihn, um mit dem Fall abzuschließen.

Zunächst wurde das forensische Gutachten verlesen, das ein Augsburger Landgerichtsarzt erstellt hatte. Es erklärte den Angeklagten für schuldfähig, was in jedem Fall bedeutete: keine Einweisung in eine Psychiatrie. Kurze Pause. Dann baute sich Oberstaatsanwalt Rickert mit geschwellter Brust vor dem Publikum auf. Im Stehen sah man, dass Rickert dringend eine neue Robe brauchte. Der Saum war zerschlissen und der Stoff so eng, dass er über dem Bauch schon keine Falten mehr warf. «Der Angeklagte hat heimtückisch gehandelt, und sein Schweigen beweist, dass er keinerlei Reue zeigt», donnerte Rickerts Stimme in den Saal. Er forderte eine lebenslängliche Haftstrafe mit anschließender Sicherheitsverwahrung.

Der Auftritt des jungen Pflichtverteidigers war schüchtern und kurz. Dr. Engelberts Schweigen würde noch längst nicht Uneinsichtigkeit und mangelnde Reue bedeuten. Man möge seinem Mandanten wenigstens die Sicherheitsverwahrung ersparen; er wäre jetzt dreiundfünfzig und würde sein Lebensende sonst im Gefängnis verbringen.

Nach dem Mittagessen betrat die Richterin mit wippendem Pagenkopf den Saal. Wie üblich hatten sich alle Anwesenden erhoben. Die Richterin bat gar nicht erst darum, die Plätze einzunehmen, sondern verlas umgehend das Urteil.

«Das Gericht befindet den Angeklagten Dr. Dr. Friedrich Engelbert des Mordes, des versuchten Mordes mit schwerer Körperverletzung und des Totschlags für schuldig. Er wird zu lebenslanger Haft verurteilt. Über eine mögliche Sicherheitsverwahrung soll zu einem späteren Zeitpunkt entschieden werden.»

Der Einzige im Saal, der keine Reaktion zeigte, war Dr.

Engelbert. Teilnahmsloser, stummer Blick. Alles an ihm war wie immer, nur dass ihm sein graues Haar, jetzt zum Ende des Prozesses, schon deutlich über die Ohren gewachsen war und er seine rote Strickjacke wegen der warmen Temperaturen nicht zugeknöpft hatte.

Reichenbach war von dem Urteil enttäuscht. Er hatte gehofft, die Richterin spräche Dr. Engelbert vom Totschlag frei und gäbe damit neuen Ermittlungen gegen Eric Anderson eine Chance. Vielleicht störte ihn aber auch nur der Gedanke, zur Lösung des Falls keinen wirklichen Beitrag geleistet zu haben. Alles hatte sich irgendwie von selbst aufgeklärt. Gut möglich, dass es nicht sein kriminalistischer Instinkt, sondern seine Polizisteneitelkeit war, die ihn glauben ließ, diesen Eric Anderson überführen zu können.

Vielleicht. Vielleicht aber auch nicht.

Als Reichenbach wieder vor dem Gerichtsgebäude stand und die milde Luft in sich aufsog, klopfte ihm jemand fest auf die Schulter.

«Hallo, Max!»

Es war Franz Eder.

«Wie geht's?», fragte Reichenbach erstaunt.

«Es geht so.»

Nachdem seine Frau ausgezogen war, hatte sich Eder einen Monat freigenommen. Eigentlich, um in die Karibik zu fliegen, wo er auf andere Gedanken kommen wollte. Sein Gesicht war blass, die Wangen eingefallen. Der geplante Karibiktrip war offensichtlich nicht über die Münchner Stadtgrenzen hinausgekommen.

«Warst du auch bei der Urteilsverkündung?»

Eder nickte. «Ich hätte den Kerl ja eingebuchtet, dass er nie wieder freikommt. Ein Bier?»

Sie entschieden sich für den Löwenbräugarten, der lag

nur eine Straße weiter. Sie bestellten zwei Maß und jeder ein halbes Hendel. Über den Prozess redeten sie nicht weiter. Eder erzählte, dass er sich ein kleines Apartment gemietet hatte und dass seine Frau jetzt bei einem anderen lebte. Reichenbach tat, als hätte er davon nichts geahnt. Wie Eder darauf kam, sich nach Daniela Winter zu erkundigen, war Reichenbach ein Rätsel. Er hatte nie erzählt, dass er noch Kontakt zu ihr hatte. Daniela Winter arbeitete jetzt in einem Fotostudio, das auf Familienfeiern spezialisiert war. Sie trafen sich gelegentlich zum Essen oder verabredeten sich ins Kino. Aber ihr Verhältnis war nicht so eng, wie es sich Reichenbach wünschte.

Als Reichenbach auf die Uhr sah, war es fast sechs. Er hatte sich eigentlich vorgenommen, noch ein paar Besorgungen zu machen. Aber er fühlte sich zu betrunken von dem vielen Bier und ließ sich von Eder zu einem weiteren einladen. Als es dunkel wurde und die Luft kühl, stiegen sie in ein Taxi. Eder nannte dem Fahrer eine Adresse, die Reichenbach nicht kannte. Unterwegs hielt der Fahrer kurz an, weil Eder pinkeln musste. Die Adresse war eine Tabledance-Bar im Münchner Osten, die man nur nach Gesichtskontrolle betreten durfte. Eder wurde von dem bulligen Türsteher wie ein alter Bekannter begrüßt, dann führte sie eine hübsche, kaum bekleidete Bedienung zu einem Tisch an der Bühne. Es wurde Champagner serviert, und ab und zu setzte sich eine der Tänzerinnen auf Eders Schoß. Die Musik war so laut, dass man sich nicht mehr unterhalten konnte. Irgendwann war Eder verschwunden, und die kaum bekleidete Bedienung legte Reichenbach die Rechnung auf den Tisch. Als er die Summe sah, fühlte er sich schlagartig wieder nüchtern.

Eder tauchte an dem Abend nicht mehr auf.

*

Dass Rebekka zu Hause Radio hörte, kam nur selten vor. An dem Tag, als das Urteil gegen Dr. Engelbert gefällt werden sollte, hatte sie das Gerät, das in ihrer Küche auf der Fensterbank stand, eingeschaltet. Ab fünfzehn Uhr wurde über den Ausgang des Prozesses jede volle Stunde berichtet. Nachdem Rebekka zum zweiten Mal gehört hatte, dass Dr. Engelbert mindestens die nächsten fünfzehn Jahre hinter Gittern verbringen würde, schaltete sie das Radio wieder ab.

Sie hatte ab Mittag alle Therapiestunden abgesagt und sich vorgenommen, früh zu Bett zu gehen. Nach einem Abendspaziergang durch die milde Mailuft legte sie sich auf die Couch im Wohnzimmer und sah die Tagesschau, in der nichts von Dr. Engelbert erwähnt wurde. Dann kam ein Kriminalfilm, dem sie nur eine halbe Stunde folgte. Sie fand, dass ein Doppelmord in Las Vegas nicht geeignet war, ihre Gedanken abzulenken. Als sie gegen halb zehn unter die Bettdecke kroch, merkte sie, dass sie noch nicht müde genug war, um einzuschlafen. Sie lag lange wach. Schließlich schlief sie doch ein. Es war ein unruhiger Schlaf mit vielen Unterbrechungen.

Um sieben stand sie wieder auf, so früh wie sonst nie. Sie trank Kaffee und ließ die Tageszeitung im Briefkasten stecken. Als sie hörte, dass die alte Frau Tannhäuser wie jeden Morgen um acht das Haus verließ, wartete sie noch einen Moment, um ihr nicht zu begegnen, dann ging sie in die Garage und fuhr mit dem Wagen zur Staatsbibliothek. Ein Theologe, den sie noch aus ihrer Studienzeit kannte, hatte ihr einen Tipp gegeben, wo sie die Erklärung suchen konnte, was das Zeichen eines schrägen Kreuzes mit einer vierzackigen Krone zu bedeuten hatte.

Der Lesesaal der Staatsbibliothek war um diese frühe Uhrzeit menschenleer. Erst wenn es auf zehn zuging, trafen die ersten Studenten ein. Rebekka brauchte eine Weile, bis sie das in den achtziger Jahren in Wien erschienene theologische Lexikon gefunden hatte. Schon beim ersten flüchtigen Durchblättern schlug sie die richtige Seite auf.

Signum des pfingstkirchlichen Missionswerks: das Kreuz als Symbol der göttlichen Persönlichkeit Jesu und des Christentums schlechthin; die Krone als Zeichen uneingeschränkter Herrscherwürde. Das pfingstkirchliche Missionswerk wurde nach dem Zweiten Weltkrieg in Wien ins Leben gerufen. Es ging aus der 1906 in den USA gegründeten Pfingstbewegung hervor, die als Hochziel des christlichen Heilswegs die Geistestaufe erstrebt. Das pfingstkirchliche Missionswerk galt als gemäßigt europäischer Ableger der Pfingstbewegung mit dem Ziel, vor allem afrikanische Staaten evangelisch zu missionieren. Es wurde mangels finanzieller Unterstützung Mitte der achtziger Jahre aufgelöst.

Auf dem Heimweg hatte Rebekka noch fürs Wochenende eingekauft, denn es war Freitag. Sie fuhr ihren Mercedes gerade in die Einfahrt, als ein gelber Lkw des Paketdienstes vor dem Haus hielt. Ein junger Mann trug einen großen braunen Karton, in dem wohl mal ein Farbfernseher verpackt gewesen war. Der Deckel wurde von festem Klebeband gehalten, die Ecken waren aufgerissen. Man sah, dass der Karton eine weite Reise hinter sich hatte.

«Sind Sie Frau Dr. Marx?», fragte der Mann vom Paketdienst.

Rebekka glaubte zunächst an einen Irrtum, aber auf dem Karton stand in großen schwarzen Buchstaben ihr Name mit der korrekten Adresse.

31

Zwei Männer, das Haar klebte ihnen nass am Schädel, stiegen aus dem Meer. Ihre Gesichter ließen sich nicht erkennen. Und obwohl ihre Körper in den Bewegungen jung und geschmeidig wirkten, waren es alte Männer. Die Wellen liefen gleichmäßig auf den Strand. Dunst stieg vom leicht gekräuselten Wasser auf. Es war Nacht, aber der Mond schien sonnenhell. Die Männer trugen etwas. Ein Bündel. Jeder hatte es mit einer Hand ergriffen, sie schaukelten es beim Gehen zwischen sich hin und her. Das Bündel war grau und schmutzig.

Die Männer kamen näher.

Rebekka lag im Sand. Sie hob den Kopf und beobachtete die Männer. Sie versuchte ihre Gesichter zu erkennen, aber der grelle Mondschein blendete. Die Männer standen jetzt vor ihr, sie ließen das Bündel fallen. Rebekka erkannte ihren Rucksack, den sie auf Brava zurückgelassen hatte. Grau und schmutzig lag er vor ihren Füßen. Langsam riss der Stoff auseinander, und ein Mensch schälte sich aus den Fetzen. Als Rebekka in das Gesicht von Dr. Engelbert starrte, riss sie erschrocken die Augen auf.

Sie hatte geträumt.

Der Schiffsdiesel brummte sanft. Rebekka lag in ihrem Liegestuhl auf der Atlantis und blinzelte gegen die Sonne, die tief über dem Horizont hing. Noch eine Stunde etwa bis zur Dämmerung. Dann würden sie auf Brava einlaufen.

Zwei schlaksige Schwarze zu Rebekkas Linken betrachteten sie kichernd. Anscheinend amüsierten sie sich darüber, wie Rebekka aus ihrem Traum aufgeschreckt war. «Sorry Lady», sagte einer. Wieder Kichern. Rebekka tastete mit der rechten Hand nach ihrem Rucksack, der grau und schmutzig, ohne dass ihn jemand angerührt hatte, neben ihr lag.

Der Rucksack war mit der Post gekommen. In dem alten braunen Karton am Tag nach Dr. Engelberts Verurteilung. Alles, was Rebekka bei ihrer überhasteten Flucht auf Brava zurückgelassen hatte, war sorgfältig eingepackt gewesen. Ganz oben hatte ein Brief gelegen, ohne Umschlag, nur ein zusammengefaltetes Blatt Papier, dessen kurzer Text sich in einfühlsamen und glaubhaften Worten bei Rebekka entschuldigte. Für die Furcht, die sie empfunden haben musste, für den ruinierten Urlaub, die teure, verfrühte Abreise. Die letzten Zeilen sprachen eine Einladung nach Brava aus. Als Wiedergutmachung und weil es vieles zu erklären gäbe.

Herzliche Grüße, Ihr Viktor.

An dem Brief klemmte, mit einer angelaufenen Büroklammer, ein verblasstes Farbfoto. Die Aufnahme zeigte einen zierlichen, gut aussehenden, jungen Mann mit vollem braunem Haar. Er trug eine helle Hose und ein rotes Hemd. Auch wenn sein Gesicht nur unscharf zu erkennen war, kam es Rebekka bekannt vor. Der junge Mann saß auf der steinernen Bank vor dem alten Haus auf Brava.

Rebekka drehte das Foto herum. Auf der Rückseite hatte Viktor vermerkt: *Brava 1972 / mein Bruder Friedrich.*

Die letzte halbe Stunde der Überfahrt nach Brava verging wie in einem schlaftrunkenen Nebel. Nachdem Rebekka sich versichert hatte, dass ihr Rucksack noch an Ort und Stelle lag, war sie wieder weggenickt. Sie erwachte, als der Schiffsdiesel plötzlich das Deck vibrieren ließ. Sie waren kurz vor der Hafeneinfahrt. Kapitän Dunbar wendete die Atlantis, um dann rückwärts auf die Pier zuzusteuern. Wie schon beim letzten Mal bewunderte Rebekka das geschickte Anlegemanöver. Und wie damals schleppten anschließend aufgeregte Schwarze Unmengen Gepäck an Land.

Rebekka ließ sich mit der Menge von Bord schwemmen. Viktor war schon von weitem zu sehen. In seiner ausgewaschenen Jeans, dem ärmellosen öligen Jeanshemd, die dunkle Pilotenbrille auf der Nase, lehnte er an der Motorhaube seines alten Militärjeeps. Der Lack glänzte, als hätte ihn Viktor zu Rebekkas Ehren einer Politur unterzogen. Beim Näherkommen sah sie, dass es ein neuer Wagen war.

Ein Jahr war es jetzt her, dass Rebekka von dieser Insel geflüchtet war. Noch vor sechs Monaten hatte sie nicht ohne beklemmendes Gefühl an Brava denken können. Alle Bilder, auch die schönen, waren eingefärbt gewesen von den Erinnerungen an die Momente voller Furcht. Nach der Nachricht von Viktor war es etwas besser geworden. Aber Rebekka konnte sich immer noch nicht ganz frei von den Erlebnissen machen. Fast anderthalb Monate hatte sie gezögert, bevor sie Viktor geantwortet und seine Einladung angenommen hatte. Ihre Neugierde war die treibende Kraft zu diesem Entschluss gewesen. Neugierde und der Wunsch, die traumatischen Ereignisse des vergangenen Jahres mit dieser Reise bewältigen zu können.

Das Foto des jungen Friedrich Engelbert vor dem geheimnisvollen Haus. Es hatte Rebekka nicht überrascht, dass Viktor und Dr. Engelbert die verschwundenen Missionarssöhne waren – auch wenn sie den Gedanken vorher nie bewusst gedacht hatte.

Was für ein befremdliches Gefühl, Viktor jetzt gegenüberzustehen. Gleichzeitig kam es ihr vor wie das Wiedersehen zweier sehr alter und sehr guter Bekannter. Rebekka zögerte einen Moment, wie auch Viktor zögerte. Sie reichten sich die Hände, um sich dann doch kurz und schüchtern in den Arm zu nehmen.

«Hunger?», fragte Viktor.

«Wahnsinnig.»

«Bei Nani gibt's frische Langusten.»

«Wie immer», sagte Rebekka verlegen.

«Wie immer», bestätigte Viktor.

Der letzte Sonnenstrahl war längst erloschen, als sie in den grünen Plastikstühlen vor Nanis Bar saßen. Auch Käpt'n Dunbar war gekommen. Er trug ein strahlend weißes Hemd und rauchte. Nani hatte Rebekka zur Begrüßung zwischen ihre mächtigen Brüste gedrückt. Von dem Schriftzug der Leuchtreklame auf dem Dach blinkten nur noch ein N, das A und das I. Der Sternenhimmel hatte sich über der Insel wie ein silbernes Netz aufgespannt. Die Luft war klar und roch nach gebratenem Langustenfleisch, im Hintergrund sang Bob Marley *Could You Be Loved*.

Nani servierte kühles Bier, das ihnen schnell zu Kopf stieg. Dann brachte sie die Langusten auf zwei verbeulten Platten. Das weiße feste Fleisch schmeckte so köstlich, dass es Rebekka gelang, den Gedanken an seine Zubereitung zu verdrängen. Beim Essen wurde kaum gesprochen. Alle wussten, dass Rebekka an diesem Abend noch in ein Geheimnis eingeweiht werden sollte.

Als sie sich satt und träge fühlten, schenkte Nani Rum in drei schwere Gläser. Sie prosteten sich zu. Rebekka nippte nur, Dunbar und Viktor nahmen jeder einen tiefen Schluck. Eine dürre Katze mit glanzlosem Fell schlich heran, sprang auf Rebekkas Schoß und machte sich dankbar über die Reste eines Langustenschwanzes her.

Dann begann Viktor zu erzählen.

Als Teenager, wenn sich das Leben für gewöhnlich um die erste Liebe, Schulstress und Ausgehen drehte, waren er und sein jüngerer Bruder Friedrich mit den Eltern durch die ärmsten Länder Afrikas gereist. Der Vater, ein sehr strenger Mann, hatte ursprünglich als evangelischer Pfarrer in einer kleinen bayerischen Gemeinde gearbeitet. Er musste seinen Posten jedoch aufgeben, als das Gerücht aufkam, er hätte zur Nazizeit eine jüdische Familie bei der SS denunziert. Die Mutter, Lehrerin und für ihre Zeit sehr selbstbewusst, unterstützte ihren Mann bei seinem Entschluss, dem pfingstkirchlichen Missionswerk beizutreten und Deutschland zu verlassen. Der Missionsdienst führte die Familie nach Ghana, Nigeria, Kamerun und Anfang der sechziger Jahre auf das von schweren Dürrekatastrophen gebeutelte Brava. Der Vater organisierte die Lieferungen von Trinkwasser und Lebensmitteln, wofür ihm die Bevölkerung zum Dank das Haus an der Westküste schenkte. Dann erkrankte die Mutter an einem tropischen Fieber und musste zurück nach Deutschland. Sie verstarb wenig später; ebenso der Vater.

Viktor und Friedrich waren zwei sehr ungleiche Brüder. Der eine schmächtig, ruhig und strebsam, der andere kräftig, draufgängerisch und unternehmungslustig. Beide waren froh, als sich ihre Wege trennten. Viktor reiste weiterhin viel herum, arbeitete als Koch, als Automechaniker, als Kinderpfleger. Friedrich begann Theologie zu studieren, um eines Tages die Nachfolge des Vaters anzutreten. Sie sahen sich nur noch selten. Doch alle paar Jahre, meistens zur Weihnachtszeit, reisten sie gemeinsam nach Brava, in das Haus ihrer Eltern.

In der Nacht ihres Verschwindens kam ein schweres Sturmtief auf Brava zu. Sie waren nach dem Abendessen noch zum Strand gegangen, schwimmen, anschließend in die Grotte des *olho azul*. Viktor hatte Rum mitgenommen. Sie zündeten ein Feuer aus getrocknetem Treibholz an, redeten und tranken. Irgendwann kam die Flut, setzte den Zugangstunnel unter Wasser und schnitt ihnen für ein paar Stunden den Rückweg ab. Von dem Sturm, der inzwischen über dem Meer tobte, merkten sie noch nichts. Sie tranken weiter, viel zu viel. Friedrich war Alkohol nicht gewohnt. Warum er in dieser Nacht einen Streit angefangen hatte, daran konnte sich Viktor nicht mehr erinnern, nur daran, dass er seinen Bruder nach ein paar alkoholschweren Wortwechseln heftig ohrfeigte. Es kam zur Schlägerei, bei der Friedrich schnell unterlag. Es war nicht seine Schuld, dass Viktor in dem Handgemenge stolperte und mit dem Gesicht in die Feuerstelle stürzte.

Bis zu diesem Punkt lag in Viktors Worten keine Bitterkeit. Er erzählte, als hätte er sich mit seinem Schicksal schon vor langer Zeit abgefunden. Ein kräftiger Schluck Rum, ein paar Sekunden Schweigen. Weder Rebekka noch Kapitän Dunbar stellten Fragen. Die Katze auf Rebekkas Schoß schnurrte satt und zufrieden.

Als Viktor fortfuhr, klang seine Stimme bedrückt.

«Als ich auf dem Felsboden lag, mit unbeschreiblichen Schmerzen im Gesicht, und sich Friedrich über mich beugte, um nach mir zu sehen, schlug plötzlich eine riesige Welle in die Grotte. Wir versuchten uns festzuklammern. Aber alles war nass und glitschig. Wie ein Strudel zog uns das ablaufende Wasser hinaus aufs Meer. Die Dünung war so hoch, dass man kaum Land sehen konnte. Wir versuchten dicht zusammenzubleiben, schwammen, bis wir unsere Arme nicht mehr spürten. Aber wir hatten keine Chance gegen die Strömung. Mit einem Mal war Friedrich verschwunden. Ich hörte noch, wie er verzweifelt um Hilfe schrie und immer wieder meinen Namen rief. Dann war es still. Ich hab noch eine Weile gegen die Strömung angekämpft und mich dann einfach treiben lassen. Irgendwann stieß ich auf einen langen Ast, der gerade ausreichte, um mich über Wasser zu halten. Mit dem Morgengrauen wurde das Meer allmählich ruhiger. Ein paar Fischer, die von der Nachbarinsel auf Makrelenfang waren, fanden mich und zogen mich an Bord.»

Noch ein kräftiger Schluck Rum, Viktor nahm die Brille ab und sah Rebekka aus seinem rechten Auge mit glasigem Blick an. «Ich dachte, Friedrich wäre tot. Verstehen Sie, Rebekka? Über dreißig Jahre habe ich geglaubt, er wäre ertrunken. Und ich habe mir die Schuld dafür gegeben. Es war meine Idee gewesen, in die Grotte zu klettern. Ich hatte den Rum mitgenommen, obwohl ich wusste, dass Friedrich keinen Alkohol vertrug. Und ich habe die Schlägerei angefangen.» Er rieb sich die Augen. «Dann kamen Sie, Rebekka. Mit dem Schlüssel, den Friedrich damals in der Tasche hatte.»

Rebekka schluckte den Kloß im Hals herunter. Viktor hatte sich wieder gefasst und sich seine Sonnenbrille aufgesetzt.

Nach seiner Rettung war er nach Portugal gegangen, wo Ärzte vergeblich versuchten, sein Auge zu operieren. Anschließend Brasilien, dort heiratete er; dann Panama, Chile, Uruguay, aber nie wieder Deutschland. Es waren seine Schuldgefühle gewesen, die ihn nach mehr als zwei Jahrzehnten zurück nach Brava führten. Einmal im Monat pilgerte er zu dem verlassenen Haus, setzte sich im Gedenken an seine Eltern und seinen Bruder auf die steinerne Bank und erneuerte das Zeichen des pfingstkirchlichen Missionswerks an der Tür. Das Innere hatte er zum ersten Mal an dem Tag wieder betreten, als Rebekka aufgetaucht war.

«Ich hätte Ihnen das natürlich alles gleich erzählen können», sagte Viktor entschuldigend. «Aber ich konnte nicht. Ich bin Ihnen nachgegangen, um zu sehen, was Friedrich Ihnen alles von Brava erzählt hat. Ich habe Sie nach Lavandura verfolgt. Ich war es auch, der in der Nacht des Sturms durchs Fenster sah. Und dann, als Sie vor mir geflüchtet sind und ich Ihren Rucksack am Strand fand, da befürchtete ich schon, Sie wären auch ...» Er sprach nicht weiter.

Es musste inzwischen weit nach Mitternacht sein. Nani war wahrscheinlich längst zu Bett gegangen, denn Bob Marley hatte schon vor einer ganzen Zeit aufgehört zu singen. Das einzige Geräusch war das Zirpen der Zikaden. Im Hintergrund blinkte immer noch die Neonreklame. Die Coca-Cola-Sonnenschirme drehten sich langsam im auffrischenden Wind.

Viktor starrte wortlos zum Himmel, als wünschte er sich, sein Leben auf einem anderen Stern noch einmal von vorne beginnen zu können. Rebekka sah ihn lange an. Sein öliges Jeanshemd, seine Narben, sein milchiges Auge, das man von der Seite erkennen konnte. Sie überlegte, ob sie Viktor jemals wirklich hässlich gefunden hatte. Nein, er war nicht hässlich. Er war ein Mann, den das Leben gezeichnet hatte.

Als Viktor ihren intensiven Blick bemerkte, lächelte er verlegen.

Kapitän Dunbar war auf seinem Stuhl eingeschlafen. Sein bärtiges Kinn ruhte auf seiner Brust. Er atmete gleichmäßig und schwer. Die Katze balancierte auf Rebekkas Oberschenkel und sprang zu Boden. Sie streckte ihren dünnen Körper, machte einen Buckel. Dann verschwand sie in der Nacht.

Rebekka griff in ihre Hosentasche und zog das Feuerzeug aus der Grotte heraus. Sie hielt es Viktor hin. «Ich glaube, das gehört Ihnen.»

«Es war Friedrichs. Behalten Sie es.»

«Sie wissen, was Ihr Bruder getan hat?»

Viktor nickte langsam.

«Werden Sie nach Deutschland kommen, um ihn zu sehen?»

Viktor starrte wieder zum Himmel, ohne eine Antwort zu geben.

Rebekka fragte nicht weiter nach. Sie genoss die Stille, das Schweigen und Viktors Gegenwart. In diesem Moment strahlte die Insel jene Ruhe aus, nach der sie gesucht hatte, als sie zum ersten Mal hierher gekommen war.

Sie ahnte, dass sie diesmal länger bleiben würde.

Foto: Hergen Schimpf

Petra Hammesfahr

«Spannung bis zum bitteren Ende» Stern
«Es gehört zu den raffinierten Konstruktionen von Petra Hammesfahr, dass dann doch alles ganz anders sein könnte» Marie Claire

Lieferbare Titel:

Das Geheimnis der Puppe
Roman 3-499-22884-X

Der gläserne Himmel
Roman 3-499-22878-5

Der Puppengräber
Roman 3-499-22528-X

Der stille Herr Genardy
Roman 3-499-23030-X

Die Chefin
Roman 3-499-23132-8

Die Mutter
Roman 3-499-22992-7

Die Sünderin
Roman 3-499-22755-X

Lukkas Erbe
Roman 3-499-22742-8

Meineid
Roman 3-499-22941-2

Merkels Tochter
Roman 3-499-23225-1

Roberts Schwester
Roman 3-499-23156-5

Das letzte Opfer
Roman

3-8052-0700-X